한국한문소설집 번역 총서 04

인연, 그리고 만남과 이별

파릉기사 巴陵奇事

정재호

머리말

  이 책은 내가 처음 출판하는 번역서이다. 나는 대학교를 들어와서야 처음 한문을 접하였는데, 그 뒤로 특별한 인연이 있었는지 어느새 내 평생의 업이 되었다. 처음에는 경서(經書)와 사서(史書)를 공부하여 기초를 쌓았고 근래에는 문집(文集)에 수록된 여러 가지 문체를 익혀 번역가로서의 역량을 높이는 데 힘쓰고 있다.

  한문 공부를 하다보면 자연스레 새로운 자료를 얻을 일이 많은데, 대부분은 별다른 관심이 가지 않거나 언젠가는 펼쳐볼 날이 있으리라는 막연한 생각으로 어느 한 켠에 방치해놓곤 하였다. 그러다 대구에서 국학진흥원 대구강원 연수과정을 다니던 중에, 《파릉기사(巴陵奇事)》의 영인본(影印本)을 접하고서 그 내용을 찬찬히 살펴보니 꽤 재미있는 이야기를 품고 있을 듯하였다. 적당한 두께감이 있는 이 책을 읽으면서 잘 이해되지 않는 부분도 많았지만, 한문소설이라는 장르로서 완결된 하나의 세계를 구축하고 있으리라는 확신이 들었고 내심 언젠가는 직접 번역하겠다고 다짐하였다. 평소 책장에 두고서 가끔 앞뒤로 페이지를 옮겨가며 읽다가 중간에 한 페이지가 누락된 것을 발견하고서는 무슨 의욕이었던지 그 페이지를 찾아서 채워 넣어야겠다 싶었다. 그 필사본 고서(古書)를 보관하고 있는 대학교를 찾아가 사정을 설명한 뒤에 누락된 페이지를 확인하여 보충하고 그와 더불어 먹칠 때문에 판별하지 못했던 글자를 다수 식별하였다. 당장에 번역할 수 있는 여건이 되지 못하였음에도 불구하고 저본(底本)에 대한 준비는 미리 해둔 셈이니 지금 돌이켜보면 매우 다행스러운 일이다.

　연수과정을 다닐 때 나의 공부 수준은 기초 단계에 불과했고 내실을 다지는 데 전력하고 있어서 섣불리 번역하려고 들어서는 안 된다고 생각하였으므로, 이 책은 차츰 기억에서 잊혀졌다. 그 뒤에 연수과정을 졸업하고 고전번역교육원 전문과정Ⅰ에 합격하여, 서울에서 학업을 이어가는 동안에 체계적으로 수업을 듣고 어려운 한문 문장을 윤독하는 시간이 점점 쌓여갔다. 차츰 한문이 눈에 들어오고 이를 글로 옮기는 연습이 익숙해질 무렵에, 여가가 나면 혼자서 여러 원전(原典)을 참고해 가며 초보 수준의 원고를 마련해놓았다. 그러다 이번에 연세대학교 허경진 교수님의 주선으로, 간직하고 있던 원고를 더욱 정밀하게 다듬어 '한국한문소설집 번역 총서'의 일부분으로 한 권의 번역서를 완성할 수 있었다.

　그 과정에서 고전번역교육원 전문과정을 함께 다니며 교정을 도와준 김우재(金佑栽)와 신선명(申先明) 동학(同學)의 노력이 없었다면 캄캄한 밤길을 혼자 헤매며 가듯 오역 속에서 갈피를 잡지 못하였을 것이다. 매번 지적을 받을 때마다 눈앞이 아찔하였으니 그 고마움은 말로 다할 수 없는 것임을 절실히 느낀다. 나 또한 앞으로 더 열심히 공부하여 두 동학의 학문에 조금이나마 보탬이 될 수 있기를 희망한다.

　나는 한문소설 계통에 전문적인 식견이 없어서 그 역사와 맥락에 논리적인 사고 체계를 가지고 있지 않다. 이런 까닭에 내가 이바지할 수 있는 것은 이 작품의 구문을 한 글자 한 글자 깊이 이해하고 이를 바탕으로 최대한 우리말로 정확하게 번역하는 데 있다고 생각한다. 오역이 많고 의미를 제대로 파악하지 못한 부분이 있지만, 이 번역서를 참고하여 좋은 연구가 나오는 데 약간의 도움이 된다면 이 책은 작은 소임을 다하였다고 할 수 있을 것이다.

차 례

『파릉기사(巴陵奇事)』에 대하여

정재호

《파릉기사(巴陵奇事)》는 한의숭에 의해 처음 소개된 한문소설이다.[1] 중편 이상의 분량으로 한문소설의 장르를 구분 짓는 데 기준이 되는 특질이 혼재되어 있는데, 역자가 면밀한 분석을 거치지 않은 상태에서 창작 시기나 장르의 구분을 확정짓는 것은 오류의 가능성이 많다고 생각한다. 이런 까닭에 본고에서는 번역을 토대로 《파릉기사》의 서사와 공간의 구성, 작가의식을 간략하게 서술하고자 한다.

1. 서사와 공간의 구성

1) 3단 구성의 서사 전개

《파릉기사》는 북송(北宋) 말기를 배경으로 신비한 출생의 이력을 가진 이몽성(李夢星)과 매옥영(梅玉英)이 부부의 인연을 맺기까지 겪는 고난 및 그 이후의 이별과 재회를 서술하고 있다.

이 작품은 전·중·후의 세 단락으로 서사의 흐름이 대별되는데, 전반부는 두 집안의 내력을 소개하는 한편 그들의 부모가 자식을 낳는

---

1) 한의숭, 「신발굴 漢文小說 〈巴陵奇事〉 연구」, 『대동한문학』 31, 대동한문학회, 2013. 그는 해제 형식의 논문에서, 가족의 구성과 이합이 잘 나타난 데 착안하여 가문소설(家門小說)의 양상을 발견하였고 《숙향전(淑香傳)》의 화소(話素)가 많이 활용되었음을 밝히고 서사 분절을 개관하였다.

데 어려움을 겪는 것에 기인하여 적강(謫降) 화소를 첨가하여 남녀 주인공의 탄생의 신이성(神異性)을 부각시켰다. 부모님을 모두 여의고 남의 집에 양녀로 들어가는 것, 인근에 사는 부자에게 정절을 빼앗길 위기에 처했다가 모면하는 것, 꿈속에서 천상으로 올라가 자신의 배필을 암시받는 것 등 옥영(玉英)의 유년시절은 자세하게 설명하는 데 반해 몽성(夢星)에 대해서는 생략하다시피 소략한 것이 특징이다.

중반부는 강호에서 풍류를 즐기던 몽성이 우연히 옥영을 만나는 장면을 시작으로, 두 사람이 혼인을 맺기까지 몽성이 겪는 구애의 어려움과 옥영의 내적 갈등이 치밀하게 묘사되어 있다. 몽성이 옥영에 대한 굳은 애정과 여러 가지 우호적인 정황을 제시하지만, 옥영은 예(禮)를 내세워 혼인을 받아들이려 하지 않는데 마지막에 부모님이 혼인을 약속한 편지를 확인하고서야 이를 허락한다. 혼사를 의논하는 과정에서 의사 결정에 주도권을 쥔 여성상이 뚜렷하게 드러나며, 혼인을 맺은 뒤에도 옥영의 제안이 몽성의 행위에 절대적인 영향을 끼치는 것을 볼 수 있다.

후반부는 혼인을 이룬 뒤에 겪는 반복적 고난과 그에 따른 이별과 재회가 주를 이루고 있다. 몽성이 혼란한 나라를 바로잡기 위해 황도(皇都)로 떠나 극렬한 내용의 상소(上訴) 올린 게 발단이 되어 유배를 가게 되는데, 이를 견디지 못한 옥영은 삭발을 하고 여승으로 변장하여 우여곡절 끝에 몽성의 유배지를 찾아가 아들 운남생(雲南生)을 낳아 함께 돌아온다. 그 뒤에 몽성이 과거에 급제하고 간신(奸臣)의 사주로 금(金)나라에 사신을 갔다가 억류되는데, 이번에는 아들 운남생이 금나라를 찾아가 몇 년 동안 억류되어 있다가 부자가 함께 귀환한다. 공적을 인정받아 외직에 제수된 몽성은 금의환향하여, 이제까지 공을 세운 노비들을 종의 신분에서 풀어준다. 몽성과 옥영 부부는 부귀영화를 누리며 백년해로하고서 함께 세상을 떠나고 자손들은 번창한다. 후반부는 상대적으로 많은 시간과 넓은 공간을 필요로 하는 사건이 반복되면서도 전개는 훨씬 빠르게 진행된다. 몽성과 옥영이 혼인을 이루는 것으로 결말을 맺지 않고, 나라를 위해 목숨을 바치려는 몽성의 모습을 그려 충(忠)을 강조하고 유배 간 몽성을 찾아가는 아들 운남생의 고난을 묘사하여 효(孝)를 드러내는 등의 이야기를 덧붙여 서사의 폭을 확장한 것으로 보인다.

2) 입체적 공간 배치

《파릉기사》에는 두 가지의 이계(異界)가 존재하여 입체적인 세계를 형성하고 있으니 하나는 천상(天上)이고 하나는 수부(水府)이다. 이계의 공간은 현실계와 접점을 가지면서 잠시 제시되는 공간으로, 인과 관계를 설명하기 힘든 지점에서 등장하여 현실의 주인공을 돕거나 앞으로 일어날 사건에 대해 새로운 정보를 제공하는 역할을 하고 있다.

(1) 천상(天上)

천상은 하늘 위에 존재하는 공간으로 설정되어 있다. 천상은 물리적으로 현실과의 접점이 없고 이동이 훨씬 어렵다는 측면에서 추상적인 성질을 가지는 공간인데, 그 때문에 그 왕복의 과정도 꿈이나 정신의 이동을 통하여 간접적으로 나타난다. 천상은 삶의 본질적인 운명을 결정하고 관장하는 절대적인 공간이자 경외심을 가지고 운명의 지침을 받는 세계로, 남녀 주인공이 자신이 전생에 어떤 존재였는지 확인시켜 주고 또 서로가 배필임을 확인하는 데 필요한 단서를 제공한다. 그 구체적인 양상은 다음과 같다.

① 옥영이 돌아가신 부모님을 그리워하다가 베틀 위에서 잠이 들어 나비로 변해 천상으로 올라간다. 상원부인(上元夫人)을 만나 전생과

배우자에 대해 듣고 돌아가신 부모님과 재회한 뒤에, 돌아오는 여정 동안 차례로 도가의 여러 신선들을 만나고 꿈에서 깬다.

② 몽성이 황학루(黃鶴樓)에서 연회를 즐기다가 파하고 혼자 잠이 들어 홍도객(鴻都客)을 따라 삼청(三淸)의 천궁(天宮)으로 올라간다. 전생에 죄를 지었던 몽성은 옥황상제(玉皇上帝)의 용서를 받지 못하여 송환되는데, 중간에 상원부인을 만나 전생과 배우자에 대해 듣고 돌아오는 여정 동안 차례로 도가의 여러 신선들을 만나고 꿈에서 깬다.

(2) 수부(水府)

수부는 물속에 존재하는 공간으로 설정되어 있다. 수부는 우리가 일상에서 강이나 바다 등의 존재를 접하고 있으므로 좀 더 현실성을 가지는데, 그 때문에 그 왕복의 과정도 직접왕복으로 나타난다. 수부는 인간으로부터 도움을 받기도 하고 직접 도움을 청하기도 하며 현실계와 상호보완적 관계를 가지며, 받은 도움을 보답하기 위하여 뒤의 장면에서 다시 등장한다. 남녀 주인공의 아버지가 수부에 은혜를 베풀고 남녀 주인공이 위기에 처했을 때 그 보답을 받는데, 위험이 고조되는 시점에 등장하여 위기감을 해소시키면서 이야기를 연결하고 있다. 그 구체적인 양상은 다음과 같다.

①-1 옥영의 아버지 매창후(梅昌後)는 동해 용왕 광연왕(廣淵王)의 아들이 글을 배우러 찾아오자 그에게 문장을 가르친다. 이에 대해 감사를 표하기 위하여 동해의 용왕이 그를 초대하는데 아들을 보내 용마(龍馬)에 태워서 데려오게 한다. 잔치를 열어 감사를 표하고 용궁 부인은 그에게 장차 옥영이 지니게 될 옥지환(玉指環)을 선물한다. ①-2 그 뒤에 옥영이 유배간 몽성을 찾아 운남(雲南)으로 가던 도중에 악어에 의해 위협을 받자, 동해 용왕의 부인이 딸을 보내 구해주

고 데려오게 한다. 옥영은 용왕의 딸에게 건네받은 미혼주(迷魂酒)를 마시고 용궁으로 따라가는데 용궁 부인에게서 아버지 매창후가 생전에 용왕의 아들에게 글을 가르치고 수부를 방문하였다가 옥지환을 선물받은 사실에 대해 듣는다.

②-1 몽성의 아버지 이제형(李齊亨)은 서해 용왕 광덕왕(廣德王)의 아들 백어(白魚)가 잉어의 모습을 하고 있다가 그물에 잡혀 생선 가게에서 죽을 위기에 처해 있는 것을 보고, 측은한 마음이 들어 사서 살려준다. 그리고 그날 밤 이제형의 꿈에 백어가 나타나 자신의 신분을 밝히고 훗날에 바다에 표류하는 일이 생기면 도움을 주겠다고 약속하고 사라진다.

②-2 (몽성이 중간에 천상에 갔을 때 광덕왕에게 앞의 일에 대해 암시를 받았으나 깨닫지 못하였다.) 그 뒤에 몽성이 운남으로 유배를 가는 도중에 남해의 장강(瘴江)에서 용이 배를 뒤집으려 하자 백어가 나타나 구해주고서는, 몽성의 아버지가 자신의 목숨을 살려주었기 때문에 와서 도운 것임을 설명한다.

2. 작가의식

1) 주체적 여성형상

여성이 서사의 주체적인 존재가 되기 위해서는 우선 남성의 부재가 전제가 되어야 한다. 전근대 사회에서 남성은 많은 영역에서 결정권을 지니는데, 남성 인물이 다수 등장하여 사건을 주도하고 문제를 해결한다면 여성이 서사에서 차지하는 역할은 매우 제한적일 수밖에 없다. 일반적인 현실과 다름없이 등장인물이 구성되고 이로 인해 평범한 서사가 전개된다면 남녀가 함께 상호작용하며 역동적인 장면을 구성해낼 수 없으며 이는 필연적으로 소설의 완성도와 독자의 흥미를 반감시키는 결과를 가져온다. 이런 측면에서 《파릉기사》는 결정권을 지닌 남성 부재가 확인되고 그에 따라 등장하는 여성 인물의 활동이 역동적이며 결정적으로 여주인공의 의식과 행동에서 주체적인 여성형상이 강하게 드러난다.

작품 속에 등장하는 여성 인물의 숫자가 상대적으로 많은데 미혼인 경우에는 아버지가 없고 기혼인 경우에는 남편이 없는 것으로 설정되어 있으며, 남성 인물은 몇 명 되지 않고 대부분 아버지가 없는 것으로 설정되어 있는 것이 특징이다. 여성 인물 중에 다수를 차지하는 게 시비(侍婢)인데 그들은 별 다른 제한 없이 여러 지역을 오고가며 편지나 소식을 전하여 사건의 맥락을 이어주고, 또 옥영과 함께 고난을 겪기도 한다.

한편 옥영이 주도적인 활동을 가능케 하는 중요한 배경은 옥영의 부모가 모두 죽어 고아의 신세가 되었다가 다른 집의 양녀로 들어가는 것이다. 혈연으로 이어지지 않은 양모(養母)는 가정이라는 울타리가 되어주면서도 남녀 주인공의 혼사를 주도하지 못하고 긍정적 상황을 조성하는 데 힘쓰는데, 이는 특히 옥영이 몽성과 결연을 맺는 과정인 작품의 중반부까지 옥영이 주체적으로 의사를 결정을 할 수 있게 하는 밑바탕이 된다. 이와 함께 전체 작품에서 옥영의 주체적 여성형상이 잘 드러난 곳이라 생각되는 부분은 다음과 같다.

① 혼사의 결정권을 가진 옥영
몽성은 춘풍루 아래에서 우연히 옥영을 마주친 뒤로 조력자인 정 정부(鄭貞婦)의 도움을 받아 옥영에게 구애하지만 옥영은 단호하게 거절한다. 그 뒤에 몽성은 정 정부를 통해 옥영의 양모 정씨 부인의 환심을 사고, 정씨 부인이 몽성에게 직접 옥영과의 혼인을 제안하여 약속을 맺었으나 옥영은 예(禮)에 맞지 않다는 이유로 혼인을 받아들

이려 하지 않는다. 몽성이 자신의 집에서 옥영의 아버지가 양가의
혼인을 약속했던 편지를 가져와 전달한 뒤에야 옥영은 혼인을 허락
한다.

② 운남으로 유배를 간 몽성을 찾아가는 옥영

정치가 어지러워지자 몽성이 황도로 가서 정치를 바르게 할 것을 간
하는 내용의 상소를 올리니 조정의 비난을 받아 운남(雲南)으로 유배
를 가게 된다. 뒤늦게 몽성이 남긴 편지를 통해 그 소식을 접한 옥영
은 친지들의 만류에도 불구하고 고심 끝에 시비 녹양(綠楊)과 여승으
로 변장하고 배를 빌려 운남에 유배를 가 있는 몽성을 찾아간다.

③ 몽성이 성공할 수 있도록 권유하는 옥영

혼인을 치른 뒤에 몽성이 공부를 게을리 하자 몽성에게 학문을 권하
고, 과거 시험을 시행한다는 소식을 듣고도 망설이는 몽성을 분발시
켜 과거 시험에 응시하게끔 한다. 그 뒤에 북송이 금나라에 의해 멸
망하자 회계 태수(會稽太守)의 임기를 마치고 돌아온 몽성에게 새로
즉위한 황제를 따라 나라에 충성을 바치라고 촉구한다. 이에 몽성은
응천부(應天府)로 달려가 종군하는데 간신의 모략으로 금나라에 사
신을 가서 오래 억류되었다가 돌아와 공을 인정받는다.

2) 신분에 따른 이중적 인식

전반부에 옥영의 아버지 매창후(梅昌後)가 술사(術士)를 불러 옥영의
인생을 점치게 하는 장면이 나온다. 술사의 대답이 매우 상세하니 정확
한 나이를 거론하면서 그때 옥영이 처하게 될 상황을 비유적으로 설명
한다. 《파릉기사》는 몽성과 옥영이 주인공이지만 옥영이 상대적으로
좀 더 비중이 큰데, 술사의 대답은 소설의 줄거리를 미리 제시하는 것
이면서 사대부 집안의 딸인 옥영이 인생을 살면서 고난을 겪은 끝에

영화를 누리게 될 것임을 짐작할 수 있게 한다.

독특하게도 결말 부분에서 그간 옥영과 생사고락을 함께 한 시비 녹양이 양민의 신분이 되어 무과로 승승장구하는 남편을 만나 함께 명부(命婦)의 지위에 오른 것을 두고는, 사람이 세상을 살면서 누리는 영화와 현달(顯達)은 귀천에 구애받지 않고 지극한 정성을 말미암는다고 하였다. 그에 반해 옥영의 일생을 평가하면서 인생의 궁달(窮達)은 전부터 정해져 있는 것이어서 옥영의 평생이 처음부터 끝까지 모두 추명(推命)을 징험하였다고 하였다. 종의 신분인 녹양에게는 노력과 정성이 강조된 반면 사대부 집안의 딸인 옥영에게는 부여된 운명에 따라 충실히 생애를 살아가는 것에 방점을 두어, 노비와 사대부 신분 간에 대해 인식의 차이를 드러내고 있다.

3) 정절과 충효의 구현

한문소설의 창작에 여러 가지 요인이 있겠지만, 일반론의 수준에서 논하자면 현실감을 지닌 가상의 세계를 구성하여 그곳에서 작자의 의도를 드러내는 데 있다고 할 수 있다. 작자의 의도를 드러내려고 세계를 구성할 때 현실 세계가 추구하는 가치를 배제하고 서사를 진행할 수 없기에, 현실 세계에서 중요시 하는 가치가 큰 맥락을 차지하게 되는 것이다. 전근대 시대에 사대부를 비롯하여 일반 백성들까지 모두 유교적 이념을 가지고 세계를 인식하였으므로, 중요시되는 가치는 여자에게는 '정절'이고 남자에게는 '충'이며 '효'는 남녀의 구분이 없는 것이라고 하겠다.

여성에게 '정절'이 중요한 것은 예법이 갖추어지지 않은 상태에서 원하지 않는 대상에게 '실절(失節)'하는 상황이 발생하고 그에 따라 어떻게 대처할 것인지가 여성의 생존에 아주 큰 문제가 되기 때문이다. 옥영이 정씨 부인에게 입양되어 오군(吳郡)으로 갈 때, 금화산(金華山) 아래에서 같은 지역의 부자인 설도징(薛道徵)의 사주를 받은 조평(曹平)의 무리에게 위협을 받아 실절의 위기에 처하자 바로 자살을 결행하려고 하는 데서 그 심각성을 알 수 있다. 여성의 실절은 곧 도덕적으로 치명적인 오점이 되므로, 실절의 상태로 사는 것은 죽는 것만 못한 상황이된다. 그런 까닭에 정절은 목숨보다 중요한 가치가 될 수밖에 없는 것이다. 그 뒤에 다시 설도징의 사주를 받은 무녀 위춘대(魏春臺)가 앞서 있었던 사건과 관련하여 옥영이 실절했다고 유언비어를 퍼뜨리고, 이를 들은 정씨 부인이 파양(罷養)의 논의를 꺼내자 옥영의 실절 여부가 또 다시 문제가 된다. 실절은 그에 대한 의혹이 제기되는 것만으로도 옥영이 감당하기 힘든 부담을 느끼는데, 확실한 증거와 주변의 적극적인 변호에 힘입어 겨우 의혹에서 벗어날 수 있었다.

이와 달리 남성에게는 '충'이 요구된다. 유교를 학습한 사대부의 궁극적인 지향은 일종의 '부정(不正)'의 상태에 있는 나라를 '정(正)'으로 바로잡는 데 있고, 남주인공은 기본적으로 재자(才子)와 가인(佳人)의 자질을 갖추고 있다. 사대부로서의 지향과 뛰어난 자질을 가진 몽성은 필연적으로 나라에 충성을 바치기 위한 활동을 하는데, 초야(草野)에 있을 때는 상소를 올리는 것으로 과거에 급제한 뒤로는 간언을 올리고 금(金)나라에 사신을 가는 것으로 구체화된다. 이러한 행동이 의도와는 달리 상소를 올린 뒤에 귀양을 가게 되거나 금나라에 사신을 갔다가 구금되는 등의 사건으로 이어져, 바로 긍정적인 결과를 가져오진 못하지만 고난과 인내의 과정을 거친 뒤에 그 충성의 공이 더 크게 부각되었다.

'효'는 부모와 자식 간에 강조되는 덕목이다. 아버지 몽성이 금나라에 사신을 갔다가 거기에 억류된 것은 아들 운남생(雲南生)이 얼굴조차 알지 못하는 아버지를 찾아가는 효를 실천할 기회를 제공하는 측면이 있다. 이는 먼 여정을 지나다가 산속에서 맹수를 만나게 되자 운남생이 아버지 몽성은 나라를 위해 금나라에 사신을 갔기 때문에 충신이고 자신은 그곳에 억류된 아버지를 찾으러 가는 길이므로 효자라고 자부하는 데서 분명하게 나타난다.

3. 결론

이상으로 《파릉기사》의 번역을 토대로 분석한 특징들을 간략하게 정리하였다. 전·중·후의 세 단락으로 서사를 전개하고 있으며, 중간에 이계(異界)인 천상(天上)과 수부(水府)가 상호개입의 양상으로 배치되어 입체적인 공간을 이루고 있음을 밝혔다. 여성이 주도적으로 서사를 진행하고 문제를 해결하는 모습이 주를 이루고 있는 데서 작가의 주체적 여성형상이 드러난다. 그리고 신분에 따른 인식의 차이를 읽어낼 수 있으며, 이와 함께 서사를 확장하여 현실 세계에서 중요시하는 가치인 정절과 충효를 충실히 구현했음을 살펴볼 수 있다.

일러두기

○ 본 원고는 가톨릭대학교 도서관 소장 《巴陵奇事》를 저본으로 하였다.

○ 원문에 충실하게 번역하고자 하였으며, 경우에 따라 의역하였다.

○ 목차는 저본에서 각설(却說)로 표기한 데 따라 나누었다.

○ 등장인물을 구분하는 데 혼란을 피하고자, 원문과는 다르더라도 인물
　마다 최대한 일관된 호칭을 사용하였다.

○ 번역문에서 사용한 부호는 다음과 같다.
　' '：대화 속의 대화 및 인용이나 강조에 사용하였다.
　" "：대화에 사용 하였다.

○ 원문 교감은 다음과 같다.
　이체자는 정자로 바로잡았다.
　오자로 판단되는 경우에는 주석을 달아 바로잡았다.
　보이지 않는 글자는 '□'으로 표시하고, 유추가 가능한 경우에 문맥에
　따라 주석을 달았다.
　각설 앞에 ◎를 달고 단락을 구분하였다.

파릉기사
巴陵奇事

〈1〉 송(宋)나라 희녕(熙寧)[1] 연간에 회계현(會稽縣) 용문산(龍門山)에 처사 한 명이 있었는데, 성은 매씨(梅氏)이며, 이름은 창후(昌後)이며, 자(字)는 경보(慶甫)이니 한(漢)나라 남창위(南昌尉) 매복(梅福)[2]의 후손으로 학문과 도덕이 한 시대의 으뜸이었다. 어진 이들이 배출될 때에 벼슬살이에 뜻이 없던 것은 아니었지만, 왕려(王呂)의 변법(變法)[3]을 통한(痛恨)하여 여러 번 조정에서 불렀으나 한 번도 출사하지 않고 양가죽 옷을 입고서 못 가운데서 낚시를 하며 지냈으니[4] 세상에서 '청절 선생 (淸節先生)'이라고 일컬었다.

당시 파릉군(巴陵郡) 학봉촌(鶴峰村)에 이제형(李齊亨)이라는 사람이

---

1) 희녕(熙寧) : 송 신종(宋神宗)의 연호(年號, 1068~1077)이다.
2) 매복(梅福) : 자(字)는 자진(子眞)으로, 한(漢)나라 남창현위(南昌縣尉)를 지냈으며, 성품 이 정직하여 과감하게 발언하다가, 왕망(王莽)이 전횡(專橫)을 하자 처자를 버리고 은거하 여 신선이 되었다고 한다. 그래서 '매선(梅仙)'으로 일컬어지기도 한다. 《漢書 卷67 梅福傳》
3) 왕려(王呂)의 변법(變法) : 왕려는 왕안석(王安石)과 여혜경(呂惠卿)을 말하고, 변법은 송 신종 때 왕안석이 시행한 일련의 개혁 정책인 신법(新法)을 가리킨다.
4) 양가죽……지냈으니 : 강호에 은거하는 은자의 모습을 가리킨다. 후한(後漢)의 엄광(嚴光) 이 젊어서 광무제(光武帝)의 벗이었는데 광무제가 즉위한 뒤 벼슬을 하지 않고 성명을 바꾸 고 은거하며 지냈다. 황제가 엄광의 어짊을 생각하여 그를 찾아오게 하니 나중에 제(齊)나 라에서 상언(上言)하기를 "한 남자가 양가죽을 입고 못 가운데서 낚시질을 하고 있습니다. [有一男子被羊裘 釣澤中]"라고 하였다. 《後漢書 卷83 嚴光傳》

있었는데 자는 태중(泰仲)이며 또한 명문가의 자제로 학문과 행실이 고명하여 창후와 명성이 나란하였다. 명예와 벼슬을 구하지 않고 홀로 한가한 곳에서 지내니 '학봉 선생(鶴峰先生)'이라고 불렸다. 매 청절(梅淸節)이 한 번 만나보고자 했지만 오래도록 그렇게 하지 못하였는데, 나중에 파릉을 지나다 우연히 강가에서 도롱이와 삿갓을 쓰고 홀로 찬 강에서 낚시하고 있는[5] 그를 보고는 마침내 함께 대화를 나누게 되었다. 〈2〉 갈옷을 입고서 이를 잡으며 당세의 일에 대해 마치 곁에 아무도 없는 듯이 거침없이 말하여,[6] 흉금(胸襟)이 시원하고 지기(志氣)가 서로 맞으니 며칠을 함께 머물면서 마음을 함께하는 벗이 되었다.

이로부터 서로 왕래하니 이름과 소문이 더욱 퍼져서 함께 소명(召命)을 받았는데, 이제형은 부름에 응하여 나아가고 매창후는 끝내 응하지 않고서 강호에 은거하며 세상을 잊으려는 뜻을 두어 '용문 처사(龍門處士)'라고 자호(自號)하였다. 별도로 몇 칸의 정사(精舍)를 지어 '삼성당(三省堂)'[7]으로 이름하고 문인 제자들과 함께 경전을 강론하였다. 어느 날 청의 동자(靑衣童子)가 나타났는데 어디에서 왔는지 알 수 없었다. 동자가 당(堂)에 올라 배알(拜謁)하니 매 처사(梅處士)가 말하였다.

"너는 어느 고을의 누구 집 아이인가?"

동자가 대답하였다.

---

5) 도롱이와……있는 : 당(唐)나라 유종원(柳宗元)의 〈강설(江雪)〉 시에 "외로운 배에 도롱이와 삿갓 쓴 노인네가, 홀로 눈 내리는 찬 강에서 낚시하네.[孤舟蓑笠翁 獨釣寒江雪]"라고 하였다.

6) 갈옷을……말하여 : 기탄없이 대담하게 담론하는 것을 뜻한다. 《진서(晉書)》 권114 〈왕맹전(王猛傳)〉에 "(왕맹이) 환온이 관중(關中)으로 들어왔다는 말을 듣고 갈옷을 입고 찾아가서 이를 잡으며 당세의 일을 말하되 옆에 사람이 없는 것처럼 거리낌이 없었다.[聞桓溫入關 被褐詣之 捫蝨而談當世之務 旁若無人]"라고 하였다.

7) 삼성당(三省堂) : 《논어(論語)》 〈학이(學而)〉에 "나는 날마다 세 가지 일로 나 자신을 반성하니, 남을 위하여 일을 도모하면서 진심을 다하지 않았는가? 벗과 사귀면서 진실하지 않았는가? 배운 것을 익히지 않았는가?[吾日三省吾身 爲人謀而不忠乎 與朋友交而不信乎 傳不習乎]"라고 하였다.

"소자(小子)는 동해 광연왕(廣淵王)[8]의 아들입니다. 수부(水府)[9]에 문장을 잘 하는 이가 없어 옥황상제(玉皇上帝)의 명령을 천양(闡揚)하기 어려웠습니다. 그래서 부왕(父王)께서는 오래전부터 선생의 훌륭한 명성을 흠모하여 소자를 이곳으로 보냈으니 제자가 되어 선생의 가르침을 받기를 원합니다."

〈3〉 매 처사가 말하였다.

"바다와 육지는 세계가 다른데 네가 어떻게 배울 수 있겠느냐?"

동자가 말하였다.

"해궁(海宮)과 양계(陽界)는 비록 길이 다르다고 하지만 저는 용의 자손으로 신통(神通)하여 자유로우니 육지와 바다를 오가며 배우는 데에 무슨 어려움이 있겠습니까?"

매 처사가 동자의 말을 기이하게 여겨 문하에 두고 가르치니, 매우 총명하여 용의 음성으로 익히고 읽어서 일취월장(日就月將)하여 학사(學士)보다 뛰어났다. 아침에 왔다가 저녁에 돌아가기를 몇 년 동안 하였는데 하루는 그의 부왕의 명으로 말을 전하였다.

"선생께서 계신 곳을 찾아가 인사를 드리고 싶지만 직무가 중하여 마음대로 육지로 나갈 수 없으니 아들을 보내 모셔오고자 합니다."

매 처사가 말하였다.

"여기에서 동해가 길이 만 리나 되는데 어떻게 가겠는가?"

---

8) 광연왕(廣淵王) : 동해의 해신(海神)이다. 참고로 사해(四海)의 해신 명칭은 이설(異說)이 많아 특정하기 어려운데 이는 왕조(王朝)마다 사해의 신을 봉왕(封王)하는 명칭이 달라서 후대에 뒤섞여 쓰였기 때문이다. 원문의 그것도 마찬가지로 여러 곳에서 나오는 칭호가 혼재되어 있다. 가장 오래된 기록으로 당(唐)나라 두우(杜佑)의 《통전(通典)》 권46 〈예전(禮典)〉에 "천보 10년 정월에, 동해의 신을 광덕왕에 봉(封)하고 남해의 신을 광리왕에 봉하고 서해의 신을 광윤왕에 봉하고 북해의 신을 광택왕에 봉하였다.[天寶十載正月 以東海爲廣德王 以南海爲廣利王 以西海爲廣潤王 以北海爲廣澤王]"라고 하였다.

9) 수부(水府) : 해신(海神)이나 용왕(龍王)이 산다고 하는 바다 속의 궁전을 가리키는 것으로 해궁(海宮)·수궁(水宮)·수국(水國)도 같은 뜻이다.

동자가 말하였다.

"선생께서 만약 가고자 하신다면 또한 어찌 어렵겠습니까?"

다음날 말을 끌고 와서 선생의 앞에 놓고 고(告)하였다.

"이는 용마(龍馬)라서 아주 빠릅니다. 이 말을 타고 가면 〈4〉 천 리가 한순간이니 선생께서는 말에 오르십시오."

매 처사가 용마를 타자 쏜살처럼 빨리 달려 홀연히 한 곳에 도착하니 푸른 바다가 하늘까지 닿아 있어 바라보아도 끝이 없었다. 매 처사가 동자에게 말하였다.

"네가 변신하여 용이 되는 것을 보고 싶구나."

동자가 말하였다.

"소자가 변신하는 것은 어려운 일이 아니나 선생을 놀라게 할까 걱정됩니다."

매 처사가 말하였다.

"네가 용이라는 것을 이미 알고 있으니 어찌 두려워하겠는가?"

동자가 말하였다.

"말씀대로 하겠습니다."

그러고서는 즉시 소매 안에서 갑의(甲衣)을 꺼내 입어 바로 한 마리의 청룡(靑龍)으로 변신하니 갈기는 아래로 늘어지고 비늘은 번쩍번쩍 빛났다. 검은 구름 속으로 몸을 돌려 올라가니 울음소리가 진동하고 기상(氣像)이 기험(奇險)하여 지척간의 구름과 바람이 만 가지로 변화하였다. 매 처사가 마음속으로는 그가 용왕의 아들임을 알고 있었지만, 그 기이한 형태를 목격하고는 헤아릴 수 없는 변화에 놀라 기색이 위축되었다. 동자가 즉시 용복(龍服)을 벗고 다시 원래 사람 모습으로 돌아와 홀연히 앞에 있으니 매 처사가 놀란 정신을 잠시 안정시켰으나 아직도 두려움이 남아있었다. 〈5〉 동자가 매 처사를 등에 업고서, 물속으로 들어갈 것을 청하였는데 매 처사가 머리를 흔들며 굳게 사양하니 동자가 말하였다.

"지금 이미 여기까지 오셨는데 어찌 중간에 돌아가려 하십니까? 눈을 감고 계시면 금방 도착할 것입니다."

매 처사가 비록 따라가고 싶지 않았으나 이러지도 못하고 저러지도 못하여 부득이 등에 오르니 들리는 것은 쓸쓸히 부는 바람 소리와 잔잔히 흐르는 물소리일 뿐이었다. 잠깐 사이에 도착하였는데 우뚝이 솟은 궁전이 위의(威儀)가 엄숙하여 마치 세상 어느 나라의 왕도(王都)와 같았다. 용왕(龍王)이 매 처사가 왔다는 소식을 듣고 면류관(冕旒冠)을 쓰고 검을 차고서 나와 계단 위로 그를 맞이하고 공경을 다해 감사를 표하며 말하였다.

"과인(寡人)이 대대로 동해를 지켜오면서 해왕(海王)이라 불립니다. 옥황상제의 명을 받들어 비와 물을 주관하여 바람 수레[風車]와 구름 말[雲馬]을 타고 천정(天庭)을 왕래하고 있습니다. 하지만 봉사(封事)[10]를 아뢸 적에는 문장을 능숙하게 하는 이가 없어 참으로 수국(水國)의 흠이 되었기에 천식(賤息)으로 하여금 인간 세상에서 학문을 배워 오게 하였습니다. 다행스럽게도 선생께서 물리치지 않으시어 고명한 문장을 배워 〈6〉 수궁(水宮)이 이로부터 문장에 능한 사람이 없다가 문장에 능한 사람을 두게 되었으니, 깊은 은혜를 마음에서 잊을 수 없습니다. 몸소 나아가 절하며 감사를 표하는 것이 당연한 예(禮)이지만, 맡은 직무를 비울 수 없는 터라 앉아서 선생의 행차를 맞이하니 마음이 실로 편치 못합니다."

매 처사가 대답하였다.

---

10) 봉사(封事) : 밀봉하여 올리는 건의를 뜻한다. 고대에 관료들이 임금에게 기밀 사안을 건의할 때 누설을 방지하기 위해 검정 주머니에 담아 밀봉하여 올렸기 때문에 봉사라고 한 것인데, 봉장(封章)이라고도 한다. 《한서(漢書)》 권8 〈선제기(宣帝紀)〉에 "신하들에게 봉사를 올리게 하여 아랫사람들의 마음을 알게 되었다.[令羣臣得奏封事 以知下情]"라고 하였다.

"저는 진계(塵界)의 천한 선비로 본래 일컬을 만한 점이 없는데, 대왕(大王)께서 헛된 명성을 잘못 듣고 귀한 자제로 하여금 저에게 와서 배우게 하시니 남의 스승이 된 것이 부끄럽습니다. 게다가 지금 또 초청을 받들어 간곡한 정성을 입었으니 이 은혜를 갚을 방법이 없습니다."

대화가 끝나고 광연왕이 바로 벽소당(碧沼堂)에서 잔치를 열라고 명하니 이때에 원 참군(黿參軍)·별 주부(鱉主簿)·서천후(西川候) 적혼공(赤鯶公)11)이 좌우에서 모시고 있다가 명을 받들고 주선하여 잔치에 음식과 기물을 차렸다. 화려한 대자리가 질서 있고 비단 병풍이 여러 겹 둘러져 있었으며 대모(玳瑁)12) 소반과 호박(琥珀)13) 잔에 아름다운 술과 맛 좋은 안주가 담겨 있어 매우 풍성하고 향기로웠다. 청아(靑娥)는 술잔을 받들고 홍장(紅粧)은 악기를 잡고서 능파(凌波)의 대열로 춤추고 능파의 가사를 노래하여14) 밤늦도록 기쁘고 즐거운 시간을 보내니 인간 세상의 재미난 일 중에 이보다 나은 것이 있을 수 없었다. 〈7〉 매 처사가 열흘을 머물다가 돌아가기를 청하니 광연왕이 말하였다.

"선생께서 지금 이미 이곳에 오셨으니 선물로 줄 글 한 편이 없어서

---

11) 원 참군(黿參軍)……적혼공(赤鯶公) : 모두 수생동물을 의인화한 것이다. 원(黿)과 별(鱉)은 모두 자라를 뜻하는데, 원이 별보다 크다. 적혼공은 당(唐)나라 때 황실(皇室)의 성(姓)인 '이(李)'와 '이(鯉)'가 음이 같아 잉어를 적혼공이라 부른 데서 온 말이다. 《剪燈新話 卷1 水宮慶會錄》

12) 대모(玳瑁) : 열대 지방의 바다거북의 한 가지이다. 등 껍데기가 삼각형이며 빛깔의 변화가 많은데 '대모갑(玳瑁甲)'이라 하여 공예 재료로 쓴다.

13) 호박(琥珀) : 나무의 진액이 땅속에 파묻혀서 돌처럼 굳어진 일종의 광물(鑛物)로, 빛은 대체로 노랗고 광택이 난다.

14) 능파(凌波)의……노래하여 : 능파는 악곡(樂曲) 이름이다. 당 현종(唐玄宗)이 동도(東都)에서 낮잠을 자다가 꿈속에, 능파지(凌波池)에 산다는 용녀(龍女)의 청으로 능파곡을 지었는데, 능파궁(凌波宮)에서 여러 문무(文武) 신료를 모아 놓고 못 곁에서 이 신곡(新曲)을 연주하자 물결이 솟구쳤다고 한다. 《楊太眞外傳》그리고《전등신화(剪燈新話)》권1〈수궁경회록(水宮慶會錄)〉에 "미녀 열 두 명이 반짝이는 주옥을 흔들고 가벼운 치마를 끌며, 연석 앞에서 능파의 대열로 춤추고 능파의 가사를 노래한다.[有美女二十人 搖明璫 曳輕裾 於筵前舞凌波之隊舞凌波之隊 歌凌波之詞]"라고 하였다.

야 되겠습니까? 〈벽소당명(碧沼堂銘)〉을 얻어 수궁과 지각(池閣)을 아름답게 꾸미고자 합니다."

매 처사가 굳게 사양하였으나 부득이하여 이내 붓을 잡고 명(銘)을 써내려갔다.

海作龍宮	바다가 용궁이 되니
龍爲海王	용이 해왕이로다
沼開明堂	못에 명당15)을 열어
朝會群靈	뭇 신령(神靈)에게 조회를 받네
揭名碧沼	벽소로 이름을 걸었으니
取義東方	동방에서 뜻을 취한 것이로다16)
顧名思義	이름을 돌아보고 뜻을 생각하여
有是鑴銘	이 명을 새기노라

모년(某年) 월일(月日)에 용문 처사 매창후 경보는 삼가 쓰노라.

광연왕이 기뻐하여 사례하며 말하였다.

"비단처럼 아름다운 문장이 벽에 걸리니 벽소당의 광채가 배가(倍加)되었습니다."

용왕이 매 처사에게 많은 비단과 보물을 주어서 글을 써준 것에 보답의 뜻을 표하고자 하였으나 그가 사양하여 받지 않으니, 용궁 부인(龍宮夫人)이 시녀를 시켜 옥지환(玉指環) 한 쌍을 받들어 매 처사에게 가져다

---

15) 명당(明堂) : 임금이 정사를 보기도 하고 제사를 지내기도 하는 전당(殿堂)을 뜻한다. 《맹자(孟子)》〈양혜왕 하(梁惠王下)〉에 "명당은 왕자(王者)의 당이다.[夫明堂者 王者之堂也]"라고 하였다.

16) 벽소(碧沼)로……것이로다 : 오행(五行)에서 동방은 청색(靑色)으로 대표되는데, 벽소당(碧沼堂)의 '벽(碧)' 자가 '청(靑)' 자와 뜻이 통하므로 이렇게 말한 것이다.

주고 말을 전하였다.

"비록 좋은 물건은 아니지만 〈8〉 귀댁의 따님 손에 맞으니 또한 훗날에 증표가 될 것입니다."

매 처사가 그것을 받아 넣어 두고는 자신의 집에 딸이 없는 것을 생각하고서 '딸의 손에 맞다.'라고 한 말의 의미를 알지 못하였다. 광연왕이 아들에게 명하여 모시고 육지로 나가게 하니 매 처사가 광연왕에게 절하며 작별하고 물러갔다. 매 처사가 동자와 바다에서 나와 해안으로 올라오자 떠나올 때 탔던 용마가 또 이곳에 있어 곧 타고 집으로 돌아오니 그 사이에 이미 반년이 지나 있었다. 다음날에 동자가 절하고 하직하며 말하였다.

"소자는 지금 이후로 다시 올 날이 없으니 선생께서는 강녕(康寧)하소서."

매 처사가 문을 나와 전송하니 슬픈 마음을 이기지 못하였다. 용궁부인이 선물한 옥지환을 부인에게 주면서 용궁 부인이 해준 말을 전해 주었다. 부인의 성은 왕씨(王氏)이니 고(故) 왕 승상(王承相)의 손녀이다. 천성이 정아(靜雅)하고 부덕(婦德)을 두루 갖추어 〈9〉 봉접(奉接)하는 도리와 수응(酬應)하는 예절에 모두 법도를 따르니 평소 매 처사가 매우 소중히 여겼는데 다만 자식이 없는 것이 한이었다. 이제 남편이 전한 용궁 부인의 말을 듣고는 마음속으로 의아하게 생각하였다. 그러다 어느 날 매 처사가 왕씨 부인에게 말하였다.

"불효가 세 가지 있는데 후사(後嗣)를 두지 못하는 것이 가장 큰 불효가 되네.[17] 우리 두 사람은 나이가 이미 많은데도 아직 자식이 없어, 끝내 후사가 끊어져 조상께 죄를 짓게 되었으니 무슨 면목으로 지하에 가서 선령(先靈)을 뵙겠는가?"

---

17) 불효가……되네 : 《맹자》〈이루 상(離婁上)〉에 맹자가 "불효가 세 가지 있는데, 후사를 두지 못하는 것이 가장 큰 불효이다.[不孝有三 無後爲大]"라고 하였다.

왕씨 부인이 말하였다.

"자식이 있고 없고는 하늘이 정하는 운명이니 한스러워한들 어쩌겠습니까? 그렇지만 제가 일찍이 듣기로 '자식이 없는 사람은 명산(名山)에 있는 절에서 기도하면 혹 자식을 낳을 수 있다.'라고 합니다. 그 말이 허황되지 않은 듯하니 시험 삼아 기도를 드려볼 만합니다. 게다가 용궁 부인의 말에 '딸'이라고 하였으니 비록 허무맹랑한 점이 있으나 또한 기이합니다."

매 처사가 매우 그 말을 옳다고 생각하여 마침내 날을 정해 목욕재계하고 무림산(武林山) 영은사(靈隱寺)[18]에 갔다. 〈10〉 대선사(大禪師) 경원(敬元)과 함께 자식을 기원하는 불공(佛供)을 드리는데 경원이 말하였다.

"이 절은 평소 영험하여 이전부터 자식을 낳고자 하는 사람들이 많은 효험을 보았으니 이 때문에 '영은(靈隱)'이라 이름하였습니다."

대선사의 말을 듣고서 매 처사 또한 마음속으로 희망을 품었다.

각설(却說). 이제형(李齊亨)은 관직이 여양 태수(黎陽太守)에 이르렀는데, 젊은 나이에 벼슬을 그만두고 전리(田里)로 물러나 살면서 황관(黃冠)과 야복(野服)[19]을 입고 냇물과 바윗가를 소요하며 〈귀거래사(歸去來辭)〉를 읊으니 당시 사람들이 '후연명(後淵明)'이라고 불렀다. 하루는 강가에서 낚시를 하다가 저녁이 되어 생선 가게에 들어가니 주인이 큰 잉어 한 마리를 잡아 도마 위에 올리는데, 펄떡펄떡 뛰는 것이 죽음을 슬퍼하는 듯한 모습이었다. 이 학봉(李鶴峰)이 어진 마음이 우러나 주인에게 청하여 사서 물에 풀어주니, 그 물고기가 여러 번 이 학봉을 돌아보다가 유유히 떠나가는데 마치 은혜를 감사히 여기는 뜻이 있는

---

18) 영은사(靈隱寺) : 중국 절강성(浙江省) 항주(杭州) 무림산(武林山)에 있는 절이다.

19) 황관(黃冠)과 야복(野服) : 벼슬 없는 평민의 복장을 뜻하는데, 고상한 은사(隱士)를 비유하는 말로 쓰이기도 한다.

듯하였다. 이날 밤 꿈에 백의 동자(白衣童子)가 앞에서 절한 뒤에 머리
숙이고 사례하며 말하였다.

"소자는 서해(西海) 광덕왕(廣德王)의 아들 〈11〉 백어(白魚)로 아버지의
명을 받들어 동해 광연왕에게 갔다가 돌아오는 길이었습니다. 그런데
갑자기 그물에 걸려 솥 안에서 목숨이 위태로웠는데 다행히 선생께서
구해주시는 은혜를 입어 죽을 뻔했다 살아나니 바다와 같은 은덕(恩德)
이 각골난망(刻骨難忘)입니다. 훗날에 선생께서 풍파(風波)로 인해 바다
에서 표류하게 되신다면 그때 이 은혜를 갚도록 하겠습니다."

그러고서 백 번 절하고 떠나니, 이 학봉이 어느덧 잠에서 깨어나 어
젯저녁에 솥에 삶겨질 뻔했던 물고기가 이 동자라고 여겨 마음속으로
이상하게 생각하였다. 그가 집에서 지내고 세상을 살면서, 자신의 마음
을 미루어 남을 배려하는 것을 일삼아 인심(仁心)과 덕의(德意)가 미치지
않는 곳이 없었으니 사람들이 모두 공경하고 탄복하여 '이씨(李氏) 집안
은 반드시 후복(後福)이 있을 것이다.'라고 하였다. 이 학봉 역시 자식이
없음을 매번 한스러워하다가 마침 이때에 또한 영은사에서 자식을 기
원하기 위하여 향차(香茶)와 지촉(紙燭)[20]을 마련하여 서암(西庵)으로 왔
는데, 매 처사(梅處士)가 먼저 남암(南庵)에 도착해 있다는 소식을 듣고
는 바로 가서 만나 말하였다.

"제가 그대를 만나지 못한 지가 오래되었기에 항상 〈12〉 경모(景慕)하
는 마음이었는데 어찌 이곳에서 약속하지 않고도 만날 줄을 생각이나
하였겠습니까? 참으로 하늘이 도운 것입니다."

매 처사가 말하였다.

"우연한 일이 아니니 반드시 좋은 인연이 있을 것입니다."

7일 동안 함께 재계(齋戒)하고 돌아가는데 길이 달라질 적에 매 처사

---

20) 지촉(紙燭): 지전(紙錢)과 향촉(香燭)인데, 미신(迷信)으로 제사를 지낼 때 쓰는 물품이다.

가 이 학봉에게 말하였다.

"만약 둘 다 남자아이를 낳으면 형제를 맺고, 각자 남자아이와 여자아이를 낳으면 혼인(婚姻)을 시킵시다."

이 학봉이 승낙하고 마침내 서로 이별하여 각자 집으로 돌아갔다. 그 후 왕씨 부인의 꿈에 소애(少艾)[21]가 하늘에서 구름을 타고 내려와 품속으로 들어왔는데 이로부터 임신을 하게 되었다. 매 처사가 부인의 꿈 이야기를 듣고 용왕 부인의 말이 떠올라 딸을 낳게 될 것임을 알았다.

이 학봉의 부인은 당(唐)나라 안서대도호(安西大都護) 두섬(杜暹)[22]의 후손이다. 이 학봉이 자식을 기원한 이후로 임신하기를 기대하였는데, 어느 날 밤 꿈에 장경성(長庚星)[23]이 뱃속으로 떨어져 이로 인하여 임신하여 열 달을 채워 남자아이를 낳으니 용의(容儀)가 〈13〉 아름답고 기질(氣質)이 빼어났다. 이 학봉이 매우 기뻐하여 부인이 꾼 태몽(胎夢)의 의미를 가지고 이름을 '몽성(夢星)', 자를 '천강(天降)'으로 지었다.

이날 매 처사의 부인도 산기(産氣)가 있어 베개에 누워있으니 상서로운 구름이 방을 감싸고 좋은 향기가 방에 가득하였다. 그러다 홀연히 양 갈래 머리를 한 여자 둘이 밖에서 들어와 왕씨 부인을 부축하여 해산을 도우니 곧 여자아이였다. 여자들이 아이를 씻겨 비단 강보(襁褓)에 눕혀두고 유유히 떠나가니 어디로 갔는지 알 수 없었다. 매 처사가 금옥(金玉)을 아끼듯 사랑하여 이름을 '옥영(玉英)', 자를 '설중향(雪中香)'으로 지었다. 그 후에 이 학봉이 매 처사에게 편지를 보냈다.

---

21) 소애(少艾) : 젊고 아름다운 여자를 말한다.

22) 두섬(杜暹) : ?~740. 당 현종(唐玄宗) 때 명신으로 관급사중(官給事中), 황문시랑 겸 안서부대도호(黃門侍郎兼安西副大都護) 등을 지냈으며 효성, 절검(節儉), 청렴, 장서가(藏書家) 등으로 저명한 인물이다.

23) 장경성(長庚星) : 금성(金星)의 별칭으로 '태백성(太白星)'이라고도 한다. 이백(李白)의 어머니가 이백을 낳을 때 장경성을 삼키는 태몽을 꾸고 이름을 '백(白)'으로 지었다고 한다.

절에서 손을 맞잡고 이별한 지 이제 몇 년이 되었으니 그리운 마음은 서로 마찬가지일 것이라 생각합니다. 제가 뒤늦게 남자아이를 얻어 저희 집안에 큰 다행이 되었는데, 선생께서도 이런 경사(慶事)가 있습니까? 이별할 때 약속한 말을 서로가 저버리지 않았으면 합니다.

모년(某年) 월일(月日)에 벗 이제형은 재배(再拜)합니다.

매 처사가 편지를 보고 부인에게 말하였다.

"지난번에 영은사(靈隱寺)에 갔을 때 마침 이 학봉과 함께 자식을 기원하였는데 끝내고 돌아오는 날에 서로 남녀를 낳으면 혼인시키자고 굳게 약속했었네. 지금 이 학봉의 편지를 보니 그는 과연 남자아이를 얻었고 우리도 여자아이를 얻었으니 그때 약속한 말을 서로가 〈14〉 저버려서는 안 되네."

왕씨 부인이 말하였다.

"우리 집안과 이씨 집안이 혼인을 맺는다면 어찌 좋은 일이 아니겠습니까?"

매 처사가 즉시 답서(答書)를 썼다.

선생과 이별한 지 어느새 몇 년이 지났으니 그간 남쪽으로 흘러가는 구름을 바라보며 저의 그리움은 아득히 깊어갔습니다. 그러던 차에 지금 보내주신 편지를 받아보고 선생의 도체(道體)24)가 진중(珍重)하고 또 농장(弄璋)25)의 경사가 있다는 것을 알았으니 덕문(德門)을 우

---

24) 도체(道體) : 편지에서 상대방의 안부(安否)를 물을 때 도덕(道德)이 높은 사람의 몸이나 건강 상태를 뜻하는 경어(敬語)이다.

25) 농장(弄璋) : 구슬을 가지고 논다는 뜻으로, 아들을 낳은 것을 말한다. 《시경(詩經)》〈소아(小雅) 사간(斯干)〉에 "아들을 낳아서는 평상에 재우며, 치마를 입히고 구슬을 희롱하게 한다.[乃生男子 載寢之牀 載衣之裳 載弄之璋]"라고 하였다.

러러 보며 매우 축하드립니다. 저 또한 농와(弄瓦)[26]를 보았으니 후사가 끊어지는 것에 비하면 조금 이 마음에 위로가 됩니다. 〈15〉 일찍이 선생과 서로 과갈(瓜葛)[27]의 의리를 의탁하였으니 어찌 전에 약속한 말을 저버리겠습니까?

모년(某年) 월일(月日)에 벗 매창후는 재배합니다.

이 학봉은 매 처사의 답서를 간직하여 훗날 혼인을 약속한 증거로 삼고자 하였고, 매 청절(梅淸節)도 이 학봉의 편지를 깊이 숨겨두고 옥영(玉英)이 장성하기를 기다리며 깊은 규중(閨中)에서 기르니 남들이 이 일을 알지 못하였다. 옥영이 점점 자라니 자태가 남다르고 성품도 총명하여 경서(經書)와 역사(歷史)에 능통하였다. 매 청절이 이를 매우 기특하게 여겨서 직접 가르쳤는데, 곳곳마다 강론하고 이해하여 마치 학문을 한 선생과 같았고 길쌈과 바느질 솜씨는 그야말로 하늘이 내린 재주였다. 매 청절이 술사(術士)를 불러 옥영의 평생을 점치게 하니 술사가 말하였다.

"이 아이는 처음에 곤궁하다가 나중에 귀해지는 상(象)입니다. 12세 이후는 봄 햇살이 비치는 동산에 핀 꽃이 비에 젖는 격(格)이고, 15세 이후는 〈16〉 가을바람 부는 강가에 부평초가 물에 떠가는 격이고, 17세 이후는 꽃이 봄의 규중에서 단장하는데 나비가 향기를 훔치는 격이고, 19세 이후는 원앙(鴛鴦)이 외로이 잠들어 달뜬 밤에 상심하는 격이고,

---

26) 농와(弄瓦) : 실패를 가지고 논다는 뜻으로, 딸을 낳는 것을 말이다. 《시경》〈소아(小雅) 사간(斯干)〉에 "여자를 낳아서는, 방바닥에 잠재우고, 포대기로 덮어 주며, 실패를 갖고 놀게 한다.[乃生女子 載寢之地 載衣之裼 載弄之瓦]"라고 하였다.

27) 과갈(瓜葛) : 덩굴이 뻗어서 서로 얽힌 외와 칡으로, 집안의 혼인으로 맺어진 관계를 뜻한다. 후한(後漢) 채옹(蔡邕)의 〈독단(獨斷)〉에 "무릇 선제(先帝) 및 선후(先后)와 과갈의 관계가 있는 이들이……모두 모였다.[凡與先帝先後有瓜葛者……皆會]"라고 하였다.

20세 이후는 외로운 여승(女僧)이 조각배를 타고 바다에 들어갔다가 길을 잃는 격이고, 22세 이후는 사랑하여 나를 좋아하는 이와 손을 잡고 함께 돌아가는 격이고,[28] 25세 이후는 봄바람이 뜻을 얻어 매화와 오얏이 함께 활짝 피는 격이고, 30세 이후는 과부가 북실이 부족한 것을 걱정하지 않고[29] 기둥에 기대어 근심을 펴는 격이고, 35세 이후는 해가 서쪽으로 지는 저녁에 높은 데 올라 먼 곳을 바라보는 격이고, 40세 이후는 화순(和順)이 내면에 쌓여 영화가 밖으로 드러나는 격이니 80의 장수를 누린 뒤에 남편과 함께 세상을 마칠 팔자입니다.”

매 청절이 듣고서 마음속으로 괴이하게 생각하였다. 옥영이 겨우 12세일 때 매 청절이 병이 들었는데, 자신이 다시 일어날 수 없음을 알고 집안일을 처리하면서 옥영을 훗날에 이 학봉의 집안과 혼인을 시키겠다는 뜻으로 〈17〉 별도의 유서를 써서 상자에 담아 두었다. 그리고 또 옥영의 인생을 점친 글을 부인에게 맡기고 며칠 뒤에 그대로 세상을 떠나니 온 집안이 통곡하였다. 왕씨 부인이 직접 염(殮)하고 하관(下棺)하여 예를 다하여 장례를 치렀는데, 1년이 지나기도 전에 왕씨 부인이 또 병이 들어 반년 동안 앓다가 끝내 죽으니 옥영이 어머니 시신을 안고 통곡하여 온갖 수단으로 따라 죽고자 하였지만 마음대로 할 수 없었다.

집안에 늙은 여종 하나가 있는데 이름은 ‘초정(草貞)’이고 자는 ‘해당화(海棠花)’이니 바로 옥영의 유모(乳母)였다. 젊어서 남편을 잃고 다만 딸 하나를 두어 이름은 ‘녹양(綠楊)’이고 자는 ‘위성춘(渭城春)’이니 옥영

---

28) 사랑하여……격이고 : 《시경》〈패풍(邶風) 북풍(北風)〉에 “북풍이 세차게 불어오며 함박눈이 흩어져 내리도다. 사랑하여 나를 좋아하는 이와 손잡고 함께 돌아가리라.[北風其涼 雨雪其雱 惠而好我 携手同歸]”라고 하였다.

29) 과부……않고 : 자신의 일을 잊고서 나라를 걱정한다는 뜻이다. 《춘추좌씨전(春秋左氏傳)》 소공(昭公) 24년 조에 “과부가 베 짜는 북실이 끊어질 것은 걱정하지 않고서 천자의 나라인 주나라가 망할 것을 걱정한다고 하는데, 이는 그 재앙이 자기에게도 미칠 것이라고 여겨서이다.[嫠不恤其緯 而憂宗周之隕 爲將及焉]”라고 하였다.

과 동갑이고 또한 자태가 아름다운 데다 시사(詩詞)에 능통하고 금가(琴歌)를 잘하니 옥영이 자매처럼 아꼈다. 초정은 집안일을 주관하여 장례와 제사에 모두 정성을 다하였고, 옥영은 아침저녁으로 영궤(靈几) 앞에 엎드려 고사(告辭)하고 곡하였다.

哀哀父母	애달프고 애달픈 부모님이여
生我劬勞	나를 낳고 기르느라 애쓰셨네 〈18〉
欲報深恩	깊은 은혜 갚고자 하나
昊天罔極	하늘과 같아 끝이 없도다[30]
今也則亡	지금 이렇게 돌아가시니
定省無所	혼정신성(昏定晨省)을 드릴 곳 없네
縷縷人生	끊어지지 않는 이 삶
胡不遄死	어찌하여 빨리 죽지도 않는가[31]

피눈물이 치마를 적시니 지켜보는 사람들이 슬픔을 이기지 못하였다. 삼년상을 마치고 유모가 병이 드니, 옥영과 녹양이 유모의 곁을 떠나지 않고서 약을 쓰고 기도를 드리는 일에 지극정성을 들였지만 병세는 점점 위독해졌다. 유모가 옥영의 손을 잡고 울음을 삼키면서 말하였다.

"주인어른 두 분이 모두 세상을 떠나시고 늙은 제가 모진 목숨을 다행히 인간 세상에 부지하여 낭자를 봉양하여, 앞으로 부귀영화를 누리는 것을 볼 것이라 생각하였는데 지금 또 병이 들었으니 정해진 운명을

30) 애달프고……없도다 : 원래 《시경》 〈소아(小雅) 육아(蓼莪)〉의 구절로, 《명심보감(明心寶鑑)》 권4 〈효행편(孝行篇)〉에 원문과 같이 편집되어 있다.
31) 어찌하여……않는가 : 《시경》 〈용풍(鄘風) 상서(相鼠)〉에 "쥐에게도 사지(四肢)가 있는데 사람으로서 예의가 없단 말인가? 사람으로서 예의가 없는 이는 어찌하여 빨리 죽지도 않는가?[[相鼠有體 人而無禮 人而無禮 胡不遄死]"라고 하였다.

어찌하겠습니까? 아! 낭자는 장차 어디에 의지하겠습니까? 이승에서
나 저승에서도 이 한은 면면(綿綿)히 이어질 것입니다.[32] 제가 죽었다
고 해서 잊지 말고 제 딸을 아껴주어 평생 동안 잘 지내십시오. 황천(皇
天)은 앎이 있으니 낭자는 반드시 후복(後福)이 있을 것입니다."

옥영이 울음을 삼키며 대답하였다.

"박명(薄命)한 내가 잘못이 많아 일찍 부모님을 여의었고, 〈19〉 형제
가 적으니[33] 의지하는 사람이라고는 오직 유모밖에 없었다네. 그런데
이제 나를 버리고 떠나가니 막막한 천지에 내 살아서 무엇하랴."

옥영의 눈에서 옥 같은 눈물이 줄줄 흘러내리는데, 유모가 몇 마디
탄식을 하고서 죽었다. 옥영과 녹양이 서로를 향해 곡하니 위문하러
온 이웃들이 참담한 마음에 차마 이를 바라보지 못하였다. 유모가 죽은
뒤에 장례와 제사를 친어머니처럼 지냈고 그 이후로는 의지할 곳이 없
어 슬퍼하고 괴로워하면서 날을 보냈다. 어떤 사람이 이에 대해 시를
지었다.

龍門山色尙依舊	용문산 경치는 여전한데
淸節家聲此寂廖	매 청절 가문(家門)의 명성은 이리도 적막하구나
故宅寒梅誰是主	고택의 찬 매화 누가 주인인가
滿廷芳草護孤條	뜰 가득 향기로운 풀이 외로운 가지 보호하네

각설(却說). 오군(吳郡) 유 학사(劉學士)의 부인 정씨(程氏)가 친정으로
가는 길에 이곳에 유숙(留宿)하니 그날이 마침 옥영 어머니의 기일(忌日)

---

32) 이……것입니다 : 당(唐)나라 백거이(白居易)의 〈장한가(長恨歌)〉에 "하늘과 땅은 장구하
    여도 다할 때가 있겠지만, 이 한은 면면히 이어져 끊길 날이 없으리라.[天長地久有時盡 此
    恨綿綿無絶期]"라고 하였다. 《白氏長慶集 卷12》

33) 형제가 적으니 : 《시경》 〈정풍(鄭風) 양지수(揚之水)〉에 "끝내 형제 적은지라 너와 나뿐
    이로다.[終鮮兄弟 維子與女]"라고 하였다.

이어서 옥영이 제사를 지내며 통곡하고 있었다. 정씨 부인이 밤중에 옆집 낭자가 울부짖으며 통곡하는 소리가 매우 처량한 것을 듣고서 〈20〉 자연스레 슬픈 마음이 들어 숙소의 안주인에게 물었다.

"어디서 나는 곡소리가 이리도 애달프고 참담합니까?"

안주인이 말하였다.

"이는 가련한 매 청절의 딸이 그 어머니의 기일에 제사를 지내는 것입니다."

정씨 부인이 말하였다.

"그녀는 홀로 지냅니까?"

안주인이 말하였다.

"원래 형제가 없고 또 기복(朞服)과 공복(功服)을 입어줄 가까운 친척이 없어[34] 외로운 홀몸으로, 다만 여종 하나와 서로 의지하고 있으니 이는 이른바 '돌아갈 곳 없는 궁한 사람'입니다."

정씨 부인이 마음으로 불쌍하게 여겨 다음날 길을 떠날 적에 그 집에 이르니 옥영이 무슨 일로 온 것인지 몰라 의심하고 두려워하였다. 정씨 부인이 가마에서 내려 방으로 들어가자 옥영이 엷은 화장에 소복(素服) 차림으로 앞에서 공경히 절하니, 나이는 16세 정도 되어 보였고 옥 같은 용모가 수척하여 마치 가을 달이 구름에 가려진 형상 같았다. 정씨 부인이 옥영을 위로하며 말하였다.

"아리따운 낭자여! 어찌하여 홀로 지내며 이렇게 괴로워하고 있는가? 나는 오군의 과부로 〈21〉 지금 서주(西州)에서 친정 부모님을 뵙고 돌아가는 길인데, 마침 저녁이 되어 귀댁의 옆집에 유숙하게 되었네.

---

34) 기복(朞服)과 ……없어 : 기복은 기년복(期年服)이고, 공복(功服)은 대공(大功) 구월복(九月服)과 소공(小功) 오월복(五月服)을 가리킨다. 진(晉)나라 이밀(李密)의 〈진정표(陳情表)〉에 "밖으로는 기복이나 공복을 입을 만한 가까운 친척도 없고, 안으로는 문에서 손님을 응대할 어린 시종 하나 없습니다.[外無朞功强近之親 內無應門五尺之童]"라고 하였다.

그런데 밤중에 낭자의 애처로운 곡소리를 듣고 내 마음도 절로 슬퍼져 안주인에게 물어보니 낭자의 사정이 나와 똑같았다네. 나의 사정으로 낭자의 사정을 견주어 보건대 참으로 안타까우니, 지금 내가 곡소리가 난 곳을 찾아온 것은 낭자와 함께 그 심회를 풀고자 함이라네."

옥영이 옷깃을 여미고 일어나 절하고 말하였다.

"천지간에 부모님을 여읜 망극(罔極)한 몸으로 매번 빨리 죽기를 원하지만 차마 자진(自盡)할 수는 없기에 다만 박명(薄命)한 저의 삶이 이어지는 것을 한탄하며 지내고 있습니다. 그리고 어젯밤은 곧 저의 어머니 기일이라 제사를 지낸 것입니다."

정씨 부인이 말하였다.

"나 또한 자식이 없어 외로운 처지로 의지할 사람이 없으니 낭자를 양녀(養女)로 삼아 후사(後事)를 의탁하고자 하네. 낭자의 뜻은 어떠한가?"

옥영이 대답하였다.

"혹시라도 귀댁의 양녀로 거둬진다면 이는 어머니가 없다가 어머니가 생기는 격이니 〈22〉 어찌 큰 다행이 아니겠습니까? 다만 생각해 보건대, 저는 본래 친척(親戚)이 없고 외척(外戚)만 있으니 그분들과 의논한 뒤에 결정하는 것이 좋겠습니다."

정씨 부인이 말하였다.

"그렇다면 낭자의 외척 중에 누가 일을 주관하는가?"

옥영이 말하였다.

"어머니의 동생 왕씨(王氏)는 고(故) 이 절동(李浙東)의 부인입니다. 일찍이 과부가 되어 가난한 생활을 하면서도 저를 친딸처럼 아껴주셨으니 반드시 그분의 허락을 얻은 뒤에 결정해야 할 것입니다."

정씨 부인이 직접 이 절동의 집으로 가 절동 부인(浙東夫人)을 뵙고 예를 다한 뒤에 말하였다.

"이 노부(老婦)는 오군 고(故) 유 학사(劉學士)의 부인입니다. 귀녕(歸寧)35)하고 돌아가던 길에 우연히 이 마을에 들렀다가 귀댁의 어진 조카를 만나 그 신세를 들었는데 부모님이 없다고 하니 이는 바로 세상 사람들이 모두 슬퍼하는 처지입니다. 저 또한 과부의 몸으로 자식이 하나도 없어, 어진 조카와 제가 모녀(母女)의 인연을 맺어 저의 후사를 의탁하려고 하니 귀댁에서 이를 허락해 주시겠습니까?"

절동 부인이 말하였다.

〈23〉"부족한 저의 조카가 볼만한 것이 없는데도 존부인(尊婦人)께서 못났다 여기지 않고 자식으로 삼으려 하시니 매우 감사한 마음이 듭니다. 그렇지만 매씨(梅氏)의 딸이 유씨(劉氏)의 딸이 되는 것은 의리상 편치 못한 점이 없지 않습니다."

정씨 부인이 말하였다.

"옛날에 유비(劉備)가 관우(關羽), 장비(張飛)와 함께 도원(桃園)에서 결의(結義)하여 다른 성(姓)을 가진 세 사람이 의형제가 되었지만 후세 사람들이 잘못이라고 여기지 않으니 두 성씨가 모녀의 인연을 맺는 데 무엇을 꺼리겠습니까?"

절동 부인이 말하였다.

"비록 허락하고 싶지만 이 아이의 외척이 또한 많으니 제가 어찌 독단으로 허락할 수 있겠습니까?"

정씨 부인이 말하였다.

"들기로 존부인은 낭자 어머니의 친동생이라 곧 친어머니와 다름이 없으니 어떻게 사람들의 의견을 모두 듣고서 결정하겠습니까? 제가 귀댁의 조카와 만난 것은 하늘이 정해준 운명입니다. 지금 부인께서 여자

---

35) 귀녕(歸寧) : 시집을 간 여인이 친정에 가서 부모를 뵙는 일을 뜻한다. 《시경》〈주남(周南) 갈담(葛覃)〉에 "무엇을 빨고 무엇을 빨지 않으리오? 부모에게 귀녕하리라.[害澣害否 歸寧 父母]"라고 하였다.

아이 하나를 주고받는 일은 미룰 필요가 없을 듯하니 둘이서 가부(可否)를 결정해도 되지 않겠습니까?"

절동 부인이 말하였다.

"존부인께서 이처럼 정성스러우니 제가 어찌 여자아이 하나를 아껴 〈24〉 부인의 지극한 마음에 부응하지 않겠습니까?"

정씨 부인이 허락을 받고 돌아와 옥영에게 말하였다.

"지금 낭자의 이모(姨母) 절동 부인에게 허락을 받았으니 결단코 다른 의론(議論)은 없을 것이다. 내가 집으로 돌아간 뒤에 사람과 말을 이리로 보낼 것이니 녹양과 함께 오거라."

옥영이 말하였다.

"제가 부인과 모녀의 인연을 맺자마자 곧장 헤어지게 되니 아직 정이 돈독하지 못합니다. 부인께서 며칠을 더 머물렀으면 합니다."

정씨 부인이 차마 바로 떠나지 못하여 며칠을 더 머물면서 옥영의 행실과 처사(處事)를 보니 비록 경화(京華)의 사대부가 처자(處子)라도 그녀에게 미칠 수 없었다. 약속한 날이 되어 정씨 부인이 떠나자 옥영이 문을 나와 절하고 이별하니 정씨의 마음이 매우 기뻐 마치 귀한 보물을 얻은 듯하였다. 하루는 옥영이 절동 부인에게 나아가 말하였다.

"제 처지가 홀로는 삶을 보전할 수 없기에 지금 다른 집안의 양녀가 되었으니 조상의 제사와 묘소를 돌보는 일을 장차 누구에게 맡겨야 하겠습니까?"

절동 부인이 말하였다.

"너희 부모님은 〈25〉 이미 아들이 없고 또 가업(家業)이 없으니 누가 후사(後嗣)가 되려 하겠는가?"

옥영이 말하였다.

"우리 집안은 본래 청빈(淸貧)한 가문으로 비록 대대로 전해 내려오는 가보(家寶)는 없으나 또한 제사를 끊어지게 해서는 안 됩니다. 이모께서는 관심을 갖고 염려하여 향불이 적막해지는 지경에는 이르지 않게 해 주십시오."

절동 부인이 말하였다.

"원래 친척이 없어 알맞은 사람을 얻기가 참으로 어려우니 우선 노복 (奴僕)을 시켜 봉행(奉行)하게 하고 나중을 기다려 다시 의논하여 처리하는 것이 좋겠다."

옥영이 또한 후사를 잇는 것이 쉽지 않음을 알고서 억지로 그 말을 따라 묘소를 지키고 제사를 지내는 등의 일을 전적으로 노복 노업(老業)에게 맡겨 봉행하게 하고 집안의 많은 물건들도 모두 부탁하고서 정씨 부인이 사람을 보내주길 기다렸다.

각설(却說). 같은 군(郡)에 부자인 '설도징(薛道徵)'이라는 자가 있었는데 일찍부터 옥영이 어질고 아름답다는 것을 들었고 또 그 집안이 영락(零落)한 것을 알아 첩으로 삼고자 하였으나 다만 옥영의 외척 왕씨(王氏)들이 두려워 감히 꿈도 꾸지 못하였다. 〈26〉 이제 옥영이 오군 유씨 집안의 양녀가 되었다는 소식을 듣고서 매우 개탄(慨歎)하여 급히 일을 꾸미고자 하였지만 같이 일을 계획할 사람이 없었다. 그러다 평강현(平江縣) 화정촌(花亭村)의 무녀(巫女) '위춘대(魏春臺)'가 귀신의 방술(方術)로 왕씨 집안에 총애를 받아 아무 때나 출입한다는 것을 듣고는, 소매에 금전(金錢)을 숨겨 가서 뇌물로 주었는데 위춘대가 이유 없이 뇌물을 주는 것을 의심스럽게 생각하여 그 까닭을 물으니 설도징이 대답하였다.

"나의 부유함은 석 장군(石將軍)[36]에게 뒤지지 않으나, 그에게 미치

---

36) 석 장군(石將軍) : 서진(西晉) 무제(武帝) 때 사람 석숭(石崇)을 가리킨다. 그는 관직을 이용하여 큰 재산을 모으고 사치스러운 생활을 하여 후세에 부자의 대명사가 되었다. 사마륜(司馬倫)이 정권을 잡았을 때 중서령(中書令) 손수(孫秀)가 석숭의 애첩인 녹주(綠珠)를 보고 미색에 반해 그녀를 요구하였는데, 그가 이를 거절하였다가 나중에 앙심을 품고 있던 손수에 의해 죽음을 맞고 집안도 화를 당하였다. 《晉書 卷33 石崇列傳》

지 못하는 점은 녹주(綠珠)와 같은 아름다운 첩이 없는 것이네. 일찍이 들기로 '매씨 집안의 낭자가 녹주보다 배로 낫다.'라고 하여 금낭지계 (錦囊之計)[37]를 행하고자 하나 나를 도와줄 사람이 없는 것을 한스러워 하고 있었다네. 지금 또 들기로 '그 집 낭자가 유씨(劉氏) 집안의 양녀가 되어 오래지 않아 그쪽으로 간다.'라고 하니 무녀가 나를 위해 계획을 세워 옥매(玉梅)가 남의 정원에 옮겨 심어지지 못하게 한다면 이는 바로 무녀의 공이니 천금(千金)으로 보답해도 아깝지 않을 것이네."

〈27〉 위춘대가 말하였다.

"이는 어려운 일이 아니지만 걱정되는 것은 옥영의 이모 절동 부인입 니다. 그녀를 얻고자 하거든 먼저 절동 부인을 유인(誘引)하는 것보다 좋은 계책이 없으니 그런 뒤에야 편하게 일을 꾸밀 수 있을 것입니다."

설도징이 말하였다.

"어떻게 하면 그 방법을 도모할 수 있겠는가?"

위춘대가 말하였다.

"제가 절동 부인과 평소에 잘 지내고 있고 지금 공에게 큰 은혜를 입었으니 중간에서 힘을 다하지 않을 수 있겠습니까?"

설도징이 말하였다.

"과연 무녀의 말처럼 된다면 나는 근심이 없을 것이네."

설도징이 몇 번이나 정성스러운 마음을 표하고 떠났다.

위춘대는 본래 기교(奇巧)를 부리고 아첨(阿諂)을 잘하는 사람이었다. 하루는 절동 부인에게 가서 절하고 아첨하며 말하였다.

---

37) 금낭지계(錦囊之計) : 비단주머니 안에 넣어둔 좋은 계책을 뜻한다. 《삼국연의(三國演 義)》 45회(回)에 주유(周瑜)가 유비와 손권(孫權)의 누이를 정략결혼을 시킨다는 핑계로 유비를 오(吳)나라로 불러들여 죽이려고 하였는데 이를 간파한 제갈공명(諸葛孔明)이 조운 (趙雲)에게 "그대는 주공을 보호하여 동오(東吳)에 들어가되, 이 세 개의 비단주머니를 가져 가게. 주머니에 세 가지 묘계가 들어 있으니 차례대로 행하라.[汝保主公入吳 當領此三個錦 囊 囊中有三條妙計 依次而行]"라고 하였다.

"매씨 집안의 낭자가 유씨 집안의 양녀가 되는 것을 부인께서 허락하셨다고 들었는데 참으로 이런 일이 있었습니까?"

절동 부인이 대답하였다.

"그렇다."

위춘대가 거짓으로 울며 말하였다.

"매씨 집안이 비록 영락하다고는 하나 어찌 대현(大賢)의 후손을 다른 성씨의 집안 양녀로 보낼 수 있습니까? 부인이 직접 길러서, 〈28〉 부유한 집과 혼인을 맺어 그녀로 하여금 조상의 제사를 받들게 한다면 매청절의 영령이 약오(若敖)의 귀신은 되지 않을 것입니다.38) 그런데 만약 다른 집안에 들여보냈다가 거기에서 상대의 지망(地望)을 가리지 않고 혼인시키기라도 한다면, 머지않아 청빈(淸貧)한 서민(庶民)이 될 것이니39) 부인께서는 어찌 이리도 깊이 생각하지 않으셨습니까? 제가 귀댁의 일에 간섭할 사람은 아니지만 이렇게 말씀드리는 것은 떨어진 꽃이 뿌리에서 멀어지는 게 안타깝기 때문입니다."

절동 부인이 말하였다.

"너의 말이 옳다만 내가 정씨 부인과 확고하게 정한 것이라 물릴 수가 없다."

위춘대가 말하였다.

"속담에 '고향을 떠나면 업신여김을 받는다.'라고 하는데 지금 부인

---

38) 약오(若敖)의……것입니다 : 후손이 끊어지지 않는 것을 뜻한다. 춘추 시대 초(楚)나라 투월초(鬪越椒)가 태어났을 때, 영윤(令尹) 자문(子文)이 "이 아이의 형상은 웅호와 같고 음성은 시랑과 같으니, 죽이지 않으면 반드시 우리 약오씨를 멸망시킬 것이다.[是子也熊虎之狀而豺狼之聲 不殺必滅若敖氏]"라고 하였고, 또 "귀신도 오히려 먹기를 구하는데, 약오씨의 귀신이 어찌 굶주리지 않겠는가?[鬼猶求食 若敖氏之鬼 不其餒而]"라고 하였다. 후에 과연 초왕(楚王)을 공격하다가 실패하여 약오씨가 멸족됨으로써 제사 지낼 후손이 끊겨 그 귀신들이 굶주리게 되었다. 《春秋左氏傳 宣公2年》

39) 청빈(淸貧)한……것이니 : 당(唐)나라 두보(杜甫)의 〈단청인(丹靑引)〉 시에 "장군은 위 무제(魏武帝)의 자손인데, 지금에는 서민(庶民)이 되어 청빈한 가문 되었네.[將軍魏武之子孫 於今爲庶爲淸門]"라고 하였다.

께서 유씨 집안이 좋은지 나쁜지를 살피지 않고 경솔하게 먼저 허락하시니 행여 낭자가 나중에 장성하여 청란(靑鸞)이 목계(木鷄)와 짝하는40) 것을 면하지 못한다면 후회해도 어쩔 수 없을 것입니다. 사람의 일로 헤아려 말해본다면 비단옷을 입고 좋은 음식을 먹으며 평생을 즐겁게 사는 것만 못합니다."

절동 부인이 말하였다.

"세상의 사람 일은 〈29〉 본래 정해진 분수가 있으니, 옥영의 팔자가 좋다면 팔자가 좋은 사람이 될 것이고 팔자가 좋지 못하다면 팔자가 좋지 못한 사람이 될 것이니 어찌 반드시 미리 기약할 수 있겠는가?"

위춘대가 다방면으로 설득하였지만 절동 부인이 한결같이 허락하지 않으니 어떻게 할 도리가 없어서 그대로 물러났다. 그리고 또 며칠 뒤에 다시 절동 부인을 만나 옥영의 일을 끌어와 둘러대는 말과 유창한 언변(言辯)으로 계속 종용하니 절동 부인이 불쾌해하며 위춘대에게 말하였다.

"노파(老婆)는 지금 유세객(遊說客)이 되었는가? 어찌 이리도 잔말이 많은가?"

위춘대가 실망하고서 물러났다. 그 와중에 설도징이 찾아와 일이 어떻게 되어 가는지 물어보니 위춘대가 말하였다.

"제가 공을 위하여 두 번 절동 부인의 집으로 찾아가 잘 말하여 파양(罷養)시키려고 하였으나 절동 부인이 고집하여 듣지 않으니 옥영을 얻

---

40) 청란(靑鸞)이 목계(木鷄)와 짝하는 : 아름다운 여인이 볼품없는 남자의 배필이 된다는 뜻이다. 송(宋)나라 때 장복(張復)이라는 자가 있어 부인 손씨(孫氏)보다 32살이 많았다. 마침 손씨가 병이 들어 의원 주묵(周默)을 불렀는데 의원이 손씨의 아름다움을 보고 흠모하게 되었다. 손씨에게 지어 준 〈여손씨(與孫氏)〉 시에 "쉰 넘은 늙은이에게 스무 살의 아내라니, 침침한 눈 백발에다 머리는 숙이고 있네. 붉은 휘장 깊은 곳에서 의논하지 마오, 하늘 밖 청란이 목계의 짝이 되었다네.[五十衰翁二十妻 目昏髮自己頭低 絳帷深處休論議 天外靑鸞伴木鷄]"라고 하였다. 남편 죽은 뒤 손씨는 주묵에게 개가(改嫁)하였다. 《靑瑣高議 卷7 前集》

는 일은 하늘에 올라가는 것보다 어렵게 되었습니다.”

설도징이 답답한 마음을 억누르며 말하였다.

“계책을 어떻게 내야 하겠는가?”[41]

위춘대가 말하였다.

“옥영이 떠나는 날을 기다려 길을 막고 그녀를 납치하는 것이 최선의 방법입니다.”

설도징이 그 계책대로 하려고 마음먹었다. 문하에 식객(食客) ‘조평(曹平)’이 있으니 〈30〉 곧 매씨 집안의 옛 식객으로, 매씨 집안이 몰락한 이후로 배반하여 설도징의 집안에 의탁하고 있는 자였다. 설도징이 그를 불러 은밀히 그 일에 대해 의논하여 말하였다.

“내가 옥영을 데려다 첩으로 삼기 위하여 일을 꾸민 지가 오래되었다. 지금 듣기로 ‘옥영이 오주(吳州)의 유씨 집안의 양녀가 되어 오래지 않아 데리고 간다.’라고 하니 이 기회를 잃어버리면 나의 숙원(宿願)이 끝내 허사가 될 것이다. 가는 길을 틈타서 납치해 오려고 하는데 이는 한 역사(力士)의 일이니[42] 나를 위하여 일을 함께할 사람은 자네뿐이다.”

조평이 대답하였다.

“제가 매 청절의 문하에 3년을 있었지만 한 번도 규수(閨秀)가 있다는 것을 들어보지 못하였는데 과연 이 낭자가 있어서 주공(主公)이 이런 뜻을 두고 있다면 무엇이 어렵겠습니까? 제가 무리들을 거느리고 길을 살피다가 불시(不時)에 나타난다면 매가 참새를 쫓는 것과 같은 형세이

---

41) 계책을⋯⋯하겠는가 : 한 고조(漢高祖) 유방(劉邦)이 진(秦)나라와 전쟁을 하던 중에 고양(高陽)의 전사(傳舍)에 머물면서 역이기(酈食其)에게 “계책을 어떻게 내야 하겠는가?[計將安出]”라고 물었다. 《史記 卷97 酈生陸賈列傳》

42) 한 역사(力士)의 일이니 : 쉬운 일이라는 뜻이다. 한 고조(漢高祖)의 장수인 한신(韓信)이 반역을 꾀한다는 보고가 있자 진평(陳平)이 고조(高祖)에게 거짓으로 제후를 순수하는 척하면서 한신을 부르면 한신이 교외에서 영접할 것이라며 “폐하께서 인하여 사로잡으신다면 한 역사의 일일 뿐입니다.[陛下因禽之 此特一力士之事耳]”라고 하였다. 《史記 卷56 陳丞相世家》

니 그녀를 납치하는 것은 손바닥 뒤집듯이 쉽습니다. 주공이 동쪽으로 떠나는 날을 알아내고 노복들을 제게 주어 길 중간에서 납치해 온다면 그녀는 〈31〉 주공의 소유가 될 것입니다."

설도징이 스스로 좋은 계책이라 생각하여 위춘대를 시켜 옥영이 동쪽으로 떠나는 날을 알아내 보고하게 하니 이들이 중간에서 꾸며내는 일을 사람들은 알지 못하였다.

각설(却說). 정씨 부인이 집으로 돌아간 뒤에 사람과 말을 마련하여 절동 부인의 집으로 보내고 또 여종 둘을 보내 데려오게 하였는데, 한 명은 이름이 '죽랑(竹娘)'이고 자는 '소상우(瀟湘雨)'이며 또 한 명은 이름이 '월아(月娥)'이고 자는 '동정추(洞庭秋)'이니 모두 용모가 아름다운 데다 성품이 충직하고 행실이 선량하여 정씨 부인이 믿고 아끼던 이들이었다. 절동 부인과 옥영은 두 여종이 모두 아름답고 선량한 것을 보고서 법도 있는 집안임을 알아 마음이 매우 기뻤다. 즉시 행장을 꾸려 왕 총관(王摠官)을 시켜 데려가게 하였는데, 왕 총관은 왕씨 부인의 큰 조카이며 왕 장군(王將軍)의 아들로 힘이 남보다 세고 또 궁마(弓馬)의 재주가 있었다. 마침내 날을 정해 길을 나설 때 옥영이 절동 부인에게 절하고 하직하니 절동 부인이 옥영의 손을 잡고 울면서 말하였다.

"내가 가난 때문에 〈32〉 너를 기르지 못하여 다른 집에 양녀로 들였으니 마음이 매우 괴롭구나. 죽기 전에 다시 볼 수 있겠느냐? 내 듣기로 '여기서 오주(吳州)까지의 거리가 오백 리이다.'라고 하니 조심해서 가도록 하여라."

왕 총관의 딸 '월랑(月娘)'은 자가 '운중선(雲中仙)'이니 옥영과 어릴 적부터 함께 어울려 지내 원앙처럼 서로 떨어지지 않았다. 그런데 이제 옥영이 멀리 떠나 정회(情懷)가 좋지 못하니 울면서 옥영을 전송하며 말하였다.

"오주에서 달을 보거든 천 리 밖에 있는 나를 생각해주오."[43)

옥영이 말하였다.

"친척들과 이별하고 부모님 묘소를 버리고 떠나니 이 무슨 인생인가?"

옥영의 눈이 붉은 눈물로 젖으니 좌우에 있던 사람들이 보고 슬퍼하며 오열하지 않는 이가 없었다. 마침내 가마를 타고 길을 나섰다.

이보다 앞서 설도징이 조평으로 하여금 노복(奴僕) 수백 명을 이끌고 곧장 길 중간에 가서 옥영 일행을 기다리게 하였다. 왕 총관이 길을 떠난 지 며칠 만에 금화산(金華山) 아래에 이르렀는데 앞뒤로 수십 리에 인적이라고는 찾아 볼 수 없는 곳이었다. 한 사내가 수백 명의 무리를 이끌고 와서, 〈33〉 각자 칼과 창을 들고 옥영 일행을 둘러싼 채 길을 막으니 왕 총관이 말고삐를 잡고서 물었다.

"너희는 뭐하는 놈들이냐? 어찌하여 길 한가운데서 이런 짓을 하느냐?"

조평이 말하였다.

"나는 설공(薛公) 문하의 식객이다."

왕 총관은 조평이 예전에 매 청절 문하에서 식객으로 지냈던 사람임을 알고 있었기에 더욱 분노가 치밀어 크게 꾸짖었다.

"도적놈아, 너는 매 청절 문하의 옛 식객 아니더냐? 어찌 옛 정의(情義)를 모두 잊어버리고 차마 이런 짓을 하느냐?"

조평이 말하였다.

"요즘 세상의 인심은 때에 따라 바뀌지. 설공이 입혀주는 옷을 입고 설공이 먹여주는 음식을 먹으니, 그의 말을 듣고 그의 모략(謀略)을 따를 뿐이다."

43) 오주에서……생각해주오 : 당(唐)나라 이백(李白)의 〈송장사인지강동(送張舍人之江東)〉 시에 "밝은 해는 저물려 하고, 푸른 물결은 아득하여 기약하기 어려워라. 오주에서 달을 보거든, 천 리 밖에 있는 나를 생각해주오.[白日行欲暮 滄波杳難期 吳州如見月 千里幸相思]"라고 하였다. 《李太白文集 卷13》

왕 총관이 말하였다.

"네가 따르고자 한다는 모략은 무슨 일을 말하는 것이냐?"

조평이 말하였다.

"'한 가지의 매화[一枝梅]'를 얻어 설가(薛家)가 애완(愛玩)할 거리로 삼고자 한다."

왕 총관이 말하였다.

"도적놈이 원하는 것이 금은보화(金銀寶貨)가 아니고 다만 매화 한 가지이니 도적놈의 의도를 내가 이미 알았도다. 〈34〉 비록 뺏으려 하나 쉽게 되겠는가?"

조평이 말하였다.

"일의 득실(得失)은 한 번 싸워보고 나면 알 수 있을 것이다."

조평이 무리들로 하여금 사방에서 에워싸고 창을 휘두르며 돌진하게 하니, 강약(强弱)이 달라서 일행으로 따라간 노복들은 반드시 패할 것이라 생각하였고 왕 총관은 죽을 각오로 싸웠다. 검광(劍光)이 서리와 같고 도적들이 승세(勝勢)를 타는데, 왕 총관은 손에 짧은 병기도 들고 있지 않아 거의 사로잡힐 지경에 이르니 옥영이 치욕을 면할 수 없음을 알고 자결하고자 하여 하늘을 우러러보며 크게 소리쳤다.

"창천(蒼天)이여! 창천이여! 어찌하여 사람을 이 지경으로 만들고도 돌아보지 않는가? 옛날 봉천현(奉天縣) 두씨(竇氏)의 딸들이 도적을 만나 절벽에서 투신하여 죽었으니44) 내 오늘 유독 옛날에 정절을 지킨

---

44) 봉천현(奉天縣)……죽었으니 : 당(唐)나라 봉천현(奉天縣)에 살았던 두씨(竇氏) 집안의 두 딸은 비록 시골에서 자랐지만 어려서부터 지조가 있었는데, 대종(代宗) 영태(永泰) 연간에 도적 수천 명이 그 마을을 약탈하였다. 도적들이 겁박하자 큰딸은 "내가 차라리 죽을지언정 치욕을 당할 수 없다.[吾寧就死 義不受辱]"라 하고는 높은 낭떠러지에서 몸을 던져 죽었고, 작은딸도 이어서 몸을 던져 다리가 부러지고 얼굴이 깨져 유혈이 낭자하자 도적들이 놀라서 그냥 떠나갔다. 뒤에 경조 윤(京兆尹) 제오기(第五琦)의 상주로 정려를 세우고 세금을 영원히 면제해 주었다. 《小學 卷6 善行》

여자의 행실을 본받지 않겠는가?”

마침내 옥영의 가마가 땅에 놓이니 녹양(綠楊)과 월아(月娥), 죽랑(竹娘)이 가마를 지키면서 칼날을 무릅쓰며 죽기를 다투어 싸웠다. 마침 정씨 부인 집 노복 ‘충생(忠生)’이 집을 떠날 때부터 가는 도중에 생각지 못한 변고가 있을까 염려하여 몸에 환도(環刀)를 차고 있었는데 이를 휘둘러 막으니 〈35〉 적들이 감히 달려들지 못하였다. 왕 총관이 조평과 서로 세 번 전진하고 세 번 물러나다가 순식간에 조평이 들고 있던 창을 빼앗아 반격하니 조평은 형세가 궁해져 달아났다. 왕 총관이 다시 말에 뛰어올라 창을 휘두르고 크게 소리치며 분격(奮擊)하여 앞으로 달려가니 섬광(閃光)이 번개와 같아 둘러싼 졸개들이 흩어져 도망갔다. 이에 기운을 안정시키고 길을 살피니 일행 중에 한 명도 다친 사람이 없었다. 밤낮으로 쉬지 않고 이틀 갈 거리를 하루에 가서 오군에 이르니 정씨 부인의 집은 고소성(姑蘇城) 밖에 있었다. 정씨 부인이 기쁘게 맞이하며 말하였다.

“오는 길에 별 탈은 없었는가?”

옥영이 말하였다.

“중간에 길에서 도적을 만났으나 다행히 살았습니다.”

정씨 부인이 듣고서 크게 놀랐다. 이날 이웃 마을의 부녀자들이 와서 모여 옥영을 보고는 정씨 부인에게 축하하며 말하였다.

“이렇게 아름다운 낭자를 어디서 얻어왔습니까?”

정씨 부인이 말하였다.

“이는 우리 시댁의 외가 조카입니다.”

사람들이 모두 그렇게 믿었다. 며칠 뒤에 왕 총관이 회계(會稽)로 돌아가 금화산에서 있었던 일을 모두 말하니, 절동 부인이 듣고서 위춘대를 의심하였으나 〈36〉 분한 마음을 풀지 못하였다.

옥영이 처음에 정씨 부인의 집에 젊은 남자가 있을까 의심하여 마음이 불안하였는데 과연 한 명의 남자도 없으니 마음이 놓여 자못 그윽한 정취가 있었다. 정씨 부인의 시동생 유 시랑(劉侍郞)이 고소성 서쪽에 살고 있었는데 딸이 하나 있어 이름은 '계랑(季娘)'이고 자는 '상산월(商山月)'이니 옥영과 동갑으로 서로 만나고서 정을 의탁하여 의자매를 맺었다. 유 시랑의 집에 또 여종이 하나 있어 이름은 '초선(楚仙)'이고 자는 '양대운(陽臺雲)'이니 정씨 부인의 여종들과 서로 왕래하며 자매처럼 지냈다. 사람들은 녹양·월아·죽랑·초선을 두고 넷이 장차 세 집안의 충직한 여종이 될 것이라고 하였다. 정씨 부인은 옥영을 딸로 삼은 이후로 더욱 그녀를 검속(檢束)하여 항상 자신이 낳은 딸처럼 대하였고, 옥영도 정씨 부인을 친어머니처럼 모셔 마음을 기쁘게 해드리니 정씨 부인이 더욱 옥영을 사랑하였다.

옥영이 비단을 짜면 무늬가 아름다워 마치 천상(天上) 직녀(織女)의 베틀에서 나온 비단 같았는데, <37> 녹양을 시켜 보화(寶貨) 가게에 팔면 대부분 좋은 값을 받았다. 정씨 부인의 집이 이때부터 조금씩 형편이 좋아졌으나 옥영은 항상 슬픔에 목이 메어 웃으며 말한 적이 없었다. 정씨 부인이 말하였다.

"네가 우리 집에 온 지 꽤 시간이 흘렀거늘 기쁜 얼굴빛을 보지 못하였으니 무슨 불만스러운 뜻이 있어 그러한가?"

옥영이 말하였다.

"제 마음의 근심은 세월이 흘러가는 것입니다."[45]

정씨 부인이 말하였다.

"세상에 누가 부모를 잃는 애통함이 없겠으며 누가 부모를 사모하는 마음이 없으리오? 이치가 본래부터 존재하니 애통해한들 무슨 유익함

---

45) 제……것입니다 : 세월이 흘러갈수록 돌아가신 부모님을 그리워하는 마음이 깊어진다는 뜻이다. 《서경》〈주서(周書) 진서(秦誓)〉에 "내 마음의 근심은 세월이 흘러가 다시 오지 않을 듯함이다.[我心之憂 日月逾邁 若弗云來]"라고 하였다.

이 있겠는가? 너무 과하게 슬퍼하지 말거라."

옥영이 정씨 부인의 말에 감동하여 애써 웃으며 말하였다. 하루는 집에 깃들어 사는 까마귀가 반포(反哺)⁴⁶⁾하고, 가지 위의 어미 제비가 처마 끝에서 새끼들을 데리고 있는 모습을 보고서 갑자기 서글픈 마음이 들어 눈물을 터뜨리며 홀로 말하였다.

"자애로운 까마귀야. 자애로운 까마귀야. 어찌하여 새 중에 너만 홀로 반포(反哺)하는가? 새끼를 기르는 제비야. 새끼를 기르는 제비야. 어찌하여 새 중에 너만 홀로 새끼들을 데리고 다니며 키우느냐? 사람으로서 새만도 못해서야 되겠는가?⁴⁷⁾"

마침내 북을 멈추고 베틀을 내려와 〈38〉 창에 기대어 잠이 들었는데 홀연히 나비가 되어 훨훨 날았다. 한 곳에 이르니 옥동(玉洞)과 자부(紫府)⁴⁸⁾에 온갖 꽃이 어지럽게 피어있고 금 바위[金巖]와 푸른 시내[碧溪]에는 겹겹 물이 다투어 흐르며, 옥 나무[琪樹]와 향기로운 풀[瑤草]에는 맑은 이슬이 맺혀 있고, 진귀한 새와 기이한 짐승들이 돌길 곳곳에 보였다. 주궁패궐(珠宮貝闕)⁴⁹⁾이 채색 구름 사이로 솟아 있고 옥창(玉窓)과 금벽(金壁)이 면 휘장 속에서 보일 듯 말 듯 하였다. 그 안에 한 부인이

---

46) 반포(反哺) : 까마귀 새끼가 장성하면 먹이를 물어다가 제 어미에게 먹여 준다는 데서 온 말로, 곧 자식이 어버이의 은혜에 보답하는 것을 비유한다. 진(晉)나라 성공수(成公綏)의 〈오부(烏賦)〉에 "새끼가 이미 장성해 능히 낢이여, 먹이를 물어다 어미에게 먹이도다.[雛既壯而能飛兮 乃銜食而反哺]"라고 하였다. 《初學記 卷13》

47) 사람으로서……되겠는가 :《시경》〈소아(小雅) 면만(綿蠻)〉에, "꾀꼴꾀꼴 꾀꼬리가, 무성한 산 숲에 그쳤다.[綿蠻黃鳥 止于丘隅]"라고 한 것을 두고 공자가 "그침에 있어 그 그칠 곳을 아나니, 사람으로서 새만도 못해서야 되겠는가?[於止 知其所止 可以人而不如鳥乎]"라고 하였다. 《大學章句 傳3章》

48) 옥동(玉洞)과 자부(紫府) : 신선이 사는 세계를 가리킨다. 선계(仙界)·상계(上界)·옥계(玉界)·상천(上天)·삼청(三淸)도 같은 뜻이다.

49) 주궁패궐(珠宮貝闕) : 진귀한 보석과 자개로 만든 궁궐로 용궁에 있다고 하는데, 흔히 대궐을 뜻하는 말로 쓰인다. 전국 시대 초(楚)나라 굴원(屈原)의 〈하백(河伯)〉에 "물고기 비늘지붕에 용무늬 마루이며, 자개 대문에 붉은 단청(丹靑)한 집이라네.[魚鱗屋兮龍堂 紫貝闕兮朱宮]"라고 하였다. 《楚辭 九歌》

'유황휘정검(流黃揮精劍)'50)을 차고 의자에 기대어 앉아 있으니 신선의 자태가 인간 세상에서 볼 수 있는 것이 아니었다. 그 부인이 옥영을 보고서 얼굴에 기쁨이 드러나 시녀를 시켜 나가서 맞이하게 하고 자리에 나누어 앉아 옥영에게 말하였다.

"어디에 있다가 왔는가? 오늘 만난 것은 실로 뜻밖이구나."

옥영이 대답하였다.

"하계(下界)의 천한 사람이 선계(仙界)에 이르러 외람되이 높은 풍모를 지닌 부인을 모시게 되었는데, 욕되게도 저에게 질문하시니 정신이 놀라 흩어져 어떻게 대답해야 할지 모르겠습니다."

부인이 말하였다.

"아! 낭자는 이전의 일을 기억하는가?"

옥영이 대답하였다.

〈39〉"기억하지 못합니다."

부인이 말하였다.

"풍진(風塵) 세상에 내려가 살면서 오랫동안 화식(火食)하여 기억이 희미해졌구나."

옥영이 지난 일을 물으니 부인이 곧 말하였다.

"낭자의 아버지는 '소미성(少微星)'51)이고 어머니는 옥계(玉界)의 선녀(仙女)이고 배우자는 '장경성(長庚星)'이며, 낭자의 천상계(天上界)에서의 이름은 '석랑(石娘)'이고 자는 '해중선(海中仙)'이라네. 모두 죄를 지어 인간 세계에 귀양 갔으니 앞뒤로 서로 만나는 것이지."

---

50) 유황휘정검(流黃揮精劍) : 《한무내전(漢武內傳)》에서 상원부인(上元夫人)의 모습을 형용한 대목에 "봉문임화의 인끈을 늘어뜨렸으며, 유황휘정의 검을 허리에 차고 있네.[垂鳳文林華之綬 腰流黃揮精之劍]"라고 하였다.

51) 소미성(少微星) : 옥영의 아버지 매 청절이 평생 처사로 지낸 사실을 비유한 것이다. 태미성(太微星) 서쪽에 있는 처사(處士)를 상징하는 4개의 별인데, 이 별이 빛나면 처사가 세상에 나오고 빛을 잃으면 처사가 죽는다고 한다.

옥영이 갑자기 눈물을 흘리며 말하였다.

"그렇다면 소녀의 부모님은 지금 어디에 계십니까?"

부인이 말하였다.

"들으니 이미 옥화봉(玉華峰) 내원궁(內院宮)[52]으로 돌아왔다고 하더구나."

옥영이 말하였다.

"지금 신선의 말을 들으니 슬픈 감정을 이기지 못하겠습니다. 우러러 묻노니 이 산은 무슨 산이며 이 궁은 무슨 궁입니까?"

부인이 말하였다.

"이 산은 봉래산(蓬萊山)이고 이 궁은 상원궁(上元宮)이니 나는 바로 상원부인(上元夫人)[53]이니라. 옛날에 봉척(封陟)[54]과 한 때의 인연이 있어 소실산(小室山)으로 내려가 그의 부인이 되고자 하였는데 봉척은 고집스레 나를 거절하였지. 〈40〉 뒤에 태산(泰山)으로 잡혀갔기에 내가 태산주(泰山主)에게 명령하여 풀어주게 하니 그는 후회하며 자신을 탓하고 있다고 하는구나. 선계와 인간 세계가 비록 다르다고는 하지만 전생의 인연은 하나로 이어져 있는 것이지."

즉시 시녀를 시켜 향기로운 차와 귀한 과일을 내어 대접하게 하니

---

52) 내원궁(內院宮) : 도솔천(兜率天)에 있다는 미륵보살(彌勒菩薩)의 처소를 말한다. 내원(內院)이라고도 한다.

53) 상원부인(上元夫人) : 중국 전설상 선녀(仙女)로 이름은 아환(阿環)이다. 서왕모(西王母)의 동생이며 삼천진황(三天眞皇)의 어머니로 상원(上元)의 관직을 맡아 십방옥녀(十方玉女)의 명록(名錄)을 관장하였다고 한다. 《漢武內傳》

54) 봉척(封陟) : 당(唐)나라 보력(寶曆) 연간에 봉척이라는 사람이 소실산(小室山)에 살았다. 고결한 지조를 가지고 학문을 성취하기 위해 밤낮으로 공부하며 지냈는데, 어느 날 상원부인이 찾아와 인연을 맺기를 원하니 그는 단번에 거절하였다. 그 뒤로 몇 번을 7일마다 봉척을 찾아와 여러 가지로 그를 설득하였지만 끝까지 상원부인을 받아들이지 않았다. 그리고 3년이 지나 봉척이 병들어 죽으니 태산신(泰山神)에 의해 유부(幽府)로 끌려가는 신세가 되었다. 그런데 마침 상원부인이 그곳을 지나다가 그 사실을 알게 되어 끌려가던 그를 풀어주도록 하니, 봉척이 다시 살아나 지난 일을 후회하여 자신을 탓하며 통곡하였다고 한다. 《太平廣記 卷68 女仙十三 封陟》

진기한 음식이 입으로 들어오자 정신이 맑고 상쾌해졌다. 상원부인이 말하였다.

"이곳은 천궁(天宮)과 멀지 않고 낭자가 이미 여기까지 왔으니 부모님을 뵙겠는가?"

옥영이 매우 기뻐하여 꼭 만나 뵙고자 하여, 상원부인이 바로 시녀에게 명하여 옥영을 데리고 가게 하니 옥영이 백 번 절하며 감사를 표하였다.

그 시녀를 따라 다시 겹겹 구름 위로 올라가니 푸른 바다가 하늘과 이어져 있고 시야는 아득하였다. 허공에 밝은 해가 떠 있어 풍경이 아름답고 오색의 구름이 곳곳에 펼쳐져 있어 금전(金殿)이 삼엄(森嚴)한데, 만옥(萬玉)이 가득하고 주렴(珠簾)이 드리우거나 걷혀있으며 뜰의 섬돌은 유리(琉璃)로 되어 있고 기둥의 초석(礎石)은 산호(珊瑚)로 되어 있었다. 공중에 누각(樓閣)이 곳곳마다 층층이 솟아있고 구름 저편에는 종경(鐘磬) 소리가 은은하고 맑으며, 치마를 두르고 옥을 찬 신선은 학과 난(鸞)새를 타고 〈41〉 봉생(鳳笙)과 용관(龍管)[55]을 연주하는 소리는 가던 구름을 멈추게 하고 하늘까지 뻗었다. 이곳은 백옥경(白玉京)의 십이루(十二樓)[56]와 칠보대(七寶臺)[57]였다.

가다가 한 곳에 이르니 옥수(玉樹)가 심긴 못가에 비단 자리가 성대하게 펼쳐져 있는데 자리를 가득 채운 홍아(紅娥)가 백설곡(白雪曲)[58]을

---

55) 봉생(鳳笙)과 용관(龍管) : 봉생과 용관은 각각 생황과 피리를 가리킨다. 이백(李白)의 〈양양가(襄陽歌)〉 시에 "수레 곁에 한 병의 술 삐딱하게 걸어 놓고, 봉생과 용관 연주하며 서로들 길을 재촉하네.[車傍側掛一壺酒 鳳笙龍管行相催]"라고 하였다. 《李太白文集 卷5》

56) 백옥경(白玉京)의 십이루(十二樓) : 백옥경은 도교(道敎)의 옥황상제(玉皇上帝)가 사는 곳을 가리킨다. 이백(李白)의 〈경난리후천은류야랑억구유서회증강하위태수량재(經亂離後天恩流夜郎憶舊遊書懷贈江夏韋太守良宰)〉 시에 "천상의 백옥경에, 십이루와 오성이 있다.[天上白玉京 十二樓五城]"라고 하였다.

57) 칠보대(七寶臺) : 칠보(七寶)로 장식한 화려한 누각을 가리킨다. 《전등신화(剪燈新話)》 권2 〈위당기우기(渭塘奇遇記)〉에 "천금의 좋은 집에 살게 할 만하고, 칠보대에 올려야 마땅하리.[合置千金屋 宜登七寶臺]"라고 하였다.

58) 백설곡(白雪曲) : 옛 금곡(琴曲)의 이름으로, 춘추 시대 진(晉)나라 사광(師曠)이 지었다고

부르려고 음악을 연주하고, 한 쌍의 청동(靑童)이 옥 소반을 받들고 복숭아를 올렸다. 한 늙은 신선이 분경검(分景劍)[59]을 차고서 용상(龍床)에 기대어 있으니 이곳은 바로 서왕모(西王母)의 요지연(瑤池宴)이었다. 옥영이 들어가 자리 앞에서 절하니 서왕모가 말하였다.

"석랑(石娘)아! 어디에서 왔는가? 그리워하던 차에 이렇게 만나니 기쁜 마음이 그지없구나."

이윽고 천자(天子)가 행차하여 밖에서 들어오니 구름 수레[雲輪]와 깃가리개[羽蓋]가 앞뒤로 나열해 있고 금관(金冠)을 쓰고 옥을 찬 사람들이 좌우에서 시종(侍從)하였다. 준마(駿馬)가 고삐에 매여 있으니 방울 소리가 딸랑거리고 옥련(玉輦)[60]이 쌍으로 멍에를 하니 위의가 대단히 엄숙하였다. 서왕모가 옥영에게 말하였다.

"이는 주 목왕(周穆王)[61]이 요지연에 행차한 것이다."

옥영이 오래 머무를 수 없음을 알고서 바로 하직하니 〈42〉 서왕모가 말하였다.

"만나자마자 작별하니 만나지 못한 것만 못하구나."

차와 과일을 내어 대접하였다.

한 곳에 이르니 수정궁(水晶宮)에 옥토끼[玉免]가 약을 찧고 행화(杏花) 그늘 아래 항아(嫦娥)[62]가 깊이 잠들어 있으니 이는 월궁(月宮)의 항아

한다.

59) 분경검(分景劍):《한무내전(漢武內傳)》에서 서왕모(西王母)의 모습을 형용한 대목에 "영비(靈飛)의 큰 끈을 두르고, 허리에는 분경검을 찼다.[帶靈飛大綬 腰佩分景之劍]"라고 하였다.

60) 옥련(玉輦):옥으로 장식한 천자의 수레를 말한다.

61) 주 목왕(周穆王):목왕(穆王)은 서주(西周)의 왕으로 팔준마(八駿馬)가 모는 수레를 타고 천하를 두루 유람하다가 곤륜산(崑崙山) 꼭대기의 요지(瑤池)에 가서 서왕모(西王母)를 만나 극진한 대접을 받았다고 한다.《列子 周穆王》

62) 항아(嫦娥):달 속에 사는 여선(女仙)으로, 주로 항아(姮娥)로 불린다. 본래 유궁(有窮)의 임금인 예(羿)의 부인이었는데, 예가 서왕모(西王母)에게 불사약(不死藥)을 얻어 오자, 항아가 이를 훔쳐 먹고 달 속의 광한전(廣寒殿)으로 들어가서 몸을 숨기고 두꺼비가 되었다고 한다.《後漢書 志10 天文上》

(姮娥)였다. 옥영을 보고 기뻐하며 맞이하니 연연(戀戀)해하는 것이 고인(古人)의 정취가 있었다. 잠시 서로 대화를 나누고 작별하였다.

또 한 곳에 이르니 옥패(玉牌)에 금으로 글씨를 쓴 편액(扁額)이 있는데 '태진원(太眞院)'63)이라 적혀 있었다. 운모석(雲母石) 병풍 안에 한 선녀가 있어 얼굴빛이 꽃과 같았다. 선녀가 시녀 쌍성(雙成)을 시켜 옥영을 맞이하여 앞으로 오게 하고는 말하였다.

"나는 신선의 부류로 옛날에 천벌을 받아 인간 세상에 귀양 가 있었는데, 당시에 외람되이 후궁이 되어 현종(玄宗)을 모셨으니 삼천 후궁의 총애가 한 몸에 있었지. 장생전(長生殿)과 화청지(華淸池)에서 밤낮으로 기쁨을 드리고 잔치에서 모셨는데,64) 불행하게도 천보(天寶) 연간에 흰 까마귀[白鴉]가 연추문(延秋門)에서 울어65) 푸른 노새[靑騾]가 촉(蜀)으로 가는 잔도(棧道)를 지나가게 되었다오.66) 그런데 육군(六軍)67)이 나

---

63) 태진원(太眞院) : 태진(太眞)은 양귀비(楊貴妃)의 호(號)이니 태진원은 곧 그녀가 사는 곳을 가리킨다. 당 현종(唐玄宗)은 양귀비가 마외역(馬嵬驛)에서 죽은 뒤에도 그녀를 잊지 못하였는데, 영혼을 불러올 수 있다는 도사(道士)가 있다는 말을 듣고 그를 시켜 양귀비를 찾아오게 하니, 도사가 신선 세계를 모두 돌아다닌 끝에 봉래산(蓬萊山) 옥비태진원(玉妃太眞院)에서 그녀를 찾았다고 한다. 《長恨歌傳》

64) 삼천……모셨는데 : 백거이(白居易)의 〈장한가(長恨歌)〉에 "기쁨을 드리고 잔치에서 모시느라 한가한 때 없었으니, 봄이면 봄 유람 따라가고 밤이면 밤을 독점하였네. 아름다운 후궁 삼천 명이지만, 모든 총애 한 몸에 있었다오.[承歡侍宴無閑暇 春從春遊夜專夜 後宮佳麗三千人 三千寵愛在一身]"라고 하였다. 《白氏長慶集 卷12》

65) 천보(天寶)……울어 : 당(唐)나라 천보 14년(755)에 안녹산(安祿山)의 난이 일어나자 현종(玄宗)이 금원(禁苑) 남쪽에 있던 연추문(延秋門)을 통해 장안(長安)을 빠져나온 것을 말한다. 두보(杜甫)가 당시 상황을 소재로 지은 〈애왕손(哀王孫)〉 시에 "장안성 위에 머리 흰 까마귀가, 밤이면 연추문 위를 날며 우네.[長安城頭頭白烏 夜飛延秋門上呼]"라고 하였다. 《杜少陵詩集 卷4》

66) 푸른……되었다오 : 당 현종(唐玄宗)이 안녹산(安祿山)의 난을 피해 제대로 된 말이 없어 노새를 타고 촉(蜀)으로 간 것을 말한다. 송(宋)나라 소식(蘇軾)이 당시의 상황을 묘사한 〈신왕화마도(申王畫馬圖)〉 시에 "푸른 노새가 촉으로 가는 잔도에서 앞뒤가 아득한데, 높은 코와 짙은 나방 눈썹은 가시덤불을 겪으며 사라졌네.[靑騾蜀棧兩超忽 高準濃蛾散荊棘]"라고 하였다. 《東坡全集 卷26》

67) 육군(六軍) : 천자가 통솔하는 군대를 가리킨다.

를 원수로 여기니 뭇 사람들의 뜻을 거스를 수 없어 〈43〉 마외역(馬嵬驛)
에서 죽음에 나아가기를 집에 돌아가듯 하니[68] 천추만세(千秋萬世)에
이 한은 사라지지 않을 것이라네."

말이 끝나기도 전에 상원궁 시녀가 길을 재촉하니 옥영이 작별하고
밖으로 나왔다. 또 한 곳에 이르니 은하수(銀河水)에는 까막까치가 날아
다니고 계수나무 그늘 속에 섬궁(蟾宮)[69]이 높이 솟아 있으니 이곳은
광한전(廣寒殿)이었다. 한 선아(仙娥)가 위에는 얇은 비단[氷綃] 옷을 입
고 아래에는 하얀 명주[霜紈] 치마를 둘렀으며 머리에는 비취새 깃[翠翹]
으로 장식한 관을 쓰고 있었다. 쪽진 머리를 기울이고 금 북을 놀려
태연히 비단을 짜다가 옥영이 오는 것을 보고서 북을 던지고 베틀을
내려와 차분하게 말하였다.

"낭자를 보지 못한 지 지금 17년이 되었으니 풍진(風塵) 세상에 귀양
가 있으면서 얼마나 고생이 많았는가?"

옥영이 대답하였다.

"소녀의 신세는 무어라 말할 것이 없습니다만, 우러러 묻노니 선녀께
서는 홀로 이곳에 거처합니까?"

선아가 대답하였다.

"나는 천손(天孫) 직녀(織女)이니 일찍부터 견우(牽牛)와 짝이 되어 함
께 부부의 즐거움을 누리다가 자연스레 베를 짜는 일에 소홀하게 되었
지. 옥황상제(玉皇上帝)께서 견책하여 마침내 서로 떨어져 있게 하니 일
년에 한 번 서로 볼 뿐이네. 〈44〉 여기에서 견우가 있는 곳이 은하수
서쪽으로 멀리 떨어져 있는데, 매년 칠월칠석(七月七夕) 한때에 서로 만

---

68) 죽음에……하니 : 《사기(史記)》 권79 〈채택열전(蔡澤列傳)〉에 "군자는 난리(亂離)에 의로써
　　죽는 것을 마치 자기 집에 돌아가는 것처럼 여긴다.[君子以義死難 視死如歸]"라고 하였다.
69) 섬궁(蟾宮) : 달 속에 있다는 궁전으로, 달을 가리킨다. 달에 두꺼비가 산다고 하여 이렇게
　　부르는데, '월궁(月宮)' 또는 '광한궁(廣寒宮)'이라고도 한다.

나니 이 또한 천명(天命)이라오."

직녀의 말이 끝나자 상원궁 시녀와 함께 가서 옥화봉(玉華峰) 내원궁(內院宮)에 이르렀다. 허공이 맑고 뭇 별들이 찬란하니 밝은 빛은 시선을 빼앗고 한기(寒氣)는 사람을 엄습하였다. 황관(黃冠)을 쓴 선관(仙官)이 부인과 함께 앉아 있으니 두 사람이 바로 인간 세상의 부모님이었다. 서로가 상봉함에 기쁨과 슬픔이 모두 지극하여 처음에는 입이 떨어지지 않더니, 한참 있다가 부모님이 말하였다.

"네가 어디에 있다가 이 상계(上界)로 오게 되었느냐?"

옥영이 재배하고 대답하였다.

"본래 신선의 연분이 있어 다시 부모님을 뵙게 되었습니다."

옥영을 사랑하는 정이 인간 세상 있을 때와 다름이 없었다. 한참 뒤에 아버지가 말하였다.

"지극한 정이 있으니 어찌 헤어지고 싶겠는가마는 너는 세상의 인연이 다하지 않아 이곳에 오래 머물 수 없구나. 인간 세상으로 돌아가 '성랑(星郎)'과 함께 일단(一段)의 인연을 마치거라."

어머니가 말하였다.

"전생에 사별(死別)한 것은 정해진 운명을 피하기 어려웠기 때문이었는데, 〈45〉 지금 다시 이별하는 것 또한 천명을 어기기 어렵기 때문이구나."

또 옥영이 손에 낀 옥지환(玉指環)을 어루만지며 말하였다.

"이는 용궁(龍宮)의 소중한 보물로 너희 아버지가 세상에 계실 때 용왕의 아들에게 문장을 가르쳐 주고 해궁(海宮)에 들어가 얻어 온 것이니라. 이 물건은 신령스러움이 있어 사람을 위하여 길흉(吉凶)을 미리 점치니, 성랑과 짝이 된 뒤에 이 옥지환의 색이 바래지면 근심스러운 마음에 애를 태울 것이고 이 옥지환의 색이 윤택해지면 기쁜 일에 매우 즐거울 것이니 앞으로 네가 겪을 영화와 고난의 조짐(兆朕)이 되어 줄 것이니라."

옥영이 얼굴을 가리고 울면서 하직 인사를 하였다. 시녀와 함께 구름을 밟고 높이 올라 다시 한 곳에 이르러 시녀가 옥영에게 말하였다.

"이곳은 낭자의 배필인 성관(星官)이 옛날에 머물던 곳입니다."

옥영이 조금 돌아가고 싶은 생각이 들어 머리를 돌려 아래를 내려다보니 앞이 3천 리의 물이 막혀 있어 몸에 날개가 없으면 건널 수 없었다. 이때 시녀가 비단 버선을 내어주며 말하였다.

"이 물은 '약수(弱水)'70)이고 이 버선은 '능파말(凌波襪)'71)입니다. 이를 신고 물을 지나가면 건너기 어렵지 않을 것입니다."

〈46〉 옥영이 시녀의 말대로 버선을 신고 물 위를 걸으니 평지를 걷는 것처럼 자연스럽게 물을 건널 수 있었다. 산 속으로 난 길로 들어서니 산봉우리가 높고 험한 데다 구름이 끼고 비가 내려 앞이 흐릿한데, 홀연히 한 선녀가 구름을 타고 내려와 옥영에게 말하였다.

"석랑은 나를 알아보겠는가?"

옥영이 말하였다

"기억하지 못합니다."

선녀가 말하였다.

"나는 무산신녀(巫山神女)72)이니, 석랑이 이곳을 지난다는 소식을 들

---

70) 약수(弱水) : 신선이 사는 봉래도(蓬萊島) 주위를 에워싸고 있는 물로, 길이가 3천 리나 되고 물의 부력이 약하여 새털처럼 가벼운 물체도 금방 가라앉기 때문에 도저히 사람이 건너갈 수 없다는 전설상의 강이다. 《海內十洲記》

71) 능파말(凌波襪) : 물 위를 걸어 다닐 수 있는 버선이다. 삼국 시대 위(魏)나라 조식(曹植)이 낙수(洛水)의 신녀 복비(宓妃)를 소재로 지은 〈낙신부(洛神賦)〉에 "물결을 타고 사뿐사뿐 걸으니, 비단 버선에 먼지가 생기네.[凌波微步 羅襪生塵]"라고 하였다. 《文選 卷19》

72) 무산신녀(巫山神女) : 전국 시대 초(楚)나라 송옥(宋玉)의 〈고당부(高唐賦)〉에 등장하는 신녀이다. 초 회왕(楚懷王)이 일찍이 고당(高唐)에서 낮잠을 자는데, 꿈에 한 여인이 와서 정을 나누고 떠나면서 자신은 무산의 신녀로 "아침이면 아침 구름이 되고 저녁이면 내리는 비가 되어, 아침마다 저녁마다 양대의 아래에 있습니다.[旦爲朝雲 暮爲行雨 朝朝暮暮 陽臺之下]"라고 하였다. 《文選 卷19》

고 보려고 왔지요."

옥영이 말하였다.

"세상에서 '초 회왕(楚懷王)이 꿈속에서 만난 신녀로 아침에는 구름이
되고 저녁에는 비가 된다.'라고 하는 분이십니까?"

신녀가 미소를 지으며 말하였다.

"양대(陽臺)의 꿈은 참으로 그러한 일이 있었습니다."

잠시 서서 신녀와 이야기를 나누다 헤어졌다.

한 골짜기에 이르니 붉은 노을이 산골에 자욱하고 방초(芳草)는 향기
를 머금고 있었다. 옥영이 시녀에게 물었다.

"이 골짜기는 무슨 골짜기이며 이 풀은 무슨 풀입니까?"

시녀가 말하였다.

"이 골짜기는 '자하동(紫霞洞)' 혹은 '만하동(滿霞洞)'이라 하고 이 풀은
'금광초(金光草)' 또는 '불로초(不老草)', '신광초(神光草)'라 하니 인간 세상
에는 나지 않는 것입니다. 때문에 신농씨(神農氏)[73]가 온갖 풀들을 맛보
고 〈47〉 처음 의약(醫藥)을 만들 때 의서(醫書)에서 누락되었습니다."

얼마 가지 않아, 시녀가 한 선동(仙童)을 만나 오랫동안 이야기하였
다. 옥영이 물었다.

"저 동자는 누구입니까?"

시녀가 말하였다.

"이 동자는 신양동(辛陽洞)의 약초 캐는 선동입니다."

또 한 곳에 이르니 백발의 노파가 옆에 광주리를 끼고 약초를 캐면서
백설곡(白雪曲)을 노래하는데 얼굴이 윤택하고 기상이 비범하였다. 옥
영을 보고서 매우 기뻐하니 옥영이 앞으로 가서 공경히 예를 올렸다.
노파가 옥영에게 말하였다.

---

73) 신농씨(神農氏) : 상고 시대 제왕(帝王)으로, 쟁기를 만들어 사람들에게 처음으로 농사를
　　가르치고 백초(百草)를 맛보아 의약을 개발하였다. 《通志 三皇紀》

 "나는 천태산(天台山) 마고선녀(麻姑仙女)[74]이다. 낭자가 인간 세상으로 귀양 간 뒤로 만날 기약이 없어 매일 그리워하였는데 오늘 여기에서 만날 줄은 생각도 하지 못하였노라. 낭자는 인간 세상에서 '장경성랑(長庚星郞)'을 만나보았는가?"

 옥영이 말하였다.

 "성랑(星郞)이라는 사람은 한 번도 들어본 적이 없습니다."

 마고선녀가 말하였다.

 "성랑은 파릉군(巴陵郡)에 있다. 오군에서 파릉까지 그리 멀지 않은데 어찌하여 만나지 못하였는가? 조만간 〈48〉 자연히 만날 날이 있을 것이니 천태산 마고선녀의 소식을 전해다오."

 이 말을 끝으로 홀연히 사라져 보이지 않았다. 마지막으로 바닷가에 이르러 시녀가 옥영에게 말하였다.

 "여기서 헤어져야 하니 부디 낭자는 잘 돌아가고 저를 잊지 마십시오."

 옥영이 말하였다.

 "산중에서 나를 전송하니[75] 그대의 은근한 정을 매우 고맙게 생각합니다."

 잠깐 돌아보는 사이에 시녀는 이미 간곳없이 사라졌다. 산 아래에는 옥해(玉海)가 펼쳐져 있고 앞길은 막막하여, 근심하는 즈음에 서서히 잠에서 깨어나니 곧 한바탕 꿈이었다. 일어나 창을 바라봄에 봄 해는 서쪽으로 기우는데, 꿈속에서 노닐었던 것을 돌이켜 생각하니 희미하고 어렴풋하여 다 기억할 수 없었다. 옥영이 시 한 수를 지어 비단에

---

74) 마고선녀(麻姑仙女) : 도가(道家)에서 장생불사한다고 하는 선녀이다. 마고(麻姑)가 신선 왕방평(王方平)을 만나서 "저번에 우리가 만난 이래로, 동해가 세 번이나 뽕밭으로 변한 것을 이미 보았다네.[接待以來 已見東海三爲桑田]"라고 하였다. 《神仙傳 卷7 麻姑》

75) 산중에서 나를 전송하니 : 당(唐)나라 왕유(王維)의 〈송별(送別)〉 시에 "산중에서 그대 보내고 난 뒤, 날 저물어 사립문을 닫네.[山中相送罷 日暮掩柴扉]"라고 하였다. 《王友承集 箋注 卷13》

글자를 수놓고 상자에 넣어 두고서 시장에 팔지 않았다. 그 시는 다음과 같다.

足踐仙宮一夢遲	발길이 선궁에 닿아 한바탕 꿈이 더디니
覺來天景眠中移	깨어나자 천경이 눈 속으로 옮겨왔네
起看寒梅春帶雨	일어나 보니 찬 매화가 봄비 맞고 있는데
淸香遙濕紫薇枝	맑은 향 멀리 자미화(紫薇花) 가지76) 적시는구나

또 천상(天上)의 물색(物色)을 묘사하여 금도(錦圖)를 수놓아 짜고 녹양(綠楊)을 시켜 시장에 가져다 팔게 하니 〈49〉 아무도 알아보지 못하고 다만 그 아름다움만 칭찬할 뿐이었는데, 마침 평소에 박물자(博物者)로 일컬어지는 대상(大商) 조지명(趙知明)이 있어 그 비단을 만져보고서 칭찬하고 감탄하며 말하였다.

"이 비단 한 폭 안에 수놓은 무늬는 모두 천상의 물색이라 세상 사람이 능히 짤 수 있는 것이 아니니 필시 천상 직녀(織女)의 솜씨일 것이다. 아! 세상에 참된 안목을 가진 사람이 없으니 누가 그 가치를 알고 사겠는가?"

즉시 백금(百金)을 주고 사갔다. 녹양이 돌아와 그가 한 말을 옥영에게 전하니 옥영 또한 그 사람의 신통한 안목을 기이하게 생각하였다.

항상 깊은 규중에 있으면서 한가한 날에는 문학과 역사를 두루 보고 먹을 갈고 붓을 적시며 읊조려 지은 시가 시축(詩軸)을 이루니 상자에 숨겨 두고는 바깥사람들이 알지 못하게 하였다. 같은 군에 정 정부(鄭貞婦)가 있어 남편을 여의고 홀로 지내면서 술을 팔며 살아갔는데, 정씨

---

76) 자미화(紫薇花) 가지 : 자미화는 옥영의 배필이 될 몽성(夢星)을 암시한다. 몽성은 과거에 장원급제하여 봉각 사인(鳳閣舍人)에 제수되는데, 이는 중서 사인(中書舍人)의 이칭(異稱)이다. 당(唐)나라 때 중서성(中書省)에 자미(紫薇), 곧 백일홍(百日紅)을 많이 심었기 때문에 '자미성(紫薇省)'이라 부르고 사인(舍人)을 '자미랑(紫薇郎)'이라 부르기도 하였다.

부인(程氏夫人)에게 어진 처자가 있다는 말을 듣고서 한 번 만나보려고
한 지 오래되었다. 하루는 술병을 들고 찾아가 정씨 부인에게 인사하며
말하였다.

〈50〉 "귀댁에 어진 규수(閨秀)가 있다고 들었기에 한 번 보려고 찾아
왔습니다."

정씨 부인이 말하였다.

"과부 집 양녀가 어찌 어질겠는가? 정부(貞婦)가 잘못 들은 것이라네."

그리고 함께 방에 들어갔는데 마침 옥영이 베틀에서 쪽진 머리를 기
울이며 비단을 짜고 있으니 꽃 같은 용모와 혜초(蕙草) 같은 자태를 바
라봄에 마치 신선과도 같았다.

정 정부가 말하였다.

"저는 주부(酒婦)로 사대부(士大夫) 집안을 무수히 출입하였지만 이렇
게 훌륭한 낭자는 본적이 없으니 '명성을 헛되이 얻은 것이 아니다.'77)
라고 할 만합니다."

이로부터 정 정부가 아침에 왔다가 저녁에 돌아가니 정씨 부인이 말
하였다.

"우리 딸을 종유(從遊)하고자 하는 것은 무엇 때문인가?"

정 정부가 말하였다.

"부인께서는 옛 말을 들어보지 못하셨습니까? '선인(善人)과 함께 거
처하는 것은 마치 지란(芝蘭)이 있는 방에 들어간 것과 같아 시간이 지
나면 그 향기를 느낄 수는 없으나 그에게 감화(感化)된다.'78)라고 하였

---

77) 명성을……아니다 : 당(唐)나라 두목(杜牧)이 낙양(洛陽)의 분사(分司)에 어사(御史)로 근
   무할 적에 이원(李愿)의 연회에 초청을 받고 가서는, 자운(紫雲)이라는 기녀가 누구냐고
   묻고서 그녀에게 특별히 관심을 보이며 '명성을 헛되이 얻은 것이 아니니, 참으로 사랑스럽
   구나.[名不虛得 宜以見惠]'라고 극찬하였다. 《本事詩 高逸》
78) 선인(善人)과……감화(感化)된다 : 선한 사람과 함께 있으면 자연스레 그 인품에 동화된다
   는 뜻이다. 《공자가어(孔子家語)》 권4 〈육본(六本)〉에 "선인과 함께 거처하는 것은 마치

습니다. 제가 종유하고자 하는 것은 부인의 인후(仁厚)함을 우러르고 낭자의 훌륭함을 배우려고 해서입니다."

정씨 부인이 말하였다.

"문 앞에 몇 칸의 빈 방이 있으니 내가 기꺼이 정부에게 빌려주겠노라."

〈51〉 정 정부가 매우 기뻐하여 즉시 살림을 옮기고 날마다 옥영과 함께 지냈다. 당시 옥영의 나이가 17세여서, 정씨 부인이 장차 지체 높고 부귀한 집안의 자제를 골라 옥영의 배필로 삼고자 하였다.

각설(却說). 파릉의 이 학봉(李鶴峰)이 아들 몽성(夢星)이 4세 때 세상을 떠나니, 어머니 두씨(杜氏)가 그를 기르고 가르쳤다. 약관(弱冠)이 되기도 전에 재주와 사려가 남보다 뛰어나고 풍모와 법도가 비길 데 없으니 당시 문사들 중에 그보다 나은 이가 없었다. 몽성은 형산(荊山)의 '동주(東疇) 맹호이(孟浩爾)',[79] 송강(松江)의 '후발(後勃) 왕자일(王子逸)'[80]과 더불어 벗을 맺어 '삼호(三豪)'로 자칭하며 자잘한 예절에 얽매이지 않고 날마다 노닒을 일삼았다. '서호십경(西湖十景)'과 '소상팔경(瀟湘八景)'을 구경하기 위하여 중추월(仲秋月) 기망(旣望)에 오군(吳郡)의 명사(名士)에게 모임을 기약하며 말하였다.

"천하의 명승지(名勝地) 중에 동남(東南) 지방이 평소 아름답다고 하는데, 그 볼거리 중에서도 악양루(岳陽樓)와 황학루(黃鶴樓)만한 곳이 없으

지란이 있는 방에 들어간 것과 같아 시간이 지나면 그 향기를 느낄 수는 없으나 그에게 감화된다.[與善人居 如入芝蘭之室 久而不聞其香 卽與之化矣]라고 하였다.

79) 동주(東疇) 맹호이(孟浩爾) : 맹호이라는 이름은 당(唐)나라 시인 맹호(孟浩)에게서 온 것이다. 맹호는 자(字)가 '호연(浩然)'이어서 맹호연(孟浩然)으로 불리는데, 맹호이의 '이(爾)' 자는 '연(然)' 자와 뜻이 통한다.

80) 후발(後勃) 왕자일(王子逸) : 왕자일이라는 이름은 당(唐)나라 시인 왕발(王勃)에게서 온 것이다. 왕발은 이름이 한 글자여서 모방하여 인물의 이름을 짓기가 어려우므로, 왕발의 자인 자안(子安)을 가져와 '안(安)' 자를 뜻이 통하는 '일(逸)' 자로 바꾸어 이름을 짓고 또 후세의 왕발이라는 의미인 '후발(後勃)'로 자를 지었다.

니 〈52〉 어찌 한 번 모여 놀지 않을 수 있겠는가?"

마침내 술병을 들고 황학루에 모여서 노는데 이때 '항주칠현(杭州七賢)'과 '소주이협(蘇州二俠)'도 모임에 오니 모두 당대의 명사들이라, 사람들은 이를 두고 '십이랑회(十二郞會)'라고 일컬었다. 오군에 또 앵무(鸚鵡)·원앙(鴛鴦)·비취(翡翠)·공작(孔雀)·자고(鷓鴣)·노자(鸕鶿)·부용(芙蓉)·작약(芍藥)·목단(牧丹)·월계(月桂)·춘매(春梅)·파련(波蓮)이 있어 모두 한 시대의 명창(名唱)으로 스스로를 무산(巫山)의 열두 선녀에 견주었다. 이날 와서 연석(宴席)에 참여하여 비단 옷을 입은 여인들이 대열을 이루고 푸른 관악기가 흥취를 돋우니, 완상하는 마음과 즐거운 일[81]이 비할 데가 없었다. 술기운이 오르자 좌중(座中)이 삼호(三豪)에게 청하여 각자 시 한 수를 짓게 하였다. 몽성의 시는 다음과 같다.

鶴樓秋日設華筵　　가을날 황학루에 화려한 잔치를 여니
十二郞逢十二仙　　열두 낭이 열두 선녀를 만났네
誰道神仙天上在　　누가 신선이 하늘 위에 있다고 하였는가
人間亦有不期緣　　인간 세상에 또한 기약하지 않은 인연 있지

맹호이의 시는 다음과 같다.

淸秋高設鶴樓筵　　맑은 가을 황학루에서 성대한 잔치를 여니 〈53〉
南北逢迎摠是仙　　남북으로 맞이하는 이 모두 신선이구나
看花聽鳥同醒醉　　꽃 보고 새소리 들으며 함께 취하고 깨니
却喜良辰有好緣　　좋은 시절에 좋은 인연 있음이 더욱 기뻐라

---

81) 완상하는……일 : 남조 송(宋)나라 사영운(謝靈運)의 〈의위태자업중집시서(擬魏太子鄴中集詩序)〉에 "천하에 좋은 때, 아름다운 경치, 완상하는 마음, 즐거운 일 이 네 가지를 동시에 만나기는 어렵다.[天下良辰美景賞心樂事 四者難幷]"라고 하였다.

왕자일의 시는 다음과 같다.

風流豪客共華筵　　풍류 있는 호걸들이 화려한 잔치를 함께하니
得遇巫山十二仙　　무산의 열두 선녀를 만났구나
惠我同歡須莫惜　　나를 사랑하는 이와 함께 즐김을 아끼지 말라
人生會合摠前緣　　인생의 만남은 모두 예전 인연이 있어서이니

잔치가 끝나고 각자 흩어질 적에, 몽성만 홀로 풍경에 취하여 서성이
며 돌아가지 않고 그대로 황학루에 머물러 있다가 갑자기 흥취가 일어
말하였다.

"천상과 인간 세상이 비록 서로 몇 만 리나 떨어져 있지만, 박망후(博
望侯) 장건(張騫)은 뗏목을 타고 천상에 올라갔고[82] 당(唐)나라 한림(翰
林) 이백(李白)은 고래를 타고 천상에 올라갔으니[83] 옛 사람은 어찌하여
이렇게 할 수 있었는가? 그런데 지금 사람은 유독 그렇게 하지 못하는
구나."

홀쩍 떠나 높이 날아가고 싶은 마음이 들어 절구(絕句) 한 수를 읊
었다.

---

82) 박망후(博望侯)……올라갔고 : 박망후는 장건(張騫, ?~B.C.114)으로, 한(漢)나라 때의 외
　　교가이다. 처음에는 장수로서, 흉노(匈奴) 정벌에 공을 세우고, 뒤에 서역(西域)에 사신으
　　로 가서 중국과 교통하게 하여 박망후에 봉해졌다. 한 무제(漢武帝)가 그로 하여금 대하(大
　　夏)에 사신으로 가서 황하(黃河)의 근원을 찾게 하였는데, 장건이 뗏목을 타고 은하수에
　　도달하여 견우(牽牛)와 직녀(織女)를 만났다고 한다. 《荊楚歲時記》
83) 당(唐)나라……올라갔으니 : 이백(李白, 701~762)은 당(唐)나라 때의 시인이다. 최종지
　　(崔宗之)와 함께 채석(采石)에서 금릉(金陵)까지 달밤에 배를 타고 갈 적에 시와 술을 한껏
　　즐기면서 노닐었는데, 뒷사람들이 두보(杜甫)의 〈송공소보사병귀유강동겸정이백(送孔巢
　　父謝病歸游江東兼呈李白)〉 시에 "고래를 타고 가는 이백을 만난다면[若逢李白騎鯨魚]"이
　　라고 한 시구를 빌미로 이백이 술에 만취한 채 채석강에 비친 달을 붙잡으려다 빠져 죽었다
　　고 믿게 되었다고 한다. 《唐才子傳 李白》

黃鶴高樓倚碧天　높은 황학루는 푸른 하늘에 기대어 있는데
乘槎仙去幾千年　뗏목 탄 신선 떠난 지 몇 천 년이 흘렀는가
登臨忽憶前生事　이곳에 올라 전생의 일이 문득 기억나니
便是當年鶴上仙　바로 당시에 학을 탄 신선이었지

〈54〉 그대로 난간에 기대 있다가 잠이 들었는데 한 노인이 앞으로 와서 몽성에게 말하였다.

"나는 임공(臨邛)의 도사(道士)인 홍도객(鴻都客)이니 정신(精神)으로 상천에 혼백(魂魄)을 데려갈 수 있습니다.84) 나와 함께 삼청(三淸)85)으로 가보겠습니까?"

몽성이 대답하였다.

"감히 청하지는 못할지언정 진실로 원하는 바입니다."86)

그 노인을 따라 제향(帝鄕)에 이르니 옥계(玉界)는 넓고 평평하였다. 마침내 큰 성궐(城闕)에 도착하여 도사가 말하였다.

"여기는 천궁(天宮)입니다."87)

몽성이 창합문(閶闔門)88) 밖에서 머뭇거리며 그 안을 엿보았는데 옥황상제(玉皇上帝)는 면류관을 의젓하게 쓰고서 단정히 앉아 있었다. 그

---

84) 임공(臨邛)의……있습니다 : 백거이(白居易)의 〈장한가(長恨歌)〉에 "임공의 도사인 홍도객은, 정신으로 혼백을 불러온다 하네.[臨邛道士鴻都客 能以精神致魂魄]"라고 하였다. 《白氏長慶集 卷12》

85) 삼청(三淸) : 도교(道敎)의 옥황상제(玉皇上帝)가 산다는 옥청(玉淸)·상청(上淸)·태청(太淸)의 선경(仙境)를 말한다.

86) 감히……바입니다 : 《맹자》〈공손추 하(公孫丑下)〉에 제 선왕(齊宣王)이 떠나려는 맹자를 만류하자 "감히 청하지는 못할지언정 진실로 원하는 바입니다.[不敢請耳 固所願也]"라고 하였다.

87) 마침내……천궁(天宮)입니다 : 《태평광기(太平廣記)》권22 〈나공원(羅公遠)〉에 "마침내 큰 성궐에 도착하여 나공원이 '여기는 월궁입니다.'라고 하였다.[遂至大城闕 公遠曰 此月宮也]"라고 하였다.

88) 창합문(閶闔門) : 원래는 고소성(姑蘇城) 성문인데, 여기에서는 전설상의 천문(天門)을 뜻한다.

리고 자미궁(紫微宮)[89] 뒤에 높은 누각(樓閣)이 있으니 이는 태청궁(太淸宮)이었다. 제문관(制文官) 이하(李賀)[90]와 주성관(主星官) 이백은 향안(香案) 앞에서 옥황상제를 모시고 있었고, 동서의 행랑(行廊)에는 백거이(白居易)[91]·두목(杜牧)[92]·엄준(嚴遵)[93]·장건(張騫)이 각자 문서를 맡아 일을 논하고 있었다. 이때에 사해(四海)의 용왕이 모두 와서 조회하여, 상서로운 구름이 가득 깔리고 비릿한 바람이 갑자기 불어오더니 네 용왕이 〈55〉 차례대로 옥황상제에게 나아갔다. 첫 번째로 청포(靑袍)를 입는 자는 동해 광연왕이며, 두 번째로 홍포(紅袍)를 입은 자는 남해 광리왕(廣利王)이며, 세 번째로 백포(白袍)를 입은 자는 서해 광덕왕(廣德王)이며, 네 번째로 흑포(黑袍)를 입은 자는 북해 광평왕(廣平王)이었다. 네 용왕이 조회를 마치고 꿈틀꿈틀 물러날 적에 광덕왕이 몽성에게 말하였다.

"옛날에 나의 아들 백어(白魚)가 예저(預且)의 환난[94]을 만나 죽음이 코앞에 이르렀는데, 마침 그대 아버지의 도움으로 도마에서 칼질 당하고 솥에 들어가 삶기는 재앙을 피할 수 있었지. 각골난망(刻骨難忘)의 깊은 은혜를 오래도록 보답하지 못하고 있으니 나중에 그대가 풍랑(風浪)을 만나게 된다면 저절로 알 길이 있을 것이네."

---

89) 자미궁(紫微宮) : 천제(天帝)가 사는 궁전으로, '자미원(紫微垣)'이라고도 한다. 태청궁(太淸宮)도 같은 뜻이다.

90) 이하(李賀) : 790~816. 자는 장길(長吉)로 중당(中唐) 때의 시인이다.

91) 백거이(白居易) : 772~846. 자는 낙천(樂天), 호는 취음선생(醉吟先生)·향산거사(香山居士)이다. 중당(中唐) 때의 시인이다.

92) 두목(杜牧) : 803~853. 자는 목지(牧之), 호는 번천(樊川)이다. 만당(晩唐) 때의 시인이다.

93) 엄준(嚴遵) : B.C.73~A.D.17. 자는 군평(君平)으로 한(漢)나라 때 성도(成都)에서 복서(卜筮)를 일삼았으며 양웅(揚雄)이 그에게 배웠다.

94) 예저(預且)의 환난 : 예기치 못한 변고를 뜻한다. 예저는 전설상 송(宋)나라의 어부로 '여저(余且)'라고도 한다. 《장자(莊子)》〈외물(外物)〉에 "저 신귀는 원군의 꿈에 나타날 정도의 신통력을 가지고 있었지만, 한낱 어부 여저의 그물을 피할 수 없었다.[神龜能見夢於元君而不能避余且之網]"라고 하였다.

몽성은 광덕왕의 말이 무슨 일을 가리키는지 알지 못한 채 다만 절을 올릴 뿐이었다. 주성관 이백이 나와 몽성을 보고는 다시 들어가 옥황상제에게 고하였다.

"장경성(長庚星)이 옛날에 천벌을 받아 인간 세상에 귀양 가 있다가 지금 이미 상천(上天)으로 올라왔으니 머물게 하고 인간 세상으로 돌려보내지 않는 것이 어떻겠습니까?"

옥황상제가 말하였다.

"죄의 기한을 아직 다 채우지 못하였으니 인간 세상으로 송환하여 용서하는 명을 기다리게 하라."

〈56〉 주성관 이백이 옥황상제의 명을 받들고 나와 몽성에게 말하였다.

"인간 세상으로 송환하라 하셨다."

몽성이 이 말을 듣고 도사와 함께 왔던 길을 되돌아갔다. 한 곳에 이르니 골짜기는 넓고 탁 트여 있으며 산봉우리는 높이를 다투는데, 꽃 그림자는 해를 희롱하고 향기로운 기운은 사람을 감쌌다. 그리고 선녀 십수 명이 대(臺) 위에 늘어앉아 낭랑하게 웃으며 담소하니, 이는 무산 열두 봉우리의 선녀가 연화봉(蓮花峰)에 모인 것이었다. 그 자리에 참석한 선녀가 누구인가 하니 남악위부인(南嶽魏夫人)[95]의 딸들로, 상원부인(上元夫人)·봉래산(蓬萊山) 선녀·천태산(天台山) 마고선녀(麻姑仙女)·금천산(金泉山) 사자연(謝自然)[96]·축융봉(祝融峰) 여덟 선녀였다. 선녀들이 몽성을 보고서 서로의 얼굴만 쳐다볼 뿐 아무 말이 없었는데

---

95) 남악위부인(南嶽魏夫人) : 진(晉)나라 위서(魏舒)의 딸로, 이름은 화존(華存)이다. 어릴 때부터 도를 좋아하고 신선을 사모하였다. 청허진인(淸虛眞人) 왕포(王褒)에게서 신진(神眞)의 도를 전수받고 경림진인(景林眞人)에게서 도가 경전인 《황정경(黃庭經)》을 받았으며, 나중에 남악위부인에 봉해졌다고 한다. 뒤에 나열된 선녀들을 그녀의 딸이라고 한 것은 그 근거를 찾을 수 없다.

96) 사자연(謝自然) : 당(唐)나라 정관(貞觀) 때의 여도사(女道士)이다. 본래 과주(果州) 남충현(南充縣)의 가난한 여인으로, 천태산(天台山) 사마승정(司馬承禎)에게 도술을 배워 신선이 되어 떠나갔다고 한다. 《續仙傳 卷上 謝自然》

상원부인과 마고선녀만 몽성에게 말하였다.

"성관(星官)이 인간 세상으로 떨어진 지 지금 17년이 되었으니 그간에 석랑(石娘) 선녀를 만나보았는가?"

몽성이 말하였다.

"천상에 신선이 있다는 것은 들었지만 인간 세상에 〈57〉 석랑이라는 사람이 있는 줄은 알지 못합니다."

상원부인이 말하였다.

"석랑 또한 이곳에 왔다가 방금 돌아갔으니 그대가 인간 세상으로 돌아간 이후에 찾아보면 그녀를 만날 수 있을 것이다."

몽성이 절하며 하직하고 물러났다. 도사와 함께 길을 따라가다가 홀연히 풍악(風樂) 소리가 구름 안에서 은은하게 들려오기에 도사에게 물었다.

"이는 무슨 음악 소리입니까?"

도사가 말하였다.

"봉래산 구루선(句婁仙)이 영주산(瀛洲山)·방장산(方丈山)·낭원(閬苑)·현포(玄圃)97)의 신선들과 함께 만수동(萬壽洞) 여동빈(呂洞賓)98)의 집에 모여 잔치를 벌이는 소리입니다."

몽성이 말하였다.

"말씀한 신선들은 누구누구입니까?"

도사가 말하였다.

"광성자(廣成子)99)·단구자(丹丘子)100)·적송자(赤松子)101)·안기생(安

---

97) 영주산(瀛洲山)……현포(玄圃) : 영주산과 방장산(方丈山)은 봉래산(蓬萊山)과 함께 전설상의 산인 삼신산(三神山)이고, 낭원(閬苑)과 현포(玄圃) 또한 신선이 산다고 하는 곳이다.

98) 여동빈(呂洞賓) : 798~?. 당(唐)나라 때 경조(京兆) 사람으로, 전설상 팔선(八仙)의 하나이다. 동빈은 자이고 이름은 암(巖)이며 호는 순양자(純陽子)이다. 신선이 되어서 바람을 타고 세상을 마음대로 돌아다녔다 한다.

99) 광성자(廣成子) : 상고(上古) 때의 선인(仙人)이다. 공동산(崆峒山) 석실(石室)에 은거하

期生)[102]·왕자진(王子晉)[103]의 부류입니다."

도사가 몽성을 데리고 잔치가 열린 곳으로 들어가, 신선과 인간이 한 자리에서 서로 대화를 나누니 마치 옛날부터 정의(情誼)가 있던 듯하였는데 잠깐 돌아보는 사이에 도사는 이미 간곳없이 사라졌다. 몽성이 말하였다.

"산은 첩첩이 쌓여 있고 물은 겹겹이 막혀 있으니 내 어디로 돌아가야 하는가?"

〈58〉 한 노선(老仙)이 학 한 마리를 주니, 몽성이 학을 타고 돌아와 화표주(華表柱)[104]에 이르러 놀라 꿈에서 깨었는데 남가일몽(南柯一夢)[105]이었다. 천상의 경치와 신선의 모습이 뚜렷이 눈에 가득하고 바

였는데, 황제(黃帝)가 찾아가서 도를 물었다고 한다. 《莊子 在宥》

100) 단구자(丹丘子) : 원래 이백(李白)의 친구로, 여기서는 선인을 뜻한다. 이백의 〈서악운대가 송단구자(西岳雲臺歌送丹丘子)〉 시에 "운대의 복도(複道)는 아득한 하늘에 이어졌는데, 그 가운데 죽지 않는 단구생이 있도다.[雲臺閣道連窈冥 中有不死丹丘生]"라고 하였다. 《李太白文集 卷5》

101) 적송자(赤松子) : 상고(上古) 때의 선인이다. 신농씨(神農氏) 때에 우사(雨師)가 되었는데, 수정(水晶)을 복용하며 불 속에 들어가 자신을 태울 수 있고, 곤륜산(崑崙山) 위에 이르러 항상 서왕모(西王母)의 석실(石室)에 머물렀다 한다. 또 바람과 비를 따라 오르내렸는데, 염제(炎帝)의 작은 딸이 그를 추종하여 신선술을 배워 함께 떠나갔다 한다. 《列仙傳 卷上 赤松子》

102) 안기생(安期生) : 진(秦)나라 때의 선인이다. 일찍이 하상장인(河上丈人)을 따라 황제(黃帝)와 노자(老子)의 설을 배우고 동해(東海) 가에서 약을 팔았는데, 진 시황(秦始皇)이 동쪽을 순시할 때 그와 더불어서 3일 밤낮을 이야기한 적이 있다. 《史記 卷12 孝武本紀》

103) 왕자진(王子晉) : 주 영왕(周靈王)의 태자 진(晉)을 말한다. 일찍이 생(笙)을 불어 봉황의 울음소리를 내면서 이락(伊洛) 사이에 노닐다가 뒤에 신선이 되어 백학(白鶴)을 타고 승천하였다고 한다. 《列仙傳 卷上 王子喬》

104) 화표주(華表柱) : 능묘(陵墓)나 궁전 또는 성곽을 꾸미기 위하여 세운 기둥이다. 한(漢)나라 때 정영위(丁令威)가 영허산(靈虛山)에 가서 신선술을 배우고 뒷날 학이 되어 고향으로 돌아와 화표주에 앉아 세상이 변한 것을 보고 울었다고 한다. 《搜神後記 卷1》

105) 남가일몽(南柯一夢) : 한바탕의 헛꿈이라는 뜻이다. 당(唐)나라 때 순우분(淳于棼)이 대낮에 괴목나무 아래에 누워 잠이 들었는데, 꿈속에서 괴안국(槐安國)에 들러 공주에게 장가들어 남가 태수(南柯太守)를 지내는 등 온갖 부귀영화를 누리다가 잠에서 깨어나 보니 꿈속의 괴안국이 바로 나무 밑동의 개미굴이었다고 한다. 《異聞集 南柯太守傳》

람 소리와 학 울음이 귓가에 쟁쟁하였다. 꿈속에서 상원부인이 석랑을 찾아보라고 한 말을 기억하고 끝까지 찾아보려 하였으나 석랑이 누구 집 여자인지 알 수 없었다.

마침 파릉의 시장에서 금도(錦圖)를 파는 상인이 있었는데 몽성 집안의 늙은 노복(奴僕) 화중(和仲)이 또한 박물자(博物者)였다. 그것이 보통 사람이 짠 비단이 아님을 알고서 가져다 몽성에게 보여주며 말하였다.

"이는 기화(奇貨)이니 사 둘 만합니다."106)

몽성이 비단을 보니 금도에 수놓은 무늬가 모두 천상에서 본 물색이었다. 속으로 매우 이상하게 생각하여 상인에게 이 비단에 대해 자세히 물었다.

"너는 어디서 이 비단을 구하였는가?"

⟨59⟩ 상인이 대답하였다.

"오군(吳郡)의 시장에서 구하였습니다."

몽성이 물었다.

"누구의 집에서 나온 것인가?"

상인이 대답하였다.

"시장에서 산 것이라 출처는 알지 못합니다."

바로 비싼 값을 주고 사서 서안(書案) 위에 올려두고 때때로 열어보고 감상하며 말하였다.

"이 비단을 짠 사람이 바로 석랑일 것이다."

자나 깨나 그리워하였지만 찾을 수 없었다.107)

---

106) 이는……만합니다 : 전국 시대 진 소왕(秦昭王)의 태자 안국군(安國君)의 아들 자초(子楚)가 조(趙)나라에 인질로 잡혀 빈궁하게 지냈다. 당시 여불위(呂不韋)가 한단(邯鄲)에서 장사를 하다가 그를 보고는 "이는 기화이니 사 둘 만하다.[此奇貨可居]"라고 하고 아낌없이 도와준 결과, 진나라의 승상(丞相)이 되고 중보(仲父)의 호칭까지 얻게 되었다. 《通鑑節要 卷2》

107) 자나……없었다 : 《시경》〈주남(周南) 관저(關雎)〉에 "요조숙녀를, 자나 깨나 찾도다. 구하여도 얻지 못하니, 자나 깨나 그리워하여, 길이 잊지 못하는지라, 전전반측한다.[窈窕

다음 해 봄 3월에 몽성이 오군을 유람하다가 창합문(閶闔門)[108] 밖에
서 저녁이 되어 돌아오다가 남쪽 술집에 이르러 술을 사서 마셨다. 춘
풍루(春風樓)에 올라 백화주(百花洲)를 바라보니 금 안장[金鞍]과 옥 굴레
[玉勒]를 한 말들은 큰 길을 달리고 옥색 치마[玉裙]와 푸른 소매[翠袖]를
한 사람들은 가는 버들 사이로 오갔다. 강에는 비단 돛이 높이 걸려
있고 고깃배의 어부가 저물녘에 노래 부르니 행인(行人)의 애간장을 끊
어지게 하고 나그네의 마음을 아프게 하였다. 난간에 기대 마음껏 경치
를 구경하다가 암담하게 혼이 녹아내리는 듯하니[109] 봄 흥취를 이기지
못하고 입으로 율시(律詩) 한 수를 읊었다.

西湖春色正芳菲	서호의 봄 경치 참으로 꽃다우니
送目乾坤逸興飛	천지에 눈길 보내 멋진 흥취 날리네
雨灑汀花香馥馥	비 내린 물가 꽃에 향기 가득하고
烟籠岸柳影依依	안개 낀 언덕 버들에 그림자 하늘하늘
舟人叩枻隨風去	뱃사람은 노를 두드려 바람 따라 가고
遊子鞭驢載醉歸	나그네는 나귀 채찍질해 취한 채 돌아가네 〈60〉
何處深閨人似玉	옥 같은 이 어느 곳 깊은 규중에 있는가
苕溪惟有浣紗磯	초계에는 비단 씻던 돌[110]만 남아 있구나

또 한 수를 읊었다.

淑女 寤寐求之 求之不得 寤寐思服 悠哉悠哉 輾轉反側"라고 하였다.

108) 창합문(閶闔門) : 소주(蘇州)의 고소성(姑蘇城) 성문이다.

109) 암담하게……듯하니 : 남조 양(梁)나라의 강엄(江淹)의 〈별부(別賦)〉에 "암담하게 사람의
혼을 녹여 내는 것은, 바로 이별하는 그 일이라.[黯然銷魂者 唯別而已矣]"라고 하였다.
《文選 卷16》

110) 비단 씻던 돌 : 춘추 시대 월(越)나라의 미인 서시(西施)가 일찍이 소흥(紹興)의 약야산
(若耶山) 약야계(若耶溪)에서 비단을 씻은 적이 있는데 나중에 그 시내를 '완사계(浣紗溪)'
라 하고 그곳에 있는 빨래터를 '완사석(浣紗石)'이라 하였다.

春郊雨歇草芋芋	봄 교외에 비 그치자 풀이 무성하니
花柳烟籠欲暮天	안개에 싸인 꽃과 버들에 날 저물어가네
何處漁歌驚醉夢	어부의 노랫소리 어디서 들려와 취한 꿈을 깨우는가
遠村歸客却忘鞭	먼 마을로 돌아가는 나그네 도리어 채찍질 잊었다오

몽성이 춘풍루에서 내려와 천천히 걸어 시를 읊으며 돌아갔다. 이때 옥영이 녹양을 데리고 고소성(姑蘇城) 서쪽에 사는 계랑(季娘)을 만나고 돌아오는 길이었는데, 마침 몽성과 중간에서 마주치게 되었다. 옥영이 돌아갈 수 없어서 조심스럽게 사뿐사뿐 길을 따라 지나가려던 차에 봄바람이 무슨 뜻이 있었는지 옥영의 머리싸개를 불어 들추니 예쁜 얼굴과 우아한 자태가 황홀하여 사람을 놀라게 하였다. 몽성이 정신이 흩어져 마음을 안정시킬 수가 없었는데, 옥영이 가는 곳을 유심히 보니 강가 수양촌(垂楊村) 서쪽 이웃을 향하고 있었다. 취한 흥취가 한창 짙어져 시상(詩想)이 절로 샘솟으니 길을 가면서 시 한 수를 읊었다.

春風樓下人如玉	춘풍루 아래 옥 같은 이 있으니
邂逅相逢醉顏驚	우연히 마주치자 취한 얼굴이 놀랐도다
蟾宮何日偸靈藥	섬궁에서 언제 영약을 훔쳐 먹고는 〈61〉
謫降人間路上行	인간 세상에 귀양 와 길을 걸어 다니는가

또 한 수를 읊었다.

何處玉人邂逅來	어디에 옥 같은 이 있어 만나러 왔는가
雨中芍藥雪中梅	빗속의 작약이요 눈 속의 매화로다

| 東風不禁偸香蝶 | 봄바람은 향 맡으려는 나비 막지 않으니 |
| 猶帶春心去復迴 | 오히려 춘심 띠고 갔다가 다시 돌아오네 |

이미 저녁이 되어 한 곳에 묵었는데, 곁에 작은 집이 있으니 곧 낮에 남쪽 술집에서 술을 팔던 정 정부(鄭貞婦)의 집이었다. 정 정부가 기뻐하여 나와서 맞이하며 말하였다.

"낭군(郎君)은 낮에 저의 술집에서 술을 마시던 분이 아닙니까?"

몽성이 말하였다.

"자네가 빚은 술을 사서 마셔보니 그 맛이 민수(澠水)처럼 맛있었다네. 때문에 주객(酒客)이 남은 술을 잊지 못하여 왔노라."

정 정부가 말하였다.

"제 거처가 매우 누추하여 달리 볼만한 것이 없으니 만약 맛있는 술이 아니라면 무슨 인연으로 낭군을 이곳에 왕림하게 할 수 있겠습니까? 감사하는 마음이 깊고 또 봄에 빚어놓은 술이 한창 향기로우니 제가 어찌 한 잔 술을 아껴 귀공자(貴公子)를 위로하지 않겠습니까?"

금잔[金罍]에 술을 따르고 옥배(玉杯)로 마시니 붉은 그림자 안에 녹의주(綠蟻酒)[111]의 포말(泡沫)이 떠 다녔다. 〈62〉 몽성이 말하였다.

"내 듣기로 '진(秦)나라 때 오씨(烏氏)와 정씨(程氏)가 술을 잘 빚어서[112] 지금까지도 오정현(烏程縣) 사람들이 맛있는 술을 빚는다.'라고 하던데, 이 술이 매우 맛좋으니 오씨와 정씨의 여풍(餘風)이 남아 있다고 할 만하구나."

---

111) 녹의주(綠蟻酒) : 파란 거품이 둥둥 뜬 좋은 술을 말한다. 두보(杜甫)의 〈정월삼일귀계상유작간원내제공(正月三日歸溪上有作簡院內諸公)〉 시에 "둥둥 뜬 거품은 섣달의 술맛이요, 물에 뜬 백구는 이미 봄 소리로다.[蟻浮仍臘味 鷗泛已春聲]"라고 하였다. 《杜少陵詩集 卷14》

112) 진(秦)나라……빚어서 : 명말청초(明末淸初) 때 방이지(方以智)의 《통아(通雅)》〈음식(飮食)〉에 "오정현(烏程縣)은 지금 절서(浙西) 호주(湖州)에 있는데, 진나라 때 정림(程林)과 오금(烏金) 두 사람이 이곳에 살면서 술을 잘 빚은 데서 유래하였다.[烏程在今西浙湖州 秦時有程林烏金二家善釀]"라고 하였다.

정 정부가 말하였다.

"저는 양가(良家)의 딸로 일찍 남편을 여의고 홀로 지내면서 의지할 데가 없어 술을 팔며 살고 있습니다. 술꾼과 협객들이 벗을 부르고 무리를 모아 자주 머물지만, 낭군처럼 훌륭한 분이 지금 또 이곳을 찾아 주어 누추한 집이 빛을 발하게 될 줄은 생각하지 못하였습니다. 제가 마땅히 명을 받들 터이니 취하기 전에는 그치지 마십시오."

몽성이 말하였다.

"자네의 집에 맹물을 술로 만든다는 '주천석(酒泉石)'이라도 있는 것인가?"

정 정부가 대답하였다.

"이적선(李謫仙 이백(李白))이 살던 당시에 주천(酒泉)이 있다는 말을 들어보지 못하였지만 이적선의 시대에 술이 부족했다는 말 또한 들어 보지 못하였습니다. 지금 낭군의 주량이 반드시 적선(謫仙)에게는 미치지 못할 것이니 '취하기 전에는 그치지 말라.'라는 저의 말이 과하다고 하겠습니까?"

몽성이 술병을 탁 치고 웃으며 말하였다.

"주부(酒婦)는 단지 적선이 술 마시는 것을 일삼은 줄만 알고〈63〉 또한 내가 술 마시기를 일삼는 줄은 모르는구나. 사람은 비록 시대가 다르지만 주량은 같으니 그는 '전적선(前謫仙)', 나는 '후적선(後謫仙)'이라 할 만하지."

정 정부가 말하였다.

"훌륭합니다. 이 말이여! 맛있구나. 이 술이여!"

서로 술을 권하며 마셔 몇 잔을 들이켰는지 셀 수가 없으니 마치 옛날부터 정의(情誼)가 있던 듯하였다. 몽성이 술에 취해 물었다.

"춘풍루(春風樓) 아래 길에서 홀연히 한 소애(少艾)를 마주쳤으니 나이는 16세쯤 되어 보였고, 신선처럼 자태가 작약(綽約)하니 참으로 천상의

낭자요 인간 세상의 사람이 아니었지. 내가 반대편에 있는 것을 보고서
이 집으로 들어가던데, 이집은 누구의 집인가?"

정 정부가 말하였다.

"이 집은 고(故) 유 학사(劉學士)의 부인 정씨(程氏)의 댁입니다. 그 소
애는 고(故) 청절 선생(淸節先生) 매창후(梅昌後)의 딸로 이름은 옥영(玉
英), 자는 설중향(雪中香)입니다. 어려서 부모님을 여의고 의지할 데가
없었는데, 정씨 부인(程氏夫人)이 길을 지나다 만나서 데려와 양녀로 거
두었습니다. 나이는 지금 17세로 자태의 수미(粹美)함은 이미 낭군이
보셨을 터이니 굳이 말씀드릴 필요가 없을 것입니다. 〈64〉 게다가 바느
질하고 베 짜는 솜씨는 당대에 견줄 만한 이가 없으며, 또 품성이 지혜
롭고 총명하여 경서와 역사를 두루 섭렵하고 문장도 잘 지으니 군자(君
子)의 배필이 될 만합니다."

몽성이 더욱 흠모하는 마음을 이기지 못하여 옥영을 한 번 만나보고
자 하였으나 달리 인연이 없었다. 달빛은 뜰에 가득한데 잠에 들지 못
하여 배회하고 둘러보니, 서쪽 규중(閨中)의 작은 창에 촛불 그림자가
희미하게 비치고 또 책 읽는 소리가 들렸다. 몽성이 귀를 기울이고 몰
래 들으니 과연 옥영이 《시경(詩經)》〈표유매(摽有梅)〉[113] 장(章)을 읽는
소리였다. 몽성이 재주를 뽐내고 싶은 마음을 억누르지 못하여 또한
《시경》〈관저(關雎)〉[114] 장을 외고, 이어서 시를 읊었다.

客窓寥寂月黃昏　　달 뜬 황혼 녘 나그네의 창이 적막한데
何處玉音到夜分　　어느 곳에서 옥 같은 목소리 밤중까지 이어지나

---

113) 〈표유매(摽有梅)〉: 혼기(婚期)를 놓칠까 두려워하는 여자의 탄식을 노래한 것으로, 남녀
　　가 문왕(文王)의 교화를 입어 제때에 혼인함을 이야기한 시이다.

114) 〈관저(關雎)〉: 주 문왕(周文王)과 후비(后妃)의 덕을 노래한 것으로, 현숙한 배필을 얻어
　　군자의 도움이 되기를 바라는 시이다.

聞來不勝春情發 　들으니 발하는 춘정 가눌 수 없어
却向西閨暗費魂 　서쪽 규중 향해 남 몰래 혼을 녹이네

　밤새도록 잠들지 못하여 속으로 상원부인의 말을 생각해보고 이 낭
자가 석랑이 아닐까 하였으나, 다만 그 낭자의 이름이 옥영이니 의심스
러운 생각이 끝이 없었다. 다음날 아침에 정 정부에게 물었다.
　"이 마을의 이름은 무엇인가?"〈65〉
　정 정부가 말하였다.
　"'수양촌(垂楊村)'이라고도 하고 '행화촌(杏花村)'이라고도 합니다."
　몽성이 좀 더 머물고 싶었지만 핑계를 댈 만한 일이 없기에 일어나
돌아가면서 정 정부에게 인사하며 말하였다.
　"주부(酒婦)는 잘 지내게. 내 나중에 다시 들리겠네."
　정 정부가 말하였다.
　"푸른 버들[綠楊]에 봄바람이 불고 살구꽃[杏花]이 만발하는 때에 옥
술병에 푸른 실을 매어[115] 낭군과 더불어 한바탕 즐거운 담소를 나눈다
면 그 얼마나 좋은 일이겠습니까?"
　몽성이 말하였다.
　"이 말이 참 좋으니 어찌 한 번 만날 기약이 없어서야 되겠는가?"
　몽성이 집으로 돌아간 뒤로, 항상 옥영을 그리워하여 잊지 못하니
거의 병이 들 지경이었다. 형산(荊山)의 맹호이(孟浩爾)가 찾아와 그의
몰골이 초췌한 것을 보고 괴이하게 여겨 까닭을 물으니 몽성이 사실대
로 대답하였다. 맹호이가 말하였다.
　"당당한 대장부(大丈夫)가 어쩌다 한 여자에게 이처럼 심하게 미혹되

---

115) 옥……매어 : 술을 마련한다는 뜻이다. 이백(李白)의 〈대주부지(待酒不至)〉 시에 "옥 술
　병에 푸른 실을 매달아 보냈는데, 술 사 오는 것이 어찌하여 이리 더딜꼬?[玉壺繫靑絲
　沽酒來何遲]"라고 하였다. 《李太白文集 卷20》

었는가? 사람의 인생은 풀잎에 맺힌 아침 이슬처럼 덧없으니 부디 여자를 마음에 두지 말아서 천금 같은 몸을 상하게 하지 말게나."

몽성이 말하였다.

"내 어찌 스스로 헤아려보지 않았겠는가마는, 옥영이 내 눈에 한 번 들어온 뒤로 ⟨66⟩ 만사에 마음이 없어졌으니 옥영을 얻으면 살게 될 것이요 얻지 못한다면 죽게 될 것이라네."

맹호이가 말하였다.

"전대(前代)에 여색(女色)을 탐하다 몸을 망친 자들을 꼽아 보건대, 하(夏)나라 걸왕(桀王)은 말희(末喜) 때문에 망했고 상(商)나라 주왕(紂王)은 달기(妲己) 때문에 망했고 주(周)나라 유왕(幽王)은 포사(褒姒) 때문에 망했고 오(吳)나라 부차(夫差)는 서시(西施) 때문에 망했고 진(陳)나라 후주(後主)는 장려화(張麗華) 때문에 망했지.

이 다섯 임금이 총애하는 여자에게 빠져 고집을 부려서, 끝내 걸왕은 명조(鳴條)에서 패주(敗走)하여 죽고 주왕은 목야(牧野)에서 스스로 불타 죽고 유왕은 여산(驪山)에서 화살을 맞아 죽고 부차는 고소성(姑蘇城)에서 눈을 감고 후주는 경양전(景陽殿)의 우물에 스스로 몸을 던져 죽었으니 만세토록 풍자거리가 되었다네.

그런데 당 현종(唐玄宗)은 은혜를 끊고 법을 바르게 하여,116) 끝내 나라가 거의 망하였다가 다시 일어났고 자신도 거의 위태로웠다가 다시 편안해졌으니 이는 거울로 삼기에 좋은 일이네. 또 미녀는 본성(本性)을 해치는 도끼117)이니 어찌하여 여색을 경계한 것118)을 유념하지 않는가?"

---

116) 은혜를……하여 : 당 현종(唐玄宗)이 안녹산(安祿山)의 난을 피해 촉(蜀)으로 가다가 마외역(馬嵬驛)에 이르러, 군사들의 분노를 달래기 위하여 난리의 원흉으로 지목된 양귀비(楊貴妃)를 사사(賜死)한 일을 말한다.

117) 미녀는……도끼 : 여색에 빠져서 생기는 위험을 도끼에 비유한 것이다. 한(漢)나라 매승(枚乘)의 ⟨칠발(七發)⟩에 초나라 태자가 병에 걸리자 오객(吳客)이 찾아가서 "아름다운 여인은 본성을 해치는 도끼요, 맛좋은 주효(酒肴)는 위장을 썩히는 약물이다.[皓齒蛾眉 命曰

몽성이 말하였다. 〈67〉

"미인이 있어 사랑하여 잊을 수 없으니 자네의 말이 비록 옳으나 내 마음을 억제하기 어렵다오."

맹호이가 말하였다.

"내가 여색을 경계한 것은 붕우가 서로 공경하는 도리이고, 자네가 미인을 구하는 것은 부부가 짝을 맺으려는 일이구나."

몽성이 말하였다.

"만약 옥영과 부부가 되어 화목하게 지낼 수 있다면 내 일생에 근심이 없을 것이네."

맹호이가 웃으며 말하였다.

"남녀가 서로 짝이 되는 것은 본래 하늘이 정한 인연이 있으니, 어찌 굳이 마음을 수고롭게 하고 정신을 상하면서까지 그 사람을 얻어서 배필로 삼으려 하는가?"

인하여 술자리를 함께 하고 웃으며 이야기를 나누다 자리를 파하였다.

맹호이가 집으로 돌아가 즉시 왕자일(王子逸) 및 소주이협(蘇州二俠), 항주칠현(杭州七賢)과 서정(西亭)에서 모임을 기약하고, 몽성을 불러 봄을 감상하며 즐겁게 놀았다. 당시에 열두 명창도 모임에 함께하니 술과 안주가 뒤섞이고 거문고 곡조와 노랫소리가 성대하였다. 술에 거나하게 취하자 맹호이가 〈사매시(思梅時)〉를 지었다.

自愛新梅盆上開　　자신을 아끼는 새 매화 화분에 피어
雪中吹送暗香來　　눈 속에서 향기 불어 보내오누나

伐性之斧 甘脆肥醲 命曰腐腸之藥]"라고 하였다.

118) 여색을 경계한 것 : 《논어》〈계씨(季氏)〉에 "군자에게 세 가지 경계함이 있으니, 젊을 때엔 혈기가 정해지지 않았으므로 경계함이 여색에 있다.[君子有三戒 少之時 血氣未定 戒之在色]"라고 하였다.

狂蜂不識花心在　　미친 벌은 꽃이 마음 둔 곳 모르고서
虛得春情去復迴　　헛되이 춘정만 품고 갔다가 다시 돌아오네

날이 늦도록 즐겁게 놀다가 자리를 파하였다.

그 뒤에 몽성이 금전(金錢)을 챙겨 〈68〉 백마(白馬)를 타고서 정 정부(鄭貞婦)의 집을 찾아갔다. 이때 고소성 서쪽에 사는 계랑이 마침 이곳에 와서 옥영과 자리를 함께 하고 있었는데, 한 젊은 남자가 문 앞에 온 것을 보고 허겁지겁 안으로 들어갔다. 정 정부가 외청(外廳)으로 몽성을 맞이하고 대화를 시작하였다.

"지난번에 낭군과 잠깐 만났다가 금방 이별하여 지금까지 잊지 못하고 있었는데 지금 또 왕림하니 매우 고맙고 다행입니다."

몽성이 말하였다.

"내 어찌 무정한 사람이겠는가? 마음은 늦지 않고 싶었지만, 얼마 전에 형초(荊楚)의 벗들과 서정에서 모여 달을 감상하고 시를 짓느라 전에 한 말을 저버리게 되었소."

정 정부가 말하였다.

"낭군이 이미 서정의 달을 보았으니, 또한 동각(東閣)의 눈 속 매화는 보지 못하였습니까?[119]"

몽성이 말하였다.

"눈 속 매화의 소식을 강가의 달에게 물으니 근래 행화촌(杏花村) 주가(酒家)로 들어갔다고 하더군."

정 정부가 웃으며 말하였다.

"저는 행화촌의 주부(酒婦)로 젊어서부터 술을 팔며 살아왔는데 〈69〉

---

119) 서정의⋯⋯못하였습니까 : 조선(朝鮮) 전기 학자 전만령(全萬齡)의 제목미상 시에 "서정은 강가의 달 아래요, 동각은 눈 속에 매화 핀 곳이네.[西亭江上月 東閣雪中梅]"라고 하였다. 《推句》

눈 속의 매화가 왔다는 말은 들어보지 못하였습니다. 다른 곳에도 행화촌이 있습니까? 그렇지 않다면 낭군이 잘못 들은 것입니다."

그대로 술자리를 펴고 단란(團欒)하게 술을 마셨다. 몽성이 말하였다.

"아까 두 낭자가 자리에 함께 앉아 있는 것을 보았는데 한 명은 누구집 낭자인가?"

정 정부가 말하였다.

"그 낭자는 고소성 서쪽에 사는 유 시랑(劉侍郎)의 딸로 이름은 계랑(季娘)이고 자는 상산월(常山月)이니 정씨 부인 시동생의 딸입니다. 인물(人物)과 재품(才品)이 주인집 낭자와 우열을 가릴 수 없을 정도로 뛰어나 서로 왕래하며 친하게 지냅니다."

몽성이 취기가 올라와 대자리에 기대 있으니, 옥영과 계랑 두 낭자가 몽성이 오래 머물 것임을 알고 뒷 창을 열고 나와서 담을 넘어 집으로 들어갔다. 몽성이 그 기미를 눈치채고 일부러 유숙(留宿)하려고 거짓으로 깊이 잠든 척하니 날은 이미 컴컴해져 있었다. 정 정부가 말하였다.

"밖에서 자셔야 되겠습니까? 내방(內房)으로 들어오십시오."

몽성이 말하였다.

"춘기(春氣)가 아직 따뜻한 데다 취흥(醉興)이 아직 뜨거우니 꼭 안에 들어가야만 하겠는가?"

정 정부가 재삼(再三) 강청(强請)하였으나 몽성은 고사하면서 내방으로 들어가지 않고, 〈70〉 외당(外堂)에 누워 이리저리 뒤척이며 깊은 밤이 되기를 기다렸다. 한참이 지나 달이 지고 새벽이 되자 사방은 쥐죽은 듯이 적막한데, 몽성이 베개를 밀고 옷을 가다듬고서 일어나 서쪽 규중을 바라보니 촛불 그림자가 창에 빛나고 있었다. 담을 넘어 기어가 몰래 창 아래에 이른 뒤에 몸을 숙이고 숨을 죽인 채 창에 구멍을 내 안을 엿보았다. 두 아름다운 낭자가 등 아래에 서로 마주하고 있는데 봉황처럼 높게 올린 머리[鳳髻]와 용비녀[龍釵]에 구슬 장식이 빛나고 흰 치아[晧齒]와 붉은 입술[丹唇]에서 옥 같은 음성이 낭랑하였다. 머리를 돌리고 웃자 온갖 아름다움이 함께 생겨나니 마치 월궁(月宮)의 항아(姮娥)와 소아(小娥)가 인간 세상으로 내려온 것만 같았다. 창 안에서 계랑이 옥영에게 말하였다.

"《시경》에서 '싱싱한 복숭아나무여 그 꽃이 곱게 피었네.'[120]라고 하였으니 '싱싱하다.'는 것은 나를 말하는 것이고 '곱게 피었다.'는 것은 그대를 말하는 것이네."

옥영이 말하였다.

"'나는 떨어지는 매실[摽梅]'[121]이라고 할 만하니 어찌 '곱게 피었다.'라고 하겠는가?"

계랑이 말하였다.

"따뜻한 봄이 아지랑이 낀 경치로 나를 부르는 데다 달 밝고 바람 맑으니, 이처럼 좋은 밤에 아름다운 시를 짓지 않으면 고상한 회포를 어떻게 펴겠는가? 만약 시를 짓지 못한다면 금곡원(金谷園)의 주수(酒數)를 따라 벌주(罰酒)를 마셔야 할 것이네."[122]

옥영이 웃으며 말하였다. 〈71〉

"나는 술이 있고 시가 없으니 술로 시를 대신하고, 그대는 시가 있고 술이 없으니 시로 술을 대신하는 것이 좋겠다."

---

120) 싱싱한……피었네 : 《시경》〈주남(周南) 도요(桃夭)〉에 "싱싱한 복숭아나무여, 그 꽃이 곱게 피었도다. 이 아가씨의 시집감이여, 그 실가를 화순하게 하리로다.[桃之夭夭 灼灼其華 之子于歸 宜其室家]"라고 하였다.

121) 떨어지는 매실 : 혼기(婚期)를 놓칠까 두려워하는 여자를 뜻한다. 《시경》〈소남(召南) 표유매(摽有梅)〉에 "떨어지는 매실이여, 그 열매가 일곱이로다. 나를 구하는 서사는, 좋은 때를 놓치지 말라.[摽有梅 其實七兮 求我庶士 迨其吉兮]"라고 하였다.

122) 따뜻한……것이네 : 이백(李白)의 〈춘야연도리원서(春夜宴桃李園序)〉에 나오는데, 중간 부분이 생략되었다. 금곡원(金谷園)은 진(晉)나라 대부호 석숭(石崇)의 별장이 있던 곳으로, 석숭은 이곳에 빈객을 모아서 시부를 짓고 술을 마시며 호탕하게 놀았는데 정해진 시간에 시를 짓지 못하면 벌주 석 잔을 마시게 하였다고 한다. 《李太白文集 卷26》,《晉書 卷33 石崇列傳》

계랑이 말하였다.

"시와 술을 함께 얻어야 이 적적함을 깰 수 있을 것이라네."

그리고 먼저 〈영춘시(詠春詩)〉 절구(絶句) 한 수를 읊었다.

柳葉依依綠	버들 잎 하늘거리며 푸르고
桃花灼灼紅	복숭아 꽃 곱게 피어 붉구나
誰能先得意	누가 먼저 뜻을 얻을 수 있을까
無語送春風	말없이 봄바람 보내노라

옥영이 차운(次韻)하여 시를 읊었다.

梅花凌雪白	매화 꽃 눈 무릅쓰고 흰데
桃李媚春紅	복숭아 오얏은 봄에 아양떠느라 붉구나
清標誰可折	깨끗한 자태 누가 꺾을 수 있으리오
猶帶二南風	오히려 이남의 풍화(風化)[123] 띠고 있노라

이윽고 같이 잠자리에 드는데, 어깨를 나란히 하여 누우니 두 사람의 정이 매우 친밀하였다. 몽성이 어떻게 할 도리가 없어 답답한 마음으로 돌아와 마침내 차운하여 시를 읊었다.

夢入香苑裏	꿈에 향기로운 동산으로 들어가니
雙花幷蔕紅	한 쌍의 꽃 나란히 붉구나
自爲周化蝶	스스로 장주(莊周)의 나비로 변하여[124]

---

123) 이남의 풍화(風化) : 정숙한 여자로서의 품행을 잘 지키고 있다는 뜻이다. 이남(二南)은 《시경》의 〈주남(周南)〉과 〈소남(召南)〉을 일컫는 것으로, 문왕(文王)과 그 후비(后妃)의 훌륭한 덕화(德化)를 노래한 시들이 대부분이다.

124) 스스로⋯⋯변하여 : 《장자》〈제물론(齊物論)〉에 "옛날 장주가 꿈에 나비가 되어 훨훨 날아다니니, 스스로 유쾌하고 뜻에 만족하여 자신이 장주인 줄 모르다가 갑자기 꿈을

遊戱舞春風 　　　　노닐며 봄바람에 춤을 추었지

잠들지 못하여 앉아서 새벽을 맞이하였다. 다음날 아침에 정 정부가 데운 술을 〈72〉 몽성에게 권하며 말하였다.

"제가 말은 안 하였지만 낭군을 외당에서 자게 하였으니 주인 된 도리로 매우 편치 못합니다."

몽성이 말하였다.

"이게 무슨 말인가? 어제 왔을 때 금방 돌아가려고 마음먹었는데, 어진 주인의 정다운 술을 거절할 수 없어 술자리에서 크게 취한 채 밤을 보냈으니 내 마음이 참으로 편치 못하네."

정 정부가 말하였다.

"제가 낭군과 더불어 정이 두터우니 어찌 보내고 싶겠습니까마는, 남녀는 구별이 있어 만류하지 못하니 매우 아쉬운 마음입니다. 오늘뿐만이 아니라 아직 다른 날이 많으니 지금 갔다가 나중에 다시 와서 맑은 밤에 술자리를 가진다면 또한 즐겁지 않겠습니까?"

몽성이 말하였다.

"좋구나. 이 말이여! 참으로 나의 마음을 알아주는구나."

그리고 곧 시 한 수를 읊었다.

白馬金鞭何處醉 　　　　백마를 타고 금 채찍 든 이 어디서 취하였는고
春風樓下杏花村 　　　　춘풍루 아래 행화촌이로다
細簾十二人如玉 　　　　열두 비단 주렴 늘어진 곳에 옥 같은 이 있어[125]

깨고 보니, 자신이 분명 장주였다. 장주의 꿈속에서 장주가 나비가 된 것인지, 나비의 꿈속에서 나비가 장주가 된 것인지 알지 못하였다.[昔者 莊周夢爲蝴蝶 栩栩然蝴蝶也 自喩適志與 不知周也 俄然覺則蘧蘧然周也 不知周之夢爲胡蝶與 胡蝶之夢爲周與]"라고 하였다.

125) 열두……있어 : 조선(朝鮮) 전기 문신 신종호(申從濩)가 기생 상림춘(上林春)에게 지어준 제목미상의 시에 "비단 주렴 늘어진 곳에 옥 같은 이 있어, 대궐 안의 시인들 말 가는 대로

幾斷王孫路上魂   몇 번이나 길 위 왕손의 혼을 끊었는가

지난밤에 차운한 시와 아울러 벽에 쓰고 떠났다. 〈73〉 이로부터 몽성이 정 정부의 집을 자유롭게 드나들었으나, 깊은 규중에 있는 옥영과는 초월(楚越)처럼 머니[126] 한갓 그리워만 할 뿐 아무런 유익함이 없었다.

각설(却說). 왕 총관(王摠官)의 딸 월랑(月娘)이 옥영과 이별한 뒤로 소식이 영영 끊어져 그리운 마음을 이기지 못하였으나, 사람을 보내 소식을 전하고자 해도 보낼 만한 인편(人便)이 없어 항상 탄식하고 있었다. 집에 여종 하나가 있어 이름은 '이화(梨花)'이고 자는 '백설향(白雪香)'이었는데, 주인 낭자가 옥영을 간절히 그리워한다는 것을 알고서 하루는 월랑 곁에서 청하며 말하였다.

"근래 낭자를 보건대 옥영을 그리워하는 마음 때문에 안색이 초췌해지는 데 이르니 저 또한 낭자가 매우 염려됩니다. 여기서 오주(吳州)까지 사오백 리 길에 불과하니 낭자를 위하여 소식을 전하겠습니다."

월랑이 말하였다.

"네가 여자의 몸으로 갈 수 있겠느냐?"

이화가 말하였다.

"비록 어려우나 무엇을 꺼리겠습니까?"

월랑이 매우 다행으로 여겨, 즉시 편지 한 통을 써서 주고 또 음식을 마련하여 전해주게 하였다. 그 편지는 다음과 같다.

찾아드네.[紺簾十二人如玉 靑瑣詞臣信馬過]"라고 하였다.

126) 초월(楚越)처럼 머니 : 《장자》〈덕충부(德充符)〉에 "서로 다른 것을 따지면 다 같이 배 속에 있는 간과 담도 초월처럼 멀다 할 것이다.[自其異者視之 肝膽楚越也]"라고 하였다.

〈74〉 원앙(鴛鴦)이 함께 어울려 지내다가 하루아침에 따로 흩어져 남과 북에서 서로 그리워한 지 3년이나 되었구나. 매번 편지 한 통을 보내 쌓인 회포를 풀고자 하였지만, 길은 멀고 심부름꾼은 믿기 어려워 한갓 꿈속에서만 생각하였다네. 그런데 참 다행스럽게도 이 소비(小婢)가 내 평소 마음을 알고서 먼 길에 오르겠다고 자청하기에, 몇 줄의 글을 가져가게 하여 여러 해 동안 끊겼던 소식을 전하네. 어머니는 잘 모시고 있으며 마음 상하는 일은 없는가? 사람이 타향(他鄕)에서 등루(登樓)의 생각127)이 없는 것은 아니겠지만, 여자가 길을 나서기가 자연히 쉽지 않아 그러한가? 온 친척들이 그대를 매우 그리워하고 있으니 한 번 만나러 올 기약이 없어서야 되겠는가? 눈을 비비며 그대를 기다릴 터이니 부디 이 점을 유념하여 저버리지 않기를 바란다오.

옥영이 회계에서 이곳 오군으로 온 지 이미 3년이 넘었으나 그간 고향 소식을 전혀 들을 수 없어 항상 한스럽게 생각하였는데, 마침 어느 날 이화가 집 문 앞에 당도하니 매우 놀라며 기뻐하였다. 월랑의 편지를 받아 보고는 〈75〉 더욱 고향을 그리워하는 정을 견딜 수 없어 정씨 부인에게 말하였다.

"저 용문을 바라보니 이는 우리 부모님의 고향입니다. 한 번 그곳을 떠나온 뒤로 문득 3년이 지났으니 세월이 흘러감에 근심스러운 마음입니다. 가만히 생각하니 날아갈 수 없고128) 옛 무덤 곁에는 자손이 하나도 없으니 백양(白楊)129)이 어찌 훼손되지 않으리라 장담할 수 있겠습

---

127) 등루(登樓)의 생각 : 고향을 그리워한다는 뜻이다. 후한(後漢) 말엽에 왕찬(王粲)이 난을 피해 형주(荊州)에 있을 때 성루(城樓) 위에 올라 울울한 마음으로 고향을 생각하며 〈등루부(登樓賦)〉를 지었다. 《三國志 卷21 魏書 王粲傳》

128) 세월이……없고 : 《시경》〈용풍(鄘風) 백주(栢舟)〉에 "해와 달이여, 어찌 뒤바뀌어 이지러지는가? 마음의 근심함이여, 빨지 않은 옷을 입은 듯하노라. 조용히 생각에 잠겨, 날아가지 못함을 한하노라.[日居月諸 胡迭而微 心之憂矣 如匪澣衣 靜言思之 不能奮飛]"라고 하였다.

129) 백양(白楊) : 무덤가에 심는 나무이다. 두보(杜甫)의 〈장유(壯遊)〉 시에 "두곡에 노인들

니까? 지금은 9월이라 상로(霜露)가 이미 내렸으니 부모님을 추모하고 시절에 감개하여 영모(永慕)하는 마음을 이기지 못하겠습니다.[130] 한 번 고향에 가서 친척들을 찾아뵙고 부모님의 묘소를 돌아보고 온다면 여한(餘恨)이 없을 것입니다."

정씨 부인이 말하였다.

"네가 말하지 않더라도 나 또한 그런 생각을 하였으나 지금까지 어영부영하다가 그리하지 못하였으니 한 번 갔다 오는 일이 무엇이 어렵겠느냐?"

이에 옥영이 즉시 답서를 써서 이화에게 주어 보냈다. 그 편지는 다음과 같다.

　　한 번 고향에서 이별한 뒤로 3년의 세월이 지나고 소식이 양쪽에서 끊어져 그리운 생각이 자나 깨나 마음에 맺히니, 달이 뜬 밤에 자규(子規)는 〈76〉 고향을 그리워하는 눈물을 흘리고[131] 안개비 속 황조(黃鳥)도 벗을 부르는 울음소리를 냈다오.[132] 천만뜻밖에도 이화가 우리 집을 찾아와 삼가 편지를 받아보고 마치 그대의 얼굴을 대하는 듯하니 슬픔과 기쁨이 모두 지극하구나. 한 번 고향으로 돌아가려는 생각은 많았으나, 여자가 길을 나서기가 자연히 어려워 다만 스스로 서글퍼할

이미 많이 죽어, 사방 들에는 백양이 많구나.[杜曲晚耆舊 四郊多白楊]"라고 하였다.《杜少陵詩集 卷16》

130) 상로(霜露)가……못하겠습니다 : 계절의 변화를 느끼면서 불현듯 돌아가신 부모님이 생각난다는 뜻이다.《예기(禮記)》〈제의(祭義)〉에 "서리와 이슬이 이미 내리거든 군자는 이것을 밟고 반드시 서글픈 마음이 있기 마련이어서……장차 부모를 뵈올 듯이 여긴다.[霜露旣降 君子履之 必有悽愴之心……如將見之]"라고 하였다.

131) 달이……흘리고 : 이백(李白)의 〈촉도난(蜀道難)〉 시에 "또 자규 울음소리 들리니, 달빛 아래 빈산에 시름겨워라.[又聞子規啼 夜月愁空山]"라고 하였다.《李太白文集 卷2》

132) 황조(黃鳥)도……냈다오 :《시경》〈소아(小雅) 벌목(伐木)〉에 "꾀꼬리가 곱게 우니, 벗을 찾는 소리로다. 새를 보아도, 서로 벗을 부르는데, 더구나 우리 사람으로서, 벗을 찾지 않으랴?[嚶其鳴矣 求其友聲 相彼鳥矣 猶求友聲 矧伊人矣 不求友生]"라고 하였다.

뿐이었지. 이제 어머니에게 뜻을 여쭈어 이미 허락을 받은 터라 오래지 않아 서쪽으로 가서 속에 쌓인 회포를 펼 수 있을 것이니 지금 편지에 일일이 쓰지 않고 이만 줄이네.

이화가 돌아와 옥영의 답서를 전해주니 월랑이 비로소 그녀가 올 것임을 알고 그날을 고대하였다. 얼마 지나지 않아 옥영이 날을 정해 길에 오르니 정씨 부인이 문에서 전송하고 경계하며 말하였다.

"갔다가 금방 돌아와 나의 마음을 슬프게 하지 말라.[133)]"

옥영이 그렇게 하겠다고 대답하였다. 가마를 타고 길을 가니 말의 걸음이 마치 날아가는 제비처럼 가벼웠다. 고향에 도착하니 친족들이 모두 모여 옥영을 위무(慰撫)하며 〈77〉 말하였다.

"네가 동쪽으로 간 뒤로 해가 여러 번 바뀌었으니 어찌 너를 생각하지 않았겠는가마는 먼 곳에 있어 찾아가지 못하였노라."

옥영이 말하였다.

"엎어진 둥지의 남은 새알[134)] 같은 신세로 타향을 떠돌다가, 모진 목숨이 죽지 않고서 다시 친척들을 만나 뵈니 어찌 천운이 아니겠습니까?"

그대로 눈물을 흘리니 사람들 또한 함께 눈물을 흘렸다. 이때 왕 총관은 경사(京師)에 있어서 아직 돌아오지 않았고, 그의 부인 여씨(呂氏)와 딸 월랑이 와서 보니 옥영이 말하였다.

"인간 세상의 이별은 사람들이 견디기 힘들어하는 것이지만 어찌 우리 사이 같은 경우가 있겠는가? 몸은 타향에 있으나 마음은 고향을 그

---

133) 나의……말라 : 《시경》〈빈풍(豳風) 구역(九罭)〉에 "이 때문에 곤의를 입은 분이 계시더니, 우리 공을 데리고 돌아가지 말아, 내 마음 슬프게 하지 말지어다.[是以有袞衣兮 無以我公歸兮 無使我心悲兮]"라고 하였다.

134) 엎어진……새알 : 갑작스레 가문이 멸망하게 된 상황 속에서도 요행히 살아남은 자식을 뜻한다. 한(漢)나라 공융(孔融)이 멸족(滅族)을 당할 때 8세와 9세 된 두 아들의 목숨만은 살려 주기를 원했는데, 이때 두 아들이 "아버지께서는 둥지가 엎어질 때 새알이 무사했던 것을 본 적이 있습니까?[大人豈見覆巢之下 復有完卵乎]"라고 하였다. 《世說新語 言語》

리워하였는데 낭자가 멀리하지 않고 먼저 소식을 물어오니, 짧은 편지
가 천금처럼 귀하여 마음에 새겼으나 전에 보낸 답서(答書)에는 경황이
없어 속마음을 다 말하지 못하였다네."

이화를 불러 위로하고 옥영에게 말하였다.

"도중에 별 탈은 없었는가?"

옥영이 금화산(金華山)에서 있었던 일을 모두 말하니, 여씨 부인이
말하였다.

"금화산의 변고는 내가 이미 들었네."

옥영이 말하였다.

"욕을 견디고 구차히 살아가고 있으니 잘하고 있다고 하겠습니까?"

〈78〉 여씨 부인이 말하였다.

"옥에는 흠이 없고 꽃은 상한 데가 없으니 무슨 욕됨이 있는가? 지나
간 일은 언급하지 않는 것이 좋겠다."

이때 설도징(薛道徵)이 옥영이 이곳으로 왔다는 소식을 듣고 옛 마음
이 틈을 타고 일어나 조평(曹平)과 은밀하게 모의하며 말하였다.

"지난번 금화산의 실패를 겪고 마치 호랑이가 먹잇감을 놓친 듯한
한이 있어, 밤낮으로 지난날의 바람을 이루고자 하였으나 기회를 얻지
못하였다. 지금 듣기로 '옥영이 친척 집에 와 있는데 오래지 않아 오군
으로 떠난다.'라고 하니, 혹시라도 이번 기회를 놓친다면 이후로 다시
희망이 없을 것이다. 지금 왕 총관이 경사에 있으니, 옥영이 돌아가는
길을 막고서 중간에 납치해 온다면 그 뒤는 걱정이 없을 것이다. 자네
는 나를 위하여 다시 일을 도모하겠는가?"

조평이 대답하였다.

"역리(逆理)로 취하는 자는 패하고 순리(順理)로 취하는 자는 성공합
니다. 지난번의 실패는 상대가 강하고 우리가 약해서가 아니라, 역리와
순리에서 나뉜 결과입니다. 지금 만약 다시 일을 벌인다면 반드시 패배

의 징조를 보게 될 것이니 순리대로 하는 것만 못합니다."

설도징이 〈79〉 불쾌해하며 말하였다.

"자네는 범에게 상처를 입은 자이다.[135] 옛날에 범려(范蠡)는 능히 회계(會稽)의 수치를 설욕하였고[136] 손빈(孫臏)은 끝내 마릉(馬陵)의 공을 이루었다.[137] 용맹한 자네가 때를 타고서 나아간다면, 회계의 수치를 설욕하고 마릉의 공을 이룰 수 있으니, 지금 어찌하여 왕 총관 한 명의 남은 위엄을 두려워하여, 기운을 잃고 머리를 숙이고서 한 여자에게 손을 쓰지 못하는가?"

조평이 말하였다.

"저는 그 일의 이롭지 못함을 알기에 무익한 짓을 하지 않고자 할 뿐입니다."

설도징이 말하였다.

"참으로 자네의 말과 같다면 어떻게 해야 되겠는가?"

조평이 말하였다.

"반드시 말재주가 좋은 사람을 시켜 중간에서 유세(遊說)를 하여야

---

135) 범에게……자이다 : 범에게 물려 봤던 사람이 범의 무서움을 잘 알듯이 무슨 일을 당해본 사람이 그 고통을 절실하게 느낀다는 뜻이다. 《근사록(近思錄)》 권7 〈출처(出處)〉에 "옛날에 범에게 부상당한 적이 있는 사람이 있었다. 다른 사람은 범을 말하면 삼척동자라도 모두 범이 무서운 줄 알지만, 끝내 범에게 부상당한 적이 있는 사람처럼 정신과 얼굴빛이 겁에 질리면서 진심으로 두려워하지는 않는다.[昔曾經傷於虎者 他人語虎 則雖三尺童子 皆知虎之可畏 終不似曾經傷者神色惕懼 至誠畏之]"라고 하였다.

136) 범려(范蠡)는……설욕하였고 : 춘추 시대 월왕(越王) 구천(句踐)이 오왕(吳王) 부차(夫差)와 싸우다가 크게 패하여 회계산(會稽山)에서 굴욕적인 화의를 맺고 풀려났다. 그 뒤 범려를 등용하여 20년 동안 와신상담(臥薪嘗膽)한 끝에 부차를 죽이고 오나라를 멸망시켜 회계의 치욕을 씻었다. 《史記 卷41 越王句踐世家》

137) 손빈(孫臏)은……이루었다 : 전국 시대 손빈이 방연(龐涓)과 함께 귀곡자(鬼谷子)에게 병법을 배웠는데, 위(魏)나라 장수가 된 방연의 시기를 받아 발이 잘리고 묵형(墨刑)을 당하는 수모를 겪었다. 그 뒤 제(齊)나라로 탈출하여 치거(輜車)에 누워 군사를 지휘하였고, 아궁이 숫자를 줄이는 계책[減竈策]을 써서 방연을 마릉(馬陵)에서 대패시켰다. 《史記 卷65 孫子吳起列傳》

계책을 이룰 수 있을 것입니다."

설도징이 말하였다.

"힘으로도 옥영을 취하지 못하였는데 어찌 말재주로 취할 수 있겠는가?"

조평이 말하였다.

"옛날에 소진(蘇秦)과 장의(張儀)가 유세객(遊說客)이 되어 육국(六國)의 제후(諸侯)를 합종(合從)하게 만들어 진(秦)나라에 대항하게도 하고 연횡(連橫)하게 만들어 진나라를 섬기게도 하였습니다. 이제 말솜씨 좋은 사람을 얻어 절동 부인(浙東夫人)에게 유세하여 생각을 바꾸게 하고 〈80〉 정씨 부인에게 이간(離間)하여 마음을 의심스럽게 한다면, 열 사람의 참소에 쇠몽둥이가 굽지 않을 수 없으며 세 번의 참소에 베를 짜던 북을 쉽게 던지게 될 것입니다.[138] 옥영이 저기에서 버림을 받은 뒤에 여기에서 이로움으로 유인한다면 스스로 주공(主公)의 집에서 건즐(巾櫛)을 받들 것입니다.[139]"

설도징이 말하였다.

"화정촌(花亭村) 무녀 위춘대(魏春臺)가 말솜씨가 유창한 자여서 전에 이 일을 도모하였으나 끝내 이루지 못하였으니, 지금 비록 다시 부탁하더라도 반드시 나를 위하여 도모하지 않을 것이다."

조평이 말하였다.

---

138) 열……것입니다 : 참소가 거듭되면 사람들이 그 말을 믿게 된다는 뜻이다. 《전국책(戰國策)》 권4 〈진책(秦策)〉에 "세 사람의 입이면 시장에 범이 나타나게 할 수 있고, 열 사람의 힘이면 방망이도 구부러지게 할 수가 있다.[三人成虎 十夫揉椎]"라고 하였고, 또 증삼(曾參)과 동명이인이 살인을 하였는데 어떤 사람이 증삼의 어머니에게 증삼이 살인을 하였다고 전하니 증삼의 어머니가 처음에는 그 말을 믿지 않다가 세 번 반복하여 듣자 마침내 베를 짜던 북을 던지고 담장을 넘어 달아났다고 한다.

139) 건즐(巾櫛)을 받들 것입니다 : 아내가 되는 것을 뜻한다. 후한(後漢) 포선(鮑宣)의 아내 환씨(桓氏)가 시집올 적에 그 아버지가 많은 재물을 보내자, 포선이 꺼려하였다. 이에 환씨가, 아버지가 자신을 시집보낸 것은 포선이 덕행을 닦고 검약을 지키기 때문에 자신으로 하여금 수건과 빗을 들고 시중들게 한 것이라고 답하였다. 《後漢書 卷114 列女列傳 鮑宣妻》

"금전(金錢)은 신통(神通)한 물건이니 주공께서 천금(千金)을 아끼지 않고 위춘대에게 뇌물을 주어 마음을 기쁘게 한다면, 물건이 사람의 마음을 감동시켜 이루지 못할 일이 없을 것입니다."

설도징이 조평의 말이 옳다고 생각하여 즉시 백금(百金)을 위춘대에게 뇌물로 주며 말하였다.

"나를 위하여 다시 일을 도모하겠는가?"

위춘대가 말하였다.

"절동 부인의 심지(心志)는 남들과는 달라 비록 역이기(酈食其)[140]의 유창한 말솜씨로도 유인(誘引)할 수 없습니다."

설도징이 말하였다.

"대무(大巫)가 정성을 다해 도모한다면 어찌 일이 이루어지지 않을까 걱정하겠는가?"

위춘대가 말하였다.

"공의 은혜를 감사하게 생각하니 〈81〉 감히 사력(死力)을 다해 도모하지 않겠습니까? 만약 절동 부인의 마음을 유인해 낸다면 존공(尊公)의 숙원에 부합할 수 있을 것이니 부디 서두르지 마십시오. 무릇 일이란 급히 하려다 보면 목적을 달성하지 못하는 법입니다.[141]"

설도징이 말하였다.

"무녀는 '급히 공격하여 기회를 잃지 말라.'[142]라는 말을 들어보지

---

140) 역이기(酈食其) : 한(漢)나라 때의 변사(辯士)로 제(齊)나라를 설득하여 70여 성(城)을 항복하게 하였다. 그 뒤 한신(韓信)이 제나라를 치자 제왕(齊王)은 역이기가 자신을 속였다 하여 그를 끓는 물에 삶아 죽였다. 《史記 卷97 酈生陸賈列傳》

141) 급히……법입니다 : 《논어(論語)》〈자로(子路)〉에 "급히 하려고 하지 말고, 조그마한 이익을 보려 하지 마라. 급히 하려다 보면 목적을 달성하지 못하고, 조그마한 이익을 돌아보면 큰일을 이루지 못한다.[無欲速 無見小利 欲速則不達 見小利則大事不成]"라고 하였다.

142) 급히……말라 : 진(秦)나라 말엽, 유방(劉邦)과 항우(項羽)가 대립하기 전에 범증(范增)이 유방이 비범한 인물임을 알아보고 사람을 시켜 그를 살피게 하니 과연 천자(天子)의 기운을 가지고 있었다. 이에 위협을 느껴 유방의 세력이 커지기 전에 제거하라고 항우에게 청하

못하였는가?"

위춘대가 대답하였다.

"알겠습니다."

며칠 뒤에 절동 부인의 집으로 가서 옥영을 보고는, 아첨하고 비위를 맞추어 거짓으로 웃고 울며 말하였다.

"낭자가 고향을 떠난 뒤로 매번 그리워하면서도 만날 방법이 없는 것을 한스러워하였는데, 이제 다시 낭자를 볼 수 있을 줄은 생각도 하지 못하였습니다."

옥영이 말하였다.

"떨어진 잎이 뿌리로 돌아왔으니[143] 지나간 일을 생각하면 슬픔만 더해진다네."

위춘대가 절동 부인에게 가서 말하였다.

"부인은 낭자에게 정이 모녀와 같습니다. 오랫동안 떨어져 있다가 지금에서야 비소로 만나 다른 걱정이 없고 또 낭자의 나이와 용모는 이미 어른입니다. 이제 본가로 돌아왔으니 머물게 하여 보내지 않고, 널리 혼처를 알아보아 좋은 남편을 얻어주어 매씨 집안의 제사가 끊어지지 않게 한다면 〈82〉 이 어찌 부인의 덕이 아니겠습니까?"

절동 부인이 평소 위춘대의 간악한 마음과 사특한 태도를 잘 알고 있었기에 듣고서 아무런 대답을 하지 않았다. 위춘대가 절동 부인의 확고한 마음을 돌릴 수 없음을 알고, 곧 둘러대는 말과 유창한 언변(言辯)으로 옥영의 내외 친척들에게 유세하며 말하였다.

"옛말에 '딸을 낳으면 이웃집에 시집보낸다.'[144]라고 하였으니 옥영

였다. 《史記 卷7 項羽本紀》

143) 떨어진……돌아왔으니 : 송(宋)나라 승려 도원(道原)의 《경덕전등록(景德傳燈錄)》에 나오는 말로 사물이 일정한 회귀처가 있다는 뜻인데, 주로 객지에 나가 있던 사람이 끝내 고향으로 돌아올 때의 비유로 쓰인다.

144) 딸을……시집보낸다 : 두보(杜甫)의 〈병거행(兵車行)〉 시에 "딸을 낳으면 그래도 이웃집

을 오군(吳郡)의 평범한 집안의 며느리로 만들어서야 되겠습니까?"

종횡으로 반복하여 그 이해(利害)를 말하였는데 거침없고 능란한 언변이 사람의 마음을 현혹시키기에 충분하니, 모두 무녀의 말을 따르려고 하였으나 오직 왕 총관 부인 여씨만은 전부터 금화산의 변고가 위춘대의 간계(奸計)에서 나온 사실을 알고 있었다. 때문에 분개하는 마음을 이기지 못하여 항상 위춘대를 죽이고 싶어 하였는데, 이제 이런 말을 듣고는 더욱 참을 수 없어 큰소리로 가로막으며 말하였다.

"여러분은 일찍이 금화산의 일을 듣지 못하였습니까? 왕 총관을 죽이고 옥영을 납치하려는 흉계(凶計)가 모두 이 과부의 심중(心中)에서 나왔는데 천우신조(天佑神助)로 다행히 온전할 수 있었습니다. 〈83〉 그러니 이 과부는 우리 옥영에게 실로 원수이거늘, 지금 어찌하여 여우처럼 홀리는 말에 현혹되어 도리어 옥영을 원수의 손아귀에서 놀아나게 합니까?"

이 말을 듣고서 분분한 의논이 마침내 해결되었다. 위춘대가 자신의 계책이 통하지 않음을 알고서 또 간계(奸計)를 내어, 저 오군의 정씨 부인의 집 근처로 가서는 신무(神巫)로 자칭하고서 마을에 출몰하여 간사한 사람들과 결탁하고 유언비어를 퍼뜨렸다.

"정씨 부인의 양녀가 옛날에 회계에서 오다가, 중간에 길에서 남의 협박을 받아 파리가 옥을 더럽힌 듯한 흠145)이 있으니 금화산은 지금도 부끄러운 빛을 띠고 있다더라."

소문이 퍼지자 혹은 믿기도 하였고 혹은 의심하기도 하였다. 정씨 부인도 이 말을 듣고 처음에는 의심하지 않았는데, 위춘대와 간인(姦人)

에 시집보낼 수 있으나, 아들을 낳으면 매몰되어 온갖 풀을 따라 썩는다오.[生女猶得嫁比隣 生男埋沒隨百草]"라고 하였다. 《杜少陵詩集 卷2》

145) 파리가……흠 : 충량(忠良)한 사람이 소인의 모함을 받는 것을 뜻한다. 당(唐)나라 진자앙(陳子昻)의 〈연호초진금소(宴胡楚眞禁所)〉 시에 "파리가 한 점의 티를 만들어, 흰 구슬이 끝내 억울하게 되었네.[靑蠅一相點 白璧遂成寃]"라고 하였다. 《陳拾遺集 卷2》

들이 서로 말을 주고받으며 무함(誣陷)을 그치지 않았다. 정씨 부인이 전에 옥영이 도중에 도적을 만났다는 말을 들은 적이 있었기 때문에 의심이 없지 않아 파양하려는 뜻으로 유 시랑(劉侍郎)에게 가서 의논하니 유 시랑이 말하였다.

"중간의 뜬소문을 가지고 〈84〉 사람을 난처한 지경에 두어서는 안 되니, 말조심하여 남들이 엿들을 수 없게 하는 것이 좋겠습니다.[146]"

그래도 정씨 부인의 마음에 의혹이 풀리지 않으니 유 시랑이 또 말하였다.

"제가 형수님을 위하여 끝까지 조사하여 분별할 것이니 마음에 두지 말고 옥영이 돌아오기를 기다리십시오."

이때 계랑(季娘)이 옆에 있다가 이 말을 듣고는, 마음이 몹시 떨려 아버지 유 시랑에게 고하였다.

"옥영의 심사는 맑은 하늘의 밝은 해처럼 부끄러움이 없거늘, 이런 생각지도 못한 무함을 받으니 세상천지에 어찌 이런 일이 있단 말입니까?"

또 정씨 부인에게 고하였다.

"옥영이 당한 참담한 무함은 밝혀내기가 어렵지 않습니다. 당시에 일행이던 여종과 노복(奴僕)들을 불러 물어본다면 그 진위를 알 수 있을 것입니다."

정씨 부인도 그 말을 옳게 여겨 그들을 불러 물어보려고 하였는데, 죽랑(竹娘)과 녹양(綠楊)은 옥영을 따라 회계에 가 있었고 월아(月娥)만 집에 있었다. 즉시 초선(楚仙)을 시켜 월아를 앞에 불러와 사건의 전말을 물으니 월아가 대답하였다.

---

146) 말조심하여……좋겠습니다 : 두보(杜甫)의 〈애왕손(哀王孫)〉 시에 "말조심하시오, 남이 엿들을까 두렵도다. 슬프구나 왕손이여, 삼가 소홀히 하지 마오.[愼勿出口他人狙 哀哉王孫愼勿疏]"라고 하였다. 《杜少陵詩集 卷4》

"이 말은 누구의 입에서 나온 것입니까? 〈85〉 금화산을 지나던 우리 일행이 심상치 않은 화를 만났으나, 왕 총관이 도적을 제압해준 덕분에 상자 속의 옥은 끝까지 아무런 상처 없이 온전히 돌아왔습니다."

유 시랑이 말하였다.

"옥영의 일이 이처럼 명백하니 근거가 없는 일을 가지고 사람을 의심하거나 버릴 수 없습니다. 형수님은 우선 옥영이 돌아오기를 기다렸다가, 당시 일행이던 여종과 노복들에게 상세히 물어본 뒤에 분명하게 바로잡는 것이 좋겠습니다."

정씨 부인이 집으로 돌아가 옥영이 돌아오기만을 고대하였다. 이때 위춘대가 간인(姦人)을 시켜 정씨 부인이 옥영에게 의심을 두고 있다는 사실을 염탐하고 설도징에게 알렸다.

"일의 기미가 이러이러합니다."

설도징이 매우 기뻐하여 위춘대에게 많은 돈을 뇌물로 주고, 또 변사(辯士)를 얻어 옥영의 친척에게 이간질하니 뭇 친척들이 부화뇌동하여 옥영을 오군(吳郡)으로 돌려보내려고 하지 않았다. 옥영이 중간에서 설도징과 위춘대가 간사한 짓을 하는 줄을 모르고 항상 정씨 부인의 말을 염두에 두고 있다가, 몇 달 뒤에 묘를 살피고 제사를 지내고서 〈86〉 양가(養家)로 돌아가길 청하니 친척들이 모두 말하였다.

"네가 이미 돌아왔으니 오군으로 가지 말고 장차 이곳에서 혼인하여 조상의 제사를 받드는 것이 좋지 않겠느냐?"

옥영이 대답하였다.

"어찌 부모님의 고향을 떠나고 싶겠습니까? 하지만 이미 남에게 양녀가 되기로 허락하여 모녀의 의리가 있으니 저버려서는 안 됩니다."

절동 부인이 말하였다.

"마음이 섭섭하니 너는 급히 돌아가지 말거라."

월랑도 간절히 만류하니 옥영이 마지못하여 머물렀다.

각설(却說). 몽성이 어느 날 저녁에 정 정부(鄭貞婦)를 찾아와 달을 마주하고 술을 마셨다. 반쯤 취해 몽성이 말하였다.

"달 아래서 대작(對酌)하니 절로 이태백(李太白)의 시상147)이 떠오르고 눈 속에서 매화를 방문하니 맹호연(孟浩然)의 그윽한 흥취148)를 견디기 어렵구나."

정 정부가 입을 삐죽거리며 말하였다.

"달 아래서 술을 마신다는 말은 맞지만 눈 속에서 매화를 방문한다는 말은 틀리니 황국(黃菊)과 단풍(丹楓)은 제철이요, 백설(白雪)과 홍매(紅梅)는 제철이 아닙니다."

몽성이 말하였다.

"《시경》에 '떨어지는 매실[摽梅]이여 그 열매가 일곱이로다. 〈87〉 나를 구하는 서사(庶士)들은 좋은 때를 놓치지 말라.'149)라고 하였네. 내가 눈 속에서 매화를 방문하였다고 말한 것은 자네의 집에 떨어지는 매실이 있음을 알고 또 날이 길하기에 《시경》의 뜻을 읊다가 무심코 한 말이라오."

정 정부가 말하였다.

"우리 집에는 떨어지는 매실이 없지만 주인집에는 과연 있었으니 지금은 떨어진 꽃잎이 자취가 없습니다."

---

147) 달……시상 : 이백(李白)의 〈월하독작(月下獨酌)〉 시에 "꽃 사이에서 한 병의 술을 가지고, 친구 하나 없이 홀로 술을 마시면서, 술잔 들어 밝은 달을 맞이하니, 그림자를 마주해 세 사람이 되었네.[花間一壺酒 獨酌無相親 擧杯邀明月 對影成三人]"라고 하였다. 《李太白文集 卷20》

148) 눈……정취 : 맹호(孟浩)가 나귀를 타고 매화를 찾아 눈발 휘날리는 파교(灞橋)를 지나다가 그럴 듯한 시상(詩想)이 떠올랐다는 '답설심매(踏雪尋梅)'의 고사가 있다. 이를 두고 소식(蘇軾)의 〈증사진하충수재(贈寫眞何充秀才)〉 시에 "또 보지 못하였는가? 눈 속에서 나귀를 탄 맹호연이, 눈썹을 찌푸리고 시를 읊느라 어깨가 산처럼 솟았다네.[又不見雪中騎驢孟浩然 皺眉吟詩肩聳山]"라고 하였다. 《東坡全集 卷6》

149) 떨어지는……말라 : 《시경》〈소남(召南) 표유매(摽有梅)〉의 내용으로, 혼기(婚期)를 놓칠까 두려워하는 여자를 노래하였다. 주 121) 참조.

몽성이 말하였다.

"어찌 광주리에 거두어 두지[150] 않았는가?"

정 정부가 말하였다.

"그 매화가 처음에 '파릉(灞陵)'에서 왔다가 지금 '파릉(灞陵)'을 찾아 갔습니다."

몽성이 말하였다.

"어찌하여 '파릉(巴陵)'을 가리켜 보내지 않고 멀리 '파릉(灞陵)'으로 보냈는가?"

정 정부가 말하였다.

"저 또한 잊지 못하여 데려오려 생각하고 있었는데, 뒤에 소문을 들어보니 '용문산(龍門山) 주인이 지금 매화를 위성(渭城)의 버들[柳] 빛이 새로운 집에 옮겨 심으려고 의논 중이다.[151]'라고 합니다. 그 이후로 꽃 같은 얼굴 옥 같은 뺨을 다시 볼 길이 없으니 이 때문에 탄식하고 있습니다."

몽성이 비로소 옥영이 이곳에 없음을 알아, 마음이 절로 꽉 막히는 듯 답답하였다. 〈88〉 정 정부가 그 기색을 살피고 도리어 거짓으로 위로하였다.

"낭군은 어찌하여 근심하여 즐거워하지 않습니까?"

몽성이 말하였다.

"자네가 기뻐하면 나도 기쁘고 자네가 근심하면 나도 근심해서라네."

정 정부가 말하였다.

---

150) 광주리에 거두어 두지 : 《시경》〈소남(召南) 표유매(摽有梅)〉에 "떨어지는 매실이여, 광주리를 기울여 모두 담도다. 나를 구하는 서사(庶士)들은, 말만 하면 약속을 정할 수 있다오.[摽有梅 頃筐墍之 求我庶士 迨其謂之]"라고 하였다.

151) 위성(渭城)의……중이다 : 왕유(王維)의 〈송원이사안서(送元二使安西)〉 시에 "위성에 아침 비가 가벼운 티끌 적시니, 객사의 푸르고 푸른 버들 빛이 새롭네.[渭城朝雨浥輕塵 客舍青青柳色新]"라고 하였다. 《王右丞集箋注 卷14》

"제가 근심하는 것은 한 사람의 사사로운 정이고 지금 낭군과 술자리를 가지는 것은 두 사람의 좋은 일이니, 어찌 한 사람의 수심(愁心)으로 우리 두 사람의 우호를 망쳐서야 되겠습니까?"

몽성이 말하였다.

"내 우선 저 금잔[金罍]에 술을 부어 마시고 길이 생각하지 않으려 하노라."[152]

정 정부가 말하였다.

"술은 근심을 잊게 하는 물건[153]이라 낭군과 함께 취해 오늘 저녁에 길이 논다면[154] 어찌 즐겁지 않겠습니까?"

몽성이 비록 겉으로는 화평(和平)하였으나 마음은 어지러워 술자리를 치우게 하고 실망한 채 집으로 돌아가서는 식음을 전폐하고 자리에 몸져누웠다. 정 정부가 몽성이 마음이 괴로워 병이 들었음을 알고서, 보름 뒤에 일부러 다른 일을 핑계로 배를 타고 파릉(巴陵)에 이르렀다. 몽성이 정 정부가 왔다는 것을 듣고서, 여종에게 명하여 맞이하게 하고 손을 잡으며 말하였다. 〈89〉

"아! 정부는 병든 이 꼴을 보게나."

정 정부가 말하였다.

"무엇 때문에 이리 병이 들었습니까? 혹시 무망지재(無妄之災)[155]입

---

152) 내……하노라 : 《시경》〈주남(周南) 권이(卷耳)〉에 "내 우선 저 금잔에 술을 부어 마시고 길이 생각하지 않으려 하노라.[我姑酌彼金罍 維以不永懷]"라고 하였다.

153) 근심을……물건 : 동진(東晉) 도잠(陶潛)의 〈음주(飮酒)〉 시에 "가을 국화 빛깔이 좋아, 이슬 머금은 그 꽃잎을 따다가, 이 근심 잊게 하는 물건에 띄워서, 세상 버린 나의 정을 멀리 보낸다.[秋菊有佳色 裛露掇其英 汎此忘憂物 遠我遺世情]"라고 하였다. 《陶淵明集 卷3》

154) 오늘……논다면 : 어진 사람의 떠남을 아쉬워하는 뜻이다. 《시경》〈소아(小雅) 백구(白駒)〉에 "하얀 망아지가, 내 마당의 콩잎을 먹는다 하여, 얽어매고 얽어매어, 오늘 저녁에 길이 놀리라.[皎皎白駒 食我場藿 縶之維之 以永今夕]"라고 하였다.

155) 무망지재(無妄之災) : 아무런 이유도 없이 받는 재앙을 뜻한다. 《주역(周易)》〈무망괘(無妄卦) 육삼(六三)〉에 "잘못한 일 없는 재앙이니, 누군가가 매어 둔 소를 길 가는 사람이

니까?"

몽성이 말하였다.

"이는 무망지질(無妄之疾)[156]이 아니고 과연 다른 빌미가 있으니, 그 빌미를 아는 사람은 정부라네."

정 정부가 말하였다.

"저는 정(鄭)나라 계함(季咸)[157]이 아니니 어찌 알 수 있겠습니까?"

몽성이 말하였다.

"지난번에 자네의 집을 가서 자네의 말을 듣고 돌아온 이후로 저절로 병이 들어 먹고 자는 것이 편치 못하니, 어찌 정부가 원인을 알아 치료할 수 있는 것이 아니겠는가?"

정 정부가 한참을 깊이 생각하고서 말하였다.

"낭군의 병을 보고 낭군의 말을 들으니 이는 반드시 사람으로 인하여 든 병입니다. 그리워하는 사람이 있어 그런 것이 아닙니까?"

몽성이 말하였다.

"어찌 그리워하는 사람이 없겠는가?"

정 정부가 말하였다.

"누구를 그리워합니까?"

몽성이 말하였다.

"서가(西家)의 미인이로다."[158]

훔쳐 갔는데, 마을 사람들이 누명을 쓰게 된다.[無妄之災 或繫之牛 行人之得 邑人之災]"라고 하였다.

156) 무망지질(無妄之疾) : 잘못한 일이 없이 생긴 병을 뜻한다. 《주역》〈무망괘(無妄卦) 구오(九五)〉에 "잘못한 일이 없는 병이니, 약을 쓰지 않아도 나을 것이다.[無妄之疾 勿藥有喜]"라고 하였다.

157) 정(鄭)나라 계함(季咸) : 전설상 정나라의 신무(神巫) 이름이다. 《장자》〈응제왕(應帝王)〉에 "정나라에 신무가 있는데 계함이라 한다. 사람의 사생존망과 화복수요를 알아서 세월과 순일을 기약함이 신과 같았다.[鄭有神巫日季咸 知人之死生存亡 禍福壽夭 期以歲月旬日 若神]"라고 하였다.

정 정부가 웃으며 말하였다.

"낭군이 그리워하는 사람은 혹시 매랑(梅娘)입니까? 만약 매랑 때문이라면 이는 참으로 어렵습니다. 〈90〉 낭군이 정이 있더라도 저쪽은 마음이 없는 데다, 매랑은 이미 고향으로 떠나 혼사(婚事)를 의논하고 있으니 비록 마륵(磨勒)[159]으로 하여금 계책을 내게 하더라도 할 수 있는 것이 없습니다."

몽성이 말하였다.

"옥영을 얻으면 살 것이요, 옥영을 얻지 못한다면 죽게 될 것이라오."

정 정부가 말하였다.

"절대가인(絕代佳人)이 어느 곳인들 없기에, 매랑 때문에 이리 심하게 노심초사합니까? 매랑보다 나은 사람이 있으니 고(故) 장 승상(張丞相)의 딸입니다. 그녀의 집이 형산(荊山)에 있으니 대대로 내려오는 가문의 지체로 말하자면 과부 집과 비교하여 논할 수 없습니다. 제가 낭군을 위하여 중간에서 소개하여 진진(秦晉)의 우호[160]를 이룰 수 있도록 하겠으니 낭군은 멀리 있는 사람을 생각하지 마십시오."

몽성이 말하였다.

"《시경》에 '동문(東門)을 나가니 여자들이 구름처럼 많도다. 비록 구름처럼 많으나 내 마음은 그들에게 있지 않도다.'[161]라고 하지 않았는

---

158) 누구를……미인이로다 : 《시경》〈패풍(邶風) 간혜(簡兮)〉에 "산에는 개암나무가 있고, 습지에는 감초가 있네. 누구를 그리워하는가? 서방의 미인이로다.[山有榛 隰有苓 云誰之思 西方美人]"라고 하였다.

159) 마륵(磨勒) : 명(明)나라 왕세정(王世貞)이 편찬한 《검협전(劍俠傳)》 권3 〈곤륜노(崑崙奴)〉에 등장하는 인물인데, 당(唐)나라를 배경으로 주인공 최생(崔生)이 일품관(一品官)의 무기(舞妓)인 홍초(紅綃)와 인연을 맺을 수 있도록 지혜를 발휘하였다.

160) 진진(秦晉)의 우호 : 춘추 시대에 진(秦)나라와 진(晉)나라 왕실이 대대로 인척관계였던 데서 유래하여, 혼인으로 인해 맺어진 인척 관계를 뜻한다.

161) 동문(東門)을……않도다 : 《시경》〈정풍(鄭風) 출기동문(出其東門)〉에 "동문을 나가니, 여자들이 구름처럼 많도다. 비록 구름처럼 많으나, 내 마음은 그들에게 있지 않도다.[出其東門 有女如雲 雖則如雲 匪我思存]"라고 하였다.

가? 장씨(張氏) 낭자가 비록 아름답더라도 어찌 내가 그리워하는 사람
만 하겠는가? 나의 배필이 될 사람은 석랑(石娘)이 아니면 오직 옥영
한 사람 뿐이네."

정 정부가 말하였다. 〈91〉

"장씨 낭자의 이름이 만약 석랑이라면 과연 '돌[石]'을 취하고 '옥(玉)'
을 버리겠습니까?"

몽성이 즉시 전에 사 놓은 금도(錦圖)를 꺼내 정 정부 앞에 펼치며
말하였다.

"이름자를 가지고 사람을 취하고 버려서는 안 되니, 이 비단을 짠
사람이 내가 말한 석랑일 것이오."

정 정부가 그 비단을 보니 과연 옥영의 솜씨라 기이하게 생각하였다.
몽성이 탄식하며 말하였다.

"나를 낳아준 것은 부모님인데 나를 죽이는 것은 옥영이로구나."

정 정부가 말하였다.

"정씨 부인이 매랑을 본가에 보낸 뒤로 그리움을 이기지 못하여 사람
을 보내 돌아오라고 재촉하려 하는데, 아직 사람을 보내지 않은 상태입
니다. 지금 낭군의 성의를 보고 저도 모르게 감동하는 마음이 드니 낭
군을 위하여 정씨 부인을 부추겨 돌아오는 것을 재촉하게 하게끔 한
번 해보겠습니다."

몽성이 머리 숙이고 사례하며 말하였다.

"참으로 자네의 말처럼 된다면 나는 죽지 않을 것이오."

여종을 시켜 술을 내오게 하여 술잔을 주고받으니, 집안의 여종과
노복들이 모두 의아하게 여겼다. 〈92〉 정 정부가 노를 저어 돌아갔다.
몽성은 정 정부를 보낸 뒤에도 일이 이루어지지 않을까 염려하여, 곧 한
통의 편지를 써서 소비(小婢) 영양(英陽)을 시켜 정 정부에게 전하였다.
그 편지는 다음과 같다.

파릉(灞陵)의 소식이 들리지 않으니 마음이 매우 답답한데, 근자에 옥영은 이미 정씨 부인의 집으로 돌아왔는가? 사람을 떠나보낸 지 오래될수록 사람을 그리워하는 마음은 더욱 깊어지니, 모름지기 채색 나비[彩蝶]가 정에 이끌리는 것을 유념하여 서둘러 학[仙禽]이 길을 인도하도록 도모하여, '파릉(灞陵)'의 향기로운 매화가 다시 옛 동산을 찾아온다면 '파릉(巴陵)'의 병든 오얏도 봄을 얻게 될 것이라네. 이 점을 생각하여 사람을 죽게 만들지 말게나.

모월일(某月日)에 파릉(巴陵)의 이몽성(李夢星)은 삼가 부치노라.

정 정부가 즉시 답서를 써서 몽성에게 보냈다. 그 편지는 다음과 같다.

귀댁의 여종이 저의 집을 찾아와 편지를 받아보니 마치 맑은 의용(儀容)을 대하는 듯하여 저도 모르게 매우 기쁜 마음이 듭니다. 떨어지는 매실[摽梅]의 소식은 한 번 떠난 뒤로 들리는 것이 없으니, 매번 낭군의 지극한 뜻을 생각하면 〈93〉 직접 가서 데려오고 싶은 마음까지 들지만 그곳까지 갈 힘이 없습니다. 정씨 부인을 부추겨 사람을 보내는 것을 의논하고 있지만 길이 머니 어찌 올 수 있겠습니까?[162] 전에 듣기로 '본가의 친척들이 혼사를 의논하여 정하고 있다.'라고 하니, 만약 혼사가 정해진다면 돌아오는 것을 또한 장담할 수 없습니다.

몽성이 이 편지를 보고 더욱 번뇌가 더해져 죽게 될 지경이었다. 이보다 앞서 정씨 부인이 옥영을 그리워하는 마음을 이기지 못하여 사람을 보내 돌아오기를 재촉하였다. 다음해 봄에 옥영이 돌아오는데, 오는

---

162) 길이……있겠습니까 : 《시경》〈패풍(邶風) 웅치(雄雉)〉에 "저 해와 달을 보니, 아득한 내 그리움이로다. 길이 멀기도 하니 언제나 오실까?[瞻彼日月 悠悠我思 道之云遠 曷云能來]"라고 하였다.

길에 밭두둑의 버들 빛이 푸른 것을 보고[163] 저도 모르게 흥이 일어 말하였다.

"옛날에 내가 길을 떠날 적에는 함박눈이 펄펄 내리더니, 지금 내가 돌아오는 때에는 푸른 버들이 하늘거리는구나."[164]

옥영이 집에 도착하니 정씨 부인이 허겁지겁 문을 나와 그녀의 손을 잡으며 말하였다.

"네가 한 번 가서는 어찌 이리 오래 있었는가?"

옥영이 대답하였다.

"고향의 친척들이 고집스럽게 만류하기에 자연스레 돌아오는 것이 늦어졌습니다."

정 정부가 위로하며 말하였다.

"낭자와 헤어진 이후로 소식이 영영 끊어지니 한갓 꿈속에서만 그리워하고 있었습니다."〈94〉

옥영이 말하였다.

"내가 정부를 생각하는 마음 또한 정부가 나를 생각하는 마음과 같으니 그간에 다른 탈은 없었다네."

계랑(季娘)이 즉시 와서 보니 오랜 이별 끝에 다시 상봉한 터라 기쁨이 끝이 없었다. 며칠이 지난 뒤에 유 시랑이 옥영이 전에 데리고 왔던 여종 녹양과 죽랑 그리고 노비 충생(忠生)과 선정(善丁) 등을 불러 금화산에서 있었던 일을 자세히 물으니 선정 등이 말하였다.

"그때 길을 가면서 과연 도적을 만나는 변고가 있었지만, 왕 총관이

---

163) 밭두둑의……보고 : 당(唐)나라 왕창령(王昌齡)의 〈규원(閨怨)〉 시에 "문득 밭두둑의 버들 빛이 푸른 것을 보고, 남편을 벼슬길에 보낸 것을 후회하네.[忽見陌頭楊柳色 悔敎夫婿覓封侯]"라고 하였다. 《唐詩品彙 卷47》

164) 옛날에……하늘거리는구나 : 《시경》〈소아(小雅) 채미(采薇)〉에 "옛날에 내가 길을 떠날 때에는, 버들 하늘거리더니, 지금 내가 돌아오는 때에는, 함박눈 펄펄 내리네.[昔我往矣 楊柳依依 今我來思 雨雪霏霏]"라고 하였다.

물리쳐준 덕에 위기를 탈출하여 일행 중에 다친 사람이 없었으니 매랑이 절개를 잃었다는 말은 전혀 근거가 없습니다."

녹양이 말하였다.

"주인 낭자가 무함을 받는데 이 분한 사정을 밝힐 곳이 없으니 저 창천(蒼天)은 너무도 무심합니다."

죽랑이 말하였다.

"낭자의 일은 귀신에게 옳고 그름을 물어보더라도 부끄러움이 없을 것입니다.165)"

유 시랑이 비로소 실상을 알고서 정씨 부인에게 청하여 침착하게 설명하였다.

"지난번의 소문은 과연 근거 없이 날조된 말이니 의심할 것이 없습니다."〈95〉

정씨 부인이 말하였다.

"나 역시 그렇지 않을 것임을 알았습니다."

시랑 부인(侍郎夫人)이 말하였다.

"만약 옥영에게 이런 일이 있었다면 반드시 스스로를 온전히 하지 못하였을 것이니 숨기는 것만 못합니다."

계랑이 말하였다.

"설왕설래(說往說來)하는 사이에 듣는 사람들이 모두 의심하니, 어찌 작은 절개에 구애되어 옥영의 빙설(氷雪)처럼 깨끗한 지조로 하여금 길이 오명(汚名)을 받게 하겠습니까? 만약 제가 옥영의 처지가 되었더라면 진실로 통탄스러웠을 것입니다."

---

165) 귀신에게……것입니다 : 분명하여 의혹됨이 없다는 뜻이다. 《중용(中庸)》 제29장에 "군자의 도는 자기 몸에 근본하여 백성들에게 징험하며, 삼왕(三王)에게 상고하여도 틀리지 않으며, 천지에 세워 놓아도 어긋나지 않으며, 귀신에게 질정하여도 의심이 없으며, 백세토록 성인을 기다리더라도 의혹되지 않는 것이다.[君子之道 本諸身 徵諸庶民 考諸三王而不謬 建諸天地而不悖 質諸鬼神而無疑 百世以俟聖人而不惑]"라고 하였다.

정씨 부인이 말하였다.

"계랑의 말이 옳다."

집으로 돌아온 뒤에 옥영을 불러 차분히 그간 있었던 일을 말해주니 옥영이 이를 듣고 차마 말이 나오지 않아 울면서 정씨 부인에게 고하였다.

"옛날 회계(會稽)에서 오다가 도적을 만났을 때 죽지 못한 것이 일생의 한이 되었는데 지금 또 이런 일을 당하니 옛사람이 '흰 옥 속에 있는 티는 그래도 갈아서 없앨 수 있지만, 말을 잘못해서 생긴 오점은 어떻게 해 볼 수가 없다.'166)라고 한 경우입니다. 단칼로 결백한 뜻을 보이는 것을 제가 어찌 어렵게 여기겠습니까?"

즉시 자결하려고 하니 녹양이 옥영을 붙잡고 울며 말하였다.

"낭자가 근거 없이 무함을 받은 것은 〈96〉 하늘과 땅이 모두 알고 있거늘 만약 억울함을 풀지 않고서 부질없이 죽어버린다면 후세에 누가 그 원통함을 밝혀줄 것이며 만 리 장강(長江)에 누가 그 오명을 씻어주겠습니까? 낭자를 음해한 사람을 조용히 알아내어 잡은 뒤에, 시원하게 원수를 갚아 세상 사람들로 하여금 분명히 알 수 있도록 하는 것만 못합니다. 이 말은 반드시 근원이 있을 것이니 낭자는 일단 자신을 해치는 일을 그만두십시오. 제가 말의 뿌리를 찾아내 낭자를 위하여 오명을 씻겠습니다."

정씨 부인이 말하였다.

"이리 저리 흘러 다니는 소문을 무엇 하러 마음 쓰느냐? 녹양의 말이 참으로 옳으니, 너는 우선 참고 앞으로의 일을 지켜보아라."

옥영이 녹양에게 말하였다.

"내가 자결하고 싶으나 누명(陋名)이 몸에 있으니 억울함을 풀지 못한

---

166) 흰……없다 : 말로 인한 흠은 되돌리기 어렵다는 뜻이다. 《시경》 〈대아(大雅) 억(抑)〉에 "흰 옥 속에 있는 티는 그래도 갈아서 없앨 수 있지만, 말을 잘못해서 생긴 오점은 어떻게 해 볼 수가 없다.[白圭之玷 尙可磨也 此言之玷 不可爲也]"라고 하였다.

채 부질없이 죽는다면 아무런 유익함이 없겠지. 부모님이 돌아가신 뒤로 삶과 죽음을 함께한 사람은 너와 나 둘 뿐이구나."

녹양이 말하였다.

"주인 낭자가 살면 저도 살고 주인 낭자가 죽으면 저도 죽을 것이니, 어찌 죽음을 두려워하여 〈97〉 주인 낭자를 위하여 죽지 않겠습니까?"

녹양이 마침내 죽랑·월아·초선·정 정부와 더불어 심복(心腹)이 되어 마을에서 사람들과 함께 노닐며 은밀히 유언비어의 근원을 탐문하니, 사람들이 서로 전달하고 알려주었는데 화정촌(花亭村) 위춘대(魏春臺)에게서 나온 것이었다. 유 시랑에게 고하여 충생과 선정에게 기회를 보아 잡아오게 하였는데, 위춘대는 이미 화정촌으로 돌아간 뒤라 즉시 가서 잡아 오군으로 압송하였다. 유 시랑이 형구(刑具)를 성대히 갖추어, 위춘대를 거꾸로 매달고 형장(刑杖)을 몹시 치며 그 이유를 물으니 형장 몇 대에 자신의 죄를 낱낱이 바른대로 고하였다. 옥영이 말하였다.

"너는 우리에게 있어 기만(欺瞞)하는 원앙(袁盎)[167]과 같은 놈이로다."

녹양을 시켜 위춘대의 양쪽 귀밑머리를 뽑게 하고 충생과 선정을 시켜 좌우에서 매를 치게 하니, 모발이 다 빠지고 몸에 피가 흥건하여 뜰에 가득 지켜보던 사람들이 모두 통쾌하게 여겼다.

계랑이 말하였다.

"시호(市虎)[168]와 군봉(裙蜂)[169]은 옛날부터 있어왔으니 낭자는 개의

---

167) 기만(欺瞞)하는 원앙(袁盎) : 원앙(?~B.C.148)은 한 문제(漢文帝)의 신하이다. 경제(景帝) 때 조조(鼂錯)가 강성해진 제후(諸侯)들을 억제하기 위하여 그들의 봉지(封地)를 축소하려 하자 오(吳), 초(楚) 등 칠국(七國)이 반란(叛亂)을 일으켰는데, 평소 사이가 나빴던 원앙이 참소하여 반란의 원인 제공자로 그를 지목하니 조복(朝服)을 입은 채 동시(東市)에서 참살되었다. 《史記 卷101 袁盎列傳, 卷101 鼂錯列傳》

168) 시호(市虎) : 계속 반복되면 사실처럼 믿게 되는 유언비어를 뜻한다. 주 138) 참조.

169) 군봉(裙蜂) : 모함하는 말은 믿기 쉽다는 뜻이다. 주 선왕(周宣王)의 신하 윤길보(尹吉甫)의 아들 백기(伯奇)가 계모를 지성으로 섬겼는데, 계모가 벌의 독을 제거하여 자기 옷에 붙게 하고는 백기가 떼려 하자 큰소리를 지르면서 백기가 자기를 유혹한다며 길보에게

치 마오."

옥영이 말하였다.

"비록 통쾌하게 설욕하였다고는 하지만 애초에 이런 일이 없는 것만
못하다네."

정씨 부인이 말하였다.

〈98〉"더러운 진흙과 무성한 잡초가 어찌 깨끗한 모래와 향기로운
난초에 해가 되겠는가?"

이 이후로 와언(訛言)이 저절로 잠잠해져 백옥(白玉)에 티가 없게 되었
다. 하지만 옥영은 아직 풀리지 않는 분함이 있어 조평(曹平)과 설도징
(薛道徵)을 죽이지 못한 것을 한스럽게 생각하였다.

그 후에 정 정부가 파릉에 가니 몽성은 병중(病中)에 있었다. 정 정부
가 말하였다.

"어찌하여 귀신에게 괴롭힘을 당하고 있습니까?"

몽성이 말하였다.

"귀신이 사람을 병들게 한 것이 아니라 사람이 사람을 병들게 한 것
이라네. 정부는 진실로 나의 병을 잘 알면서도 나의 병을 치료하지 못
하니 이 어찌 인정(人情)이리오?"

정 정부가 말하였다.

"제게는 노편(盧扁)[170]의 의술이 없고 또 모산(茅山)[171]의 약초가 없
으니 어떻게 낭군의 병을 치료할 수 있겠습니까?"

몽성이 말하였다.

모함한 일이 있다. 《樂府詩集 琴曲歌辭1》

170) 노편(盧扁) : 춘추 시대 명의(名醫) 편작(扁鵲)이니, 노(盧)나라 출신이기 때문에 '노의(盧
醫)'라고도 한다. 《史記 卷105 扁鵲列傳》

171) 모산(茅山) : 원래 이름은 구곡산(句曲山)인데 한 경제(漢景帝) 때 사람 모영(茅盈)·모고
(茅固)·모충(茅衷) 세 형제가 이곳에서 약초를 캐고 도를 닦으며 지냈기 때문에 모산으로
부르게 되었다. 《南史 卷76 陶弘景列傳》

"내 듣기로 '정부의 이웃에 상사병(相思病)을 치료할 수 있는 양의(良醫)가 있었는데 근래 멀리 타향(他鄕)으로 갔다.'라고 하니, 아직 돌아오지 않았는가?"

정 정부가 말하였다.

"저의 이웃에는 본래 양의가 없습니다."

몽성이 말하였다.

"양의가 참으로 있는데 정부는 없다고 하니 〈99〉 이는 이른바 '질병을 숨기고 의원을 꺼린다.'172)라고 하는 것이네."

정 정부가 말하였다.

"낭군이 말하는 상사병이 만약 매랑(梅娘) 때문이라면 이는 의원이 치료할 수 있는 것이 아닙니다."

몽성이 말하였다.

"만약 옥영이 이 병을 치료해준다면 물약(勿藥)의 효험173)을 볼 것이네."

정 정부가 말하였다.

"낭군이 매랑에게 이리도 연연해하여 잊지 못하기에 제가 낭군을 위하여 정씨 부인에게 사람을 보내 매랑을 돌아오게 하라고 권한 지 오래되었습니다. 매랑이 만약 돌아온다면 제가 힘써 도모하겠지만 오지 않는다면 어떻게 할 도리가 없습니다."

몽성이 말하였다.

"정부는 노력하여 반드시 이룰 것을 기약하라."

---

172) 질병을……꺼린다 : 송(宋)나라 주돈이(周敦頤)의《통서(通書)》에 "지금 사람들은 과실이 있으면 남의 규간(規諫)을 좋아하지 않으니, 마치 병을 보호하고 의원을 꺼려서 차라리 몸을 멸할지언정 깨달음이 없는 것과 같으니, 슬프다.[今人有過 不喜人規 如護疾而忌醫 寧滅其身而無悟也 噫]"라고 하였다.

173) 물약(勿藥)의 효험 : 병이 낫는다는 뜻이다.《주역》〈무망괘(無妄卦) 구오(九五)〉에 "잘못한 일이 없는 병이니, 약을 쓰지 않아도 나을 것이다.[無妄之疾 勿藥有喜]"라고 하였다.

인하여 노자를 후하게 주고 전송하였다. 정 정부가 집으로 돌아온 이후로 아무리 고민하여도 어떻게 할 방법이 없었다. 몽성이 옥영이 돌아오기를 고대하였으나 그림자도 보이지 않으니 그리워하는 정을 이기지 못하고 정 정부의 집으로 가서 일의 기미를 물었다. 정 정부가 말하였다.

"매랑이 막 돌아왔습니다."

몽성이 말하였다.

"남을 위하여 진심으로 일을 도모하여[174] 모름지기 시작이 있고 끝마침이 있도록 함[175]이 옳다네."〈100〉

정 정부가 말하였다.

"제가 비록 어질지는 않지만, 이미 군자의 두터운 은혜에 감동하였으니 감히 정성을 다하지 않겠습니까? 낭군은 지금 돌아가서 저를 기다리십시오. 조만간 알려드리겠습니다."

몽성이 그 말을 믿고 돌아갔다. 며칠 뒤에 정 정부가 옥영에게 청하며 말하였다.

"날씨는 점점 더워지는데 봄옷을 아직 마련하지 못하였으니 낭자는 하룻밤의 수고로움을 꺼리지 말고 우리 집에 하루 묵으면서 바느질하는 것이 어떻겠습니까?"

옥영이 그렇게 하겠다고 대답하였다. 이날 밤에 옥영이 정 정부의 집으로 와서 바느질을 하다가 벽에 써진 절구 두 수를 보았는데, 그 오언시(五言詩)는 곧 전에 계랑과 창수(唱酬)했던 운자를 사용하였고 시안에 또한 은미한 뜻이 있으니 속으로 의아하게 생각하였다. 바느질을 멈추고 잠자리에 드는데, 정 정부가 불안하여 잠들지 못하여 말 못할

---

174) 남을……도모하여 : 《논어》〈학이(學而)〉에 나온다. 주 7) 참조.

175) 시작이……함 : 《논어》〈자장(子張)〉에 "처음이 있고 끝이 있는 것은 오직 성인이시다. [有始有卒者 其惟聖人乎]"라고 하였다.

근심이 있는 듯하였다.[176] 옥영이 말하였다.

"정부는 평소에 마음이 매우 여유롭더니 지금은 무슨 일로 이리도 편치 못한가?"

정 정부가 말하였다.

"저의 근심을 낭자가 어찌 알겠습니까?"〈101〉

옥영이 말하였다.

"들으면 알겠지."

정 정부가 말하였다.

"낭자가 이제 애써 물으니 제가 어찌 숨기겠습니까? 지난해에 낭자가 계랑과 함께 우리 집에서 놀 때 나귀를 타고 문 앞에 왔던 나그네는 곧 파릉의 '이 수재(李秀才)'이니 평소 저와 친하게 지내고 있습니다. 그는 나이 어린 재사(才士)로 문장이 이미 완성되어 당대 제일이며, 인물은 뭇 사람들이 훌륭하다고 인정합니다. 때문에 날마다 형초(荊楚)의 명사(名士)들과 술병을 차고 경치를 찾아다니며 시문(詩文)을 음미하고 품평하니, 강남(江南)의 풍월(風月)이 다시 이적선(李謫仙)의 풍류를 얻었습니다.[177] 그런데 우연히 춘풍루(春風樓) 아래를 지나다 한 아름다운 낭자가 길을 지나는 것을 보고 마음에서 잊지 못하여, 집에 돌아가 병으로 몸져누운 지 지금 몇 달이 되었습니다. 날이 지날수록 초췌하고 쇠약해져 목숨이 경각에 달려 있으니, 귀한 집의 천금 같은 자제가 한 여자로 인해 죽는 것이 인정상 어찌 안타깝지 않겠습니까?"

옥영이 전에 아버지가 남긴 상자 안에 이 학봉(李鶴峰)의 편지가 있는

---

176) 불안하여……듯하였다 :《시경》〈패풍(邶風) 백주(柏舟)〉에 "두둥실 떠 있는 저 잣나무 배여, 또한 흐르는 물에 떠 있도다. 불안하여 잠을 이루지 못하여, 말 못할 근심이 있는 듯하노라.[汎彼柏舟 亦汎其流 耿耿不寐 如有隱憂]"라고 하였다.

177) 강남(江南)의……얻었습니다 : 송(宋)나라 마존(馬存)의 〈연사정(燕思亭)〉 시에 "이백이 고래 타고 하늘로 날아가 버리니, 강남의 풍월이 여러 해 동안 한가로웠네.[李白騎鯨飛上天 江南風月閑多年]"라고 하였다.《宋藝圃集 卷13》

것을 본 적이 있기에 〈102〉 그가 이 학봉의 아들이 아닌가 싶어 정 정부에게 물었다.

"자네가 말하는 이 수재(李秀才)는 누구 집 아들인가?"

정 정부가 대답하였다.

"고(故) 여양 태수(黎陽太守) 학봉 선생(鶴峰先生) 이제형(李齊亨)의 아들입니다."

옥영이 비로소 그가 아버지 친구의 아들임을 알고서 마음으로 기이하게 생각하였다. 정 정부가 그 의중을 떠보려 옥영에게 말하였다.

"제가 듣기로 '삶을 좋아하고 죽음을 싫어함은 인지상정(人之常情)이다.'178)라고 하니 만약 세상에 비명(非命)에 죽는 사람이 있다면 또한 그 죽음을 슬퍼하여 살려주려는 사람이 있는 것입니다."

옥영이 말하였다.

"사람의 목숨은 매우 중요하니 진실로 살릴 수 있는 방법이 있다면 살려야겠지."

정 정부가 말하였다.

"사람으로 인하여 죽는 것은 과연 제명이 아니니, 또한 원인이 된 사람이 그 목숨을 살릴 수 있겠습니까?"

옥영이 말하였다.

"만약 사람으로 그 목숨을 살릴 수 있다면 누가 살리려 하지 않겠는가?"

정 정부가 말하였다.

"이랑(李郞)의 병은 길 가던 사람 때문에 생긴 것이니 또한 살릴 수

---

178) 삶을⋯⋯인지상정(人之常情)이다 : 《맹자》〈양혜왕 상(梁惠王上)〉에서, 양왕(襄王)이 누가 천하를 통일할 수 있겠냐고 묻자 맹자가 사람 죽이기를 좋아하지 않는 자가 통일할 수 있을 것이라고 대답하였는데, 주희(朱熹)의 집주(集註)에 "삶을 좋아하고 죽음을 싫어함은 인심의 똑같은 바이다. 그러므로 인군이 사람 죽이기를 좋아하지 않으면 천하가 기뻐하여 그에게 돌아갈 것이다.[蓋好生惡死 人心所同 故人君 不嗜殺人 則天下悅而歸之]"라고 하였다.

있겠습니까?"〈103〉

옥영이 말하였다.

"자네가 말하는 '길 가던 사람'은 누구인가?"

정 정부가 말하였다.

"춘풍루 아래에 길 가던 사람입니다."

옥영이 말하였다.

"이랑의 병은 사람 때문에 생긴 것이 아니니 그는 반드시 죽지 않을 것이고, 사람은 양약(良藥)이 아니니 또한 살리지 못할 것이야."

정 정부는 옥영이 말을 번복하는 것을 의아하게 생각하였다. 며칠 뒤에 다시 파릉으로 가니 몽성이 기쁘게 맞이하며 말하였다.

"일의 형세가 어찌 되어 가는가?"

정 정부가 말하였다.

"중매가 아니면 얻을 수 없습니다."[179]

몽성이 말하였다.

"자네는 나의 홍엽(紅葉)[180]이 아닌가?"

정 정부가 말하였다.

"이 낭자는 명가(名家)의 처자로 본래 정숙(貞淑)하여 말로 유인할 수

---

179) 중매가……없습니다 : 《시경》〈빈풍(豳風) 벌가(伐柯)〉에 "아내를 얻으려면 어찌해야 하는가? 중매가 아니면 얻지 못하느니라.[娶妻如何 匪媒不得]"라고 하였다.

180) 홍엽(紅葉) : 남녀의 정을 전달하는 매개(媒介)를 뜻한다. 당 희종(唐僖宗) 때 한씨 궁녀 (韓氏宮女)가 붉은 잎에 시를 써서 개울에 흘려보냈는데, 그 시에 "흐르는 물은 어이 그리 급한가. 깊은 궁중은 종일토록 한가롭네. 다정히도 붉은 잎 작별하나니, 인간이 있는 곳으로 잘 가거라.[流水何太急 深官盡日閒 殷勤謝紅葉 好去到人間]"라고 하였다. 우우(于祐) 가 개울에서 이 시를 읽고 화답하는 시를 역시 붉은 잎에 써서 궁성(宮城) 뒤 개울의 상류 (上流)에서 궁중으로 띄웠다. 그 뒤에 궁녀를 방출(放出)하여 시집보낼 때에 우우가 마침 한씨(韓氏)를 만나 첫날밤에 붉은 잎을 내보이니, 한씨도 역시 그 붉은 잎을 내놓으면서 시를 지어 "한 절의 아름다운 글귀 흐르는 물 따랐으니, 십 년 동안 시름이 가슴에 가득하였네. 오늘날 봉황의 짝을 이루니, 홍엽이 좋은 중매인 줄 이제야 알겠네.[一聯佳句隨流水 十載幽愁滿素懷 今日已成鸞鳳侶 方知紅葉是良媒]"라고 하였다.

없으니 그녀의 관심과 주의를 얻은 뒤에야 꽃다운 인연을 맺을 수 있습니다."

몽성이 말하였다.

"어떻게 하면 그 방법을 도모할 수 있겠는가?"

정 정부가 말하였다.

"모월(某月) 모일(某日)에 정씨 부인이 강서(江西)로 가니, 제가 매랑과 동침할 밤이 있을 듯합니다. 그때 잘 말하여 그녀의 뜻을 살피겠으니 일의 성패(成敗)는 하늘이 정해준 인연에 달려 있습니다."〈104〉

몽성이 말하였다.

"일을 이루는 것은 자네에게 달려 있으니 나는 더 이상 근심이 없다네."

인하여 금은(金銀)을 주었는데 정 정부가 사양하고 받지 않으니 몽성이 말하였다.

"무릇 일이란 돈이 없으면 이룰 수 없으니 자네는 사양하지 말라."

정 정부가 사례하고 돌아갔다. 얼마 지나지 않아 정씨 부인이 과연 강서로 갈 일이 있어, 정 정부를 불러 말하였다.

"옥영과 함께 집을 잘 지켜 재산을 잃어버리지 말라."

정 정부가 그렇게 하겠다고 대답하였다. 이날 밤 옥영과 함께 있으면서 끝없이 정다운 대화를 나누었는데, 정부가 말을 하려다가 주저하는 기색이 있으니 옥영이 말하였다.

"무슨 말이 하고 싶기에 말하지 못하는가? 나는 정부에게 말하기 어려워하는 것이 없으니 정부도 하고 싶은 말이 있으면 다 하게."

정 정부가 대뜸 말하였다.

"파릉의 이랑이 길에서 만난 낭자를 배필로 삼지 못하면 죽을 지경이 되어, 다른 여자에게는 장가를 가지 않겠다고 맹세하니 그 정이 애처롭습니다."

옥영이 듣기만 하고 아무런 대답을 하지 않으니, 〈105〉 정 정부도 어찌할 수 없어 그만두고 닭이 울자 밖으로 나왔다. 다음날에 옥영이 녹양을 시켜 정 정부를 내정(內庭)으로 불러들여 정색하며 말하였다.

"밤중에 잠들지 못하고 베갯머리에서 생각해보니 정부의 말에는 의도가 있다. 자네는 나를 상중(桑中)[181]에서 노는 여자로 여겨 이렇게 대하는 것인가? 어찌 나를 이리도 농락하는가? 내가 모일(某日)에 계랑을 만나고 돌아왔으니 이른바 '길 가던 사람'은 나를 지목한 것인가? 정부가 처음부터 모르는 것이 아니면서 일부러 모르는 체하고 거짓말을 끌어다 사람의 마음을 떠보니 사람의 선량하지 못함이[182] 여기에 이를 줄을 알았겠는가?"

정 정부가 말하였다.

"제가 낭자를 친딸처럼 생각하여 정애(情愛)가 매우 크니, 평소 바라던 바는 낭자로 하여금 군자의 좋은 짝[183]이 되게 하여 길이 부귀를 누렸으면 하는 것입니다. 어찌하여 낭자는 사람 마음을 몰라주고[184] 도리어 책망합니까?"

옥영이 말하였다.

"나도 정부를 친어머니처럼 생각하니 어찌 책망을 하겠는가?"

정 정부가 말하였다. 〈106〉

---

181) 상중(桑中) : 남녀가 은밀하게 만나 음란한 행위를 하는 곳을 가리킨다. 《시경》〈용풍(鄘風) 상중(桑中)〉에 "누구를 그리워하는가, 아름다운 맹강이로다. 나와 상중에서 만나기로 약속하였으며, 나를 상궁에서 맞이하였고, 나를 기수 가에서 전송하였도다.[云誰之思 美孟姜矣 期我乎桑中 要我乎上宮 送我乎淇之上矣]"라고 하였다.

182) 사람의 선량하지 못함이 : 《시경》〈용풍(鄘風) 순지분분(鶉之奔奔)〉에 "메추리는 서로 짝을 지어 다정하게 날고, 까치도 서로 짝을 지어 다정하게 나는구나. 선량하지 못한 사람을, 내 형이라고 한단 말인가?[鶉之奔奔 鵲之彊彊 人之無良 我以爲兄]"라고 하였다.

183) 군자의 좋은 짝 : 《시경》〈주남(周南) 관저(關雎)〉에 "끼룩끼룩 물수리는, 하수의 모래섬에 있도다. 얌전하고 고운 숙녀는, 군자의 좋은 짝이로다.[關關雎鳩 在河之洲 窈窕淑女 君子好逑]"라고 하였다.

184) 사람 마음을 몰라주고 : 《시경》〈용풍(鄘風) 백주(柏舟)〉에 "하늘같은 어머님이, 이토록 사람 마음을 몰라주시는가?[母也天只 不諒人只]"라고 하였다.

"결코 다른 뜻이 없었는데 인정을 벗어난 질타를 받으니 마음이 실로 편치 못합니다."

옥영이 말하였다.

"방금 한 말은 농담이었네."[185]

정 정부가 비로소 그 뜻을 헤아리고 도리어 유창한 말솜씨로 해명하였다.

"이랑이 그리워하는 사람은 낭자를 말하는 것이 아닙니다. 제가 전에 한 번 이랑의 집에 갔는데, 금도(錦圖) 한 폭을 꺼내 보여주며 '이는 반드시 석랑(石娘)의 솜씨이니 이 비단을 짠 사람이 나의 배필이 될 것이다.'라고 하였습니다. 그 금도에 수놓은 무늬를 보니 천상(天上)의 물색(物色)을 묘사한 것이어서 낭자가 전에 짠 금도와 매우 비슷하였는데, '석랑'이라고 칭한 것을 듣고서 낭자를 가리키는 것이 아님을 알았습니다. 제가 낭자에게 조용히 말한 까닭은, 낭자가 다른 낭자들과 많이 교유하니 그 이름을 알 것이라 생각하여 그 사람을 지목해주기를 바란 것입니다. 혹시 낭자가 길 가던 사람인 것을 알았더라면 어찌 감히 이렇게 하였겠습니까?"

〈107〉옥영이 전에 꿈속에서 상원부인(上元夫人)이 '석랑'이라고 칭한 것을 문득 깨닫고는 장경성(長庚星)이 이 학봉의 집에 태어났음을 알았고, 이 학봉의 혼인 약서(約書)가 있어 마음으로는 허락하였으나 아직 확신하지 못하였다. 정 정부가 집을 나와 몽성에게 가서 알려주며 말하였다.

"어젯밤에 제가 매랑과 함께 밤을 보내며 마음을 개진(開陳)하여 그

---

185) 방금……농담이었네 : 《논어》〈양화(陽貨)〉에 자유(子游)가 무성(武城)의 수령이 되어 예악(禮樂)을 가르치는 것을 공자가 보고 웃으면서, 닭 잡는 데 소 잡는 칼을 쓴다고 말하였다가, 자유가 반문하자 공자가 "제자들아, 언의 말이 옳다. 내가 방금 한 말은 농담이었다.[二三子 偃之言是也 前言戲之耳]"라고 하였다.

의중을 살펴보니 이러이러합니다. 낭군은 앞으로 항상 저의 집을 왕래하여, 정씨 부인으로 하여금 한 번 보고는 눈이 가게 하고 두 번 보고는 마음이 끌리게 하고 세 번 보고는 확신이 들게 한다면 일을 이룰 수 있을 것입니다."

몽성이 절하고 사례하며 말하였다.

"기이한 계책과 유창한 언변이 예상을 뛰어넘으니 '여중군자(女中君子)'라고 부를 만하네."

후하게 대접하고 전송하였다. 그 이후로 아무 때나 왕래하였는데, 정씨 부인이 중문(中門)에서 몰래 엿보니 그의 사람됨이 기우(氣宇)가 비범하고 풍채(風采)가 빼어나 〈108〉 참으로 세간(世間)의 기남자(奇男子)라, 눈이 가고 마음이 끌려 마침내 확신이 드는 데 이르렀다. 하루는 정 정부를 불러 말하였다.

"자네의 집을 찾아오는 나그네는 누구 집 자제이기에 이리도 친하게 지내는가?"

정 정부가 말하였다.

"이는 파릉 이 학봉의 귀공자(貴公子)이니 장차 재상가(宰相家)의 승룡(乘龍)[186]이 될 사람입니다. 친해지고부터 저의 집에 출입하고 있습니다."

정씨 부인 또한 딸을 시집보내려는 마음이 없지 않아 매번 옥영과 대화할 적에 그 뜻을 은근히 보이며 말하였다.

"아들이 태어나면 아내를 두기를 원하고 딸이 태어나면 남편을 두기를 원함은 부모의 마음이라 사람 모두가 가지고 있으니[187] 딸이 있어

---

186) 승룡(乘龍) : 훌륭한 사위를 뜻한다. 후한(後漢)의 손준(孫儁)과 이응(李膺)이 태위(太尉) 환현(桓玄)의 딸을 아내로 맞이하니, 당시 사람들이 "환숙원의 두 따님이 모두 용을 탔다. [桓叔元兩女 俱乘龍]"라고 하였다. 《天中記 卷42 婚姻》 또 두보(杜甫)의 〈이감댁(李監宅)〉 시에 "가문에는 기뻐하는 얼굴빛 많으니, 사위가 용을 탄 사람에 가까워라.[門闌多喜色 女婿近乘龍]"라고 하였다. 《杜少陵詩集 卷1》

배필을 구하려거든 이랑 같은 사람이 좋겠구나."

옥영이 비로소 어머니의 뜻을 알았으나 또한 부끄럽고 수줍어 감히 응대하지 못하였다. 어느 날 저녁에 정 정부가 옥영이 홀로 있는 틈을 타 들어와 물어 말하였다.

"어제 부인께서 〈109〉 저에게 이랑에 대해 물은 것은 무슨 생각이 있어서입니까?"

옥영이 대답하였다.

"나도 모르겠네."

또 하루는 정 정부가 정씨 부인의 방으로 가서 말을 시작하였다.

"귀댁 낭자의 인물과 재행(才行)은 '대부가(大夫家)의 대접하는 일을 주관할 수 있다.[188)'라고 할 만합니다. 제가 또한 뜻이 있어서 여러 곳에 배필감을 물어보았으나 낭자의 짝이 될 만한 사람이 없으니 귀댁에서는 어떤 사윗감을 원하십니까?"

정씨 부인이 대답하였다.

"근래 몽성의 사람됨을 살펴보았는데, 그런 사람이면 좋을 것이네."

정 정부가 말하였다.

"참으로 이런 뜻이 있다면 그를 사위로 삼는 데 무슨 어려움이 있겠습니까?"

정씨 부인이 말하였다.

"가문의 지체로 따져보면 서로가 비슷하지만, 저쪽은 부호(富豪)인데

---

187) 아들이……있으니 : 《맹자》〈등문공 하(滕文公下)〉에 "아들이 태어나면 그를 위하여 아내가 있기를 원하고, 딸이 태어나면 그를 위하여 남편이 있기를 원하는 것은 부모의 마음이어서 사람 모두가 가지고 있다.[丈夫生而願爲之有室 女子生而願爲之有家 父母之心 人皆有之]"라고 하였다.

188) 대접하는……있다 : 북제(北齊) 안지추(顔之推)의 《안씨가훈(顔氏家訓)》〈치가(治家)〉에 "주부는 대접하는 일을 주관하여, 오직 술과 음식과 의복의 예를 맡는다.[婦主中饋 唯事酒食衣服之禮耳]"라고 하였다.

우리는 한미(寒微)하니 사위로 삼고자 한들 쉽게 되겠는가?"

정 정부가 말하였다.

"이랑은 아버지가 돌아가시고 어머니만 계셔서 자신이 집안일을 주관하고 있습니다. 혼인하는 일이 오직 그의 마음에 달려있으니, 그가 낭자를 배필로 삼고자 한다면 그의 어머니 또한 반드시 따를 것입니다."〈110〉

정씨 부인이 말하였다.

"자네가 나를 위하여 중간에서 중매를 서서 두 집안의 혼인을 성사시켜 주게."

정 정부가 말하였다.

"혼인하여 부부가 한 집에 사는 것은 인륜(人倫)의 대사(大事)입니다. 어진 낭자가 어진 낭군을 얻는 것이니 때를 놓쳐서는 안 됩니다. 어찌 구혼(求婚)하는 말을 기다리겠습니까? 직접 혼처(婚處)를 찾는다는 혐의에 구애받지 말고, 이랑이 여기에 오기를 기다려 외당(外堂)으로 맞이하고 후하게 대접하여 은미한 뜻을 그에게 보이십시오."

정씨 부인이 그 말을 옳게 여겼다.

이때 녹양이 앞에 있다가 이 말을 듣고 정씨 부인에게 고하였다.

"근래 이랑을 보건대 나이 어린 서생(書生)으로 아직 철이 들지 않았으니 비록 관(冠)을 장식하는 옥처럼 아름다우나[189] 그 속내는 아직 알 수 없습니다. 저 사람이 유협(遊俠)과 탕자(蕩子)여서 이리저리 살피며 정을 다른 여자에게 옮겨가고 또 다른 여자의 마음을 쉽게 받아들인다면, 행여 낭자로 하여금 평생을 그르쳤다고 한탄하는 일이 생기게 할까 두렵습니다. 부인께서는 잘 살펴서 결정하여 후회가 없도록 하십시오."

정씨 부인이 말하였다.

---

189) 관(冠)을……아름다우나 : 주발(周勃)이 한 고조(漢高祖)에게 진평(陳平)을 두고 "관을 장식하는 옥처럼 아름답다.[美如冠玉]"라고 하였다. 《資治通鑑 卷9 漢紀》

"네 말이 옳구나. 내 어찌 경거망동하겠는가?"

녹양이 말하였다. 〈111〉

"청컨대 저를 시켜 먼저 이랑의 마음을 시험해본 뒤에 대사(大事)를 결정해도 안 될 것이 없습니다."

정씨 부인이 말하였다.

"계책을 어떻게 내야 하겠는가?"

녹양이 말하였다.

"근래 듣기로 '오군(吳郡)의 명사(名士)들이 서루(西樓)에 모여 재주를 겨루고 잔치를 연다.'라고 하니 이랑도 반드시 참석할 것입니다. 제가 기생(妓生)으로 자처하여 가서 흥을 돋우면 미녀를 보고 마음이 동하지 않는 남자가 없을 것이니 그의 심사(心事)를 알 수 있을 것입니다."

정씨가 자못 그 말을 옳게 여겨 따르니, 그 뒤에 오군의 선비들이 과연 서루에서 모였다. 이날 녹양이 짙게 화장하고 화려하게 차려입고서 거문고를 안고 가니 선비들이 눈이 휘둥그레져 시선을 빼앗기지 않은 이가 없었다. 녹양이 교언영색(巧言令色)하며 그들의 환심을 사니 모든 사람이 말하였다.

"《시경》에 '손은 부드러운 삘기 같고 이는 박속처럼 희고, 잠자리 머리에 누에나방 눈썹이러니, 아름다운 눈에 눈동자가 분명하며 빙그레 웃음에 입가가 예쁘네.'190)라고 한 말은 바로 이 가인(佳人)을 이르는 것이로다."

녹양이 말하였다.

"저는 기생으로 남을 기쁘게 하는 것이 일이라, 〈112〉 군자들이 이곳

---

190) 손은……예쁘네 : 《시경》〈위풍(衛風) 석인(碩人)〉에 "손은 부드러운 삘기 같고……이는 박속처럼 희고, 잠자리 머리에 누에나방 눈썹이러니, 빙그레 웃음에 입가가 예쁘며, 아름다운 눈에 눈동자가 분명하네.[手如柔荑……齒如瓠犀 螓首蛾眉 巧笑倩兮 美目盼兮]"라고 하였다. 원문에 '柔荑'가 '桑利'로, '瓠犀'가 '胡底'로 되어 있어 글자의 출입이 있는데 음과 모양이 비슷한 글자를 가져왔거나 필사상의 오류로 판단하여 해석은 《시경》을 따랐다.

에 모여 잔치를 한다는 것을 듣고 뜻이 있어 왔습니다."

곧 자리 앞에서 녹기금(綠綺琴)[191]을 연수하며 알운곡(遏雲曲)[192]을 부르니 거문고 곡조가 시원스럽고 노래 소리가 맑아서 자리에 가득한 호걸과 협객들이 모두 그녀에게 눈길을 보내고 마음이 끌렸다. 잔치가 끝나고 선비들이 말하였다.

"이 기생은 양소(楊素)[193]의 홍불기(紅拂妓)[194]와 비슷하니 몽성을 따를 만하다."

녹양이 말하였다.

"《시경》에 '그대가 나를 사랑하여 생각할진댄 치마를 걷고 유수(洧水)를 건너겠지만, 그대가 나를 생각지 않을진댄 어찌 다른 사람이 없으리오?'[195]라고 하였습니다. 지금 이랑이 나를 생각하지 않는다면 어찌 다른 사람이 없어서 유독 이랑을 따르겠습니까?"

몽성이 말하였다.

"새 여인 비록 꽃 같아 사랑스러우나, 옛 여인 옥 같아 원래부터 소중하다네."[196]

---

191) 녹기금(綠綺琴) : 한(漢)나라 사마상여(司馬相如)가 〈옥여의부(玉如意賦)〉를 지어 양왕(梁王)에게 바치자, 양왕이 기뻐하여 사마상여에게 하사했다는 명금(名琴)의 이름인데, 후세에는 대개 일반 거문고의 뜻으로 쓰였다.

192) 알운곡(遏雲曲) : 알운(遏雲)은 가던 구름이 음악을 들으려고 멈춘다는 뜻으로, 풍악이 멋지게 울려 퍼지는 것을 말하는데 여기에서는 곡명으로 쓰였다. 진(秦)나라의 명창 진청(秦靑)이 노래를 부르자, 가던 구름도 그 소리를 듣고 멈춰 섰다고 한다. 《列子 湯問》

193) 양소(楊素) : ?~606. 자는 처도(處道)이고, 홍농(弘農) 화음(華陰) 사람이다. 북주(北周)의 문신과 장수로 활약하였으며, 뒤에 수(隋)의 개국 공신이 되었다.

194) 홍불기(紅拂妓) : 원래 이름은 장출진(張出塵)인데, 수(隋)나라의 대신(大臣) 양소를 모시던 기녀(妓女)로서 늘 붉은 먼지떨이[紅拂]를 들고 곁에서 시중을 들었기 때문에 사람들이 홍불기, 또는 홍불녀(紅拂女)로 불렀다고 한다.

195) 그대가……없으리오 : 《시경》 〈정풍(鄭風) 건상(褰裳)〉에 "그대가 나를 사랑하여 생각할진댄, 치마를 걷고 유수(洧水)를 건너겠지만, 그대가 나를 생각지 않을진댄, 어찌 다른 사람이 없으리오?[子惠思我 褰裳涉洧 子不我思 豈無他士]"라고 하였다.

196) 새……소중하다네 : 이백(李白)의 〈원정(怨情)〉 시에 "새 여인 비록 꽃 같아 사랑스러우

녹양이 말하였다.

"꽃이 옥보다 못합니까?"

몽성이 말하였다.

"꽃은 성질이 들떠서 스스로를 지키지 못하나, 옥은 마음이 교결(皎潔)하여 끝내 변하지 않는다네."

결코 돌아보거나 교제하려는 뜻이 없었다.

녹양이 말하였다.

"말씀하신 옥 같은 옛 여인은 누구입니까?

몽성이 말하였다.

"고인(古人)의 〈영매시(詠梅詩)〉에 〈113〉'옥 같은 임이 오시는가 하네.'197)라고 하였지."

녹양이 비로소 그 마음이 확고한 것을 알아 밤을 보내지 않고 돌아왔다. 정씨 부인이 말하였다.

"오늘 서루에 과연 많은 선비들의 모임이 있었으며 몽성도 왔는가?"

녹양이 말하였다.

"과연 모임이 있었고 이랑도 왔으니 제가 한 번 간 것이 보탬이 없는 일은 아니었습니다."

정씨 부인이 말하였다.

"지금 네가 그곳에 갔으니 능히 몽성의 심사(心事)를 헤아리겠던가?"

녹양이 말하였다.

"이랑의 뜻을 살피고 이랑의 말을 들어보니 참으로 가사(佳士)입니

나, 옛 여인 옥 같아 원래부터 소중하다네.[新人如花雖可寵 故人似玉由來重]"라고 하였다. 《李太白文集 卷23》

197) 옥……하네 : 당(唐)나라 원진(元稹)의 전기소설인 〈앵앵전(鶯鶯傳)〉에서, 최앵앵(崔鶯鶯)의 〈명월삼오야(明月三五夜)〉 시에 "서쪽 행랑에 달이 뜨길 기다려, 바람을 맞으려 문을 반쯤 열어 놓았네. 담장을 쓰는 꽃 그림자 움직이니, 옥 같은 임이 오시는가 하네.[待月西廂下 迎風戶半開 拂牆花影動 疑是玉人來]"라고 하였다. 《元氏長慶集 補遺 卷6》

다. 온 마음으로 '옥(玉)'을 구하고 있으니 결코 다른 흠은 없습니다."

정씨 부인이 크게 기뻐하여 정 정부를 불러 말하였다.

"다음에 몽성이 오거든 나에게 알려주게."

정 정부가 말하였다.

"삼가 부인의 말씀을 받들겠습니다."

며칠 뒤에 몽성이 과연 오니, 정 정부가 마루로 안내하여 앉히고 들어가 정씨 부인에게 알렸다. 정씨 부인이 취현당(聚賢堂)으로 맞이하고 녹양을 시켜 술을 내어 대접하게 하니 몽성이 말하였다.

〈114〉"너는 어제 서루(西樓)의 잔치에서 나와 대화를 나누던 사람이 아닌가?"

녹양이 말하였다.

"서루에서 대화를 나누던 것은 한때의 장난스러운 일에 불과하고, 오늘 술잔을 나누는 것은 실로 오래도록 잘 지내기 위한 일입니다."

몽성이 눈을 들어 둘러보니 가정이 정쇄(精灑)하여 아직도 고(故) 학사(學士)의 유풍이 남아 있었다. 술기운을 이기지 못하고 취해 쓰러져 깊이 잠들자, 정씨 부인이 옥영에게 말하였다.

"내가 자식 없이 너만 있으니 훌륭한 사위를 골라 평생을 잘 보내게 하는 것이 나의 소원인데, 몽성 같은 사람은 비록 좋은 중매쟁이를 시켜 구하더라도 얻을 수 없을 것이다. 그와 혼인을 의논하고 싶은데 네 생각은 어떠한가?"

옥영이 말하였다.

"저는 바람 속 낙엽과 물가의 부평초(浮萍草) 같은 신세로, 부인에게 길러져 은혜가 친어머니와 같고 의리가 친자식과 같으니, 제 한 몸의 영화와 고난은 오직 어머니에게 달려 있습니다. 그렇지만 여자는 경솔하게 먼저 남을 허락해서는 안 되니 반드시 자세히 살핀 뒤에 〈115〉 혼사를 의논해야 합니다."

정씨 부인이 말하였다.

"그 집안의 지체와 명망으로 말하자면 벌열화족(閥閱華族)이고 그 사람의 풍채와 도량으로 살피자면 옥당 학사(玉堂學士)이니 장차 충성하고 효도하는 인물이 될 것이다. 그런데 너는 어찌하여 처자의 작은 절개를 끌어와 평생을 그르치려 하느냐?"

옥영이 마음으로는 허락하였으나 돌아가신 아버지가 남긴 상자의 편지 때문에 서두르려는 생각이 없었다.

정씨 부인이 정 정부를 시켜 중매를 서게 하니 정 정부가 말하였다.

"이는 남을 통해서 이룰 일이 아니니 지금 부인께서 직접 만나 혼인 날짜를 정해도 안 될 것이 없습니다."

정씨 부인이 말하였다.

"중매가 아니면 얻을 수 없으니,[198] 내가 어찌 스스로 중매쟁이가 되어 자신을 파는 부끄러움을 초래하겠는가?"

정 정부가 말하였다.

"중매쟁이의 말을 기다리지 마십시오."

정씨 부인이 말하였다.

"내일 아침에 그와 다시 의논하겠노라."

몽성이 취현당에 유숙(留宿)하였다가, 한산사(寒山寺)의 새벽 종소리[199]에 취한 꿈에서 놀라 깨어나니 객사(客舍)의 찬 등불에 나그네의 마음이 처량하였다. 일어나 내정(內庭)을 바라보니 창 하나가 굳게 잠겨 있어, 그 방은 가까우나 〈116〉 그 사람은 매우 멀었다. 다음날 아침에 정씨 부인이 직접 나와 맞이하니 몽성이 몸을 굽히고 머리를 숙이며

---

198) 중매가……없으니 : 《시경》〈빈풍(豳風) 벌가(伐柯)〉에 나온다. 주 179) 참조.

199) 한산사(寒山寺)의 새벽 종소리 : 당(唐)나라 장계(張繼)의 〈풍교야박(楓橋夜泊)〉 시에 "고소성 밖에 한산사에서, 밤중에 치는 종소리가 나그네 탄 배에 들려오네.[姑蘇城外寒山 寺 夜半鐘聲到客船]"라고 하였다. 《全唐詩 卷242》

감히 고개를 들어 마주하지 못하였다. 정씨 부인이 말하였다.

"일가친척의 의리(義理)가 없으면서 남녀가 얼굴을 대면하는 것이 예가 아님은 알지만, 내가 이렇게 하는 까닭은 장차 공자(公子)에게 의지하고자 해서이니 의아하게 생각하지 말길 바라네."

몽성이 일어나 절하고 단정히 앉아 대답하였다.

"소자가 부족하고 못나서 취할 만한 점이 없는데, 이렇게 정성스럽게 대해주시니 감격스럽고 황공한 마음을 이기지 못하겠습니다."

정씨 부인이 말하였다.

"선부(先夫) 유 학사(劉學士)가 살아 있을 적에 문학을 업으로 삼아 문인(文人)과 재사(才士)가 날마다 모였기에 이곳을 취현당이라 이름하였지. 선부께서 세상을 떠난 뒤로 집안이 영락하고 빈객들이 절로 뜸해져 닫아 놓은 지 오래 되었는데, 지금 매우 다행스럽게도 그대를 여기에서 대접하니 초당(草堂)이 이제 생기가 도는 듯하네. 옛말에 '잘해주는 것은 길이 잘 지내려고 해서이다.'[200]라고 하였으니 만약 이제 정을 의탁하여 나중에 저버리지 않는다면 어찌 좋지 않겠는가?"

〈117〉 즉시 녹양을 시켜 술을 내어와 술잔을 권하며 간곡한 정성을 보였다. 몽성이 스스로 일이 성사되었다고 생각하였으나 옥영의 마음을 알지 못하니 마음이 답답하였다. 이로부터 집안끼리 자연스레 서로 왕래하는 의리가 생겨, 이른바 '점입가경(漸入佳境)'[201]이니 장차 좋은 결과를 이룰 듯하였다.

하루는 정씨 부인이 몽성에게 말하였다.

---

200) 잘해주는……해서이다 : 《시경》〈위풍(衛風) 목과(木瓜)〉에 "나에게 목도를 보내 주었는데, 내가 경요로 보답하고도, 보답했다고 여기지 않는 것은, 길이 잘 지내고자 해서이다. [投我以木桃 報之以瓊瑤 匪報也 永以爲好也]"라고 하였다.

201) 점입가경(漸入佳境) : 동진(東晉)의 고개지(顧愷之)가 사탕수수를 먹을 때마다 꼬리부터 먹어 들어가는데 어떤 이가 그것을 괴이하게 여기자, 고개지가 말하기를 "점차 가경으로 들어가기 위해서이다.[漸入佳境]"라고 하였다. 《世說新語 排調》

"그대에게 소회를 말하려고 하였으나 가슴속에 담아두고 토로하지 못한 지 오래되었네."

몽성이 말하였다.

"이미 대면을 허락하셨는데 무슨 하기 어려운 말이 있겠습니까? 듣기를 원합니다."

정씨 부인이 말하였다.

"나는 단정한 부인으로 평소 의지할 데가 없고, 다만 딸 하나가 있어 시집갈 나이가 되었는데 아직 좋은 배필을 정하지 못하였네. 사윗감을 구하자면 반드시 어진 사람을 골라야 하는데, 당세(當世)를 돌아보아도 그대만한 인물이 없다오. 과갈(瓜葛)[202]의 인연을 의탁하고 싶으나 그대의 뜻을 알지 못하겠노라. 이는 부녀자(婦女子)가 말할 수 있는 것이 아니지만 앞으로의 일을 미리 헤아려 보건대 기회를 놓쳐서는 안 되니, 어찌 병풍의 공작에 화살을 쏘아 맞히거나[203] 〈118〉 누각의 아래에 방울을 다는[204] 고사(古事)를 기다릴 필요가 있겠는가?"

몽성이 대답하였다.

"소자는 나이가 이미 어른이지만 아직 배필이 없습니다. 공경히 아름다운 명[嘉命]을 받들었으니 감히 따르지 않겠습니까?"

정씨 부인이 기뻐하며 안으로 들어가 옥영에게 말하였다.

"내가 몽성과 이미 혼인을 굳게 약속하였으니 내실(內室)로 들게 하여 서로 상대하여도 무방할 듯하구나."

---

202) 과갈(瓜葛) : 덩굴이 뻗어서 서로 얽힌 외와 칡으로, 집안의 혼인으로 맺어진 관계를 뜻한다. 주 27) 참조.

203) 병풍의……맞히거나 : 수(隋)나라 때 두의(竇毅)가 재주와 미모를 겸한 딸을 현명한 사위에게 시집보내려 병풍에 두 마리 공작의 두 눈을 그려놓고 화살을 쏘아 두 개의 눈을 명중시키는 사람에게 딸을 주기로 하였다. 모두 다 그렇게 하지 못했는데, 당 고조(唐高祖)가 단번에 두 눈을 명중시켜 그의 사위가 되었다고 한다. 《舊唐書 卷150 高祖太穆皇后竇氏傳》

204) 누각의……다는 : 전거 미상이다.

옥영이 말하였다.

"구멍의 틈을 뚫고 서로를 엿보는 것205)은 여자의 도리가 아닙니다. 어찌 다른 집 공자(公子)를 까닭 없이 상대하여 스스로 달려가는[自衝] 천함을 보이겠습니까? '예가 아니면 행하지 말라.'206)라는 선성(先聖) 의 가르침이 있으니 한 번 바름을 잃는다면 종신토록 추(醜)함이 있을 것입니다."

정씨 부인이 말하였다.

"너는 그 예를 아깝게 여기느냐? 나는 그 사람을 아까워하노라."207)

옥영이 말하였다.

"선고(先考)께서 남긴 상자에 이 학봉(李鶴峰) 선생의 약혼(約婚) 편지 가 있는데, 몽성의 집에 선고의 답서가 있는지 모르겠습니다. 그의 집 에 과연 돌아가신 아버지의 허혼(許婚) 편지가 있다면 이는 두 집안 부 모님이 살아 계실 때 정한 혼인이니 〈119〉 허락할 수 있습니다."

정씨 부인이 즉시 몽성에게 가서 물었다.

"딸의 말이 이러이러하니 그대 집에 또한 매 처사(梅處士)의 답서가 있는가?"

몽성이 비록 편지의 유무(有無)를 알지 못하였으나 다른 의심을 낳을 까 염려하여 급히 말하였다.

---

205) 구멍의……것 : 《맹자》〈등문공 하(滕文公下)〉에 "부모의 명과 중매쟁이의 말을 기다리 지 않고, 구멍의 틈을 뚫고 서로 엿보며 담을 넘어 서로 따라다니면 부모와 국인들이 모두 천하게 여긴다.[不待父母之命 媒妁之言 鑽穴隙相窺 踰牆相從 則父母國人皆賤之]"라고 하 였다.

206) 예가……말라 : 《논어》〈안연(顏淵)〉에 안연이 인(仁)을 실천하는 조목을 묻자 공자가 "예가 아니면 보지 말고, 예가 아니면 듣지 말고, 예가 아니면 말하지 말고, 예가 아니면 행동하지 말라.[非禮勿視 非禮勿聽 非禮勿言 非禮勿動]"라고 하였다.

207) 너는……아까워하노라 : 《논어》〈팔일(八佾)〉에 노 문공(魯文公)이 초하룻날에 종묘(宗 廟)에 고유(告由)하는 제사에 참석하지 않자, 자공(子貢)이 그 제사에 바치는 희생양을 없 애려고 하였다. 그러자 공자가 "사야, 너는 그 양을 아깝게 여기느냐? 나는 그 예를 아까워 하노라.[賜也 爾愛其羊 我愛其禮]"라고 하였다.

"있습니다."

정씨 부인이 들어가서 옥영에게 말하였다.

"이 학봉 선생이 남긴 상자에 또한 네 대인(大人)의 답서가 있다고 한다. 너의 혼사는 이전부터 정해져 있던 것이니 어찌 기이하지 않은가?"

옥영이 말하였다.

"참으로 있다면 그 답서를 보고 진위를 확인한 뒤에야 혼사를 결정할 수 있습니다."

정씨 부인과 정 정부가 함께 애써 권하며 말하였다

"옛날에 편지를 남겼고 지금 이렇게 간절하니 당시에 비록 혼례를 치르지는 못하였으나 이는 곧 혼인이 이루어진 셈이다. 이제 몽성과 한자리에서 상대하는 게 무슨 문제가 있으랴?"

옥영이 대답하였다.

"혼인의 예가 갖추어지지 않으면 정녀(貞女)가 가지 않으니,208) 어찌 한때의 권도(權道)를 따라 자신을 판다는 누명을 취하겠습니까?"

정 정부가 옥영이 따르지 않을 것임을 알고 나와서 〈120〉 몽성에게 말하였다.

"낭자가 반드시 아버지가 쓴 편지를 본 뒤에야 낭군과 상대할 것이니 어서 집으로 돌아가 편지를 가지고 와서 그 의혹을 푸십시오."

몽성이 즉시 집으로 돌아갔으나 이 편지가 있는지 없는지 알 수 없었다. 의심스러운 생각이 끝이 없는데, 상자의 권축(卷軸)을 뒤져보니 과연 이 편지가 있었다. 매우 기뻐 곧장 정씨 부인의 집으로 가서 정 정부를 시켜 전하게 하였다. 옥영이 편지를 들고 눈물을 흘리면서 아버지의 수묵(手墨)을 찬찬히 읽어보니 부절(符節)이 합하는 것과 같았다. 이에

---

208) 혼인의……않으니 : 《시경》〈소아(小雅) 녹명(鹿鳴)〉은 여러 신하들과 아름다운 손님을
　　　연향(燕享)하는 시인데, 주희(朱熹)의 집주(集註)에 범씨(范氏)가 "혼인의 예가 갖추어지
　　　지 않으면 정녀가 가지 않는다.[夫婚姻不備 則貞女不行也]"라고 하였다.

혼사를 의논하여 정하였다.

몽성이 말하였다.

"혼인 날짜가 늦어졌으니 다른 근심이 있을까 걱정입니다."

정씨 부인이 말하였다.

"내가 약속을 어긴 것이 아니라, 그대에게 좋은 중매쟁이가 없어서라네."209)

몽성이 옥영의 얼굴을 보고 싶어 깊은 규방(閨房)으로 들어갔으나 볼 수 없었다. 이에 벽에다 〈영매시(詠梅詩)〉 한 수를 썼다.

自愛新梅好	자신을 아끼는 새 매화 좋으니
寒葩雪裏開	찬 꽃잎 눈 속에 피었어라
春風如有意	봄바람은 뜻이 있는 듯
吹送暗香來	매화 향기 불어 보내누나

〈121〉 몽성이 며칠을 머무르다 섭섭한 마음으로 돌아가니 모부인(母夫人) 두씨(杜氏)가 말하였다.

"너는 어디서 놀았기에 즐기느라 돌아오는 것을 잊고서 오랫동안 의려지망(倚閭之望)210)을 하게 만드느냐?"

몽성이 대답하였다.

---

209) 내가……없어서라네 : 《시경》〈위풍(衛風) 맹(氓)〉에 "내가 약속을 어긴 것이 아니라, 그대에게 좋은 중매쟁이가 없어서이니라. 청컨대 그대는 노하지 말지어다, 가을로 기약하자 하였노라.[匪我愆期 子無良媒 將子無怒 秋以爲期]"라고 하였다.

210) 의려지망(倚閭之望) : 부모가 문에 기대어 자식이 돌아오기를 애타게 기다린다는 뜻이다. 전국 시대 제(齊)나라 왕손가(王孫賈)가 15세에 민왕(閔王)을 섬겼는데, 왕이 간 곳을 잃고 돌아오자 그의 어머니가 "네가 아침에 나가서 저녁에 돌아올 때면 나는 집 문에 기대어 너를 기다렸고, 네가 저녁에 나가서 돌아오지 않을 때면 나는 마을 문에 기대어 너를 기다렸다. 너는 지금 왕을 섬기면서 왕이 달아나 어디에 있는지도 모르는데 어찌 돌아왔느냐?[女朝出而晚來 則吾倚門而望 女暮出而不還 則吾倚閭而望 女今事王 王出走 女不知其處 女尙何歸]"라고 하였다. 《戰國策 卷13 齊策6》

"소주(蘇州)와 항주(杭州)의 사우(士友)들과 고소대(姑蘇臺)의 풍경을 감상하였습니다."

모부인(母夫人)이 말하였다.

"고소대는 오왕(吳王) 부차(夫差)가 나라를 망하게 한 장소라 사슴이 뛰어노는 곳이 되었거늘[211] 무슨 볼거리가 있다고 거기에 매여 있느라 집으로 돌아오지 않은 것이냐?"

한 달 남짓 뒤에, 정씨 부인이 정 정부를 파릉으로 보내 몽성에게 편지를 전하였다. 그 편지는 다음과 같다.

　　공자(公子)가 와서는 초당(草堂)이 성대하다가 공자가 떠나고서는 초당이 초라해졌으니,[212] 한 초당의 성대함과 초라함이 공자의 오고감에 달려 있다오. 문 앞의 버들은 가지 꺾는 사람을 근심하고 마을 안의 살구꽃은 술집 찾는 객을 헛되이 맞이하고 있다네. 저 강남(江南)을 보건대 문채(文彩)나는 군자를 끝내 잊을 수 없으니[213] 공자는 전에 한 말을 유념하여 북당(北堂)[214]께 일을 여쭙고 서둘러 점봉(占鳳)[215]

---

211) 고소대(姑蘇臺)는……되었거늘 : 춘추 시대 오왕(吳王) 부차(夫差)가 미인 서시(西施)를 위하여 고소대를 세우고는 날마다 이곳에서 노닐며 정사를 돌보지 않았다. 이에 오자서(伍子胥)가 간절히 간하였음에도 듣지 않자, 오자서가 "이제 곧 고소대에 사슴이 노니는 것을 보게 될 것이다.[今見麋鹿遊姑蘇之臺]"라고 경고하였는데, 과연 얼마 지나지 않아서 월(越)나라에 망하였다. 《史記 卷118 淮南衡山列傳》

212) 공자(公子)가……초라해졌으니 : 두보(杜甫)의 〈팔애시(八哀詩)〉 시에 "공이 오시자 설산이 성대하더니, 공이 가시자 설산이 초라해졌네.[公來雪山重 公去雪山輕]"라고 하였다. 《杜少陵詩集 卷16》

213) 문채(文彩)나는……없으니 : 《시경》〈위풍(衛風) 기욱(淇澳)〉에 "저 기수(淇水)의 모퉁이를 보니, 푸른 대나무가 무성하도다. ……문채(文彩)나는 군자여, 끝내 잊을 수 없도다.[瞻彼淇澳 菉竹猗猗……有斐君子 終不可諼兮]"라고 하였다.

214) 북당(北堂) : 남의 자친(慈親)을 일컫는 말이다. 《시경》〈위풍(衛風) 백혜(伯兮)〉에 "어이하면 훤초를 얻어, 집 뒤에 심을꼬.[焉得諼草 言樹之背]"라고 하였는데, 주희(朱熹)의 집주(集註)에 "배는 북당이다.[背北堂也]"라고 하였다.

215) 점봉(占鳳) : 사위를 얻는다는 뜻이다. 춘추 시대 진(陳)나라 대부(大夫) 의씨(懿氏)가 그의 딸을 경중(敬仲)에게 시집보내려고 점을 치니, 그 점괘에 "봉황새가 날아오르며 서로

의 길일을 정하여 고안(羔雁)216)의 예식을 행할 수 있도록 하게나.

〈122〉

　모월(某月) 모일(某日)에 정씨(程氏)는 삼가 편지 보내노라.

몽성이 이 편지를 보고 정 정부에게 사례를 표하며 말하였다.
"자네의 신의(信義)가 아니었다면 어찌 이를 얻을 수 있었겠는가?"
정씨 부인에게 답서를 써서 주었다. 그 답서는 다음과 같다.

　못나고 보잘 것 없는 자질로 과분하게 권련(眷戀)의 정을 받았으나
월로(月老)217)가 막 인연을 이어주어 성기(星期)218)가 조금 늦어졌습
니다. 꽃은 향기로운 규중(閨中)에 감춰져 있고 나비는 빈 뜰에서 날고
있으니, 양대(陽臺)의 안개비에 초왕(楚王)의 꿈이 잊혀지지 않고219)
오주(吳州)의 달뜬 밤에 저의 그리움이 아득합니다.220) 그런데 청조
(青鳥)가 서쪽에서 와 적제(赤蹄)221)를 전해주어 진루(秦樓)222)의 소

어울려 운다.[鳳凰于飛 和鳴鏘鏘]"라고 하였다. 《春秋左氏傳 莊公22年》
216) 고안(羔雁) : 어린 양과 기러기로, 상견례나 혼례 때 보내던 예물을 뜻한다.
217) 월노(月老) : 전설상 혼인을 주관한다는 신(神)인 월하노인(月下老人)을 가리키는데, 붉
　은 끈을 가지고 다니면서 부부의 인연이 닿는 사람들의 발목을 꽁꽁 묶어 놓으면 어떠한
　경우에도 부부의 연을 맺게 된다고 한다. 《晉書 卷95 藝術傳 索紞》
218) 성기(星期) : 혼인의 기일(期日)을 뜻한다. 견우성(牽牛星)과 직녀성(織女星)이 해마다
　칠월칠석(七月七夕)에 한 번 만난다는 전설이 있다. 《荊楚歲時記》
219) 양대(陽臺)의……않고 : 인연을 맺고서 헤어져 잊지 못한다는 뜻이다. 주 72) 참조.
220) 오주(吳州)의……아득합니다 : 멀리 있는 사람을 그리워한다는 뜻이다. 주 43) 참조.
221) 적제(赤蹄) : 원래 혁제(赫蹄)로, 옛날 글을 쓸 때 썼던 폭이 좁은 비단에서 유래하여
　편지를 뜻하는데 앞의 청조(青鳥)와 대를 맞추기 위하여 이렇게 쓴 듯하다. 《漢書 卷97
　外戚傳 孝成趙皇后》
222) 진루(秦樓) : 처가(妻家)를 뜻한다. 진 목공(秦穆公)이 딸 농옥(弄玉)과 그의 남편 소사(蕭
　史)를 위해 지어 준 누대 이름으로, '봉루(鳳樓)' 혹은 '봉대(鳳臺)'라고도 한다. 《列仙傳
　卷上 簫史》

식을 들으니 이 마음에 조금 위로가 됩니다. 모월(某月) 모일(某日)에 모부인께서 항주(杭州)로 갈 일이 있으니, 그때 모시고 지나는 길에 찾아뵙고 인사드리겠습니다.

정씨 부인이 편지를 받고 매우 반가워 들어가서 옥영에게 보여주니, 옥영이 비록 얼굴에는 희색(喜色)이 없었으나 마음속으로는 기뻐하였다. 몽성의 외척이 항주에 살았는데 사위를 들이는 일이 있었다. 두씨 부인이 날을 정해 출발하여 길이 오주를 지나니, 몽성이 어머니를 모시고 수양촌(垂楊村)에 이르러 유숙하였다. 〈123〉 정씨 부인이 그 일행이 마을에 와서 머물고 있다는 것을 듣고 녹양을 시켜 두씨 부인에게 말을 전하였다.

"귀하(貴下)의 행차가 이곳에 머문다는 것을 들었으니 한 번 뵙기를 원합니다."

두씨 부인이 바로 녹양을 통해 대답하였다.

"객중(客中)에 쓸쓸하였는데 먼저 찾아주려는 뜻을 보이시니 감격스러운 마음을 이기지 못하겠습니다."

정씨 부인이 곧장 녹양과 함께 가서 대화를 나누었다.

"이제까지 비록 부인과 조금의 친분도 없었으나 귀댁의 훌륭한 명성은 이미 익히 들었습니다. 매번 한 번 뵙고자 하였으나 길이 조금 먼 탓에 맞이할 방법이 없었는데 지금 우연히 찾아주시니 숙원을 이루어 기쁩니다."

두씨 부인이 말하였다.

"지나가던 노인을 수고스레 찾아주시니 후의(厚意)에 깊이 감사드립니다."

느긋하게 대화를 나누고 밤중이 되어서야 파하였다. 다음날 두씨 부인이 길을 나설 때 정씨 부인의 집에 들러 보답으로 감사의 예를 표하자, 정씨 부인이 즉시 옥영을 부르니 앞으로 나와 절하였다. 옥 같은 모습은 고운 자태를 머금고 발그스레한 얼굴은 부끄러움을 띠고 있으며 구름처럼 쪽진 머리[雲鬟]를 단정히 빗고223) 꽃비녀를 가지런히 하였으니, 〈124〉 단정하게 무릎 꿇어 앉은 모습이 마치 향산(香山)의 봉추(鳳雛)가 인간 세상으로 내려온 듯하였다.

두씨 부인이 말하였다.

"이는 월궁(月宮)의 선아(仙娥)가 귀댁에 태어난 것이니 세상에 어찌 이런 비범한 사람이 있겠습니까?"

정씨 부인이 말하였다.

"노부(老婦)의 팔자가 기구하여 자식을 두지 못하였으니, 이 아이는 서호(西湖)의 고(故) 처사 매창후(梅昌後)의 딸[所嬌]224)입니다. 이 아이가 일찍 부모님을 여의고 끝내 의지할 데가 없다가 저에게 길러져 달리 가르친 것이 없으니 어찌 칭찬할 만한 점이 있겠습니까?"

두씨 부인이 말하였다.

"제가 젊어서부터 규수들을 많이 보아왔지만 이런 낭자는 본 적이 없습니다."

정씨 부인이 바로 녹양에게 명하여 술을 내오게 하고 옥영으로 하여금 헌수(獻壽)하게 하니 두씨 부인이 말하였다.

"선랑(仙娘)을 만나고 또 좋은 술[仙液]에 취하니 매우 큰 다행입니다."

정씨 부인이 머물기를 청하니 두씨 부인이 말하였다.

"낭자를 보니 매우 사랑스러워 머물고 싶지 않은 것은 아니지만, 오

---

223) 구름처럼······빗고 : 원진(元稹)의 〈연창궁사(連昌宮辭)〉에서 궁녀의 아리따운 모습을 형용하여 "요염한 교태 눈에 가득한 채 붉은 비단 침구에 자다가, 구름처럼 쪽진 머리 단정히 빗고는 곧바로 단장하누나.[春嬌滿眼睡紅綃 掠削雲鬟旋粧束]"라고 하였다. 《元氏長慶集 卷24》

224) 딸 : 두보(杜甫)의 〈북정(北征)〉 시에 "평소에 귀여워했던 어린 자식은, 못 먹어서 낯빛이 눈보다도 희네.[平生所嬌兒 顔色白勝雪]"라고 하였다. 《杜少陵詩集 卷5》

라버니 집 혼사가 머지않으니 중도에서 지체할 수 없습니다. 〈125〉 돌아올 때 또 귀댁에 들러 며칠 머물겠습니다."

그대로 자리에서 일어나 떠나니 옥영이 계단을 내려가 절하고 작별하였다. 두씨 부인이 말하였다.

"잘 지내거라. 다음에 또 보자꾸나."

이때 몽성은 취현당(聚賢堂)에 있었는데, 어머니의 가마가 먼저 출발한 뒤에 정씨 부인이 잠깐 나와서 대화를 나누고 전송하니 황홀하여 마치 꿈속에 있는 듯하였다. 항주에 도착하여 한 달쯤 머물고, 돌아오는 길에 또 정씨 부인의 집에 들렀다. 며칠을 머무는 동안 항상 옥영과 함께 내방(內房)에 거처하며 그 행실을 지켜보니 말과 행동이 모두 법도를 따랐다. 두씨 부인이 관심이 가고 주의가 끌려 며느리로 삼고자 하였으나 감히 말을 꺼내지 못하였는데, 어느 날 저녁에 정씨 부인과 함께 술을 마시다가 대뜸 말하였다.

"며칠을 이곳에 머물면서 낭자의 처사(處事)를 보니 '대부가(大夫家)의 주부(主婦)'라고 할 만합니다. 이 노부(老婦)가 늦게야 아들을 두었는데, 과부 집에서 길러져 비록 뛰어난 재주는 없지만 인물은 심하게 못나지 않습니다. 좋은 배필을 구하여 〈126〉 조상의 제사를 받들게 하고 싶으나, 아직 적당한 사람을 얻지 못하였는데 지금 낭자를 보니 참으로 마음에 듭니다. 제 아들을 귀댁의 낭자와 혼인시켰으면 합니다."

정씨 부인이 말하였다.

"과부 집의 못난 딸은 이미 요조숙녀(窈窕淑女)가 아니어서 군자의 좋은 짝[225]이 될 수 없는데, 귀댁에서 멀리하지 않고[226] 며느리로 삼고자 하시니 어찌 감히 사양하겠습니까? 또 일찍이 이 아이의 선대인(先大

---

225) 요조숙녀(窈窕淑女)……짝 : 《시경》〈주남(周南) 관저(關雎)〉에 나온다. 주 107) 참조.
226) 멀리하지 않고 : 《시경》〈주남(周南) 여분(汝墳)〉에 "이미 군자를 만나보니, 나를 멀리하여 버리지 않는도다.[旣見君子 不我遐棄]"라고 하였다.

人) 매 처사(梅處士)가 남긴 상자에 귀댁의 선부(先夫) 이 학봉(李鶴峰)의 약혼(約婚) 편지가 있는 것을 보았습니다. 이는 당시에 서로 약속한 문서이니 귀댁에도 매 처사의 답서가 있을 것입니다."

두씨 부인이 갑자기 크게 깨닫고는 말하였다.

"우리 집의 선부(先夫)가 매 청절(梅淸節)과 함께 한 시대의 명사(名士)여서, 출처(出處)는 비록 달랐으나 도(道)는 같았습니다. 두 집 모두 자식이 없어 만년에 한 절에서 같이 기도를 드렸는데, 우리는 아들을 낳고 저쪽은 딸을 낳아 당시의 월서(月書)227)가 아직 상자에 있으니 이는 하늘이 맺어준 인연입니다. 과거를 회상하며 현재를 슬퍼하여 저의 심사가 어지러우니, 집으로 돌아간 날에 〈127〉 이 편지를 찾아서 보내 이전의 일을 증명하겠습니다."

정씨 부인이 또 말하였다.

"약속한 편지의 유무는 우선 놓아두어 논하지 말고, 한 마디 말로 이미 혼사를 정하였으니 나중에 다른 의논이 없을 것입니다."

즉시 옥영을 단장(丹粧)시키고 며느리의 예로 절을 올리게 하였다.

두씨 부인이 재삼(再三) 칭찬하고 감탄하며 말하였다.

"이번 행차에 어진 며느리를 얻었으니 우리 집의 복이구나."

길을 재촉하여 집으로 돌아와 몽성에게 말하였다.

"내가 정씨 부인의 딸을 보니 인물과 재행(才行)이 대부가(大夫家) 총부(冢婦)에 걸맞아 직접 혼사를 청하니, 정씨 부인이 네 아버지가 살아계실 적에 약혼(約婚)한 편지가 매 처사가 남긴 상자에 있다고 하더구나. 네 아버지의 상자에 또한 반드시 매 처사의 답서가 있을 것이니 가져오너라."

---

227) 월서(月書) : 혼인을 약속한 문서를 가리킨다. 명(明)나라 손매석(孫梅錫)의 〈야망성도 (夜亡成都)〉에 "다만 한 가락의 요금과 보첩을 의지하여, 곧 몇 줄의 월서와 혼첩을 올리네.[止賴得一聲瑤琴譜牒 便上了數行月書婚帖]"라고 하였다.

몽성이 명을 듣고 나와 전날에 찾아놓은 답서를 가져다 올리니 두씨 부인이 매우 기뻐하며 말하였다.

"이미 그 편지를 얻었으니 너의 신혼이 즐거울 것이로다.[228]"

즉시 일관(日觀)을 불러 혼인 날짜를 정하여 답서와 함께 보내니, 정씨 부인도 길일을 정하고 혼례를 행하려는 뜻을 두씨 부인에게 알렸다. 혼례를 치르는 날에 두씨 부인이 이 학봉의 사당에 고사(告辭)하였다.

현벽(顯辟)[229]이 세상을 떠난 뒤로 다행히도 이 고아가 남아 있어, 이제 장가갈 때를 맞아 용문 처사(龍門處士) 매창후의 딸과 혼인하니 진실로 당시에 서로 약혼한 뜻을 따르는 것입니다. 그러니 유명(幽明) 간에 어찌 감회와 슬픔이 없겠습니까?

그대로 눈물을 흘리니 몽성 또한 슬퍼하며 눈물을 흘렸다. 이날 정씨 부인이 성대하게 초연(醮宴)을 여니 자리를 빛내는 기물과 빈객을 접대하는 예절이 자못 정가(正家)의 풍모가 있었다. 신부 쪽에서 초대한 손님은 곧 유 시랑(劉侍郎)과 왕 총관(王摠官)이고, 신랑 쪽에서 초대한 손님은 맹호이(孟浩爾)와 왕자일(王子逸)이었다. 손님을 대접하는 자리가 질서정연하고 혼인을 진행하는 절차가 성대하였다. 몽성이 취현당에서 전안례(奠雁禮)를 하고 내정(內廷)으로 들어가니 좌우의 시비(侍婢)가 옥영을 부축하여 〈129〉 초석(醮席)으로 나와 맞이하여 합근례(合졸禮)를 하였다. 몽성이 바로 옥영의 방으로 들어가니 분벽(粉壁)과 사창(紗窓)이며 금침(衾枕)과 욕석(褥席)이 매우 정결하고, 주홍(朱紅) 서안(書案)에는

---

228) 너의……것이로다 : 《시경》〈패풍(邶風) 곡풍(谷風)〉에 "그대는 신혼(新婚)과 즐거서, 형과 같고 아우와 같구나.[宴爾新昏 如兄如弟]"라고 하였다.

229) 현벽(顯辟) : 신주(神主)나 축문(祝文)에서 아내가 죽은 남편을 일컫는 말이다. 《예기》〈곡례(曲禮)〉에 "아버지는 '황고'라고 하고, 어머니는 '황비'라 하고, 남편은 '황벽'이라고 한다.[父曰皇考 母曰皇妣 夫曰皇辟]"라고 하였다.

서책과 붓과 벼루가 있어 마치 학사(學士)의 방과 같았다. 몽성의 얼굴에 기쁜 빛이 가득하니 뭇 사람들이 마치 신선처럼 바라보았다. 잔치가 끝나고 정씨 부인이 옥영으로 하여금 방으로 가게 하니 두 사람이 서로 마주함에 그 기쁨을 짐작할 만하였다. 달이 동쪽 하늘에 떠 밤이 깊어지자 옥촉(玉燭)에는 불이 희미해지고 금로(金爐)에는 향기가 다하였다. 몽성이 말하였다.

"하늘이 배필을 정해주었으니 오(吳)와 초(楚)가 비록 다른 고을이지만 끝내 피할 수 없구나. 내가 낭자와 삼생(三生)230)의 인연이 있어 백년의 가약(佳約)을 맺었으니 이 또한 하늘이 정한 것이로다."

옥영이 크게 탄식하며 대답하였다.

"쓰러진 나무에 돋아난 싹231)이 사멸(死滅)하지 않고 이곳까지 흘러와 매번 길을 다니다 욕을 당할까 염려하여 항상 몸조심하여232) 문 밖을 엿본 적이 없었으니, 어찌 한 번 춘풍루(春風樓)를 지나다 〈130〉 끝내 낙포(洛浦)의 기이한 만남233)을 이룰 줄 생각이나 하였겠습니까? 봉비(葑菲)의 뿌리234) 같은 저를 낭군이 멀리하지 않고 빈번(蘋蘩)235)을

---

230) 삼생(三生) : 전생(前生)과 금생(今生), 내생(來生)을 말한다.

231) 쓰러진……싹 : 부모를 모두 여읜 처지를 뜻한다. 《서경(書經)》〈상서(商書) 반경 상(盤庚上)〉에 "쓰러진 나무에 싹이 나는 것과 같다.[若顚木之有由蘗]"라고 하였다.

232) 몸조심하여 : 《시경》〈위풍(魏風) 척호(陟岵)〉에 "부디 몸조심해서 죽지 말고, 살아서 돌아올지어다.[上愼旃哉 猶來無棄]"라고 하였다.

233) 낙포(洛浦)의 기이한 만남 : 남녀의 환합(歡合)을 뜻한다. 상고 시대 복희씨(伏羲氏)의 딸 복비(宓妃)가 낙수(洛水)에서 익사하여 수신(水神)이 되었다는 전설에 의거하여, 낙수를 지나던 조식(曹植)이 〈낙신부(洛神賦)〉를 지어 신녀(神女)와의 만남과 사랑을 노래하였다.

234) 봉비(葑菲)의 뿌리 : 보잘 것 없다는 뜻이다. 《시경》〈패풍(邶風) 곡풍(谷風)〉에 "무를 캐고 순무를 캐는 것은, 뿌리 때문이 아니네.[采葑采菲 無以下體]"라고 하였는데, 주희(朱熹)의 집주(集註)에 "무와 순무는 뿌리와 줄기를 모두 먹을 수 있는데, 그 뿌리는 맛이 좋을 때가 있고 나쁠 때가 있다.……뿌리가 맛이 나쁘다고 좋은 잎까지 버려서는 안 된다.[葑菲根莖皆可食 而其根則有時而美惡……不可以其根之惡而棄其莖之美]"라고 하였다.

235) 빈번(蘋蘩) : 마름과 새발쑥으로, 제수(祭需)를 뜻한다. 《시경》〈소남(召南) 채빈(采蘋)〉에 "마름 뜯기를, 남간의 물가에서 하도다.[于以采蘋 南澗之濱]"라고 하였고, 〈소남(召南)

올리는 부인으로 삼으니 깊이 감동하였습니다. 하지만 생각해 보건대 낭군은 화문(華門)의 귀공자로 풍채와 의용이 비범하고 재주와 명망이 남보다 뛰어나니, 반드시 재상집의 훌륭한 처자를 배필로 맞이해야 합니다. 저처럼 못난 사람은 감히 낭군을 감당할 수 없으니 박명한 제가 나중에 전어(前魚)를 보고 눈물짓는[236] 탄식을 면할 수 있겠습니까?"

몽성이 말하였다.

"내 어찌 마음을 이랬다저랬다 하겠는가?[237] 낭자와 함께 천수(天壽)를 마치길 원하노라."

옥영이 말하였다.

"삼가 지극한 말씀을 들으니 기쁜 마음을 이기지 못하겠습니다. 오늘의 만남은 선친(先親)들께서 내린 것이니 어찌 기이하지 않겠습니까?"

몽성이 말하였다.

"전에 정부(貞婦)의 말을 들어보니, '낭자가 고향으로 돌아가 있던 때에 파릉(灞陵)의 친척들이 위성(渭城)의 유가(柳家)와 혼인을 의논한다.'라고 하던데 참으로 그러하였는가?"

옥영이 말하였다.

"저는 본래 회계(會稽) 용문산(龍門山) 사람으로, 파릉(灞陵)은 저의 고

채번(采蘩)〉에 '새밭쑥 뜯기를, 못가에서 하고 물가에서 하도다.[于以采蘩 于沼于沚]'라고 하였다.

236) 전어(前魚)를 보고 눈물짓는 : 전어는 앞에 잡았던 물고기라는 말로, 보통 총애를 잃고서 버림받는 것을 뜻한다. 전국 시대 위(魏)나라의 남색(男色) 용양군(龍陽君)이 위왕(魏王)과 함께 배를 타고 낚시질을 하다가 갑자기 눈물을 흘리자 위왕이 그 까닭을 물었다. 이에 그가 "신이 처음에 물고기를 잡았을 때는 매우 기뻤으나 뒤에 또 그보다 더 큰 물고기를 잡고 보니 앞에 잡았던 물고기는 버리고 싶어졌습니다.[臣之始得魚也 臣甚喜 後得又益大 今臣直欲棄臣前之所得魚矣]"라고 하면서, 이 세상에 미인들이 매우 많은데 그들이 왕에게 나아오면 자기도 앞에 잡은 물고기 신세가 되지 않겠느냐고 대답하니, 위왕이 앞으로 미인에 대해서 감히 말을 꺼내는 자는 멸족(滅族)의 형을 가하겠다고 명령을 내렸다. 《戰國策 卷25 魏策4》

237) 내……하겠는가 : 《시경》 〈위풍(衛風)〉 맹(氓)에 "남자가 지조가 없으니, 그 마음을 이랬다저랬다 하도다.[士也罔極 二三其德]"라고 하였다.

향이 아니고 〈131〉 친척도 없습니다. 정부는 원래 말재주가 좋은 사람입니다. 그가 파릉이니 위성이니 한 것은 파릉(灞陵)은 매화가 많은 고을이고 위성은 버들이 많은 고을인데, 제 성이 매(梅) 자여서 일부러 비유하여 낭군을 속인 것입니다."

몽성이 말하였다.

"아! 내가 영민하지 못하여 한 과부에게 속고도 깨닫지 못하고 심지어 병까지 들었노라. 내가 전에 정부의 집 벽에 시를 써놓았는데 낭자는 그것을 보았는가?"

옥영이 말하였다.

"보았습니다."

몽성이 말하였다.

"그 오언절구 운자(韻字)의 출처를 기억하는가?"

옥영이 웃으며 말하였다.

"이는 제가 계랑과 함께 밤을 보낼 때 시를 주고받으며 쓴 운자이니 낭군은 어떻게 알고 있었습니까? 귀신이 알려준 것이 아니라면, 이는 분명 낭군이 그날 밤에 담을 넘어 창문 밑으로 와서 들어 안 것입니다. 그 시를 한 번 본 뒤로 의아한 마음이 없지 않았습니다."

몽성이 차마 사실대로 대답할 수 없어 곧 말하였다.

"나는 군자다운 사람이니 어찌 그런 짓을 하였겠는가? 〈132〉 그런데 과연 그날 밤에 외당(外堂)에 취해 누워 있다가 잠이 들어 꿈에서 나비로 변하여, 규방의 창문으로 들어가 두 낭자가 시를 읊는 것을 듣고는 마침내 운자에 차운하여 시를 지었네. 때문에 '스스로 장주(莊周)의 나비로 변하였다.'라고 하여 꿈에서 들어갔다는 뜻을 보였지."

옥영이 말하였다.

"마음으로 그리워하면 꿈에 나타난다고 하니, 이 또한 그리워하는 바가 있어서 그렇게 된 것입니다."

몽성이 말하였다.

"내가 작년에 황학루에서 놀다가 꿈속에서 영혼이 임공(臨邛)의 도사(道士)를 따라 천상의 삼청(三淸)으로 갔다가 돌아오는 길에, 우연히 상원부인(上元夫人)과 마고선녀(麻姑仙女)를 만났네. 그들은 나에게 '석랑(石娘)이 방금 인간 세계로 돌아갔는데 이 사람은 너의 배필이니 조만간 서로 만날 길이 있을 것이다.'라고 하였지. 꿈을 꾼 뒤로, 일념으로 그리워하여 그 사람을 찾으려고 하였으나 마음만 허비하고 있던 차에, 갑자기 하루는 시장에서 금도(錦圖) 한 폭을 얻으니 비단에 수놓은 무늬가 모두 천상(天上)의 물색(物色)에서 나온 것이었다오. 〈133〉 혹시 그 금도를 짠 사람이 석랑일 것이라 생각하였으나 아직도 출처를 알지 못하네."

옥영이 말하였다.

"이후에 그 비단을 짠 사람을 찾아 이름이 만약 석랑이라면 저는 치지 않아도 깨어지는 신세가 될 것입니다."

몽성이 말하였다.

"비록 그 사람을 찾더라도 나의 마음은 변하지 않을 것이네."

옥영이 말하였다.

"시험해 볼 만한 일이 있습니다."

시를 수놓은 비단을 내어 보여주었는데, 그 수놓은 물색과 짜낸 품질을 보니 전에 산 금도와 같은 솜씨였다. 마침내 그 비단에 수놓인 시에 차운하여 시를 읊었다.

天孫織錦得何遲	천손이 짠 비단 어찌 이리 더디 얻었는가
玉界風光一幅移	옥계의 풍광 한 폭에 옮겼어라
大夢從來今乃覺	한바탕 꿈에서 이제야 깨어나니
香梅花托紫薇枝	향매화가 자미화 가지에 의탁하네

옥영이 말하였다.

"저도 옛날에 꿈에 천상을 노닐다가 상원부인을 만났는데 저를 석랑이라 불렀습니다. 지금 낭군이 꿈을 꾼 날을 들으니 제가 꿈을 꾼 날과 같은 때입니다. 이를 미루어 생각하건대, 〈134〉 지금 낭군과 부부가된 것은 참으로 예전의 인연이 있었기 때문입니다."

몽성이 말하였다.

"이는 하늘이 내려준 배필이로다."

마침내 시 한 수를 읊었다.

不負前緣己許身	예전 인연 저버리지 않아 이미 몸을 허락하니
新逢人是舊逢人	새로 만난 사람이 곧 옛날에 만났던 사람이로다
花容蕙態情歡昵	꽃의 용모이며 혜초(蕙草)의 자태여서 정이 기쁘고 친밀하니
恰似西娘笑又嚬	웃고 또 찡그리는 서시(西施)와 꼭 닮았네

옥영이 차운하여 시를 읊었다.

相逢己許百年身	서로 만나 부부의 인연을 허락했으니
識我三生怨耦人	내 삼생의 원망스런 남편이네
誓海盟山情有重	바다와 산에 맹세하여 정이 깊으니
不嫌輕笑又輕嚬	가벼이 웃고 찡그리길 꺼리지 않누나

다음날 아침에 몽성이 들어가서 정씨 부인에게 절을 올리니 정씨 부인이 말하였다.

"내가 자네를 한 번 보고 마음이 기울어 왕래하는 집안의 자제로 대하였는데, 오히려 내 딸의 바른 행실과 굳은 지조 덕에 끝내 혼인을 이루었으니 단련한 금이 빛을 더하고 감추어둔 옥에 티가 없구나."

몽성이 말하였다.

"부인께서 저를 멀리하지 않아 이 어진 처를 얻었으니 더 이상 근심이 없을 것입니다."

또 외당에 잔치를 열어 하객(賀客)을 전송할 때에, 왕 총관과 유 시랑이 〈135〉 맹호이와 왕자일의 풍채가 빼어남을 보고 모두 딸을 시집보내려는 생각을 두었다.

객들을 전송한 뒤에 몽성에게 물었다.

"내빈(來賓) 두 사람은 누구누구 집의 아들이며 모두 혼인을 하였는가?"

몽성이 말하였다.

"송강(松江)의 왕모(王某)의 아들이고 형산(荊山)의 맹모(孟某)의 아들이니, 저와 시주(詩酒)를 함께 하는 벗이 되어 문장을 서로 겨루니 세상에서 '오중삼호(吳中三豪)'라고 합니다. 둘 다 부인이 없어 지금 혼처를 구하고 있습니다."

왕 총관과 유 시랑이 말하였다.

"우리 두 집은 규수만 있어 지금 나이는 성년이 되었으나 좋은 혼처를 얻지 못하였으니 그대는 능히 중매쟁이가 되어 주겠는가?"

몽성이 말하였다.

"이미 간곡한 부탁을 들었으니 감히 따르지 않겠습니까? 돌아가 두 집과 의논하면 혼사를 정할 수 있을 것입니다."

옥영이 몽성에게 말하였다.

"계랑(季娘)은 저에게 양가(養家)의 종형제(從兄弟)가 되고 월랑(月娘)은 저에게 외종질(外從姪)이 됩니다. 인물과 재품(才品)이 뛰어나 진실로 천첩(賤妾)과는 비교할 수 없으니 〈136〉 명사(名士)의 배필이 될 만합니다. 이제 왕자일과 맹호이 두 호걸의 내조자(內助者)가 된다면 반드시 집안을 화목하게 할 것입니다."

몽성이 일찍부터 계랑의 어짊을 보았기 때문에 또한 월랑의 어짊도

이에 걸맞음을 알아, 그 말을 따라 중매를 서려는 뜻을 두었다. 왕 총관과 유 시랑이 각자의 집으로 돌아가려고 출발할 때에 거듭 부탁하며 옥영에게 말하였다.

"지금 몽성과 왕자일, 맹호이를 보건대, 우열을 가릴 수 없으니 '세 선비는 남의 윗사람이 될 수 있다.'238)라고 할 만하네. 우리 두 집이 함께 두 호걸을 사위로 맞이할 수 있다면 어찌 세 집의 경사가 아니겠는가?"

옥영이 말하였다.

"삼가 말씀을 받들겠습니다."

몽성이 신혼이 즐거워 본가로 차마 떠나지 못하니 옥영이 말하였다.

"존고(尊姑)께서 집에 있으면서 아들을 오랫동안 기다리고 계시니 어찌 서둘러 돌아가지 않습니까?"

몽성이 그 말에 느끼는 바가 있어 곧 본가로 돌아가니 정씨 부인이 가락지[鐶物]를 넉넉히 장만하여 전송하였다. 두씨 부인이 그 예물을 받고 친척들을 초대하니 이날에 〈137〉 왕자일과 맹호이도 와서 어진 처를 얻은 것을 축하하였다. 몽성이 말하였다.

"집이 가난하면 양처(良妻)를 생각하는 법인데,239) 내가 가난한 집 아들로 어진 처를 얻었으니 다행이라고 할 만하네."

왕자일과 맹호이가 말하였다.

---

238) 세……있다 : 춘추 시대 진(晉)나라 공자 중이(重耳)가 망명하여 정(鄭)나라에 갔을 때 정 문공(鄭文公)이 그를 예우하지 않았다. 당시 호언(狐偃)과 조최(趙衰), 가타(賈佗)가 중이와 고락을 함께 하였는데 숙첨(叔詹)이 "세 선비는 남의 윗사람이 될 수 있는데도 중이를 따르고 있습니다.[有三士足以上人而從之]"라고 하며 그를 예우하라고 간언(諫言)하였다. 《春秋左氏傳 僖公23年》

239) 집이……법인데 : 《사기》 권44 〈위세가(魏世家)〉에 위 문후(魏文侯)가 이극(李克)에게 "선생이 전에 과인에게 집안이 가난할 때에는 양처를 생각하고, 나라가 어지러울 때에는 양상을 생각하는 법이라고 가르쳐 주었소.[先生嘗敎寡人曰 家貧則思良妻 國亂則思良相]"라고 하였다.

"우리 세 사람이 모두 과부의 자식으로, 자유롭게 시를 짓고 술을 마시지만 집안은 쇠락하며 나이가 차고 재주는 넉넉하지만 아직 부인을 두지 못하였으니 실로 개탄스럽다네. 지금 자네가 이미 어진 처를 얻었으니 우리가 어진 처를 얻는 것은 오직 자네의 책임이네. 홀로 선(善)하게 하지 말고 모름지기 다른 사람을 함께 선하게 하는 의리[240]를 생각하여 어진 규수를 찾아 벗들의 중매쟁이가 되게."

몽성이 말하였다.

"자네들이 말하기 전부터 나 또한 깊이 생각하고 있었다오. 전에 혼례 잔치의 신부 쪽 손님인 왕 총관과 유 시랑은 모두 명가(名家)로, 왕 총관은 내 처에게 외종형제(外從兄弟)가 되고 유 시랑은 양가(養家)의 숙부(叔父)가 되네. 두 집에 모두 어진 처자가 있어 이제 혼사를 의논하고 있으니 〈138〉 자네들이 두 집의 사위가 된다면 나와도 인척(姻戚)이 되니 어찌 좋은 일 가운데 또 좋은 일이 아니겠는가?"

두 사람이 기뻐하며 몽성의 말을 따르니 마침내 그들과 굳게 약속을 정하였다. 바로 정씨 부인의 집으로 가서 이러한 뜻으로 왕 총관과 유 시랑 두 집에 전하니 모두 기뻐하였다. 마침내 혼인 날짜를 잡고 납채(納采)를 하니 맹호이는 왕 총관의 사위가 되고 왕자일은 유 시랑의 사위가 되었다. 이 이후로 세 집이 사생(死生)을 함께 하는 교제를 맺으니, 계랑과 월랑이 옥영과 한집안의 사람처럼 지냈다. 별도로 당(堂)을 지어 삼호(三豪)가 모여 노니는 곳으로 삼았는데 세 낭자 또한 함께 따르며 즐거워하니 '육미당(六美堂)'이라고 불렀다. 삼호가 날마다 이곳에 모여 놀면서 서로 담론하는 것은 모두 충정(忠情)을 바치고 절개(節槪)를 다하며 집을 잊고 나라를 위하여 죽으려는 뜻이었다.

당시 나라에 일이 많고 충현(忠賢)이 쫓겨나니 몽성이 강개(慷慨)한

---

240) 홀로……의리 : 《맹자》〈진심 상(盡心上)〉에 "궁하면 홀로 그 자신을 닦아 선하게 하고, 현달하면 천하 사람을 함께 선하게 한다.[窮則獨善其身 達則兼善天下]"라고 하였다.

마음을 이기지 못하여 왕자일과 맹호이에게 말하였다.

"우리는 〈139〉 세가(世家)의 자제들이다. 지금 국사(國事)가 날로 잘못되고 임금 곁에는 제대로 된 사람이 없으니 이런 때에 궁궐에 상소(上疏)를 올려 사도(邪道)을 막고 정도(正道)를 부지하는 것이 어찌 사군자(士君子)의 일이 아니겠는가?"

왕자일과 맹호이가 말하였다.

"남아(男兒)가 세상에 태어나 마땅히 죽어야 할 곳에서 죽어야 하니, 그렇게 한다면 죽을 곳을 제대로 얻었다고 할 수 있을 것이네."

드디어 함께 행장을 꾸려 약속한 날에 길에 오르는데, 왕자일은 마침 어머니의 병 때문에 출발하지 못하고 맹호이는 같은 날에 길을 떠났으나 가다가 중도에 등창[背疽] 때문에 더 이상 갈 수 없게 되니 몽성 혼자 황도(皇都)로 가서 상소를 올렸다.

삼가 생각하건대, 국가(國家)의 흥망(興亡)의 기미(機微)는 오로지 현신(賢臣)을 등용하고 간신(奸臣)을 물리치는 데 달려 있습니다. 주(周)나라는 잘 보좌하여 다스리는 신하 열 명이 덕(德)을 함께 하여 희씨(姬氏)의 왕업이 융창(隆昌)하였고[241] 진(秦)나라는 뭇 소인들을 등용하여 정사를 천단(擅斷)하게 하여 영씨(嬴氏)의 왕업이 멸망하였으니,[242] 군자가 나아가면 그 나라가 흥하고 소인이 나아가면 그 나라가 망하는 것을 알 수 있습니다.

옛날에 공명(孔明)은 전한(前漢)이 융성하게 일어난 것을 법도로 삼

---

241) 주(周)나라는……융창(隆昌)하였고 : 《서경》〈주서(周書) 태서 중(泰誓中)〉에 주 무왕(周武王)이 "나에게 잘 보좌하여 다스리는 신하 열 명이 있는데, 그들과 나는 마음이 같고 덕이 같다.[予有亂臣十人 同心同德]"라고 하였다. 주나라의 국성(國姓)은 희씨(姬氏)이다.

242) 진(秦)나라는……멸망하였으니 : 처음 중국을 통일한 진 시황(秦始皇)이 죽은 뒤에, 간신 이사(李斯)와 환관 조고(趙高)가 어리석은 호해(胡亥)를 이세 황제(二世皇帝)로 세우고서 국권을 전횡하니 혼란 끝에 나라가 멸망하였다. 진나라의 국성(國姓)은 영씨(嬴氏)이다.

고 〈140〉 후한(後漢)이 기울어 무너진 것을 경계로 삼았으니 그가 간절하게 여긴 바는 현신을 가까이하고 소인(小人)을 멀리하는 것이었고,[243] 최군(崔群)은 개원(開元) 초의 정사를 법도로 삼고 천보(天寶) 말의 혼란을 경계로 삼았으니[244] 그가 간절하게 여긴 바는 정사(正士)를 등용하고 소인(宵人)[245]을 물리치는 것이었습니다. 이로 미루어 보건대, 임용(任用)의 도리를 신중히 하지 않아서야 되겠습니까?

군상(君上) 된 이가 공정(公正)의 도를 생각하고 용사(用捨)의 방법을 신중히 한다면 신하된 자가 성대한 대우에 감격하여 보필(輔弼)하는 도리를 다하여 다스려지는 날이 항상 많을 것이고, 군상 된 이가 충간(忠諫)의 길을 막고 요행(僥倖)의 문을 연다면 신하된 자가 교만하고 방자한 짓을 멋대로 하여 계옥(啓沃)[246]하는 공효가 없어 어지러운 날이 항상 많을 것입니다. 그러니 진실로 일국(一國)의 치란(治亂)은 군자가 나아가고 소인이 물러나는 데 달려 있음을 알 수 있습니다.

또 재상은 나라의 원기(元氣)이고 서관(庶官)은 나라의 백체(百體)입니다. 〈141〉 원기가 조화로우면 백체가 명령을 따르고 원기가 조화를 잃으면 백체가 명령을 어기니, 먼저 원기를 보존한 이후에 그 백체

---

243) 공명(孔明)은……것이었고 : 공명은 촉한(蜀漢)의 승상 제갈량(諸葛亮, 181~234)이다. 그의 〈출사표(出師表)〉에 "현신을 가까이하고 소인을 멀리한 것이 바로 전한(前漢)이 융성하게 일어난 이유이고, 소인을 가까이하고 현신을 멀리한 것이 바로 후한이 기울어져 무너진 이유입니다.[親賢臣遠小人 前漢所以興隆 親小人遠賢臣 後漢所以傾頹也]"라고 하였다. 《三國志 蜀志 卷5》

244) 최군(崔群)……삼았으니 : 최군(772~832)은 패주(貝州) 무성(武城) 사람으로, 자는 돈시(敦詩), 호는 양호(養浩)이며 당 헌종(唐憲宗) 때 벼슬이 이부 상서(吏部尙書)에 이르렀다. 현종(玄宗)이 개원(開元) 때 요숭(姚崇)과 송경(宋璟) 등 현신을 등용하고 천보(天寶) 때 이임보(李林甫)와 양국충(楊國忠) 등 간신을 등용한 사실을 들어, 헌종에게 치란(治亂)의 기미를 논하면서 "바라건대, 폐하께서 개원을 법도로 삼고 천보를 경계로 삼으신다면 사직의 복일 것입니다.[願陛下以開元爲法 以天寶爲戒 則社稷之福也]"라고 하였다. 《新唐書 卷165》

245) 소인(宵人) : 소인(小人)과 같은 뜻이다. 《莊子 列禦寇》

246) 계옥(啓沃) : 신하가 자기의 식견으로 임금을 잘 계도(啓導)하는 것을 말한다. 《서경》 〈상서(商書) 열명 상(說命上)〉에, 은 고종(殷高宗)이 그 재상 부열(傅說)에게 "그대의 마음을 열어 나의 마음을 적시라.[啓乃心 沃朕心]"라고 하였다.

를 보존할 수 있습니다. 《중용(中庸)》에 '중(中)과 화(和)를 지극히 하
면 천지가 제자리를 편안히 하고 만물이 길러진다.'247)라고 하였으니
성인(聖人)이 대보(大寶)의 지위에 있으면서 중화(中和)의 도를 행하
면 나라를 다스리는 데 무슨 어려움이 있겠습니까? 선왕(先王)께서 천
하를 다스릴 적에 여러 공적이 다 넓어지고248) 만방(萬邦)이 그리워
한 것249)은 다른 도리가 없고 현신(賢臣)을 등용하되 두 마음을 품지
않고 간신(奸臣)을 제거하되 의심하지 않으셨기 때문입니다.250)

삼가 생각하건대, 황제폐하께서는 영명(英明)한 자질로 형태(亨泰)
의 운수를 쥐고서 정신을 가다듬어 조정에 임하시니 치화(治化)가 한
창 펼쳐지고 있습니다. 그런데 근래 나라의 기강이 해이하고 임금의
교화가 쇠퇴하여 화란(禍亂)이 안에서 일어나고 이적(夷狄)이 밖에서
기회를 엿보고 있습니다. 그 까닭은 다른 것이 아니라 충신과 현신이
나라를 떠나고 간신과 영신(佞臣)이 지위를 차지하여, 각각 자기와 친
한 자를 편들어 군주로 하여금 충신을 잃게 하며251) 자기 당은 감싸고
다른 당은 공격하고252) 왕실(王室)을 도둑질하여 사사로운 은혜로 삼

---

247) 중(中)과……길러진다 : 백성을 화육하는 임금의 교화를 뜻한다. 《중용》 제1장에 나온다.

248) 여러……넓어지고 : 《서경》〈우서(虞書) 순전(舜典)〉에 "삼 년에 한 번씩 공적을 상고하
고, 세 번 상고한 다음 어리석은 자를 내치고 현명한 자를 승진시키니 여러 공적이 다 넓어
졌다.[三載考績 三考 黜陟幽明 庶績咸熙]"라고 하였다.

249) 만방(萬邦)이 그리워한 것 : 《서경》〈상서(商書) 중훼지고(仲虺之誥)〉에 "덕이 날로 새로
워지면 만방이 그리워할 것입니다.[德日新 萬邦惟懷]"라고 하였다.

250) 현신(賢臣)을……때문입니다 : 《서경》〈우서(虞書) 대우모(大禹謨)〉에 익(益)이 순(舜)임
금을 면려하여 "현신을 등용하되 두 마음을 품지 말고 간신(奸臣)을 제거하되 의심하지
마소서.[任賢勿貳 去邪勿疑]"라고 하였다.

251) 각각……하며 : 고대의 병법서 《군참(軍讖)》에 간웅(奸雄)이 군주를 엄폐(掩蔽)하는 것을
논하면서 "각각 자기와 친한 자를 편들어 군주로 하여금 충신을 잃게 한다.[各阿所好 令主
失忠]"라고 하였다.

252) 자기……공격하고 : 옳고 그름은 따지지 않고 같은 당끼리는 한 데 뭉쳐 서로 돕고 다른
당은 배격하는 것을 뜻한다. "무제 이후로 유학을 숭상하여 경서(經書)를 품고 다니는 유학
자들을 도처에서 많이 만날 수 있었는데, 석거각(石渠閣)에서 나뉘어 논쟁을 벌이고 의견이
같은 사람들은 서로 무리를 만들고 의견이 다른 사람들을 공격하는 데에 이르니, 옛것만을

으며253) 내정(內政)을 농단(壟斷)하고 외무(外務)를 등한(等閑)히 하기 때문입니다. 〈142〉

음(陰)이 성하고 양(陽)이 쇠하며 태평(泰平)이 가고 비색(否塞)이 오는데, 그 이치를 따져보지 않고서 궁원(宮苑)과 대소(臺沼)를 아름답게 하는 것이 끝이 없고 금수(禽獸)와 화목(花木)을 기이하게 하는 데 널리 힘써 위로는 임금의 기쁨에 영합하고 아래로는 백성의 원망을 초래하고 있습니다.

화기(和氣)가 훼손되고 방운(邦運)이 막혀서, 천재(天災)와 시변(時變)이 매년 이어지고 변방의 경계(警戒)와 외이(外夷)의 모욕(侮辱)이 곳곳에서 한꺼번에 일어납니다. 이는 작은 근심이 아닌데도 심상한 일로 치부하고, 도리어 감로(甘露)가 내리고 상운(祥雲)이 나타났다고 거짓으로 상주(上奏)하여 상서(祥瑞)로 삼고, 또 납월(臘月)에 치는 우레와 삼월(三月)에 내리는 눈을 가지고 표문(表文)을 올려 상서라고 일컬으니 신은 성조(聖朝)를 위하여 개탄합니다. 어찌 일월(日月)처럼 밝은데도 오히려 간신을 살피지 않아 하늘에 응답하여 재앙을 그치게 할 도리를 생각하지 않으십니까?

인하여 삼가 생각해 보건대, 선제(先帝)께서 어린 나이에 즉위함에 자성(慈聖)께서 정사에 임하여 여러 현신을 불러 등용하고 신법(新法)을 폐기하시니, 정사가 제대로 시행되고 국내가 크게 다스려졌습니다.254) 그런데 자성께서 승하하신 뒤로 간당(奸黨)은 화를 부채질하

고수하는 무리들이 한때 매우 성하였다.[自武帝以後 崇尚儒學 懷經協術 所在霧會 至有石渠分爭之論 黨同伐異之說 守文之徒 盛於時矣]"라고 하였다. 《後漢書 卷67 黨錮傳序》

253) 왕실(王室)을……삼으며 : 고대의 병법서 《군참(軍讖)》에 간웅이 군주를 속이고 현인을 엄폐하는 것을 논하면서 "왕실을 도둑질하여 사사로운 은혜로 삼아서 윗사람과 아랫사람들을 혼우(昏愚)하게 만든다.[竊公爲恩 令上下昏]"라고 하였다.

254) 선제(先帝)께서……다스려졌습니다 : 선제는 송 철종(宋哲宗)을 가리키고 자성(慈聖)은 영종(英宗)의 후비(后妃)인 선인태후(宣仁太后) 고씨(高氏)를 가리킨다. 선인태후는 왕안석(王安石)이 시행한 일련의 개혁 정책인 신법(新法)을 지지한 아들 신종(神宗)이 죽고 손자 철종이 즉위하자, 수렴청정을 하면서 구법당(舊法黨)과 함께 신법을 폐지시켰다. 그리

고 현류(賢流)는 유배를 당하여 〈143〉 국정이 침체되고 조짐이 나빠졌으니 이는 성조(聖朝)의 거울이 되는 일입니다.[255]

또 생각해 보건대, 폐하(陛下)께서 즉위하신 초반에 동조(東朝)께서 수렴청정하여 원로(元老)들을 거두어 서용(敍用)하셔서 거의 다스림이 이루어졌는데, 지금 폐하께서는 어찌 희녕(熙寧)과 원풍(元豊) 연간의 신법(新法)을 계승하여 도리어 나라를 탁란(濁亂)하게 하는 단서를 여십니까?[256]

군자가 밝은 세상에 용납되지 못하여 영해(嶺海)의 밖에서 결옥(玦玉)에 눈물을 흘리고,[257] 소인이 오늘날에 뜻을 얻어 조정의 위에서 권병(權柄)을 제멋대로 하니 백성들이 실망하고 천하가 한심하게 생각합니다. 신은 초야의 포의(布衣)의 선비로 감히 국사(國事)를 흠잡고 의논해서는 안 되지만, 애군우국(愛君憂國)의 정성이 평소 마음에 가득하기에 나라가 위급한 이때에 근심을 이기지 못하여 천 리를 멀다여기지 않고 왔으니 한 마디 말을 올리고 죽고자 합니다.

삼가 바라건대, 성명(聖明)께서는 태양(太陽)의 밝음을 빨리 돌려

고 사마광(司馬光)을 재상으로 등용하는 등 많은 인재를 진출시켜 원우(元祐)의 성세(盛世)를 이룩하였다.

255) 자성(慈聖)께서……일입니다 : 선인태후가 죽은 뒤에, 장돈(章惇)과 채경(蔡京) 등이 정권을 잡고 왕안석의 신법을 복구하고 구법을 지지하는 사마광·문언박(文彦博)·정이(程頤)·황정견(黃庭堅)·소식(蘇軾) 등 원우당인(元祐黨人)을 축출하였다. 신법당과 구법당의 당쟁으로 인한 정치혼란 때문에 송(宋)나라의 국력은 급속하게 약화되었다.

256) 폐하(陛下)께서……여십니까 : 폐하는 철종의 동생 휘종(徽宗)을 가리키고 동조(東朝)는 신종의 정비(正妃) 흠성태후(欽聖太后) 상씨(向氏)를 가리킨다. 휘종 즉위 초에 흠성태후의 섭정으로 잠깐 구법당과 신법당이 균형을 이루었는데, 흠성태후가 죽고서 휘종이 정치를 간신 채경과 동관(童貫)에게 맡긴 뒤로 실정이 많아졌다. 그 결과 1127년에 금(金)나라의 침입으로 정강의 변[靖康之變]이 일어나 휘종과 아들 흠종은 함께 금나라로 잡혀가고 송나라는 멸망하였다.

257) 결옥(玦玉)에 눈물을 흘리고 : 결옥은 임금이 신하에게 죄를 줄 때 결별의 뜻으로 내리는 옥으로, 유배나 좌천을 당하는 경우에 주로 쓰는 표현이다. 《순자(荀子)》〈대략(大略)〉에 "사람을 끊을 때는 결로써 하고, 끊었던 사람을 도로 부를 때는 환으로써 한다.[絶人以玦 反絶以環]"라고 하였다.

중음(衆陰)의 가림을 환히 비추어, 소인을 물리치고 현신을 등용하며 안으로 정사를 닦고 밖으로 이적을 물리쳐 일국(一國)의 큰 기대에 부응하고 〈144〉 만세의 끝없는 제업(帝業)을 광대하게 하십시오.

황제가 읽어보고 좌우의 신하들에게 보이니 온 조정이 일제히 아뢰었다.

"몽성이 가난한 서생으로 태연히 상소를 올려 조정을 헐뜯는 것이 매우 참람(僭濫)하니 변방으로 귀양 보내소서."

황제가 윤허(允許)하지 않았으나 조정이 극력 처벌을 요청하여 그치지 않으니 마침내 몽성을 운남(雲南)의 외딴 섬으로 유배를 보냈다. 곧장 배소(配所)로 출발하는데 가는 길에서 몽성 본가까지의 거리가 5백여 리 쯤 되었다. 들러서 노모와 이별할 수 있게 해 달라고 빌었으나 중사(中使)[258]가 허락하지 않으니, 길에서 편지 세 통을 써서 데리고 있던 노복(奴僕)을 시켜 본가에 전하게 하였다. 어머니에게 올리는 편지는 다음과 같다.

불효자 몽성은 길 위에서 피눈물 흘리며 어머니께 편지 올립니다. 제가 당하(堂下)에서 절 올리고 길을 떠난 지 많은 날이 흘렀는데, 천애(天涯)의 변방으로 귀양을 가게 되어 길이 매우 멉니다. 죽을 곳을 얻었으니 이는 달게 받아들이겠으나, 어머니를 봉양할 다른 자식이 없으니 가슴이 미어집니다. 영외(嶺外)의 장독(瘴毒)이 올라오는 땅은 〈145〉 비록 죽으러 가는 곳이라고 말하지만, 예전에 유배 간 사람들 중에 살아 돌아온 경우가 많으니 지나치게 염려하여 마음을 상하지 마십시오. 소자는 비록 없으나 어린 며느리가 아직 남아있으니 서로 의지하면서 여생을 잘 보존하십시오.

---

258) 중사(中使) : 궁중(宮中)에서 파견한 사자(使者)인데 주로 환관(宦官)을 가리킨다.

옥영에게 보내는 편지는 다음과 같다.

　죄인 몽성은 귀양 가는 도중에 울면서 친정에 있는 부인에게 부치노라. 하늘의 인연이 중하여 이제 막 백년가약을 맺었는데 나랏일을 상심하다가 곧 만 리의 이별을 이루었소. 처음에는 대궐에서 상주한 말이 채택되어 시행될 것이라 생각하였지만, 끝내 당로자(當路者)의 분노를 촉발시켜 거듭 배척받아 유배를 당하였구려. 이는 창랑자취(滄浪自取)259)이니 피눈물 흘린들 무슨 소용이 있겠는가? 다만 당(堂)에 계신 노모께 혼정신성(昏定晨省)을 할 자식이 없는 것을 생각하면, 믿을 수 있는 것은 오직 부인이 집에 들어와 봉양하는 정성을 다하는 것이오. 어머니의 연세를 생각함에 해가 서산(西山)에 이른 것을 근심하니,260) 어서 친정에서 돌아와 어머니의 노년을 잘 보살펴 드리시오. 한 그림자가 홀로 길을 떠나니 천애의 먼 곳 이 어디인가? 떠돌아다니는 신세로 외로운 꿈이 베갯머리에서 자주 놀라니 〈146〉 깊은 밤에야 서로 만나겠지. 아! 여기에서 운남이 8천여 리니 노정(路程)을 헤아려 보건대 1년 안에 도착할 거리가 아니네. 집으로 보내는 편지를 쓰려고 하니 그 마음이 만 겹이고 노복을 통해 전달하니 슬픈 눈물이 천 갈래로 흐르는구나. 나중에 가을바람 부는 때 남쪽으로 가는 기러기가 있거든, 짧은 고향 편지를 북쪽 바라보는 이에게 붙여주오.

---

259) 창랑자취(滄浪自取) : 자업자득(自業自得)의 뜻이다. 《맹자》〈이루 상(離婁上)〉에 "창랑의 물이 맑거든 나의 갓끈을 빨고, 창랑의 물이 흐리거든 나의 발을 씻으리라.[滄浪之水淸兮 可以濯吾纓 滄浪之水濁兮 可以濯吾足]"라고 하였다.

260) 해가……근심하니 : 어머니가 연로하여 돌아가실 때가 다 되었다는 뜻이다. 진(晉)나라 이밀(李密)이 어려서 부친을 여의고 모친은 개가(改嫁)해서 조모의 양육을 받고 자랐는데, 무제(武帝)가 태자 세마(太子洗馬)의 벼슬로 부르자 이를 사양하면서 조모를 봉양하게 해 달라고 호소한 〈진정표(陳情表)〉에 "다만 조모 유씨(劉氏)의 병이 마치 해가 서산(西山)에 이른 듯하여 숨이 거의 끊어질 듯하니, 사람의 목숨이 위태롭고 얕아서 아침에 저녁의 일도 생각할 수가 없습니다.[但以劉日薄西山 氣息奄奄 人命危淺 朝不慮夕]"라고 하였다. 《文選 卷19》

왕자일과 맹호이에게 전하는 편지는 다음과 같다.

　모년(某年) 모일(某日)에 죄인 몽성은 도중에 맹호이와 왕자일 두 벗에게 절하고 아뢰노라. 헤어진 뒤로 소식이 완전히 끊어지니 나의 그립고 아쉬운 마음이 밤낮으로 그치지 않는데, 근래 왕형(王兄)의 어머니는 금세 병이 나으셨으며 맹형(孟兄)의 등창도 완쾌되었는가? 나는 대궐에 나아가 상소를 올렸는데 황제께서 나의 뜻을 헤아려주시기는 하였으나261) 재상의 심기를 크게 거스르는 것을 면하지 못하니, 스스로 가 태부(賈太傅)가 시대를 근심하는 것을 가련히 여기다가262) 도리어 한 자사(韓刺史)가 먼 지방으로 쫓겨났던 탄식을 품게 되었네.263) 〈147〉 이제 내가 천애의 먼 곳에서 결옥(玦玉)에 눈물을 흘리니 누가 외로운 이를 위하여 슬퍼하겠는가? 영외(嶺外)에서 원숭이 세 마디 울음 들으니 정말 눈물이 난다오.264) 부침(浮沈)과 사생(死生)은 내 마음에 걸리지 않으나, 다만 당(堂)에 계신 노모께 봉양할 자식이 없고 집에

261) 황제께서……하였으나 : 굴원(屈原)의 〈이소경(離騷經)〉에 "아버지는 내가 태어난 때를 헤아려 보시고 비로소 나에게 아름다운 이름을 지어 주셨네.[皇覽揆余于初度兮 肇錫子以嘉名]"라고 하였는데, 이 구절을 단장취의(斷章取義)하여 황제가 자신을 알아주었다는 뜻으로 쓰였다. 《楚辭》

262) 가 태부(賈太傅)가……여기다가 : 가 태부는 한 문제(漢文帝) 때의 문신 가의(賈誼, B.C.201~169)를 가리킨다. 20세에 문제의 부름을 받아 박사(博士)가 되고 1년 만에 태중대부(太中大夫)에 발탁되었다. 정삭(正朔)을 개정하고 복색을 변경하고 법도를 제정하고 예악을 일으켜야 한다고 주장하였으며, 또 자주 상소를 올려 정사에 대해 말하면서 당시의 폐단을 논하자 주발(周勃)·관영(灌嬰) 등 대신들의 미움을 받아 장사왕(長沙王)의 태부(太傅)로 좌천되었다.

263) 한 자사(韓刺史)가……되었네 : 한 자사는 당(唐)나라 덕종(德宗)·헌종(憲宗) 때의 문신 한유(韓愈, 768~824)를 가리킨다. 국자 박사(國子博士)·형부 시랑(刑部侍郎)을 지냈다. 헌종이 사람을 보내 봉상현(鳳翔縣) 법문사(法門寺)에 봉인되어 있는 불골(佛骨)을 궁중에 맞아들이려 하자 이를 반대하는 〈불골표(佛骨表)〉를 올렸다가 조주 자사(潮州刺史)로 좌천되었다.

264) 원숭이……난다오 : 두보(杜甫)의 〈추흥팔수(秋興八首)〉 시에 "원숭이의 세 마디 울음 들으니 정말 눈물 떨어지고, 사명 받들고 헛되이 팔월의 배 따라가네.[聽猿實下三聲淚 奉使虛隨八月査]"라고 하였다. 《杜少陵詩集 卷17》

있는 어린 부인이 남편을 잃은 것을 염려하니 그 정경(情境)을 생각하면 자연히 살고 싶은 생각이 없어진다오. 고인(古人) 중에 자기 처자식을 벗에게 맡긴 자가 있었으니,[265] 나 또한 자네들에게 나의 가족을 부탁하니 부디 남처럼 여기지 말고 잘 돌보아주기를 바라네.

노복 선정(善丁)이 편지를 받아들고 차마 떠나지 못하여 붙잡고 울고 있으니 몽성이 말하였다.

"편지에 다하지 못한 정회(情懷)는 네가 자세히 전하거라."

그리고 마침내 그와 이별하였다. 도중에 벗 범신(范愼)의 집에 들렀다가 떠나는데 그가 슬퍼하며 눈물을 흘리니 몽성이 말하였다.

"영해(嶺海) 밖의 지역이 어찌 사람을 죽게 할 수 있겠는가? 선비가 당연히 해야 할 일은 여기에 그치지 않네."[266]

곧바로 상주(湘州)에 도착하여 그곳에서 〈148〉 운남(雲南)으로 향하니 육로가 3천 리요 해로가 5천 리였다. 봄바람 부는 동정호(洞庭湖)의 물결에 외로운 배가 위태롭게 출몰하고, 늦겨울 달뜨는 상산(商山)에 얼음

---

265) 자기……있었으니 : 《맹자》〈양혜왕 하(梁惠王下)〉에 "자기 처자식을 친구에게 맡기고 초나라로 놀러간 자가 있었다.[有託其妻子於其友而之楚遊者]"라고 하였다.

266) 영해(嶺海)……않네 : 송 철종(宋哲宗) 연간의 간관(諫官) 추호(鄒浩)는 자가 지완(志完)으로, 전주(田晝)와 서로 친밀한 사이였다. 추호가 간관으로 있을 때 마침 철종이 황후(皇后) 맹씨(孟氏)를 폐하고 현비(賢妃) 유씨(劉氏)를 황후로 책봉한 일이 있자, 전주가 혹자에게 말하기를 "지완이 이번 일에 간언을 드리지 않으면 그와 절교할 것이다.[志完不言可以絕交矣]"라고 하였는데, 추호가 과연 황후 폐립(廢立)의 잘못된 처사에 대하여 극간(極諫)하고 마침내 장돈(章惇)의 탄핵을 입어 관직이 삭탈되고 이어 신주(新州)로 유배를 가게 되었다. 유배 도중 전주를 길에서 만나 눈물을 흘리자, 전주가 정색(正色)하고 추호를 책망하기를 "가령 지완이 간관으로서 아무 말도 하지 않고 그대로 경사에서 벼슬을 하고 있다 할지라도 한질을 만나서 땀을 내지 못한다면 5일 만에 죽을 것이니, 어찌 유독 영해 밖의 지역만이 사람을 죽게 할 수 있겠는가. 바라건대 그대는 이 일 정도로 자만하지 마시오. 선비가 당연히 해야 할 일은 여기에 그치지 않네.[使志完隱默官京師 遇寒疾不汗 五日死矣 豈獨嶺海之外能死人哉 願君毋以此舉自滿 士所當爲者 未止此也]"라고 하니, 추호가 망연자실하여 감탄하며 사과하기를 "그대가 나에게 아주 큰 선물을 주었소.[君之贈我厚矣]"라고 하였다. 《宋史 卷345 鄒浩列傳》

이 얼어 가는 수레를 멈추게 하였다.[267] 배를 타고 가다 한 곳에 이르니 깊은 바다가 하늘까지 이어져 있고 풍랑(風浪)이 매우 험하니 이곳은 남해의 장강(瘴江)이었다. 용이 배를 등에 져서 거의 전복될 지경에 이르니, 눈물을 흘리며 자신의 죄를 돌이켜봄에[268] 필시 죽게 될 것이라 생각하였는데, 홀연히 백의 동자가 서쪽으로부터 와서 힘써 구해주니 겨우 목숨을 온전히 할 수 있었다. 몽성이 감사를 표하며 말하였다.

"동자는 어디에 있다가 지금 이 죄인을 위하여 힘써 구해주는가?"

동자가 말하였다.

"저는 서해 광덕왕의 아들 백어(白魚)입니다. 옛날에 아버지의 명을 받들어 동해에 갔다가 돌아오는 길에 어망에 걸려 사지(死地)를 맞닥뜨렸는데, 다행스럽게도 그대의 선대부(先大夫)께서 사서 풀어준 덕에 솥 안에서 삶기는 위기를 벗어날 수 있었습니다. 이는 생사골육(生死骨肉)[269]의 은혜여서, 마음에 깊이 새겨놓았으나 바다와 육지는 다른 세계이니 〈149〉 보답하려 해도 방법이 없었는데 지금 그대가 위험에 빠졌다는 것을 듣고는 와서 구하였습니다."

그리고는 홀연히 사라져 보이지 않으니, 비로소 황학루의 꿈속에 천상으로 가서 들은 용왕의 말을 깨닫고 보답의 기약이 있는 것에 감동하였다.

---

267) 봄바람……하였다 : 한유(韓愈)의 〈부강릉도중기증왕이십보궐이십일습유이이십륙원외한림삼학사(赴江陵途中寄贈王二十補闕李十一拾遺李二十六員外翰林三學士)〉 시에 "늦겨울 달 뜨는 상산에, 얼음이 얼어 가는 수레를 멈추게 하고. 봄바람 부는 동정호의 물결에, 외로운 배가 위태롭게 출몰하네.[商山季冬月 氷凍絶行軸 春風洞庭浪 出沒驚孤舟]"라고 하였다. 원문에는 앞의 두 구절과 뒤의 두 구절이 순서가 바뀌어 있다. 《昌黎先生集 卷1》

268) 눈물을……돌이켜봄에 : 한유(韓愈)의 〈부강릉도중기증왕이십보궐이십일습유이이십륙원외한림삼학사(赴江陵途中寄贈王二十補闕李十一拾遺李二十六員外翰林三學士)〉 시에 "외로운 신하 전에 쫓겨났으니, 피눈물 흘리며 허물 뉘우쳤네.[孤臣昔放逐 血泣追愆尤]"라고 하였다. 《昌黎先生集 卷1》

269) 생사골육(生死骨肉) : 죽은 사람을 되살려 백골에 새살이 돋게 한다는 뜻으로, 매우 두터운 은택을 표현한 말이다. 《춘추좌씨전》 소공(昭公) 25년 조에 평자(平子)가 "만약 나에게 다시 군주를 섬길 수 있는 기회를 만들어준다면, 이른바 '죽은 사람을 되살려 백골에 새살이 돋게 하였다.'라는 것입니다.[苟使意如得改事君 所謂生死而肉骨也]"라고 하였다.

이듬해에 유배지에 도착하니 악어가 득실대는 강과 뱀이 기어 다니는 산에 거센 바람이 불고 장맛비가 내리니 고생이 이만저만 아니었다.

각설(却說). 옥영이 몽성을 먼 곳으로 이별하니 원앙이 짝을 잃은 듯하여, 정씨 부인과 함께 육미당(六美堂)에서 지내며 오직 몽성이 돌아올 날만 기다렸다. 손가락에 끼고 있던 옥지환의 빛이 갑자기 바래지니 옥화봉(玉華峰)에서 어머니가 해준 말이 떠올라 마음에 절로 의심스러운 생각이 들었다. 어느 날 밤 꿈속에 또 한 명의 노인이 나타나 시를 써 주기에 옥영이 받아서 보았다. 그 시는 다음과 같다.

夫在雲南妾在家	남편은 운남에 있고 부인은 집에 있으니
夢中蝴蝶夢中化	꿈속의 나비가 꿈속에서 사라졌네
恩情未絶魚雁絶	은정은 끊어지지 않는데 소식은 끊어졌으니
二女爲僧到碧沙	두 여자가 중이 되어 벽사에 이르는구나 〈150〉

꿈에서 깨어나 크게 놀라니 마음이 불안하였다. 하루는 선정이 와서 몽성이 쓴 편지를 전하니 온 집안이 초상을 당한 듯하였다. 옥영이 혼절하였다가 다시 깨어나 선정에게 말하였다.

"낭군은 어디로 가고 너는 이제야 홀로 돌아왔는가?"

선정이 또한 목이 메여 차마 대답하지 못하였다. 이때 왕자일과 맹호이가 각자 집에 있다가 몽성이 보낸 편지를 받고 자기 부인과 함께 달려오니, 두 낭자가 옥영을 부축하며 자기 일처럼 마음 아파하였다. 옥영이 말하였다.

"인생이 이 지경에 이르렀으니 차라리 죽고만 싶네."

두 낭자가 말하였다.

"죽은 사람은 다시 만날 기약이 없지만 산 사람은 반드시 만날 날이 있는 법이네. 지금 몽성이 비록 외딴 섬에 유배를 가 있지만 돌아오지 못할 이치가 전혀 없어, 연진(延津)의 검(劍)이 자연히 다시 합할 날이 있을 것이니[270] 부디 너무 상심하지 말고 정씨 부인을 위하여 조금 안정하게."

옥영이 말하였다.

"내가 낭군과 상봉한 지 얼마 되지 않아 바로 이별하게 되니 새로 정이 든 분을 만류하려는 생각이 없던 것은 아니었다네. 그러나 열장부(烈丈夫)가 하는 일을 〈151〉 아녀자의 사사로운 정으로 막아서는 안 되기에, 억지로 그 뜻을 따르고 오직 금방 돌아오기만을 기다렸는데 이제 낭군이 있는 곳을 알지 못하니 살아 무엇 하겠는가?"

옥 같은 눈물을 마구 흘리니 두 낭자가 차마 바라볼 수 없었다. 왕자일과 맹호이 두 사람이 또 위로하며 말하였다.

"우리 두 사람이 몽성과 사생(死生)의 교제를 맺었으니 이러한 지경에 이르러 의리상 마땅히 급히 신구(伸救)해야 하나 각자 병든 어머니가 계셔서 그렇게 하지 못하였습니다. 앞으로 경사(京師)에 들어가 송원(頌冤)하면 용서받을 것이니 형수는 염려하지 마오."

옥영이 말하였다.

"참으로 그 말처럼 된다면 어찌 큰 다행이 아니겠습니까?"

옥영의 마음이 조금 누그러졌다. 두씨 부인은 아들이 경사로 떠난 뒤로 항상 사자봉(思子峰)에 올라 돌아올 날만 기다리고 있었는데, 어느 날 저녁에 정씨 부인 집 노복 충생(忠生)이 몽성의 편지를 전하니 이를

---

270) 연진(延津)의……것이니 : 진(晉)나라 뇌환(雷煥)이 풍성 영(豊城令)으로 있으면서 용천(龍泉)과 태아(太阿) 두 명검을 얻어, 하나는 장화(張華)에게 주고 하나는 자신이 찼는데, 장화와 뇌환이 모두 죽은 뒤에 두 자루 보검이 연평진(延平津)의 못으로 날아 들어가 두 마리 용이 되었다고 한다. 이것을 '연진검합(延津劍合)' 또는 '연진지합(延津之合)'이라 하여 다시 합하게 되는 인연이나 부부가 죽은 뒤에 합장하는 것을 비유하게 되었다. 《晉書 卷36 張華列傳》

보고 기가 막혔다. 좌우의 시비(侍婢)가 부축하고 도와 진정시키니 슬프게 부르짖으며 날을 보냈다. 옥영이 몸을 단장하지 않아 머리는 날리는 쑥대와 같고271) 〈152〉 안색은 떨어진 꽃잎과 같았다. 정 정부(鄭貞婦)가 이보다 앞서 먼 곳에 가 있었기 때문에 미처 상황을 알지 못하였다가, 집으로 돌아온 날에 비로소 듣고는 들어가 옥영을 보니 형용이 초췌하여 다시 전날의 낭자가 아니었다. 정 정부가 말하였다.

"어찌 의용(儀容)을 다스리지 않고 이렇듯 자진(自盡)하려 합니까?"

옥영이 말하였다.

"누구를 위하여 용모를 가꾸겠는가?"272)

그대로 눈물을 흘리니 정 정부가 말하였다.

"오래지 않아 방환(放還)될 것이니 낭자는 그만 탄식하오."

옥영은 녹양(綠楊)과 죽랑(竹娘), 월아(月娥)와 함께 높은 언덕에 올라 혼(魂)을 녹일 따름이었다. 하루는 정씨 부인에게 울며 고하였다.

"박명한 제가 죽지 못하고 몽성과 부부가 되었으니 아녀자의 이 몸은 이제 이씨(李氏) 집 사람입니다. 그런데 신세가 기구하여 이런 지경을 만났으니 어찌 작은 절개를 지키느라 대의(大義)를 돌아보지 않겠습니까? 시댁으로 돌아가 연로한 시어머니를 봉양하여 며느리의 도리를 다하고자 합니다."

정씨 부인이 그 뜻을 가상히 여겨 바로 행장을 꾸려 전송하였다. 옥영이 파릉에 도착하여 고부(姑婦)가 서로 만나니 〈153〉 손을 잡고서 비통(悲痛)해하였다. 옥영이 두씨 부인이 실성(失性)할까 염려하여 온화한 말로 위로하였다.

---

271) 머리는……같고 : 《시경》〈위풍(衛風) 백혜(伯兮)〉에 "남편이 동쪽으로 정역(征役)간 뒤로부터, 내 머리 날리는 쑥대와 같구나. 어찌 머리에 바르는 기름이 없고 목욕할 수 없겠는가마는, 누구를 위하여 용모를 가꾸리오?[自伯之東 首如飛蓬 豈無膏沐 誰適爲容]"라고 하였다.

272) 누구를……가꾸겠는가 : 《시경》〈위풍(衛風) 백혜(伯兮)〉에 나온다. 주 271) 참조.

"낭군이 지금 비록 먼 곳에 유배 가 있으나 이는 죽을죄가 아니니 살아서 돌아올 것입니다."

마음을 누그러뜨리고 나중에 다시 만날 날을 기다려, 두씨 부인을 곁에서 모시면서 조금도 슬퍼하는 기색이 없으니 두씨 부인 또한 마음을 추슬러 애써 자신을 안정시켰다. 그러나 이따금 옥영의 침실에 들어가 보면 침석(枕席)에 눈물을 흘린 자국이 있으니 겉으로는 태연한 척하였으나 속으로는 슬퍼하였음을 알 수 있었다. 혼정신성의 예절과 조석(朝夕)의 봉양을 극진히 하니 두씨 부인이 옥영의 효경(孝敬)에 감동하여 비록 슬퍼서 목이 메는 때가 있더라도 낯빛에 드러내지 않았다.

각설(却說). 몽성이 집에 있을 때 한 쌍의 제비가 처마 끝에 둥지를 틀고는 암수가 서로 화락(和樂)하니, 몽성과 옥영이 그 제비들을 아껴 채색 실을 발에다 묶고 '채연(彩鷰)'이라 이름하였다. 제비들 또한 주인을 그리워하는 정이 있어 봄에 왔다가 가을에 떠나기를 반복한 지 여러 해가 되었다. 〈154〉 몽성이 경사(京師)로 떠나던 날에, 한 마리는 집에 있고 한 마리는 길을 따르니 이 때문에 유배지까지 함께 오게 되어 몽성의 근처를 떠나지 않았다. 몽성이 더욱 제비를 아껴 항상 서로를 벗으로 삼으며 지내다가, 곧 시를 지어 제비 꼬리에 메어두니 곧장 높이 날아 북쪽을 향하여 갔다. 이보다 앞서 옥영 또한 채연이 한 마리만 있는 것을 보고서 괴이하게 여겨 말하였다.

"채연아 채연아. 너는 어찌하여 짝을 잃고 홀로 지내 절로 나와 신세가 같아졌는가?"

밤에 잠 못 들고서 수심 가득히 차가운 창을 대하고 있으니 달은 오동나무에 걸려 있고 기러기는 가을 하늘에서 울고 있었다. 옥영이 술을 마시며 홀로 말하였다.

"저 밝은 달이 헛되이 낭군을 비추는 것이 한스럽고 저 떠나는 기러기가 바다에 이르는 것이 부러우니, 어찌하여 박명한 나는 독숙공방(獨宿空房)하며 장탄식(長歎息.)하고 있는가?"

그런데 홀연히 신령스러운 까치가 나타나 지저귀니[273] 옥영이 말하였다.

"너는 구름 사이를 날아다니는 까치 아니냐? 어찌하여 나의 창문 밖에서 울고 있는가?"

그러나 속으로는 좋은 소식이 있기를 바라여 기대하는 마음이 없지 않았다. 〈155〉 그날 해가 지기 전에 채연이 날아와 날갯짓[274]하며 들어와 지저귀니 옥영이 쓰다듬다가 그 꼬리를 보았는데 과연 시가 적힌 쪽지가 매여 있었다. 그 시는 다음과 같다.

遠謫三危淚濕衣　멀리 삼위[275]로 귀양 가 눈물이 옷을 적시는데
山長水濶夢難歸　산 높고 물 넓어 꿈에서도 돌아가기 어렵네
誰傳萬里相思札　만 리 밖 그리움 담은 편지 누가 전해 줄까
賴有雲過彩鷰飛　구름 지나 날아가는 채연에 의지하누나

옥영이 몽성의 수묵(手墨)을 받고는 기쁨과 슬픔이 모두 지극하여 안으로 들어가 두씨 부인에게 고하니 슬프고 비통한 마음이 더해졌다. 옥영이 이로부터 반드시 몽성의 유배지를 찾아가려고 마음먹고 밤낮으

---

273) 신령스러운……지저귀니 : 오대(五代) 시대 왕인유(王仁裕)의 《개원천보유사(開元天寶遺事)》〈영작희사(靈鵲喜事)〉에 "당시 사람들이 집에서 까치 소리를 들으면 모두 길한 징조라 여겨 '신령스러운 까치가 기쁜 소식을 알린다.'라고 하였다.[時人之家聞鵲聲皆爲吉兆曰靈鵲報喜]"라고 하였다.

274) 날갯짓 : 《시경》〈패풍(邶風) 연연(燕燕)〉에 "제비들 나는데, 그 날개가 들쭉날쭉하네.[燕燕于飛 差池其羽]"라고 하였다. 치지(差池)는 가지런하지 않는 모양으로, 제비가 위아래로 나는 모습이다.

275) 삼위(三危) : 유배지를 뜻한다. 《서경》〈우서(虞書) 순전(舜典)〉에 "삼묘를 삼위로 귀양 보냈다.[竄三苗于三危]"라고 하였다.

로 계획하여 녹양에게 말하였다.

"여자는 반드시 남편을 따르는 법인데, 지금 낭군이 천외(天外)의 먼 곳으로 귀양 가 있어 내가 따르지 못하니 이 어찌 부인의 도리이겠는 가? 구구(區區)한 마음은 배를 타고 바다를 건너 죽기 살기로 한 번 찾아 가고 싶으나 만리창파(萬里滄波)를 함께 건너갈 만한 사람이 없구나."

녹양이 말하였다.

"신하는 임금을 위하여 죽고 부인은 남편을 위하여 죽는 법이니, 여종이 주인을 위하여 죽는 것은 의리상 당연한 일입니다. 〈156〉 낭자가 또한 이런 생각을 가지고 있다면 제가 또한 마땅히 함께 가겠습니다."

옥영이 녹양의 손을 잡으며 말하였다.

"양심(良心)을 쌓은 사람에겐 반드시 좋은 생각이 있을 것이니, 네가 잘 계획하여 나의 일을 도와주게."

녹양이 말하였다.

"아녀자의 몸으로는 바다를 건너 낭군을 찾아갈 수 없습니다. 반드시 머리를 깎고 치의(緇衣)를 입어 비구니(比丘尼)로 변장하여야 낭군이 계신 곳에 도달할 수 있을 것입니다."

옥영이 말하였다.

"일은 신속히 하는 것이 중요하네."

녹양이 말하였다.

"고소산(姑蘇山) 능인사(能仁寺)에 여승 혜연보살(惠然菩薩)이 있으니 오라고 청하여 일을 의논해야 되겠습니다."

옥영이 말하였다.

"네가 오라고 청하거라."

녹양이 즉시 가서 오라고 청하니 옥영이 기쁘게 맞이하고서 소회를 펴고 삭발해 주기를 부탁하였는데, 혜연보살이 굳게 거절하며 말하였다.

"낭자의 구름처럼 쪽진 머리[雲鬟]를 어찌 잘라버릴 수 있겠습니까?"

옥영이 말하였다.

"한 마디 마음을 이미 정하였으니 천 가닥의 머리카락이 무엇이 아깝겠는가?"

혜연보살이 감히 거절하지 못하고 삭발할 날짜를 잡고 떠나갔다. 늦은 밤에 들어가 두씨 부인에게 고하였다.

"낭군이 한 번 떠난 뒤로 〈157〉 소식이 영원히 끊겨 만 리 밖에서의 생사(生死)를 서로가 알지 못하게 되었습니다. 소부(小婦)의 이 삶이 차라리 죽는 것만 못하여 작은 신의를 지키다 도랑에서 죽어 남들이 알지 못하게276) 하려고 하였는데, 지금 채연(彩鳶)으로 인하여 낭군이 있는 곳을 알아 다행이라고 할 수 있으니 저의 뜻은 해외(海外)로 가서 남편을 따르고자 하는 것입니다."

두씨 부인이 말하였다.

"여기에서 운남이 육로가 3천 리요 해로가 5천 리라, 비록 남자라도 도달할 수 없는데 네가 규중의 소부(小婦)로서 문 앞의 길도 잘 모르면서 이를 수 있겠느냐?"

옥영이 말하였다.

"지극한 정성이면 하늘도 감동하니 자연히 이르게 될 것이고 혹시 도달하지 못한 채 중간에 쓰러져 죽더라도 여한(餘恨)이 없습니다."

두씨 부인이 말하였다.

"아들이 떠난 뒤로 너와 서로 의지하고 있었는데 이제 또 나를 버리고 가니 내가 장차 누구를 의지하겠는가?"

옥영이 말하였다.

---

276) 작은……못하게 : 《논어》〈헌문(憲問)〉에 공자가, 관중(管仲)이 자신이 섬기던 공자(公子) 규(糾)를 따라 죽지 않은 것을 나무라지 않고 오히려 그의 공을 칭찬하여 "어찌 필부필부들이 조그마한 신의를 위하여 스스로 도랑에서 목매어 죽어 알아주는 사람도 없는 것과 같이 하겠는가?[豈若匹夫匹婦之爲諒也 自經於溝瀆而莫之知也]"라고 하였다.

"여자가 시집가면 부모 형제와도 멀어지게 되는 것입니다."[277]

두씨 부인이 옥영이 떠날까 근심하여 몰래 여종 영양(英陽)을 시켜 정씨 부인에게 알렸다. ⟨158⟩ 정씨 부인이 듣고 크게 놀라, 즉시 월랑과 계랑과 함께 달려와서 옥영을 보고 그 불가함을 말하니 옥영이 말하였다.

"남들은 다 남편이 있는데 저 혼자만 없습니다. 원앙도 함께 잠들고 물총새[翡翠]도 쌍으로 날아다녀, 새들도 오히려 또 서로 떨어지지 않거늘 사람이 새만도 못해서야 되겠습니까?[278] 이미 제 뜻을 정하였으니 결단코 다른 뜻은 없습니다."

두 낭자가 말하였다.

"어린 부인의 몸으로 홀로 길을 가다가 만약 강포(強暴)한 자에게 치욕을 당하는 일이 생긴다면 장차 어떻게 하겠는가?"

옥영이 말하였다.

"마땅히 목숨을 버려 죽을 것이네."

두 낭자가 말하였다.

"사람은 한 번 죽으면 절대 다시 살아나는 이치가 없으니 몽성이 방환(放還)된 뒤에 서로 대면할 사람이 없다면 어찌 원통하지 않겠는가? 속담에 '3년을 머리 흔들며 고민하는 것이 우선 고식지계(姑息之計)를 따르는 것만 못하다.'라고 하니 일단 몽성이 돌아오길 기다리게."

---

277) 여자가……것입니다 : 《시경》〈패풍(邶風) 천수(泉水)〉에 "여자가 시집가면, 부모 형제와도 멀어지네. 고모들 안부도 묻고 싶고, 언니들 얼굴도 보고 싶네.[女子有行 遠父母兄弟 問我諸姑 遂及伯姉]"라고 하였다. 원래는 멀리 시집간 여인이 친정을 그리워하며 부른 노래인데, 여기에서는 단장취의(斷章取義)하여 부인이 남편을 찾아가기 위해 가족을 떠날 수 있다는 뜻으로 쓰였다.

278) 사람이……되겠습니까 : 《대학(大學)》전(傳)3장에 "《시경》에 '꾀꼴꾀꼴 우는 황조가, 높은 언덕에 머물도다.[緡蠻黃鳥 止于丘隅]'라고 하였거늘, 공자가 '새도 그 머물 곳을 알아 머무는데, 사람이 새만도 못해서야 되겠는가?[於止知其所止 可以人而不如鳥乎]'라고 하였다."라고 하였다.

옥영이 말하였다.

"두 낭자의 말이 참으로 지당하다고 하겠으나, 한 번 찾아가려는 바람이 또한 이미 확고하니 비록 천만인(千萬人)이 만류하더라도 나는 꼭 가고야 말 것이네.279)"

부인들이 〈159〉 옥영의 군은 결심을 되돌릴 수 없음을 알고 서로 돌아보며 실색(失色)하였다. 약속한 날에 이르러, 혜연 보살이 내려와 금도(金刀)를 잡고 구름처럼 쪽진 머리를 잘라내니 금세 두 명의 비구니가 되었다. 옥영은 '능해보살(凌海菩薩)'이라 자호(自號)하고 녹양은 '선강보살(善江菩薩)'이라 호칭하고서 갈삿갓[蘆笠]을 쓰고 치의(緇衣)를 입었다. 날을 정해 길을 나서니 모부인(母夫人)이 직접 편지 한 통을 써서 옥영에게 주었다. 그 편지는 다음과 같다.

미망인(未亡人)은 울면서 효부(孝婦)를 전송하며 운남의 유배지에 편지를 부치노라. 아! 돌아갈 곳 없는 궁한 내가 자식이라고는 오직 너 뿐이라 아침에 나갔다 저녁에 돌아오는 데도 오히려 의려지망(倚閭 之望)에 괴로워하였거늘, 하물며 한 번 이별한 뒤로 멀리 절역(絶域)에 유배 가 있음에랴. 편지가 끊어져 소식을 들을 길이 없고, 산은 많고 물은 넓어 꿈속의 길도 따라서 끊어지니 망자산(望子山) 꼭대기에서 단지 혼을 녹이고 있었노라. 그런데 채연이 편지를 전해와 너의 생사를 알게 되니 만 리 밖에 있는 너를 만난 듯하여 나의 마음에 슬픔이 더해지는구나.

박명한 나의 삶은 이대로 죽어야 마땅하지만 어진 며느리가 집으로

---

279) 비록……것이네 : 《맹자》〈공손추 상(公孫丑上)〉에 증자(曾子)가 "내가 일찍이 큰 용맹을 부자[孔子]께 들었는데 스스로 반성해 보아 정직하지 못했으면 아무리 천한 사람이라도 내가 그를 두렵게 할 수 없거니와, 스스로 반성해 보아 정직했으면 비록 천만인이 앞에 있더라도 내가 가서 대적할 수 있다.[吾嘗聞大勇於夫子矣 自反而不縮 雖褐寬博 吾不惴焉 自反而縮 雖千萬人 吾往矣]"라고 하였다.

돌아와 이 마음에 위안이 되었는데, 〈160〉 이제 다시 멀리 떠나려 하니 더욱 의지할 바가 없구나. 떠나보내고 싶지 않으나 남편을 찾아가려고 삶과 죽음을 따지지 않으니 그 정이 애처롭고 그 뜻이 가상하다. 속으로 지극한 정성이 하늘을 감동시켜 너를 만나게 되기를 기대하며 애써 그 말을 따를 뿐이다. 가슴속에 가득한 회포는 말하여도 끝이 없지만, 고부가 이별함에 심사가 아득하여 말을 잇지 못하노라.

이때 정씨 부인과 두 낭자가 여기에 머물러 있었다. 옥영이 두 부인에게 절하고 하직하니 두 낭자가 손을 잡고 눈물 흘리며 다른 말은 하지 못하고 다만 조심히 다녀오라고 하였다. 여종 죽랑과 월아(月娥), 초선(楚仙)이 또한 모두 옥영을 따라가고자 하니 옥영이 말하였다.

"너희들은 집에 있으면서 부인을 모시는 데 조금도 게을리 하지 말거라."

마침내 이별하고 떠나자 멀리 들까지 나와 전송하는데, 바라보아도 보이지 않으니 눈물이 비가 내리듯 흘렀다.

옥영이 녹양과 의자매를 맺었다. 고생스러운 행색(行色)에 노정은 기한이 없는데, 〈161〉 한 쌍의 채연(彩鷰)이 선도(先導)가 되어 앞길을 인도하니 어디로 가야 할지 몰라 제비가 날아가는 방향을 따라서 갔다. 지나고 머무는 곳마다 사람들이 모두 공경히 대하였다.

한 곳에 이르니 여염(閭閻)집이 즐비하고 사람이 많으니 이곳은 과주(果州)의 남충현(南充縣)이었다. 한 집에 투숙하니 안주인이 두 비구니의 빼어난 용모가 사랑스러워 안방으로 맞이하고 후하게 대접하며 말하였다.

"이처럼 아름다운 낭자들이 무슨 연유로 비구니가 되었습니까?"

비구니 옥영이 말하였다.

"어려서 부모님을 잃고 우리 자매만 남아 신세가 외로우니 세상의 일을 끊고 출가하여 비구니가 되어, 불도(佛道)에 인연을 맺고 산수(山

水)에 정을 의탁하였습니다. 가을 달과 봄바람 속에서 무사(無事)를 행하여 아미타불(阿彌陀佛)로 업을 삼아 세상을 주유(周遊)하다가 생을 마치려 합니다."

안주인이 말하였다.

"나이가 어떻게 됩니까?"

비구니 옥영이 대답하였다.

"19세 입니다."

안주인이 얼굴빛을 가다듬고 말하였다.

"제 딸과 동갑이군요."

즉시 자기 딸을 불러 나오게 하니 용모가 아름답고 말이 유창하여 〈162〉 밤새도록 대화하면서도 피곤한 줄을 몰랐다. 다음날 아침에 주인집 낭자와 이별하니 그녀가 금봉차(金鳳釵) 하나를 선물로 주며 말하였다.

"나중에 제 생각이 나거든 이것으로 위안을 삼으세요."

비구니 옥영이 말하였다.

"이는 비구니에게 맞는 물건이 아닙니다."

주인집 낭자가 말하였다.

"비록 맞는 물건은 아니나 이유가 있어 주는 것이니 거절하지 마십시오."

옥영이 받아서 잘 보관해 두었다. 그곳으로부터 한 달 정도 걸려 옥계(玉溪) 나루에 도착하였는데, 홍포(紅袍)를 입은 낭관(郎官)이 바다를 건너와 배를 정박시키고 있었다. 녹양을 시켜 나루의 관리에게 저 사람이 누구인지 물으니 관리가 대답하였다.

"저분은 중사(中使)이니 유배객 이몽성(李夢星)을 운남의 멀리 떨어진 섬으로 데려다 주고 지금 육지로 돌아오는 길입니다."

그 말을 듣고 두 비구니가 서로를 바라보며 눈물을 흘렸다. 이에 행장 안의 금은(金銀)으로 작은 배를 사서 뱃사공[篙師]에게 배를 띄우고 노를 저어 달라 청하였다. 두 여자가 배를 타고 가니 둥둥 떠가는 그 그림자280)가 어느 곳으로 가야 할지 모르는데, 채연(彩鳶) 한 쌍이 앞에 있으면서 남쪽과 동쪽을 가리키며 날아가니 한결같이 그 방향을 따라 배를 저어갔다. 배를 띄운 지 열흘이 채 되기도 전에 바람과 파도가 매우 심하여 〈163〉 외로운 배가 위태롭게 출렁이고, 또 크고 사나운 물고기가 큰 입으로 배를 삼키려 들어 화(禍)를 헤아릴 수 없으니 비구니 녹양이 다급히 말하였다.

"일이 위급해졌으니 이제 어떻게 해야 합니까?"

비구니 옥영이 말하였다.

"이는 반드시 악어(鰐魚)의 짓일 것이다."

바로 금과 비단을 내어 바다에 던지고 제문(祭文)281)을 지어 고하였다.

유년(維年) 모월(某月) 모일(某日)에 바다에서 비구니 파릉 매씨(巴陵梅氏)는 금은의 폐백을 악계(惡溪)의 담수(潭水)에 던져 악어에게 주고 고하노라.

악어가 이곳에서 잠복하여 알을 낳고 새끼를 키워 백성들의 해가 된 지 오래되었다. 옛날에 자사(刺史) 한문공(韓文公)이 천자의 명을 받고 이곳을 지키고 있었을 때, 미물(微物)이 소란을 일으키는 것을 고민하고 백성들이 피해를 입는 것을 근심하여 제문을 물에 던져 깨우

---

280) 두……그림자 : 《시경》〈패풍(邶風) 이자승주(二子乘舟)〉에 "두 사람이 배를 타고 가니, 둥둥 떠가는 그 그림자로다.[二子乘舟 汎汎其景]"라고 하였다.

281) 제문(祭文) : 한유(韓愈)의 〈제악어문(祭鰐魚文)〉을 모방한 것으로 내용도 이와 유사하다. 한유가 조주 자사(潮州刺史)로 나갔을 때 그곳 악계(惡溪)에 사는 악어가 백성들의 가축을 마구 잡아먹어서 백성들이 몹시 고통스럽게 여겼다. 이에 한유가 마침내 〈제악어문〉을 지어서 악계의 물에 던졌더니 바로 그날 저녁에 그 물에서 폭풍과 천둥이 일어났고, 그로부터 며칠 뒤에 그 물이 다 말라 버려서 악어들이 마침내 그곳을 떠나 60리 밖으로 옮겨감으로써 다시는 조주에 악어의 걱정이 없게 되었다고 한다. 《昌黎先生集 卷36》

치니 비록 어리석고 완고한 악어들도 항거하지 못하였다. 그리하여 서식지를 멀리 영해(嶺海)의 밖으로 옮겨 천자의 명령을 피하니 바다가 안정되고 파도가 잠잠해진 지 지금까지 수백 년이 되었는데, 〈164〉 어찌 너희 무리가 다시 이런 변괴(變怪)를 일으킬 줄을 생각이나 하였겠는가?

나는 지금 남편을 위하여 천애의 먼 곳으로 가고 있는데, 규중의 어린 부인으로 해로에 익숙지 않아 외로운 배를 바람과 파도가 이끄는 대로 맡겨두니 여러 번 위험을 겪으며 구사일생으로 살아남았으나 또 배가 삼켜지는 변고를 만났노라. 한 번 죽는 것은 내 마음에 걸리지 않으나, 한스러운 점은 몇 달 동안 고생하다가 하루아침에 죽는다면 아홉 길[仞] 높이의 산을 만듦에 공(功)이 한 삼태기의 흙이 모자라는 데서 무너지는 격282)이 되는 것이니 사람의 정이 여기에 이르러 어찌 애통하지 않으리오? 악어는 이 변변치 못한 폐백을 받고 서둘러 이곳을 피하여 길을 방해함이 없도록 하라.

악어가 다시 말썽을 부리지 않아 막 노를 저으려는데 홀연히 동녀(童女)가 물속에서 나와 배를 지탱하니 비구니 옥영이 말하였다.

"어디에 있다가 지금 와서 사람을 돕는가?"

동녀가 말하였다.

"나는 동해 광연왕(廣淵王)의 딸로 어머니께서 낭자가 이곳을 지나다가 〈165〉 악어에게 곤란을 당하고 있다는 것을 듣고 나를 보내 맞이하게 하셨습니다."

비구니 옥영이 말하였다.

"내 듣기로 '용궁은 수부(水府)에 있다.'라고 하는데 어떻게 이를 수

---

282) 아홉……격 : 거의 성취한 일을 중지하여 지금까지 해 온 일이 헛수고가 됨을 뜻한다. 《서경》 〈주서(周書) 여오(旅獒)〉에 "아홉 길 높이의 산을 만듦에 공이 한 삼태기의 흙이 모자라는 데서 무너진다.[爲山九仞 功虧一簣]"라고 하였다.

있겠는가?"

동녀가 미혼주(迷魂酒) 한 잔을 내밀며 말하였다.

"이 술을 마시면 절로 이를 수 있을 것입니다."

옥영이 술을 마시자 곧바로 취해, 혼미하여 잠이 든 채로 동녀를 따라 용궁에 이르니 용궁 부인이 벽소당(碧沼堂)으로 맞이하고 앉아 옥영에게 말하였다.

"내 아들이 옛날에 매 청절(梅淸節) 선생의 문하에서 학문을 배웠는데 그 은혜를 갚지 못한 것을 매번 한스럽게 여겼네. 지금 선생의 딸이 바다에서 위험에 처해 있다는 것을 듣고 딸을 보내 맞이하여 오게 하였으니 이전의 일을 말하고자 하노라."

비구니 옥영이 말하였다.

"며칠 동안 배를 타고서 악어가 출몰하는 바다에서 거의 죽을 뻔하였는데, 오늘 소매를 받쳐 들고 용문에 의탁하니 기쁩니다.[283]"

용궁 부인이 말하였다.

"낭자의 일행은 장차 어디로 가려고 하는가?"

비구니 옥영이 대답하였다.

"제가 이번에 길에 오른 것은 운남에 있는 남편을 찾아가기 위해서입니다."

용궁 부인이 말하였다.

"여기에서 운남으로 가려면 아직도 멀구나."

용궁 부인이 옥영이 손에 끼고 있는 옥지환을 어루만지며 말하였다.

⟨166⟩

"낭자는 이 옥지환의 출처를 아는가?"

비구니 옥영이 대답하였다.

---

283) 오늘……기쁩니다 : 왕발(王勃)의 〈등왕각서(滕王閣序)〉에 "오늘 소매를 받쳐 들고 용문에 기탁하니 기쁘도다.[今晨捧袂 喜託龍門]"라고 하였다.《王子安集 卷5》

"대대로 전해 내려오는 물건으로만 알고 어디서 났는지 모르다가, 옛날 15세 무렵에 꿈에서 천상의 옥화봉(玉華峰) 내원궁(內院宮)으로 가서 부모님을 뵈었는데 어머니께서 '네 아버지가 세상에 있을 때 해궁(海宮)에 들어가 얻어왔다.'라고 하셨습니다. 때문에 비로소 용궁의 보물인줄 알게 되었습니다. 정말로 선친께서 옛날에 이곳에 들렀을 때 이 옥지환을 선물로 주신 적이 있었습니까?"

용궁 부인이 말하였다.

"과연 그런 일이 있었지."

또 용궁 부인이 옥영의 금봉차를 어루만지며 말하였다.

"이것은 남충(南充)에 사는 사자연(謝自然)[284]의 비녀구나. 사자연이 금천산(金泉山)에서 신선이 된 이후로 누구 집에 이 비녀가 떨어졌는지 몰랐는데, 어찌 지금 낭자의 손에 들어가 있을 줄을 생각이나 하였겠는가?"

비구니 옥영이 말하였다.

"용궁에 선군(先君)께서 남긴 글이 있습니까?"

용궁 부인이 벽에 걸려 있는 〈벽소당명(碧沼堂銘)〉을 가리키며 말하였다.

"저것이 선생의 유필(遺筆)이네."

옥영이 일어나 그 문장을 보니 아버지의 수택(手澤)이 느껴지는 듯하여 저도 모르게 눈물이 흘렀다. 〈167〉 용궁 부인도 그 모습을 보고서 얼굴빛을 가다듬고 즉시 시녀에게 명하여 향차(香茶)를 내오게 하여 대접하였다. 향차 몇 잔을 마시자 정신이 맑아지면서 어느덧 깨어나 몸이 배 위에 있으니 파도는 절로 고요하고 노[櫓棹]는 순류(順流)를 탔다.

한 곳에 이르니 고묘(古廟)가 강가에 높이 솟아 있는데 가랑비는 부슬

---

284) 사자연(謝自然) : 당(唐)나라 정관(貞觀) 때의 여도사(女道士)이다. 주 96) 참조.

부슬 내리고 대숲은 아롱무늬를 띠고 있으니 이곳은 바로 소상강(瀟湘江) 황릉묘(黃陵廟)[285]였다. 바위 아래에 배를 묶고 유숙(留宿)하니 이날 밤 꿈에 홀연히 두 비(妃)가 사당(祠堂)에서 나와 옥영에게 말하였다.

"보살(菩薩)은 어디로 가는 길인가?"

비구니 옥영이 대답하였다.

"운남으로 가는 중입니다."

두 비가 말하였다.

"운남은 아직도 멀구나."

비구니 옥영이 물었다.

"부인은 누구이십니까?"

두 비가 대답하였다.

"우리 두 사람은 요(堯)임금의 딸이자 순(舜)임금의 왕비인 아황(娥皇)과 여영(女英)이라네."

비구니 옥영이 일어나 절하고 말하였다.

"오늘 성비(聖妃)를 뵙게 될 줄은 생각도 하지 못하였습니다."

서로 대화를 나누니 마치 옛날부터 정의(情誼)가 있던 듯하였는데, 깨어나 돌아보니 강가에 우거진 대나무가 밤비를 맞아 그 차가운 바람소리가 원망하는 듯 사모하는 듯하였다.[286] 다음날 아침에 〈168〉 황릉묘 앞에서 예를 표하고 뱃전을 두들기며 떠나갔다.[287] 멀리 바다를 바

---

285) 황릉묘(黃陵廟) : 순(舜)임금의 두 비(妃)인 아황(娥皇)과 여영(女英)을 제사하는 사당이다. 순임금이 남순(南巡)하다가 창오산(蒼梧山)에서 죽자 두 비가 멀리서 찾아와 슬퍼하고 상강(湘江)에 빠져 죽어 나중에 수신(水神)이 되었는데, 그곳 사람들이 그녀들을 위해 상강 가에 이 사당을 지어 제사 지냈다고 한다. 《水經 湘水注》

286) 원망하는……듯하였다 : 소식(蘇軾)의 〈적벽부(赤壁賦)〉에 "퉁소를 부는 객이 있어 노래에 화답하니, 그 소리가 구슬퍼서 원망하는 듯 사모하는 듯하였다.[客有吹洞簫者 倚歌而和之 其聲嗚然 如怨如慕]"라고 하였다. 《東坡全集 卷33》

287) 뱃전을 두들기며 떠나갔다 : 굴원(屈原)의 〈어부사(漁父辭)〉에 "어부가 빙그레 웃고 뱃전을 두들기며 떠나갔다.[漁父莞爾而笑 鼓枻而去]"라고 하였다. 《楚辭》

라보니 산봉우리가 우뚝이 솟아 있는데 구름과 비가 짙게 드리워져 있으니 이곳은 창오산(蒼梧山)이었다.

가다가 한 곳을 지나는데 사나운 바람이 거세게 불고 성난 파도가 들끓는 중에, 바다에서 용이 나타나 잠겼다 떴다 하며 커졌다 작아졌다 하니 변화를 예측할 수 없었다. 금 비늘이 배에 닿을 듯하고 옥 수염이 허공에 걸려 있는데 운무(雲霧) 사이에서 빙빙 도니 움직임이 심상치 않았다. 이를 보고 비구니 녹양이 말하였다.

"또 어떻게 해야 합니까?"

비구니 옥영이 대답하였다.

"대우(大禹)가 강을 건널 때에도 이런 일이 있었다. 삶은 잠깐 세상에 붙어 있는 것이고 죽음은 편안한 곳으로 돌아가는 것[288]이니 무엇을 의심하고 무엇을 두려워하겠는가?"

가만히 있으며 동요하지 않자, 용이 곧 머리를 숙이고 꼬리를 내리고서 떠나가니 바람이 잠잠해지고 비가 그쳐 하늘이 맑아졌다. 작은 돛단배는 쉼 없이 앞으로 가는데, 중류(中流)에서 눈을 들어 보니 산악(山岳)의 그림자는 물속에 잠겨 있고 도서(島嶼)의 고운 빛은 물위에 떠 있었다. 공중에서 옥적(玉笛) 소리가 은은하게 구름위에서 들려오더니, 별안간 한 쌍의 청동(靑童)이 나타나 갈댓잎을 잡고 앞에서 인도하고 뒤이어 유리(琉璃)로 엄숙히 장식한 보살(菩薩)이 〈169〉 옥영의 앞으로 나아와 읍(揖)하고 말하였다.

---

288) 대우(大禹)가⋯⋯것 : 하(夏)나라 우(禹)임금이 남쪽을 순시하려고 강을 건너갈 적에 황룡(黃龍)이 등으로 배를 떠밀자 배 안에 있는 사람들이 사색이 되었는데, 우임금이 하늘을 우러러보고 탄식하기를 "내가 하늘의 명을 받아 힘을 다 쏟아 백성을 기르고 있다. 삶은 잠깐 세상에 붙어 있는 것이고 죽음은 편안한 곳으로 돌아가는 것이니 용이 어찌 내 마음을 어지럽힐 수 있겠는가?[我受命於天 竭力以勞萬民 生寄也 死歸也 何足以滑和]"라고 하며 용을 도마뱀처럼 하찮게 여기니 용이 귀를 숙이고 꼬리를 흔들며 도망갔다고 한다. 《淮南子 精神訓》

"나는 해수관음(海水觀音)이니 해중선(海中仙)이 이곳을 지나간다는 것을 듣고 만나보려고 왔노라."

비구니 옥영이 감사를 표하며 말하였다.

"이 천한 사람을 위하여 욕되게도 강림하시니 감격스러운 마음을 이기지 못하겠습니다. 우러러 묻노니 이 섬은 무슨 섬입니까?"

해수관음이 대답하였다.

"이곳은 벽해도(碧海島)이니 여기에서 운남까지 2천 리쯤 되겠구나."

해수관음이 선수(船首)에 우두커니 서서 멀리 남쪽 하늘을 가리키니 산은 허무하고 까마득한 사이에 있었다.[289]

그대로 해수관음과 이별하고 가는데 강신(江神)이 바람으로 도와주고 해약(海若)[290]이 배를 지탱하여 화살처럼 빨라 한 순간에 천 리를 지나니, 초강(楚江) 서쪽을 바라봄에 물 다한 남쪽 하늘에는 구름 한 점 없었다.[291] 순월(旬月) 사이에 운남에 도착하였으나 이 궁벽한 절역(絕域)에 몽성의 소재를 몰라, 그곳에 사는 사람에게 찾아가 물었지만 시끄럽게 조잘대는 그들의 말을 알아들을 수 없었다.

이때에 몽성은 유삼강(流三江)[292] 벽사정(碧沙亭)에 머물고 있었는데, 전날 밤 꿈에 한 노인이 일곱 글자를 써서 주니 '유삼강 가에 세 사람이

---

289) 산은……있었다 : 백거이(白居易)의 〈장한가(長恨歌)〉에 "문득 들으니 해상에 신선이 사는 산 있는데, 이 산은 허무하고 까마득한 사이에 있다 하네.[忽聞海上有仙山 山在虛無縹緲間]"라고 하였다. 《白氏長慶集 卷12》

290) 해약(海若) : 북해약(北海若)의 준말로 본래 북해(北海) 신의 이름인데, 널리 해신(海神)을 지칭하는 말로도 쓰인다. 《莊子 秋水》

291) 초강(楚江)……없었다 : 이백(李白)의 〈배족숙형부시랑엽급중서사인가지유동정호(陪族叔刑部侍郎曄及中書舍人賈至遊洞庭湖)〉 시에 "동정호의 서쪽을 바라보니 초강이 선명하고, 물 다한 남쪽 하늘에는 구름 한 점 없네.[洞庭西望楚江分 水盡南天不見雲]"라고 하였다. 《李太白文集 卷17》

292) 유삼강(流三江) : 중국 운남성(雲南省) 서북부 지역으로, 청장고원(靑藏高原)에서 발원하는 노강(怒江)과 금사강(金沙江), 난창강(蘭滄江) 등 3개의 강이 평행하여 흐르는 것을 가리킨다. '삼강병류(三江竝流)'라고도 한다.

머물러 있네.[流三江上留三人]'라고 적혀 있었다. 잠에서 깨어 이상한 마음이 들어 〈170〉 속으로 '여기에 두 유배객이 더 오겠구나.'라고 생각하고 옥영과 녹양이 이곳을 찾아올 것이라고는 생각하지 못하였다. 옥영이 며칠을 물색(物色)하여 몽성의 처소를 알아내 찾아가니, 몽성은 풍상(風霜)에 시달려 형용(形容)이 변해있었다. 옥영도 비단처럼 약한 몸으로 사나운 바람과 장독(瘴毒) 기운에 갖은 고생을 겪은 데다, 또 머리카락을 잘라 모습이 변하고 갈삿갓[蘆笠]과 치의(緇衣) 차림이니 서로를 보고서도 누구인지 몰랐다. 한참 있다가 서로를 알아보아 붙잡고 통곡을 하니 마치 죽은 사람을 다시 만난 듯하였다.

옥영이 옛날 꿈속에서 본 '두 여자가 중이 되어 벽사에 이르는구나.[二女爲僧到碧沙]'라고 한 구절과 몽성이 전날 밤 꿈에서 본 '유삼강 가에 세 사람이 머물러 있네.'라고 한 구절이 저절로 징험되었다. 이를 미루어 보건대, 한상(韓湘)의 시에 '구름이 진령에 비꼈나니 집은 어디에 있는가? 눈이 남관에 가득 쌓여 말이 앞으로 가지 못하는구나.[雲橫秦嶺家何在 雪擁藍關馬不前]'라고 한 것도 또한 이러한 부류의 시일 것이다.[293) 아! 사람의 미래를 신이 반드시 먼저 알려주는 것이로다. 옥영이 소매

---

293) 한상(韓湘)의……것이다 : 미래를 예언하는 내용을 담은 시라는 뜻이다. 한유(韓愈)의 질손(姪孫) 중에 한상이란 이가 있었는데, 한유가 일찍이 그에게 학문을 힘쓰라고 하자, 한상이 웃으면서 "준순주를 만들 줄도 알거니와, 경각화도 피울 수가 있습니다.[解造逡巡酒 能開頃刻花]"라는 시구를 지어서 보여 주었다. 한유가 이르기를 "네가 어떻게 조화(造化)를 빼앗아서 꽃을 피울 수 있단 말이냐?" 하자, 상이 이에 흙을 긁어모은 다음 동이로 그 흙을 덮어 놓았다가 한참 뒤에 동이를 들어내니 거기에 과연 벽모란(碧牧丹) 두 송이가 피어 있었고, 그 모란 잎에는 "구름이 진령에 비꼈나니 집은 어디에 있는가? 눈이 남관에 가득 쌓여 말이 앞으로 가지 못하는구나.[雲橫秦嶺家何在 雪擁藍關馬不前]"라는 시구가 작은 금자(金字)로 쓰여 있었다. 한유가 그 시의 뜻을 깨닫지 못하자 한상이 말하기를 "오랜 뒤에 이 일을 증험하게 될 것입니다." 하였다. 뒤에 한유가 〈불골표(佛骨表)〉를 올렸다가 헌종(憲宗)의 진노를 사서 조주 자사로 폄척되어 가던 도중 눈을 맞으며 따라오는 한상을 만났는데 그가 말하기를, "옛날 모란꽃 잎에 쓰인 시구의 뜻이 바로 오늘의 일을 예언한 것입니다." 하였다. 한유가 지명(地名)을 물어보니, 바로 '남관(藍關)'이라고 하므로, 마침내 그 시구의 뜻을 깨닫게 되었다고 한다. 《韓仙傳》

에서 모부인(母夫人)의 편지를 꺼내 올리니 〈171〉 몽성이 절하고 봉투를 뜯어 편지를 읽는데 양쪽 소매에 눈물이 줄줄 흘러내려 다 읽을 수 없었다. 몽성이 말하였다.

"끝없는 대양(大洋)을 어떻게 건너왔는가?"

옥영이 말하였다.

"한 쌍의 채연(彩燕)이 인도해준 길을 따라왔을 뿐입니다."

몽성이 금조(禽鳥)가 주인을 사랑하는 마음에 감동받아 칭찬하고 감탄하기를 그치지 않았다. 한 쌍의 채연도 그곳에 함께 머물렀다. 몇 달이 지나 옥영이 임신[受胎]을 하고 이듬해에 아들을 낳으니 이름을 '운남생(雲南生)'으로 지었다.

각설(却說). 왕자일(王子逸)과 맹호이(孟浩爾)가 몽성을 위하여 대궐에 나아가 송원(訟冤)하였다. 그 상소는 다음과 같다.

삼가 생각해 보건대, 예로부터 명왕(明王)과 성주(聖主)가 크게 언로(言路)를 열어 시비(是非)를 바로잡고 공도(公道)를 널리 힘써 상벌(賞罰)을 밝혔습니다. 그리하여 순(舜)임금은 간(諫)할 수 있도록 깃발을 세우고[294] 우(禹)임금은 선언(善言)을 들으면 절하여,[295] 나라를 태평하게 하고 왕업을 먼 후대까지 드리웠으니 이는 만세의 귀감(龜鑑)이 되는 일입니다.

선조(先朝)에서 능히 직신(直臣)을 용납하여 오늘에 이르렀으니, 이를 계승함에 선인(善人)과 악인(惡人)을 표창하고 구별하여[296] 지

---

294) 순(舜)임금은⋯⋯세우고 : 《관자(管子)》 권18 〈환공문(桓公問)〉에 "순임금은 고선의 깃발이 있었으므로 군주가 가려지지 않았다.[舜有告善之旌 而主不蔽也]"라고 하였다.

295) 우(禹)임금은⋯⋯절하여 : 《서경(書經)》 〈우서(虞書) 대우모(大禹謨)〉에 "우임금이 선언(善言)에 절하며 '아! 너의 말이 옳다.'라고 하셨다.[禹拜昌言曰兪]"라고 하였다.

296) 표창하고 구별하여 : 《서경(書經)》 〈주서(周書) 필명(畢命)〉에 "선인(善人)과 악인(惡人)을 표

극한 다스림을 도야(陶冶)하는 것은 폐하의 책임입니다. 〈172〉 근래 조정을 보니, 잡초[莨莠]가 무성하게 자라 좋은 곡식[嘉禾]이 해를 입고 다툼과 모함이 풍습을 이루어 기강이 땅에 떨어졌으니 이렇게 하면서도 사이(四夷)를 진복(鎭服)하고 백성을 평등하게 다스릴 수 있겠습니까?297)

가만히 생각해 보건대, 죄인 이몽성은 어린 서생으로 비록 시무(時務)를 아는 것은 아니지만 성품과 행실이 훌륭하고 공평하며298) 언론(言論)이 과감하니 능히 나라를 위하여 죽을 수 있는 자입니다. 시사(時事)의 어려움을 근심하고 조정의 나태함을 애통해하여, 망령되이 낭간(琅玕)을 바치는 정성299)을 따라하였다가 도리어 박옥(璞玉)을 부여안는 탄식300)을 만나 지사(志士)가 한심하게 생각하고 간관[言者]

창하고 구별하여 그 집과 마을을 표시한다.[旌別淑慝 表厥宅里]"라고 하였다.

297) 백성을……있겠습니까 : 《서경》〈우서(虞書) 요전(堯典)〉에 "백성을 평등하게 다스린다.[平章百姓]"라고 하였다.

298) 성품과……공평하며 : 제갈량(諸葛亮)의 〈출사표(出師表)〉에 "장군 상총은 성품과 행실이 훌륭하고 공평하며 군대의 일에 밝게 통달하여 옛날에 그를 시험 삼아 써보시고 선제께서 그를 칭찬하여 '유능하다.'라고 하셨습니다.[將軍向寵 性行淑均 曉暢軍事 試用於昔日 先帝稱之曰能]"라고 하였다. 《三國志 蜀志 卷5》

299) 낭간(琅玕)을 바치는 정성 : 낭간은 옥(玉)과 비슷한 일종의 아름다운 돌인데, 훌륭한 문사(文詞)나 또는 충직한 간언(諫言)을 뜻한다. 한유(韓愈)의 〈착착(齪齪)〉 시에 "구름을 밀쳐 대궐 앞에서 부르짖고, 배를 갈라서 낭간을 바치고 싶구나.[排雲叫閶闔 披腹呈琅玕]"라고 하였다. 《昌黎先生集 卷2》

300) 박옥(璞玉)을 부여안는 탄식 : 뛰어난 재주를 알아주는 사람이 없는 것을 한탄한다는 뜻이다. 춘추 시대 초(楚)나라 사람 변화(卞和)가 형산(荊山)에서 박옥을 얻어 여왕(厲王)에게 바쳤으나 옥을 감정하는 사람이 잘못 보고 돌이라 하여 왼쪽 발꿈치가 잘리는 형벌을 받았다. 여왕이 죽고 동생 무왕(武王)이 즉위하니 변화가 다시 박옥을 바쳤으나 무왕 역시 거짓말을 한다고 하여 그의 오른발 발꿈치를 잘라버렸다. 그 뒤 무왕의 아들 문왕(文王)이 즉위하자 화씨가 형산 아래서 박옥을 안고 사흘 밤낮이나 울어 피눈물이 흘렀다. 문왕이 이 사실을 듣고 사람을 보내 "천하에 발을 잘리는 형벌을 받은 사람이 많은데 그대만이 유독 이렇게 우는 것은 어째서인가?" 하고 묻자, 그가 대답하기를 "저는 발이 잘린 것을 슬퍼하는 것이 아니라 보배로운 옥을 돌이라 하고 곧은 선비를 미치광이라 하니, 이 때문에 슬피 우는 것입니다." 하였다. 이에 왕이 옥공(玉工)을 시켜 박옥을 다듬게 하여 보물을 얻게 되었고 마침내 이를 화씨벽(和氏璧)이라 불렀다고 한다. 《韓非子 和氏》

이 입을 닫으니 이것이 어찌 성조(聖朝)의 아름다운 일이 되겠습니까? 신등(臣等)은 가만히 조정을 위하여 개탄합니다.

이몽성이 말로써 죄를 얻어 원방(遠方)에 유배된 것은 이몽성만의 불행이 아니고 실로 나라의 불행이니 신등이 진심을 드러내고 정성을 다하여 대궐[天闕]에서 호소하는 것은 참으로 나라를 위한 공심(公心)이고 이몽성을 위한 사정(私情)이 아닙니다.

삼가 바라건대, 성명(聖明)께서는 특별히 배소(配所)의 외로운 충정(忠情)을 헤아려 〈173〉 서둘러 해배(解配)의 은전(恩典)을 내려주어, 강직[耿介]한 선비가 변방[魅邦]의 귀신이 되지 않게 하신다면 나라에 매우 다행이며 천하에 매우 다행이겠습니다.

황제가 특별히 용서하였다. 왕자일과 맹호이가 서둘러 행장을 꾸려 고향으로 돌아와, 곧장 파릉으로 가서 두씨 부인에게 고하였다.

"저희가 몽성을 위하여 소장(疏章)을 올려 송원(訟冤)하니 천자께서 분명한 말로 용서하셔서 은지(恩旨)가 이미 내려 왔으니 조만간 아들과 며느리를 만나게 될 것입니다."

두씨 부인이 옥영이 떠난 뒤로 더욱 번뇌가 심해져 침식(寢食)을 전폐한 지 오래되었는데 이 말을 듣고서 급히 밖으로 나와 두 사람을 대접하고 감사를 표하였다. 유배지에서 돌아올 날을 매우 고대하는 한편, 중간에서 옥영의 생사를 몰라 걱정스러운 마음에 하루가 삼추(三秋) 같았다.[301]

이보다 앞서 옥영이 녹양과 함께 하늘에 기도하며 오직 용서하는 은전(恩典)이 내려오기만을 기대하였는데, 어느 날 갑자기 해배(解配)의 명이 내려오니 〈174〉 몽성이 두 낭자를 데리고 바다를 건너고 산을 타면서 밤낮으로 길을 재촉하였다. 점점 군산(君山)[302] 아래에 가까워져 손

---

301) 하루가 삼추(三秋) 같았다 : 삼추는 가을의 석 달을 가리킨다. 《시경》〈왕풍(王風) 채갈(采葛)〉에 "하루만 못 보아도 삼추 동안 못 본 것 같다.[一日不見 如三秋兮]"라고 하였다.

가락으로 파릉을 가리키고서 슬픔과 기쁨을 이기지 못하니 문득 시 한 수를 읊어 스스로를 위로하였다.

> 昔年放逐到雲南　옛날에 운남으로 유배 가서
> 澤畔行吟歲已三　못가를 거닐며 시 읊조린303) 세월 이미 삼년이네
> 前度李郎今又過　전에 지나갔던 내가 지금 또 지나가니
> 孤舟處處水如藍　외로이 가는 배 곳마다 쪽빛 물결이구나

옥영이 차운하여 시를 읊었다.

> 金鷄含詔降雲南　금계가 조서(詔書)를 물고304) 운남에 내려오니
> 海路東風返影三　동풍 부는 바닷길에 돌아가는 그림자 셋이라네
> 回首巴陵何處是　머리 돌려 파릉이 어디인가 하니
> 應知芳草綠如藍　쪽빛처럼 푸른 방초가 피는 곳임을 알겠노라

녹양이 차운하여 시를 읊었다.

> 孤舟泛泛自雲南　외로운 배 운남에서 둥둥 떠오니
> 萬里風波返客三　만 리 풍파에 돌아가는 나그네 셋이라네
> 海上無人前事問　바다에는 옛 일 물을 사람 없으니
> 但看鵬盡水如藍　다만 붕새 지나간 쪽빛 물결 바라보누나

---

302) 군산(君山) : 동정호(洞庭湖)에 있는 작은 섬으로, 순(舜)임금의 두 비인 아황(娥皇)과 여영(女英)을 제사하는 사당인 황릉묘(黃陵廟)가 있다. 주 285) 참조.

303) 못가를……읊조린 : 굴원(屈原)의 〈어부사(漁父辭)〉에 "굴원이 조정에서 쫓겨난 뒤 강가에서 노닐며 못가에서 읊조렸다.[屈原旣放 游於江潭 行吟澤畔]"라고 하였다. 《楚辭》

304) 금계(金鷄)가 조서(詔書)를 물고 : 사면하는 조서를 내렸다는 뜻이다. 금계는 머리를 황금으로 장식한 닭을 가리키는데 천계성(天鷄星)이 사면을 주관한다는 설에 의거하여, 사면하는 조서를 반포할 적에 대나무에 금계를 매달아서 의장(儀仗) 남쪽에 세워 두었던 고사가 있다. 《新唐書 卷48 百官志3》

1년 만에 뭍으로 올라와 곧바로 파릉으로 돌아오니 모부인(母夫人)이 몽성의 손을 잡고 눈물을 줄줄 흘리며 말하였다.

"네가 유배를 가고부터 모자가 만 리나 떨어지게 되어 〈175〉 매번 이 생에는 다시 볼 날이 없을 것이라 생각하였는데 지금 다시 만나니 죽어도 여한(餘恨)이 없다."

옥영에게 말하였다.

"삶을 잊고 바닷길을 떠나 아들과 함께 돌아오니 정절을 지키느라 고생한 너를 위로할 말이 없구나."

옥영이 운남생을 안고 나아가 눈물을 흘리며 대답하였다.

"만 번 죽을 뻔하다가 살아남아 이제 당하(堂下)에서 절 올리니 이는 모두 시어머니께서 하늘에 기도하신 덕분입니다."

이때 정씨 부인과 정 정부(鄭貞婦)가 도착하였고, 맹호이와 왕자일도 각자 처를 데리고 함께 오니 서로 간에 결활(契闊)의 회포305)를 어찌 금할 수 있겠는가? 몽성이 왕자일과 맹호이에게 감사를 표하며 말하였다.

"자네들이 아니었다면 어찌 여기에 이를 수 있었겠는가?"

이어 중당(中堂)에 잔치를 여니 모부인(母夫人)이 몽성과 옥영에게 각각 시를 지어 올리게 하였다. 몽성이 먼저 시를 지어 올렸다.

萬里雲南思母子	만 리 밖 운남에서 어머니 그리워하는 아들이요
訪夫海外兩尼僧	해외로 남편 찾아온 두 비구니라네
人生離合皆天命	인생의 만남과 이별 모두 천명이니
獻壽筵前百感增	자리 앞에서 헌수함에 만감(萬感)이 더하네

305) 결활(契闊)의 회포 : 오래 이별한 데서 오는 회포를 뜻한다. 《시경》〈패풍(邶風) 격고(擊鼓)〉에 "죽든 살든 멀리 떨어져 있든 그대와의 약속 이루자고 하였노라.[死生契闊 與子成說]"라고 하였는데, 주희(朱熹)의 집주(集註)에 "결활은 멀리 떨어져 있다는 뜻이다.[契闊 隔遠之意]"라고 하였다.

옥영이 차운하여 시를 지어 올렸다. 〈176〉

高堂宴席傾鬟婦	고당의 연석에 쪽진 머리 기울인 부인이
便是當年斷髮僧	곧 당시에 머리 깎은 비구니라네
與子同歸今拜母	그대와 함께 돌아와 시어머니께 절 올리니
悲懷已盡喜懷增	슬픔 이미 다하고 기쁨 더하네

자리에 가득히 앉은 사람들이 돌려보고서 칭찬하고 감탄하기를 그치지 않았다.

왕자일과 맹호이도 각각 시를 지었다. 왕자일의 시는 다음과 같다.

李氏家聲自世美	이씨 집안의 명성 대대로 아름다우니
早年忠孝得天資	젊어서의 충효는 타고난 자질이로다
賢妻涉海能全節	어진 처는 바다를 건너면서도 정절을 지켜
萬里生還拜母慈	만 리 밖에서 살아 돌아와 시어머니에게 절 올리네

맹호이의 시는 다음과 같다.

家兒不墜舊家聲	아들이 집안의 명성을 실추시키지 않으니
天下爭稱直士名	천하가 다투어 곧은 선비의 이름 칭송하네
賢妻亦守從夫義	어진 처도 남편을 따르는 의리 지키니
孝子門庭貴子生	효자의 집안에 귀한 손자 태어났구나

보름 뒤에, 옥영과 함께 정씨 부인의 집으로 가니 취현당(聚賢堂)의 모습은 예전과 다름이 없는데 문정(門庭)은 영락하니 마치 이별한 사람의 한이 있는 듯하였다. 배회하면서 추억하니 지나간 일에 더욱 마음이

아파왔다. 몽성이 곧 시 한 수를 읊었다. 〈177〉

舊客登堂憶舊遊	옛 객이 당에 올라 지난 노닒을 추억하니
廢庭花草閱三秋	버려진 뜰의 화초는 삼년 세월 보냈구나
從來人事何須說	지나간 일 어찌 말할 필요 있으리
洗去心中萬萬愁	마음속 가득한 수심 씻어내겠노라

옥영이 차운하여 시를 읊었다.

與子登堂續舊遊	그대와 당에 올라 옛 노닒을 이으니
歸來歲月已三秋	돌아오매 이미 삼년 세월 지났네
滿庭花草無心物	뜰 가득한 화초 마음 없는 물건이건만
猶帶閨中小婦愁	되레 규중 어린 부인의 수심 띠고 있구나

이후로 몽성이 날마다 놀면서 지내 문적(文籍)에 태만하니 옥영이 말하였다.

"제가 듣기로 '악양자(樂羊子)의 처가 짜던 베를 잘라 남편이 학문을 하도록 경계하였다.'306)라고 하니, 부인이 된 사람은 마땅히 이와 같이 해야 합니다. 낭군은 명문가의 자손으로, 마땅히 기구(箕裘)의 업307)을

---

306) 악양자(樂羊子)의……경계하였다 : 후한(後漢)의 악양자가 공부하러 간 지 1년 만에 아내가 그리워 돌아오자, 처가 길쌈하던 것을 가리키며 "이 비단은 누에에서 나와 베틀에서 이루어진 것으로, 한 가닥의 실이 모여 한 마디에 이르니 그렇게 하기를 그치지지 않아 마침내 한 길[丈]과 한 필을 이룹니다. 지금 만약 이 비단을 끊어버린다면 공을 잃고 시간을 버리는 것입니다.[此織生自蠶繭 成於機杼 一絲而累 以至於寸 累寸不己 遂成丈匹 今若斷斯織也 則捐失成功 稽廢時日]"라고 하여 학문에 비유하니, 양자가 그 말에 감동하여 7년 동안 돌아오지 않고 학문에만 몰두하여 크게 성취하였다고 한다.《後漢書 卷84 列女傳 樂羊子妻》

307) 기구(箕裘)의 업 : 기구는 키와 가죽옷으로, 가업(家業)을 비유하는 말이다.《예기》〈학기(學記)〉에 "훌륭한 대장장이의 아들은 아버지의 일을 보고 배워 가죽옷을 만들 줄 알고,

이어야 하는데 임석(衽席)의 즐거움만 탐하면서 학문의 공부는 전폐(全
廢)하고 있으니 제가 이 때문에 근심합니다."

몽성이 그 말에 감동하여 불철주야(不撤晝夜)로 학문에 힘썼다. 다음
해 봄에 과거(科擧)를 시행한다는 조서가 내려왔는데, 몽성이 이별을
근심하여 과거를 보러 가지 않고자 하니 옥영이 말하였다. 〈178〉

"남아(男兒)가 세상에 태어나 공명(功名)을 이루는 것이 가장 중요하
니, 지금 나라에 과거를 시행하는 경사가 있다고 들었는데 어찌 아녀자
같은 정으로 공을 이룰 때를 헛되이 저버리겠습니까? 낭군은 '청춘에
일찍 섬궁객이 되어, 좋은 소식을 빨리 봉루인에게 알리네.[靑春早作蟾
宮客 好音速報鳳樓人]'308)라고 한 고시(古詩)를 들어보지 못하였습니까?
낭군은 이를 유념하십시오."

몽성이 마침내 왕자일, 맹호이와 함께 행장을 꾸려 과거를 보러 갔
다. 옥영이 몽성을 전송한 뒤로 손가락에 낀 옥지환의 색이 윤택해지니
속으로 기쁜 마음이 들었다. 몽성이 과연 맹호이, 왕자일과 함께 급제
(及第)하니 몽성은 장원(壯元)으로 뽑혀 바로 봉각 사인(鳳閣舍人)309)에
제수되고 왕자일과 맹호이는 난파 학사(鑾坡學士)310)가 되었다. 몽성이

활을 잘 만드는 궁장(弓匠)의 아들은 아버지의 일을 보고 배워 키를 만들 줄 안다.[良冶之
子 必學爲裘 良弓之子 必學爲箕]"라고 하였다.

308) 청춘에……알리네 : 송(宋)나라 사방득(謝枋得)의 《첩산집(疊山集)》 권4 〈회정계(回定
啓)〉에 "노랑이 젊을 때의 기약을 일찍 이루어 좋은 소식을 봉루의 여인에게 속히 알리기를
바랍니다. 이는 참으로 훌륭한 사위이니 청춘에 섬궁객이 되어 마땅히 전현(前賢)을 이을
것입니다.[願早諧盧郎年少之期 好音速報鳳樓人 此正佳婿 靑春早作蟾宮客 當繼前修]"라
고 하였는데, 그 일부를 시의 구절인 것처럼 인용하였다. 회정계는 혼서를 받은 여자의
집에서 남자의 집으로 혼인을 허락하는 의미로 보내는 답장이다. 노랑은 전설에 의하면
당(唐)나라 때 노씨 집안의 자제로, 교서랑(校書郎)이 되었을 때 이미 나이가 많았는데
장가 또한 늦어져 부인 최씨(崔氏)에게 원망을 받았다고 한다. 당나라 이래로 과거에 급제
하는 것을 "섬궁에서 계수나무를 꺾었다.[蟾宮折桂]"라고 하였고, 과거에 급제한 사람을
'섬궁객(蟾宮客)'이라 불렀다.

309) 봉각 사인(鳳閣舍人) : 중서 사인(中書舍人)의 이칭(異稱)이다. 주 76) 참조.

310) 난파 학사(鑾坡學士) : 난파(鑾坡)는 당(唐)나라 때 한림원(翰林院)의 별칭으로, 난파

금의환향(錦衣還鄕)하여 궁포(宮袍)가 해처럼 빛나 달 속의 계수나무가 행화촌(杏花村) 앞에서 그림자를 희롱하고 담장 위 자미화가 훤초정(萱草庭)311) 가에서 빛깔을 춤추니, 마을 사람들이 놀라고 온 집안이 뛸 듯이 기뻐하였다. 두씨 부인과 정씨 부인이 한자리에 앉아 옥영을 부르니 〈179〉 들어와 앞에서 헌수(獻壽)하였다. 두씨 부인이 정씨 부인에게 말하였다.

"저와 부인이 우연히 사돈을 맺어 훌륭한 아들과 며느리가 금슬(琴瑟)의 즐거움을 충분히 누리지 못하고 여러 해를 고생하였는데, 이제 막힌 운수가 가고 태평한 운수가 와서 영화로움을 목도하니 이 기쁨을 말로 다할 수 없습니다."

정씨 부인이 말하였다.

"인생의 영화와 고난은 자연히 정해진 운수가 있나 봅니다."

경사스러운 잔치가 끝나고 사인(舍人) 몽성이 침방(寢房)으로 가서 옥영에게 말하였다.

"이는 참으로 매화와 오얏이 봄을 만나 영화로움이 밖으로 드러난 것이라고 하겠구나.312)"

먼저 시 한 수를 지었다.

追思昔日泣投荒　옛날에 변방으로 유배 간 일 생각하니
艱苦從來亦備嘗　그간 고생 겪으며 지냈었지

학사는 한림학사(翰林學士)의 이칭이다.

311) 훤초정(萱草庭) : 어머니의 처소를 가리킨다. 원초(萱草)는 '망우초(忘憂草)'라고도 하는데 원추리를 말한다. 《시경(詩經)》 〈위풍(衛風) 백혜(伯兮)〉에 "어찌하면 원추리를 얻어서, 저 당의 북쪽에 심을꼬.[焉得萱草 言樹之背]"라고 하였는데, 옛날에 모친이 북당에 거처했던 데서 전하여 북당의 원추리는 모친의 비유로 쓰인다.

312) 영화로움이……하겠구나 : 《예기》 〈악기(樂記)〉에 "화순함이 안에 쌓여서 영화가 밖으로 드러나게 된다.[和順積中 而英華發外]"라고 하였다.

今被天恩衣繡返　　이제 천은으로 비단옷 입고 돌아오니
玉梅花對紫薇郎　　옥매화가 자미랑을 마주하네[313]

매씨 부인(梅氏夫人)이 차운하여 시를 지었다.

傷心何處是南荒　　상심하던 그 어딘가가 곧 남쪽 변방이니
三載風霜與子嘗　　삼년 풍상을 그대와 겪었지
天理循環榮有日　　천리는 순환하여 영화로울 날 있으니
一枝花對五花郎　　한 가지 매화가 오화랑[314]을 마주하네

　몽성이 왕자일, 맹호이 두 신은(新恩)[315]과 함께 악양루와 ⟨180⟩ 황학루에서 놀며 잔치할 때에, 화동(花童)은 옥적을 불고 선악(仙樂)을 함께 연주하여 노니는 즐거움이 예전의 배가 되니 길에서 바라보는 자들이 모두 "천상의 세 선랑(仙郎)이다."라고 하였다. 몇 달 뒤에 몽성이 맹호이와 각자 부인을 데리고 함께 회계(會稽)로 가니 왕 총관 집안 및 옥영 집안의 친척들이 기쁜 마음을 이기지 못하니, 영광이 찬란하여 사람들이 모두 "청절 선생의 은덕이 미친 것이다.[316]"라고 하였다. 옥영의 이모(姨母) 절동 부인(浙東夫人)이 더욱 기쁘고 위안되는 마음을 이기지 못하여 왕 총관에게 성대히 경사스러운 잔치를 준비하도록 명하였다. 매

---

313) 옥매화가 자미랑을 마주하네 : 백거이(白居易)의 〈자미화(紫薇花)〉 시에 "황혼에 홀로 앉았으니 누가 내 벗이 될꼬? 자미화만이 자미랑과 서로 마주하였네.[獨坐黃昏誰是伴 紫薇花對紫薇郎]"라고 하였다. 《白氏長慶集 卷19》

314) 오화랑(五花郎) : 중서 사인(中書舍人)의 별칭이다. 당(唐)나라 때 중서성에서 군국(軍國)에 관한 정사에 이견이 있으면, 중서 사인이 각각 자기의 소견을 적고 서명하여 이를 '오화판사(五花判事)'라고 하였다.

315) 신은(新恩) : 막 과거에 급제한 사람을 가리킨다.

316) 은덕이 미친 것이다 : 《주역》〈곤괘(坤卦) 문언(文言)〉에 "선을 쌓은 집안에는 후손에게 반드시 경사가 있게 마련이고, 불선을 쌓은 집안에는 후손에게 반드시 재앙이 돌아오게 마련이다.[積善之家 必有餘慶 積不善之家 必有餘殃]"라고 하였다.

씨(梅氏) 집안의 옛 노복(奴僕) 노업(老業)이 매 청절의 제사를 봉행하고 있었으니 당시 나이가 70여 세였다. 제수(祭需)를 성대히 마련하여 소분(掃墳)의 예[317]를 행하고 매씨 부인이 직접 제문을 지어 고하였다.

아버지여 어머니여, 오늘밤은 어떤 밤입니까? 쓰러진 나무에 돋아난 싹[318]이 다행히 남아 있어, 사랑하는 이와 함께 돌아와[319] 친척들의 환영을 받으니 신세가 귀해졌음을 느낍니다. 고향의 물색(物色)이 〈181〉 시내와 언덕[320]을 어렴풋이 기억나게 하고 장원 급제의 영광이 우부(愚夫)와 우부(愚婦)[321]의 눈을 놀라게 합니다. 세월은 물처럼 흘러가는데 빈산에는 비바람이 처량하니 풀 우거진 선영(先塋)에 누가 한 그릇의 보리밥을 올렸겠습니까? 떨어진 꽃 같은 제가 오늘에서야 절하고 석 잔의 청주(淸酒)를 올립니다. 아! 슬픕니다. 천상과 인간이 비록 멀다고 하나 영령(英靈)께서는 부디 강림하여 흠향하소서.

묘소 앞에서 통곡하여 두 줄기 눈물을 흘리니 좌우에서 보고 눈물을 훔치지 않는 사람이 없었다. 한 달 정도 머물다가 본가로 돌아갔는데 몽성이 즐기고 놀며 세상을 잊으니 벼슬에 뜻이 없었다. 매씨 부인이 말하였다.

---

317) 소분(掃墳)의 예 : 경사가 있을 때 조상의 무덤에 가서 고유제(告由祭)를 올리는 일을 말한다.

318) 쓰러진……싹 : 부모를 모두 여읜 처지를 뜻한다. 주 231) 참조.

319) 사랑하는……돌아와 : 《시경》〈패풍(邶風) 북풍(北風)〉에 나온다. 주 28) 참조.

320) 시내와 언덕 : 고향의 풍경을 뜻한다. 한유(韓愈)의 〈송양소윤서(送楊少尹序)〉에 "지금 그대가 고향에 돌아가서는 서 있는 나무들을 가리키면서 '저 나무는 나의 선인께서 심으신 것이요.'라고 말할 것이요, 물가나 언덕을 가리키면서 '저 물과 저 언덕은 내가 어린 시절에 물고기를 잡으며 노닐었던 곳이다.'라고 할 것이다.[今之歸 指其樹曰 某樹 吾先人之所種也 某水某丘 吾童子時所釣遊也]"라고 하였다. 《昌黎先生集 卷21》

321) 우부(愚夫)와 우부(愚婦) : 《서경》〈하서(夏書) 오자지가(五子之歌)〉에 나오는 말로, 평범한 사람을 뜻한다.

"장부(丈夫)가 나라에 몸을 바쳐 효를 옮겨 충성을 하는데,[322] 지금 낭군이 나라의 은혜를 입어 높은 직함을 맡고 있으니 물러나 집에 있어서는 안 됩니다."

몽성이 날을 정해 길에 올라 황성(皇城)에 도착하니 황제가 몽성을 승진시켜 간관(諫官)에 임명하였다. 상대(霜臺)[323]에서 봉직(奉職)하여 일이 있으면 간쟁(諫爭)하니 청포(淸蒲)[324]의 곧은 기운이 늠름하여 곧 아버지 매 청절의 풍모가 있었다. 그러나 당시 재상을 거슬러 〈182〉 조정의 반열에 용납되지 못하고 회계 태수(會稽太守)로 좌천되니, 황제에게 폐사(陛辭)를 올린 뒤에 바로 본가로 돌아가 어머니와 옥영을 데리고 임지(任地)로 떠났다. 옥영이 금화산(金華山)을 지나다가 옛 일을 기억하고 마음이 홀연히 놀라니 설욕하려는 뜻을 깊이 품었다. 부임한 뒤에 옥영의 친척들과 안뜰에서 잔치를 열고, 몽성이 직접 매 청절의 묘소를 찾아가 제수를 갖추어 제사를 지냈다. 매씨 부인이 몽성에게 말하였다.

"부귀해져 고향으로 돌아왔으니 소원은 이미 이루었으나 다만 한 가지 씻지 못한 한이 있습니다."

인하여 지난번에 무함을 받았던 일을 말하고 그 원수를 다스려 줄 것을 청하였는데 몽성 또한 옛날에 이 일을 들어 옥영이 원통한 마음을 품고 있음을 알고 있었다. 그들을 잡아오게 하니, 설도징(薛道徵)은 이미 죽었고 위춘대(魏春臺)와 조평(曹平) 등이 잡혀왔다. 외정(外庭)에서

---

322) 효를……하는데: 《효경(孝經)》〈광양명(廣揚名)〉에 "군자는 어버이에 대해 효성을 다 바치기 때문에, 임금에 대해 그 마음을 옮겨 충성할 수 있다.[君子之事親孝 故忠可移於君]"라고 하였다.

323) 상대(霜臺): 어사대(御史臺)의 별칭으로, 관리들을 규찰(糾察)하고 탄핵하는 책임을 맡았다.

324) 청포(淸蒲): 청색의 부들자리[蒲席]를 말한다. 옛날 천자의 내정(內庭)에만 이것을 깔았는데, 간(諫)할 일이 있는 신하가 그 자리 위에 엎드려 간언(諫言)을 올렸다. 《漢書 卷82 史丹傳》

조평의 죄를 다스리고 내정(內庭)에서는 옥영이 위춘대의 죄를 직접 다스리며 말하였다.

"간악한 무녀야 간악한 무녀야. 너는 나의 불공대천(不共戴天)의 원수로다."

〈183〉 따로 위춘대의 죄를 엄하게 다스렸는데 다행히 죽음은 면하니 읍(邑) 사람들이 보고 듣고서 통쾌해하지 않는 이가 없었고, 오히려 죽이지 않은 것을 덕으로 여겼다.

3년의 임기를 마치고[瓜滿]325) 집으로 돌아와 옥영과 함께 효도에 힘쓰고 명예와 벼슬을 구하지 않았다. 정강(靖康)326) 초에 금(金)나라가 경사를 침범하니 옥련(玉輦)327)이 몽진(蒙塵)하였다. 매씨 부인이 몽성에게 말하였다.

"나라가 불행하여 적로(賊虜)가 중화(中華)를 어지럽히니 이는 참으로 존망이 달린 위급한 때입니다.328) 제가 듣기로 '신하의 대절(大節)은 나라를 위하여 죽고 집을 잊는 것이다.329)'라고 하니 낭군은 급히 왕사(王事)에 달려가 신하의 절의를 바치십시오."

몽성이 밤새 방법을 강구하고서 모부인(母夫人)에게 절하고 하직하니

325) 임기를 마치고 : 춘추 시대 제(齊)나라 양공(襄公)이 연칭(連稱)과 관지보(管至父)를 시켜 규구(葵丘)를 지키게 하였는데 마침 참외가 익을 때 가게 되니[瓜時而往], 양공이 말하기를 "내년 참외가 익을 무렵 교체해 주겠다.[及瓜而代]"라고 하였다. 《春秋左氏傳 莊公8年》

326) 정강(靖康) : 송 흠종(宋欽宗)의 연호(1126~1127)이다.

327) 옥련(玉輦) : 옥으로 장식한 천자의 수레로, 천자를 뜻한다.

328) 이는……때입니다 : 제갈량(諸葛亮)의 〈출사표(出師表)〉에 "선제께서 창업을 반도 못 이룬 채 중도에 붕어하시고, 지금 천하가 셋으로 나뉜 가운데 익주가 피폐하니, 이는 참으로 존망이 달린 위급한 때입니다.[先帝創業未半 而中道崩殂 今天下三分 益州疲弊 此誠危急存亡之秋也]"라고 하였다. 《三國志 蜀志 卷5》

329) 나라를……것이다 : 남북조(南北朝) 시대 북위(北魏) 사람 원략(元略)이 정사를 마음대로 하던 원의(元義)를 제거하려 형제를 모두 잃고 양(梁)나라로 망명해 있었다. 나중에 원략이 돌아왔을 때 명제(明帝)가 조서를 내려 "이미 의를 보아 집을 돌보지 않고 나라를 위해 목숨을 바쳤으니 그대의 끝없는 충렬을 어느 날인들 잊겠는가?[旣見義忘家 捐生殉國 永言忠烈 何日忘之]"라고 하였다. 《洛陽伽藍記 卷4 城西》

모부인이 말하였다.

"아, 내 아들아! 군부(君父)에게 충성을 다하여 국은(國恩)을 져버리는 일이 없도록 하여라."

사인 몽성이 꿇어앉아 가르침을 받고서 나와 옥영에게 말하였다.

"이번에 한 번 떠나면 살아 돌아오는 것은 기약할 수 없으니 정성을 다해 어머니를 봉양하여 여생을 잘 보내실 수 있도록 해 주시오."

매씨 부인이 말하였다.

"신하의 절개는 임금을 섬기는 일에 몸을 바치는 것이고 부인의 도리는 시어머니를 모시는 데 정성을 다하는 것이니, 〈184〉 집안은 염려하지 말고 어지러운 세상에 힘을 바쳐 역사에 공을 세워 지존(至尊)께서 사직(社稷)을 염려하지 않도록 하십시오."

몽성이 출발할 때에 이별시(離別詩)를 남겼다.

義重君臣日	군신의 의리가 중한 날이
恩輕母子時	모자의 은혜가 가벼워지는 때로다
臨歧未忍別	갈림길에 임하여 차마 이별하니 못하니
征馬故遲遲	말 타고 일부러 더디더디 가노라

옥영이 손가락을 깨물어 그 피로 몽성의 시에 차운하여 글자가 수놓인 비단에 써서 몽성에게 주니, 그 비단은 곧 옛날에 꿈속에서 천상을 노닐다가 깨어나 읊은 시를 수놓은 비단이었다.

熊魚取舍日	삶과 의리 중 하나를 선택하는[330] 날이

---

330) 삶과……선택하는 : 삶과 의리를 둘 다 취할 수 없는 경우에 삶을 버리고 의리를 취한다는 뜻이다. 《맹자》〈고자 상(告子上)〉에 "물고기도 내가 먹고 싶어 하는 것이고 곰 발바닥도 내가 먹고 싶어 하는 것이지만, 이 두 가지를 겸하여 얻을 수 없으면 물고기를 버리고 곰 발바닥을 취하겠다. 삶도 내가 원하는 것이고 의리도 내가 원하는 것이지만, 이 두 가지를

母子別離時	모자가 이별하는 때로구나
夫婦恩情重	부부는 은혜와 정이 깊으니
臨門送亦遲	문에 임하여 전송함이 또한 더디네

　인하여 운남생(雲南生)을 안고 부끄러움도 잊고서 나와[331] 몽성에게 절하였다. 몽성이 밤낮으로 길을 재촉하여 황도에 도착하니 두 황제는 북쪽으로 순수(巡狩)하였고[332] 강왕(康王)[333]이 이미 응천부(應天府)에서 황제로 즉위하였다. 곧장 행재소(行在所)[334]로 달려가 어가(御駕)를 호종(扈從)하여 길을 따르는데 왕자일과 맹호이 두 사람이 함께 시종신(侍從臣)으로 있었으니 서로 힘과 마음을 합쳐 〈185〉 나라를 위하여 죽을 것을 다짐하였다. 당시에 진회(秦檜)[335]가 오로지 화의(和議)를 주장하니 몽성이 분노를 이기지 못하고 몸을 떨쳐 홀로 나와서 팔뚝을 걷어붙이며 크게 소리쳤다.

겸하여 얻을 수 없으면 삶을 버리고 의리를 취하겠다.[魚我所欲也 熊掌亦我所欲也 二者不可得兼 舍魚而取熊掌者也 生亦我所欲也 義亦我所欲也 二者不可得兼 舍生而取義者也]"라고 하였다.

331) 안고……나와 : 한유(韓愈)의 〈부강릉도중기증왕이십보궐이십일습유이이십륙원외한림삼학사(赴江陵途中寄贈王二十補闕李十一拾遺李二十六員外翰林三學士)〉 시에 "연약한 아내가 어린 아들을 안고서, 부끄러움도 잊고서 전송하려고 나와 절하네.[弱妻抱稚子 出拜忘慚羞]"라고 하였다. 《昌黎先生集 卷1》

332) 두……순수(巡狩)하였고 : 정강(靖康) 2년(1127)에, 금(金)나라 군사가 남하하여 송(宋)나라 수도 변경(汴京)을 함락시키고 흠종(欽宗)과 그 부황(父皇)인 휘종(徽宗)을 포로로 붙잡아간 사실을 완곡하게 표현한 것이다. 《宋史 卷23 欽宗本紀》

333) 강왕(康王) : 남송(南宋) 초대 황제인 고종(高宗, 1107~1187)을 가리킨다. 휘종(徽宗)의 9남이자 흠종(欽宗)의 아우로, 광평왕(廣平王)에 책봉되었다가 다시 강왕(康王)에 책봉되었다. 금(金)나라가 북송의 수도 개봉(開封)을 함락시키자 강남의 응천부(應天府)에서 남송을 건국하고 임안(臨安)을 도읍으로 삼았다.

334) 행재소(行在所) : 황제가 궁궐을 떠나 임시로 머물고 있는 곳을 말한다.

335) 진회(秦檜) : 1090~1155. 강녕(江寧) 사람으로, 자는 회지(會之)이다. 남송(南宋) 고종(高宗) 때 재상이 되어 명장 악비(岳飛)를 죽이고 명상 장준(張浚), 조정(趙鼎) 등을 귀양 보내는 등 주전파(主戰派)를 탄압하여 금(金)나라와 굴욕적인 화친을 체결한 간신으로 유명하다. 《宋史 卷473 秦檜列傳》

"대송(大宋)의 천하가 만세를 이어와 사해의 안이 모두 신첩(臣妾)이 되고 정삭(正朔)을 준수하는데, 어찌 당당한 만승(萬乘)의 지존으로 하여금 하루아침에 개돼지 같은 놈들에게 무릎을 꿇고서 강화(講和)하게 하겠습니까?

진실로 전대의 일을 살펴보건대, 당 현종(唐玄宗)이 촉(蜀) 땅으로 피난 갈 때 숙종(肅宗)이 당시에 내린 명령을 받들고 부로(父老)들이 추대하는 정성을 따라 영무(靈武)에서 황제로 즉위하였습니다. 장상(將相)이 고난 속에서 힘을 합쳐 간흉(奸凶)을 제거하고 중원(中原)을 회복(恢復)하여 상황(上皇)을 구도(舊都)로 모시고 돌아왔으니 이는 천운(天運)이 그렇게 만든 것입니다.

지금 황제폐하께서 눈물을 닦고 남쪽으로 건너와 북쪽을 정벌하려고 마음을 다잡으셨으니 진(晉)나라의 제사를 이미 주관함에[336] 한(漢)나라의 왕업을 중흥하는 것[337]은 지금이 기회입니다. 또 인신(人臣)이 나라에 충성을 바치려고 결심하였다면 사직과 함께 죽는 법이니 차라리 조씨(趙氏)의 귀신이 될지언정[338] 〈186〉 어찌 소조정(小朝廷)에 있으면서 삶을 구하겠습니까? 화의가 만약 시행된다면 신은 마땅히 동해에

---

336) 진(晉)나라의……주관함에 : 하늘이 도와 황제로 즉위하였다는 뜻이다. 춘추 시대 진(晉)나라 문공이 19년 동안 국외에 망명하다가 귀국하여 내란을 평정하고 즉위하였을 때에, 개지추(介之推)가 "하늘이 진나라의 운세가 끊어지지 않도록 하여 반드시 나라의 주인이 있게끔 하셨으니, 진나라의 제사를 주관할 분으로 우리 임금님 말고 또 누가 있겠는가?[天未絶晉 必將有主 主晉祀者 非君而誰]"라고 하였다. 《春秋左氏傳 僖公24年》

337) 한(漢)나라의……것 : 남송(南宋)이 다시 중원(中原)을 회복하는 것을 뜻한다. 한(漢)나라 말에 왕망(王莽)이 제위를 찬탈하고 신(新)나라를 세웠는데, 한나라 종실 유수(劉秀)가 이를 격파하고 후한(後漢)의 초대 황제 광무제(光武帝)가 되었다.

338) 차라리……될지언정 : 남송(南宋) 고종(高宗) 건염(建炎) 3년(1129)에, 금(金)나라 장수 완안종필(完顔宗弼)의 군대가 건강(健康)에 입성했을 때 호부상서(戶部尙書) 이절(李梲)과 지부(知府) 진방광(陳邦光) 등은 속관을 데리고 그날로 투항했으나 통판부사(通判府事) 봉의랑(奉議郞) 양방예(楊邦乂)만은 무릎을 꿇지 않고서 옷자락에 혈서로 "차라리 조씨의 귀신이 될지언정 다른 나라의 신하는 되지 않겠다.[寧作趙氏鬼 不爲他邦臣]"라고 쓰고 끝까지 항거하다가 죽임을 당하였다. 《宋史 卷447 楊邦乂列傳》

빠져 죽을 뿐입니다.339)"

사기(辭氣)가 늠름하니 천자가 그 독실함을 가상히 여겨 특별히 전중시어사(殿中侍御史)에 제수하였다. 화의가 성사되지 않자, 진회가 척화파(斥和派)를 미워하여 음해(陰害)하고자 하였으나 기회를 얻지 못하였다. 두 선황제가 북쪽으로 순수(巡狩)한 뒤로, 황제가 밤낮으로 노심초사(勞心焦思)하여 해마다 사신을 보냈으나 금나라 사람들이 가두어 사신의 왕래가 따라서 막히니 도중의 소식을 서로가 알지 못하였다. 황제가 또 사신을 보내 두 선황제의 안부를 알아보려 하였으나, 모두가 사행(使行)이 위험하다고 생각하니 알맞은 사람을 찾기가 어려웠다. 진회가 말하였다.

"시어사(侍御使) 이몽성은 젊어서부터 기운과 절개를 자부하여 스스로 나라를 위하여 목숨을 바치려고 결심하였으니 이 사람이 아니면 사신으로 보낼 사람이 없습니다."

시어사 몽성이 말하였다.

"임금이 모욕을 당하여 신하가 마땅히 목숨을 바쳐야 하는340) 이 날에 만맥(蠻貊)으로 갈 만하니 신이 강산(江山)의 사신이 되겠습니다."

황제가 조서(詔書)를 내렸다.

---

339) 어찌……뿐입니다 : 남송(南宋) 호전(胡銓)이 금(金)나라와의 화의를 반대하며 올린 〈상고종봉사(上高宗封事)〉에 "신은 동해로 뛰어들어 죽을 뿐이니, 어찌 소조정에 있으면서 삶을 구하겠습니까?[臣有赴東海而死耳 寧能處小朝廷求活邪]"라고 하였다. 《宋史 卷374 胡銓列傳》

340) 임금이……하는 : 《사기》권79 〈범수열전(范睢列傳)〉에 진(秦)나라 소왕(昭王)이 조회 때 탄식을 하자 범수가 앞으로 나와 "신이 들으니 '군주가 근심하는 것을 신하는 치욕으로 여기고, 군주가 모욕을 받는 것은 신하는 설욕하기 위해 목숨을 바친다.'라고 하였습니다. 지금 대왕께서 조정에서 근심하시니, 신이 감히 그에 해당하는 죄를 청합니다.[臣聞主憂臣辱 主辱臣死 今大王中朝而憂 臣敢請其罪]"라고 하였다.

짐이 평소 이몽성의 사람됨이 강개(慷慨)하여 〈187〉 능히 나라를 위하여 목숨을 바칠 수 있음을 알고 있었는데, 지금 사신으로 보낼 사람을 찾기 어려운 때에 사명(使命)을 받들어 절새(絶塞)로 가기를 자청하여 짐이 밤낮으로 고민하던 큰 바람에 부응하니 참으로 '판탕(板蕩)에 충성스러운 신하를 알 수 있다.'[341]라고 할 만하다.

몽성을 불러 전전(前殿)으로 나오게 하여 위유(慰諭)하고 보냈다. 몽성이 연산(燕山)에서 경중(京中)에 도착하니 경중은 연산에서 북쪽으로 천 리 지점에 있었으며 다음해에 또 한주(韓州)에 도착하니 한주는 경중에서 동북쪽으로 천 5백 리 지점에 있었으며 2년 뒤에 오국성(五國城)[342]에 도착하니 금(金)나라 도성에서 동북쪽으로 천 리 지점에 있으니, 두 선황제의 행궁(行宮)에서 응천부(應天府)까지 수만 리의 거리였다. 몽성도 금나라 사람들에게 감금되어 돌아오지 못하였는데, 금나라에 억류된 지 5년 만에 상황(上皇) 휘종(徽宗)이 승하(昇遐)하였다. 몽성이 휘종의 시신을 붙잡고서 가슴을 치고 발을 구르며 슬퍼하니 눈물이 다하자 피가 흘러나왔다.

각설(却說). 옥영이 몽성을 떠나보낸 뒤로, 모부인(母夫人) 곁을 떠나지 않고 봉양의 예절에 정성을 다하였다. 사자봉(思子峰)에 대(臺)를 쌓아 '망사대(望思臺)'라 이름하고 〈188〉 낮이면 녹양과 함께 대에 올라가 북쪽을 바라보았다. 녹양이 말하였다.

---

341) 판탕(板蕩)에……있다 : 판탕은 정치를 잘못하여 나라의 상황이 어지러워짐을 뜻하는 말로, 《시경》〈대아(大雅)〉의 〈판(板)〉과 〈탕(蕩)〉 두 편(篇)이 모두 문란한 정사(政事)를 읊은 데서 유래하였다. 당(唐)나라 태종(太宗)이 소우(蕭瑀)를 칭찬하면서 하사한 시 〈증소우(贈蕭瑀)〉에 "질풍에 굳게 버티는 초목을 알고, 판탕에 충성스러운 신하를 안다.[疾風知勁草 板蕩識誠臣]"라고 하였다. 《舊唐書 卷63 蕭瑀列傳》

342) 오국성(五國城) : 휘종(徽宗)과 흠종(欽宗)이 금나라에 의해 구금되었다가 죽은 곳이다.

"이 대의 이름을 망부대(望夫臺)로 고쳐 짓는 것이 좋겠습니다."

매씨 부인이 말하였다.

"내가 비록 날마다 낭군이 있는 곳을 바라보고 있지만, 혼(魂)이 아직 돌이 되지 못하여 북방에 있는 가인(佳人)에게 부끄러우니 어찌 망부대라고 할 수 있겠는가?"

밤이면 항상 모부인 곁에 있으면서, 모부인이 이따금 아들 생각에 괴로워하면 온화한 말로 잘 위로하여 과하게 마음상하지 않도록 하였다. 그렇게 8년이 지나 몽성의 소식은 끊어진 지 오래였는데, 이때 운남생은 14세여서 인사(人事)에 어른스럽고 기질이 빼어났다. 항상 이런 말을 하였다.

"아버지는 황제가 계신 곳에 있고 아들은 집에 있어서, 양쪽에서 생사를 전혀 모르니 한 번 장전(帳殿)[343]에 나아가 아버지를 뵙는 것은 자식의 도리로 당연한 것이다."

장차 길에 오르려 하니 모부인이 말하였다.

"네 아비는 젊어서부터 나라를 위하여 목숨을 바치려는 충성이 있어 강좌(江左)에서 황제를 따라 순절(殉節)하려고 각오하였는데, 네가 그 아비의 아들로서 〈189〉 또 이와 같이 하니 내가 참으로 가상하게 여기노라. 능히 간과(干戈)가 서로 부딪히는 전쟁터를 지나 네 아비를 만날 수 있겠느냐?"

운남생이 말하였다.

"일찍이 듣기로 '어머니가 여자의 몸으로 배를 타고 바다를 건너 천애의 먼 곳으로 아버지를 찾아갔다.'라고 하니, 이는 지극한 정성이 그렇게 만든 것이고 사람의 힘으로 이룰 수 있는 것이 아닙니다. 제가 비록 미약하지만 어찌 천리 길을 꺼려하여 아버지를 따라 함께 순국(殉

---

343) 장전(帳殿) : 제왕이 출행(出行)하다가 쉴 때에 임시로 장막(帳幕)을 치고 자리를 마련한 곳으로, 행궁(行宮)을 뜻한다.

國)하지 않겠습니까?"

마침내 길에 오르려고 마음먹으니, 모부인이 억지로 만류할 수 없었고 옥영도 아들이 갈 것을 알고 편지를 써주어 전송하였다.

모년(某年) 모월일(某月日)에 박명한 처 매씨는 울며 운남생을 전송하면서 재배하고 낭군에게 아룁니다. 부인이 우러러 보는 사람은 남편이거늘 시사(時事)가 다난하여 한 번 이별한 지 이제 8년이 되었으니, 해마다 돋아나는 봄풀은 왕손(王孫)의 가슴에 한을 맺게 하고[344] 〈190〉 밤마다 켠 등불은 근심스럽게 과부를 마주하고 있습니다. 집안은 쓸쓸하여 이미 물을 만한 것이 없지만, 쌍원(雙轅)[345]이 북쪽으로 순수(巡狩)함에 오마(五馬)가 남쪽으로 건너와[346] 낭군이 교목세신(喬木世臣)[347]으로 강좌에서 황제를 모시며 충성을 다하니 가문의 명성이 실추되지 않았습니다.

첩(妾)은 시어머니를 모시면서 아직까지 잘 지내고 있지만 사람을

---

344) 봄풀은……하고 : 한(漢)나라 유안(劉安)의 〈초은사(招隱士)〉 시에 "왕손이 떠나가 돌아오지 않고, 봄풀은 자라서 무성하도다.[王孫遊兮不歸 春草生兮萋萋]"라고 하였다.《古今事文類聚 卷33 雜著 招隱士》

345) 쌍원(雙轅) : 휘종(徽宗)과 흠종(欽宗)을 말한다.

346) 오마(五馬)가 남쪽으로 건너와 : 금(金)나라의 침략으로 송(宋)나라가 망하자 고종(高宗)이 강남으로 피신하여 남송(南宋)을 세운 것을 말한다. 원래 오마(五馬)는 동진(東晉) 초대 황제인 원제(元帝)의 5형제를 가리키는 것으로, 원제가 낭야왕(琅邪王)으로 있을 때 흉노(匈奴)에 의해 중원이 혼란해지자 형제인 서양왕(西陽王)·여남왕(汝南王)·남돈왕(南頓王)·팽성왕(彭城王)과 함께 강동(江東)으로 건너와 제위에 올랐다. 황족의 성(姓)이 사마씨(司馬氏)이므로 이 일을 두고 "오마가 강을 건너, 한 말은 용이 되었네.[五馬游渡江 一馬化爲龍]"라고 한 동요(童謠)가 당시에 유행하였다.《晉書 卷28 五行志中》

347) 교목세신(喬木世臣) : 교목(喬木)은 오랫동안 자라서 하늘 높이 솟은 나무를 가리키고 세신(世臣)은 대대로 국가에 몸 바친 신하를 가리키는데, 둘 다 역사가 유구한 나라에 존재하는 것으로 주로 세신에 의미를 두고 쓰인다.《맹자》〈양혜왕 하(梁惠王下)〉에 맹자가 제(齊)나라 선왕(宣王)을 만나 "이른바 '고국'이란 대대로 커서 높이 치솟는 나무가 있다는 말이 아니요, 대대로 신하를 배출한 오래된 집안이 있다는 것을 의미합니다.[所謂故國者 非謂有喬木之謂也 有世臣之謂也]"라고 하였다.

이별한 한과 사람을 그리워하는 수심이 마음에 켜켜이 쌓여 있어, 때때로 머리를 들어 낭군이 있는 장안(長安)이 어디인가 하며 기둥에 기대어 시름을 달래니 단지 혼만 녹아내립니다.

아! 낭군은 만 리 밖에 있는데, 고부(姑婦) 두 사람이 지금 운남생이 아버지를 찾아가려 먼 길을 마다하지 않는 것을 보니 천륜의 지극한 정은 사람이 억누르기 어려운 것입니다. 하지만 어린 아들은 길에 익숙하지 않으니 병진(兵塵)이 어수선한 곳을 지나다 혹시 중간에 길이 막혀 나아가지 못할까 걱정됩니다. 옛날에 남편과 헤어지고 지금 또 아들을 떠나보내니 눈물이 마구 쏟아져 마음속에 있는 말을 다하지 못합니다.

〈191〉 운남생이 절하고 길을 떠났다. 건강(建康)에 도착하니 몽성이 사명(使命)을 받들어 연새(燕塞)로 간 지 이미 5년이 지난 뒤였다. 금(金)나라로 가려고 하였지만 수만 리나 되는 산천(山川)에 길이 험하고 막혀 있어서 혼자서는 절대로 갈 수 없었다. 그러나 아버지를 찾아가려는 마음은 끝내 조금도 변함이 없어서 건강에서 금나라를 향해 길을 떠나니, 아직 전쟁이 끝나지 않은 터라 곳곳에 길이 막혀 있어 산을 넘고 골짜기를 건너 몸을 숨겨가며 갔다.

한 곳에 이르니, 시랑(豺狼)이 길을 막아 비록 백주대낮에 지나가더라도 무리지어 가지 않으면 호랑이에게 해를 당하는 근심을 면하기 어려운 곳이었다. 해는 점점 저물어 가고 앞뒤로 인가(人家)가 전혀 없으니 진퇴유곡(進退惟谷)의 곤경에 처하게 되었다. 바위 사이에 몸을 숨겨 아침을 기다려 출발하려고 하였는데, 한밤중에 사나운 호랑이가 앞에 나타나 해치려고 하니 운남생이 눈을 부릅뜨고 큰소리로 말하였다.

"천지간의 만물은 모두 기운이 모여서 태어나는데, 나는 사람이 되고 너는 짐승이 되었으니 서로 타고난 기운은 다르나 본성(本性)은 한가지

일 것이다. 네가 비록 말은 못하지만 〈192〉 또한 영지(靈智)가 있을 것이
니 어찌 충효가 큰 절개임을 모르겠는가? 나의 아버지께서 사신의 명을
받들어 변방 너머에서 5년 동안 사신의 부절을 잡고 계시니 이는 충신
이고, 내가 어린아이로 천애의 먼 곳으로 아버지를 찾아 만 리 길을
가고 있으니 이는 효자이다. 너도 사람과 같이 천지가 낸 짐승이니[348]
어찌 충효한 사람을 해칠 수 있겠는가?"

사기(辭氣)가 태연하여 조금도 두려워하는 기색이 없으니 사나운 호
랑이가 머리를 숙이고 자리를 피하였다. 어느덧 새벽이 밝아와 험한
길을 지나왔다.

한 곳에 이르니 큰 바다가 하늘까지 이어져 있는데 뱃길이 통하지
않아 운남생이 주변을 방황하면서 어디로 가야 할지 몰랐다. 마침 한
노인이 바닷가에 앉아 갈옷을 헤치며 이를 잡고 있어, 운남생이 일어나
절하고 노인의 앞으로 갔는데 노인은 이를 보고도 관심을 두지 않았다.
운남생이 말하였다.

"소자는 중국 사람입니다. 아버지께서 사신의 명을 받들고 금(金)나
라로 갔다가 아직 돌아오지 못하였기에, 지금 아버지를 뵈러 가는 길인
데 이곳에 이르러 매우 곤란스러우니 노인께서는 살길을 가르쳐 주십
시오."

노인이 눈을 크게 뜨고 〈193〉 말하였다.

"네가 중국인이며 아버지를 찾으러 길을 가고 있다고 하는데, 네 부
모님의 성명은 어떻게 되는가?"

운남생이 말하였다.

"아버지의 성은 이씨(李氏)이고 이름은 몽성(夢星)이고 자는 천강(天
降)이니, 봉각 사인(鳳閣舍人)을 지냈으며 고(故) 학봉 선생(鶴峰先生)의

---

348) 너도……짐승이니 : 저본에는 '□□□□□所産'으로 되어 있는데, 문맥을 살펴 번역하였다.

아들입니다. 그리고 어머니의 성은 매씨(梅氏)이니 돌아가신 용문 처사
(龍門處士) 매창후(梅昌後)의 딸입니다."

노인이 말하였다.

"너희 부모님의 외가는 성씨가 어떻게 되는가?"

운남생이 대답하였다.

"친할머니는 당(唐)나라 안서대도호(安西大都護) 두섬(杜暹)의 후손이
며, 외할머니는 고(故) 왕 승상(王丞相)의 손녀입니다."

노인이 얼굴을 찡그리고서 말하였다.

"기이하고 기이하도다! 지금 네 말을 들으니 나도 모르게 흠칫 놀라
게 되는구나. 네 어머니의 외가 선조 왕 승상은, 곧 나의 선조 청하후(淸
河侯) 왕경략(王景略)[349]의 자손이다. 연대는 비록 멀지만 세파(世派)를
서로 알게 되었으니 어찌 남처럼 대해서야 되겠는가?"

마침내 운남생과 자신의 집으로 돌아가 며칠을 머물게 하고, 배를
빌려주어 바람을 기다려 〈194〉 바다에 띄워주니 운남생이 백번 절하며
감사를 표하였다. 배를 타고서 중류(中流)를 지나는데 갑자기 큰 고래가
나타나 배를 위협하니 운남생이 노[楫]를 치며 큰 소리로 말하였다.

"나는 이백(李白)의 후신(後身)으로 지금 오로지 군부(君父)를 위하여
이 길을 가고 있다. 나중에 너를 타고 하늘로 올라갈 것이니 네가 어찌
감히 나를 해치겠는가?"

고래가 이에 꼬리를 흔들며 가니 뱃사공이 매우 기이하게 여겼다.
큰 파도가 광활하였으나 어려움 없이 바다를 건너 사람이 살지 않는
땅으로 들어서니, 비석 하나가 있어 '한(漢)나라 중랑장(中郎將) 소무(蘇
武)가 19년 동안 부절(符節)을 잡고 있던 곳'[350]이라고 적혀 있었다. 운

---

349) 왕경략(王景略) : 오호십육국(五胡十六國) 시대 전진(前秦)의 승상을 지낸 왕맹(王猛,
325~375)으로, 북해(北海) 사람이고 자는 경략(景略), 봉호는 청하무후(淸河武侯)이다.
350) 한(漢)나라……곳 : 한 무제(漢武帝) 때 소무(蘇武 B.C.140~60)가 중랑장(中郎將)으로

남생이 풍찬노숙(風餐露宿)하면서 구사일생으로 1년 만에 오국성(五國城)에 이르러 부자가 서로 상봉하니 미칠 듯 기뻐하였다. 운남생이 어머니 옥영이 써준 편지를 몽성에게 올리니 다 읽기도 전에 눈물이 편지를 적셨다. 그대로 머물며 매번 모구(旄丘)의 칡 마디가 길게 자란 것을 상심하고351) 있는데 기러기 한 마리가 항상 몽성을 따르며 곁을 떠나지 않았다. 때가 9월 가을이 되자 기러기가 〈195〉 남쪽으로 날아가려는 기색이 있기에, 몽성이 답서를 써서 그 발에 묶으니 곧 남쪽을 향하여 날아갔다. 그 편지는 다음과 같다.

수만 리 밖에서 임금과 신하가 고생하고 7, 8년 동안 어머니와 아들이 서로 그리워하고 있었는데 천만뜻밖에 아들이 나를 찾아와 소식을 들으니 기쁨이 극에 달해 도리어 슬픔이 생겨나노라. 어가(御駕)를 호종하여 나라로 돌아가지 못하고 있는데 갑자기 선황제께서 승해[賓天]하시니, 신하의 의리로 마땅히 죽어 황제를 따라야 하거늘 완악한 목숨이 죽지 못하고 구차히 날만 이어가고 있으니 장차 무슨 면목으로 고국에서 군친(君親)을 뵙겠는가? 낭자는 매년 돋아나는 봄풀을 한스럽게 생각하지 말고 효를 다하여 노모를 봉양하며 잘 지내시오.

모년(某年) 모월일(某月日)에 이천강(李天降)은 부인 매씨에게 답장을 부치노라.

흉노(匈奴)에 사신을 갔다가 19년 동안 억류되었으나 끝까지 투항하지 않았다. 북해(北海)로 옮겨져서 양을 치며 지냈는데, 한나라의 부절(符節)이 다 닳도록 버티다가 소제(昭帝)가 즉위하여 흉노와 화친(和親)한 후에 비로소 노인이 된 몸으로 돌아왔다.《漢書 卷 54 蘇武傳》

351) 모구(旄丘)의……상심하고 : 타국에서 고국을 그리워함을 뜻한다.《시경》〈패풍(邶風)모구(旄丘)〉에 "모구의 칡은 어쩌면 이리도 마디가 길게 자랐는가. 숙이여 백이여! 어찌 이리도 오랜 시일이 걸리는가.[旄丘之葛兮 何誕之節兮 叔兮伯兮 何多日也]"라고 하였다. 이는 여(黎)나라 임금이 나라를 잃고 위(衛)나라에 와서 의탁한 지가 오래 되어도 위나라에서 자기네를 원조하여 본국으로 보내주지 않음을 원망한 것이다.

또 시를 지었다.

秋深塞外鴈南飛　　깊은 가을 변방의 기러기 남으로 날아가는데
雲斷蒼梧泣涕揮　　구름은 창오산에서 끊겨 눈물 흩뿌리누나352)
滄茫故邦何處是　　아득한 고국 어디에 있는가
中宵魂夢北堂歸　　밤중에나 꿈속에서 북당353)으로 돌아가네

각설(却說). 옥영이 운남생을 떠나보낸 뒤로, 중간에서 생사를 몰라
〈196〉 먹어도 맛을 모르고 잠도 편히 들지 못하였다. 홀연히 어느 날
저녁에 기러기 한 마리가 하늘을 날아 구름 끝에서 울음소리를 내니,
옥영이 급히 문루(門樓)에 올라 기러기를 부르며 혼잣말하였다.

"소 중랑(蘇中郎)과 이 사인(李舍人)에게 무슨 애증(愛憎)이 있어서 나
에게만 편지를 전해주지 않는가?"354)

말이 끝나기도 전에 한 통의 편지를 떨어뜨리니 곧 몽성이 보낸 것이
었다. 비로소 부자가 함께 금(金)나라에 있음을 알게 되니 더욱 비통하
였다.

몽성이 12년 만에 재궁(梓宮)355)을 받들고 돌아와 임안(臨安)에 도착

---

352) 구름은……흩뿌리누나 : 휘종(徽宗)이 승하한 것을 눈물 흘리며 슬퍼한다는 뜻이다. 창오
산(蒼梧山)은 순(舜)임금이 세상을 떠난 곳인데, 두보(杜甫)의 〈동제공등자은사탑(同諸公
登慈恩寺塔)〉 시에 "머리 돌려 순임금을 애타게 부르나니, 창오산의 구름은 정녕 시름겨워
라.[廻首叫虞舜 蒼梧雲正愁]"라고 하였다.

353) 북당(北堂) : 모친을 일컫는 말이다. 주 214) 참조.

354) 소 중랑(蘇中郎)과……않는가 : 무슨 이유로 소무(蘇武)의 편지는 전해주고 남편 몽성의
편지는 전해주지 않느냐고 기러기에게 한탄한 것이다. 소무가 흉노(匈奴)에게 억류 된 뒤
에, 한 소제(漢昭帝)가 즉위하여 사신을 보내 흉노와 화친하고 소무를 돌려달라고 하자
흉노는 소무가 죽었다고 둘러댔다. 사신이 기지를 발휘하여, "천자가 상림원에서 활을 쏘
아 기러기를 잡았는데, 기러기 다리에 묶인 편지에 '소무가 어느 늪 주변에 있다.'라고 하였
다.[天子射上林中 得雁 足有係帛書 言武等在某澤中]"라고 하여 흉노에게 따진 덕분에 소
무가 19년 만에 본국으로 귀환하게 되었다는 '안족전서(雁足傳書)'의 고사가 있다. 《漢書
卷54 蘇建傳 蘇武》

하니, 황제가 몽성의 충성과 독실함을 가상히 여겨 높은 관직에 발탁하고 후하게 상을 주었으며 어머니를 태부인(太夫人)에 봉하고 부인을 정부인(貞夫人)에 봉하였다. 몽성이 황제에게 글을 올려 걸군(乞郡)[356]하여 노모를 영화롭게 봉양하고자 하니 황제가 특별히 명하여 절강 포정사(浙江布政司)에 제수하였다. 사은숙배(謝恩肅拜)[357]를 마치고 바로 본가로 돌아오는데 행차의 옥절(玉節)과 금월(金越)이며 고아(高牙)와 대독(大纛)[358]이 길에서 화려하게 빛나니 온 집안에 경사가 넘쳐흘렀다. 태부인(太夫人) 두씨(杜氏)가 말하였다.

"어머니는 아들과 이별하고 아들은 어머니와 이별하여 옛날에는 슬펐더니, 시어머니는 며느리를 의지하고 〈197〉 며느리는 시어머니에게 의지하여 오늘의 경사를 이루었도다."

포정사 몽성이 말하였다.

"절새(絕塞)에서 선황제를 따르다가 다행스럽게도 살아서 돌아와 고당(高堂)에서 어머니에게 절을 올리니 따라서 감동과 슬픔이 더해집니다."

정부인(貞夫人) 매씨(梅氏)가 말하였다.

"남편은 충신이 되고, 부인은 명부(命婦)[359]가 되었으니 은혜와 영화

---

355) 재궁(梓宮) : 가래나무로 만든 제왕과 후비(后妃)의 관으로, 금(金)나라에 붙잡혀 있다가 죽은 송 휘종(宋徽宗)을 가리킨다.

356) 걸군(乞郡) : 노부모의 봉양을 위해 중앙 관직을 떠나 고향 부근의 수령으로 내려가게 해 달라고 청하는 것이다.

357) 사은숙배(謝恩肅拜) : 새로 관원에 임명된 사람이 궁중에서 왕에게 숙배(肅拜)하고 왕은(王恩)에 치사(致謝)하는 것이다.

358) 고아(高牙)와 대독(大纛) : 장군이나 지방관의 의장(儀仗)을 가리킨다. 송(宋)나라 재상 한기(韓琦)가 일찍이 무강군 절도사(武康軍節度使)로서 고향인 상주(相州)를 다스렸는데 고향으로 부임하면서 금의환향(錦衣還鄉)의 뜻으로 집 뜰에 주금당(晝錦堂)을 지으니, 구양수(歐陽脩)가 그를 기려 지은 〈상주주금당기(相州晝錦堂記)〉에 "고아와 대독이 공에게는 영화로운 것이 못 되고, 환규와 곤면도 공에게는 귀한 것이 못 된다.[高牙大纛不足爲公榮 桓圭袞冕不足爲公貴]"라고 하였다. 《文忠集 卷7》

359) 명부(命婦) : 내명부(內命婦)와 외명부(外命婦)를 아울러 가리키는 말이다. 내명부는 궁중(宮中)에서 봉사하는 여관(女官)으로서 품계(品階)를 가진 사람을 뜻하고, 외명부는 종

가 끝이 없습니다."

곧 중당에 큰 잔치를 열어 정씨 부인과 정 정부(鄭貞婦)를 초대하고 녹양을 시켜 술잔을 돌리게 하였다. 인하여 시를 지으라 명하니 녹양이 시를 지어 올렸다.

綠楊三月渭城春	버들 푸른 삼월 위성의 봄은
梅李芬芳得意辰	매화와 오얏이 향기로워 만개한 때라네
金花羅紙天香溫	금화의 나지에 천향이 따뜻하니360)
萬壽樽前衆樂陳	만수를 비는 술동이 앞에 뭇 악기 펼쳤어라

또 몽성과 옥영에게 각각 시를 짓게 하였다. 몽성의 시는 다음과 같다.

三千里外離親子	삼천 리 밖으로 어머니 떠난 아들이
十二年間扈帝臣	십이 년 동안 황제를 호종한 신하라네
回頭五國城何處	머리 돌리니 오국성은 어디인가
一夢猶寒塞外春	변방의 봄은 꿈에서도 오히려 차갑구나

옥영의 시는 다음과 같다.

친(宗親)의 딸과 처(妻) 및 문무관(文武官)의 처로서 남편의 직품(職品)에 따라 봉작(封爵)을 받은 사람을 뜻한다.
360) 금화(金花)의……따뜻하니 : 몽성이 제수된 관작에 따라 그 어머니도 함께 태부인(太夫人)의 봉호(封號)를 받은 것을 가리킨다. 금화의 나지(羅紙)는 봉호를 내릴 때 쓰는 비단이다. 소식(蘇軾)의 〈송정건용(送程建用)〉 시에 "언젠가는 금화의 조서를 보게 될 것이고, 탕목읍(湯沐邑)을 하사받아 조정을 받들 수 있으리라.[會看金花詔 湯沐奉朝請]"라고 하였다. 남송(南宋) 왕십붕(王十朋)의 주(註)에 따르면, 군부인(郡夫人)에게는 금화의 나지를 내리고 본인에게는 탕목읍을 하사하여 조청(朝請)을 받들게 하는데, 이는 어버이를 받드는 영광스러운 일이었다고 한다. 《東坡詩集註 卷16》 조청은 봄과 가을의 조회를 뜻한다.

思母子爲榮母子	어머니를 그리워하던 아들이 어머니를 영화롭게 한 아들이고
今王臣是舊王臣	지금 황제의 신하가 옛 황제의 신하이네 〈198〉
兩全忠孝承殊渥	충효 모두 온전히 하여 큰 은혜 입으니
官誥蟠花別有春	금빛 서린 교지(敎旨)[361]에 특별히 봄 온 듯해라

당시 사람들이 쓴 시가 있으니 다음과 같다.

風霜貞烈梅家婦	풍상 겪으며 정렬 지킨 매씨 부인이요
忠孝兼全李舍人	충효 모두 온전히 한 이 사인이네
三綱竝美巴陵郡	삼강이 파릉군과 함께 아름다우니
靑史芳名垂萬春	역사에 꽃다운 이름 만세토록 전해지리

태부인 두씨가 말하였다.

"우리 집이 본래 청렴한 가문으로, 충효는 타고난 자질이고 공명은 대대로 아름다웠다. 지금 너는 효자가 되었고 네 처는 열부(烈婦)가 되었으며 네 여종은 충비(忠婢)가 되었으니 이는 이른바 '충신은 효자의 집안에서 구한다.'[362]라고 한 경우이다. 너는 녹양을 어떻게 처우하려 하는가?"

포정사 몽성이 말하였다.

"종의 신분에서 풀어주어 그 공에 보답하고자 합니다."

태부인 두씨가 말하였다.

---

361) 금빛 서린 교지(敎旨) : 옛날 증직(贈職)에 봉(封)하는 조서(詔書)를 오색의 금화(金花) 무늬가 있는 비단으로 쌌는데 이를 '오화관고(五花官誥)'라고 하였다.

362) 충신은……구한다 : 《후한서(後漢書)》 권56 〈위표열전(韋彪列傳)〉에 위표가 "공자가 말하기를 '부모에게 효성스러운 사람은 그 효성을 임금에게 옮겨 충성할 수 있으니 충신을 구하려면 반드시 효자의 가문에서 찾아야 한다.'라고 하였습니다.[孔子曰 事親孝 故忠可移於君 是以求忠臣 必於孝子之門]"라고 하였다.

"네 말이 옳다."

즉시 종의 신분에서 풀어주어 양인(良人)이 되게 하였다. 그 남편은 같은 군에 사는 이여정(李汝靖)이니 궁마(弓馬)의 재예(才藝)가 있었다. 몽성이 한 번 옥영의 말을 듣고 막부의 보좌로 등용하여 문하에 두고 태부인을 모시게 하였다. 〈199〉 절강(浙江)에 도착하니 사람들이 판여(板輿)[363]의 영화로움을 부러워하였다. 정사를 다스린 지 3년 만에 잘 다스린다는 명성이 자자하여 여러 번 승진하고 발탁되어 청요직(淸要職)을 두루 역임하였다. 그 뒤에 어머니 두씨의 상을 당하였을 때 상례(喪禮)를 극진히 하였고, 또 장모 정씨 부인의 상을 만나서도 한결같이 친상(親喪)과 같이 하여 장례와 제사의 예절에 정성을 다하였다.

정 정부가 늙어서 의지할 곳이 없어 녹양에게 부탁하여 봉양하게 하니, 이여정도 의로운 사람이어서 양생(養生)과 장사(葬死)에 조금도 서운함이 없도록 하였다. 이여정이 또 무과(武科)에 급제하여 몽성이 조정에 천거하니, 여러 번 무관직을 거쳐 하양 절도사(河陽節度使)가 되고 녹양도 명부(命婦)가 되었다. 이로써 보건대, 사람이 세상을 삶에 일신(一身)의 영화와 현달(顯達)은 본래 귀천이 없으니 대개 지극한 정성을 말미암는 것이다.

몽성이 말년에 벼슬을 그만두고 전리(田里)로 돌아와 지냈다. 당시에 왕자일과 맹호이도 벼슬을 그만두고 돌아와, 두 벗과 함께 한가롭게 노닐며 여생을 보내니 파릉 남쪽에 세 사람이 노닐던 정자가 남아있다. 노복 충생(忠生)과 선정(善丁)이 둘 다 죽었는데, 〈200〉 그 자녀들을 종의 신분에서 풀어주어 그 둘의 충성스럽고 근실한 공에 보답하였다.

---

363) 판여(板輿) : 부들방석을 깔아 푹신하게 만든 노인용 가마를 말하는데, 효자가 늙은 어버이를 모시고 임지로 가는 것을 뜻한다. 진(晉)나라 반악(潘岳)의 〈한거부(閑居賦)〉에 "태부인을 판여에 모시고 가벼운 수레에 오르시게 한 뒤 멀리 궁성을 유람하고 가까이 집안의 뜰을 산보하게 한다.[太夫人乃御板輿 升輕軒 遠覽王畿 近周家園]"라고 하였다. 《晉書 卷 55 潘岳列傳》

죽랑과 월아(月娥), 초선(楚仙)에게도 모두 공을 헤아려 많은 재화(財貨)
를 주니 각자 살 곳을 정하여 여생을 보냈다.

몽성과 옥영이 향년 80세에 함께 세상을 떠났다. 그 사이에 두 아들
을 더 낳았으니 운남생과 함께 세 형제가 문과(文科)에 급제하여 청화직
(淸華職)을 두루 거쳐 능히 아버지의 자취를 이었다. 조정이 몽성의 전
후 사적(事蹟)을 황제에게 아뢰어 삼강문(三綱門)[364]을 세웠다. 그 뒤로
자손들이 번성하여 가문의 명성을 실추시키는 일이 없었다고 한다. 아!
인생의 궁달(窮達)은 절로 전부터 정해진 것이 있으니 지금 옥영의 평생
을 보건대, 처음부터 끝까지 모두 그 추명(推命)[365]을 징험하였다.

임술(壬戌)년 2월 12일에 위와 같이 필사하였다.

---

364) 삼강문(三綱門) : 삼강(三綱)은 유교(儒敎)의 도덕(道德)에 있어서 기본이 되는 세 가지
　　강령(綱領)으로서, 임금과 신하, 어버이와 자식, 남편과 아내 사이에 마땅히 지켜야 할
　　도리인 군위신강(君爲臣綱), 부위자강(父爲子綱), 부위부강(夫爲婦綱)을 말한다. 삼강문
　　은 삼강을 실천한 사람의 행적을 기리는 뜻에서 세우는 정려문(旌閭門)이다.
365) 추명(推命) : 사주(四柱)를 가지고 사람의 운명을 점치는 것이다.

巴陵奇事

〈1〉宋熙寧中, 會稽縣龍門山, 有一處士, 姓梅氏, 名昌後, 字慶甫, 漢南昌尉梅福後裔, 學文道德爲一世宗匠. 當諸賢之輩出, 非無仕宦之意, 而痛王呂之變法, 累被徵壁[1], 未嘗一出, 被羊裘釣澤中, 世稱淸節先生. 時巴陵郡鶴峰村, 有李齊亨者, 字泰仲, 亦以名家子弟, 學行高明, 與昌後齊名. 不求聞達, 索居閑處, 號稱鶴峰先生. 淸節願一見之, 而久未得也, 後過巴陵, □□[2]江上, 被簑笠獨釣寒江, 遂與之□[3], □[4]〈2〉褐押虱, 而談當世之務, 傍若無人. 胸襟灑落, 志氣相合, 留宿數夜, 結爲道心之友. 自是以後, 互相往來, 名聞益彰, 俱被召命, 齊亨赴召, 昌後遂不赴, 隱居江湖, 有遺世之意, 自號龍門處士, 別搆數間精舍, 名曰三省堂, 與門人弟子, 講論經傳. 一日有靑衣童子, 不知自何處來, 陞堂拜謁, 處士曰:

"爾是何鄕某姓家兒耶?"

童子對曰:

"小子乃東海廣淵王之子也. 水府無文, 難以闡揚帝命, 故父王久仰先生之聲華, 遣小子而來此, 願爲弟子, 幸先生敎之."〈3〉

處士曰:

"水陸異處, 爾何能受學乎?"

童子曰:

---

1) 壁 : '辟'의 오자.
2) □□ : 문맥상 '偶見'이 되어야 함.
3) □ : 문맥상 '言'이 되어야 함.
4) □ : 문맥상 '被'가 되어야 함.

"海宮陽界, 雖云殊途, 吾以龍孫, 神通自在, 去來受學, 何難之有?"

處士奇其言, 置於門下而敎之, 頗爲聰明, 龍音習讀, 日就月將, 有勝於學士. 朝來朝5)去者, 將及數年, 一日以其父命, 傳語曰:

"思欲一拜於先生軒屛之下, 而職事載重, 不得任意出陸, 使小子奉邀云矣."

處士曰:

"此去東海, 路隔萬里, 何能致之?"

童子曰:

"先生如欲一臨, 亦何難哉?"

翌日挾馬而來, 致前而告曰:

"此龍馬, 凌倩步也, 乘此以往, 則一〈4〉瞬千里, 請先生上馬."

處士乘之, 其疾如箭, 忽到一處, 碧海連天, 一望無際. 處士謂龍子曰:

"願見汝變身爲龍."

龍子曰:

"小子變形, 非是難事, 而但恐驚動先生."

處士曰:

"吾已心知, 何懼之有?"

童子曰:

"謹奉敎矣."

卽出袖中一甲衣而服之, 便作一靑龍, 鬐鬣下垂, 鱗甲照曜, 轉側於烏雲之間, 吼聲震凌, 氣像奇險, 風雲咫尺, 變化萬狀. 處士心知其龍子, 而目擊其奇形, 驚駭叵測, 氣色沮喪. 龍子卽脫龍服, 還復本形, 忽焉在前, 處士乍定驚魂, 尙有餘悸.〈5〉龍子請背負入水, 處士掉頭固辭, 龍子曰:

---

5) 朝 : '暮'의 오자.

"今旣到此, 何爲中途而返耶? 瞑目少頃, 則自可至矣."

處士雖欲不從, 進退惟谷, 不得已登背, 但聞風聲蕭蕭, 水聲潺潺. 須臾已至, 殿宇崢嶸, 威儀嚴肅, 有若塵世間一王都也. 龍王聞其至, 冠冕釰6)佩而出, 延之上階, 致敬而謝曰:

"寡人世守東溟, 號稱海王. 奉承帝命, 主張雨水, 風車雲馬, 往來天庭, 而至如奏封之際, 未有其文, 寔爲水國之欠事, 肆欲使賤息, 受學於人間. 幸蒙先生之不遐棄, 學得高文, 自〈6〉此水宮, 無文而有文, 感佩深恩, 未忘於中. 躬進拜謝, 其禮當然, 而守職不曠, 坐屈冠蓋, 心實不安."

處士對曰:

"僕以塵界賤士, 本無可稱, 而大王誤聞虛名, 令貴子就學, 自愧爲人師也. 今又承邀, 得見款曲, 無以爲謝."

廣淵王卽命設宴於碧沼堂, 是時鼉參軍、鼈主簿、西川候赤鯶公侍在左右, 承命周旋, 排設宴次, 華筵秩秩, 錦屛重重, 玳瑁盤、琥珀盃, 美酒佳肴, 極其豊馨. 靑娥奉爵, 紅粧執樂, 舞凌波之隊, 歌凌波之詞, 歡娛竟夕, 人間樂事, 未足〈7〉踰也. 留連一旬, 請其還歸, 廣淵王曰:

"先生今旣來此, 可無一字之見貺耶? 願得碧沼堂銘, 以爲水宮池閣之潤色焉."

處士固辭不得, 乃揖筆書之, 其文曰:

"海作龍宮, 龍爲海王. 沼開明堂, 朝會群靈. 揭名碧沼, 取義東方. 顧名思義, 有是鐫銘. 某年月日, 龍門處士梅昌後敬甫謹書."

廣淵王喜謝曰:

---

6) 釰 : '劍'의 오자.

"綺紋登壁, 光彩倍增."

多出綺玩珍寶, 以表潤筆之資, 處士辭而不受, 龍宮夫人使侍女奉玉指環一雙, 致於處士而傳語曰:

"物雖不〈8〉腆, 可合貴家阿娘之手, 亦將取質於他日矣."

處士受言藏之, 而自念家無兒女, 所謂可合阿娘之手者, 未曉其意也. 廣淵王命其子倍7)行出陸, 處士拜辭而退, 與龍子, 出海登岸, 去時所騎龍馬, 又在於此, 乃乘而還家, 其間已半年矣. 翌日龍子拜辭於前曰:

"小子自今以往, 無復來日, 願先生康寧."

處士出門而送之, 不勝悵然. 以龍宮夫人所贐玉指環, 授其夫人, 而傳道龍婦所托之言, 其夫人姓王氏, 故王承相孫女. 天性靜雅, 婦德具備, 凡在〈9〉奉接之道, 酬應之節, 皆遵法度, 素爲處士所重, 而但無子爲恨. 今聞處士所傳龍婦之言, 心竊爲疑. 乃於一日, 處士謂王氏曰:

"不孝有三, 無後爲大, 吾兩人年齡已高, 男女未有, 遂絶後嗣, 辜負先人, 將何面目, 歸見先靈於地下乎?"

王氏曰:

"有子無子, 惟天攸命, 恨如之何? 然妾嘗聞之, 無子之人, 禱於名山佛寺, 則或有得生云, 言若不妄, 試可禱矣. 況龍婦之言, 稱阿娘者, 雖涉孟浪, 亦有異也."

處士頗然其語, 遂涓日齋沐, 往于武林山靈隱寺, 與大〈10〉禪師敬元, 設祈子聖功, 敬元曰:

"此寺素有靈異, 前後祈子者, 多見其效, 是以號之以靈隱."

處士亦心竊希望.

---

7) 倍 : '陪'의 오자.

●却設8). 李齊亨官至黎陽太守, 早年致仕, 退居田里, 黃冠野服, 逍遙川石上, 詠歸去來辭, 時人謂之後淵明. 一日釣漁江上, 日暮投入漁店, 主人捉得一大鯉魚, 登俎潑潑, 自有悲死之形. 鶴峰仁心自發于中, 請買主人, 放諸水中, 厥魚頻頻回顧, 悠然而逝, 似有感恩之意, 是夜夢, 白衣童子拜跪於前, 叩頭而謝曰:

"小子乃西海廣德王〈11〉子白魚, 承父命, 有行於東海廣淵王而迴路, 忽罹魚網, 命迫鼎鑊, 幸蒙先生救活之澤, 死中得生, 如海之德, 刻骨難忘. 惟思後日漂海風波, 圖報其恩."

因百拜而去, 鶴峰悠然而覺, 意謂昨暮就蒸之魚是也, 心自異焉. 其居家處世, 以推己及物爲事, 仁心德意, 無處不及, 人皆敬服, 以謂李氏家, 必有後祿云矣. 鶴峰亦無子, 每以爲恨, 適於是時, 亦祈子于此寺, 具香茶紙燭, 來之西庵, 聞梅處士先到南庵, 卽來見之曰:

"吾與子, 不相見久矣, 尋常〈12〉景慕, 豈意此地不期而同? 可謂天與其便."

處士曰:

"事非偶然, 必有好緣."

同行七日齋而罷歸, 分路之際, 處士謂鶴峰曰:

"若俱得男子, 則結爲兄弟, 若得男得女, 則約爲婚姻."

鶴峰然諾, 遂與之別, 各歸其家. 其後王氏夢, 有一小9)艾, 自空乘雲而下, 入于懷中, 自此有娠. 處士聞夫人之夢, 而念龍婦之言, 知其生女也. 李鶴峰夫人唐安西大都護杜暹之後孫女也. 自鶴峰祈子之後, 庶冀受胎, 常10)夜夢長庚星墜入懷中, 因以有孕, 彌月而生男子, 容儀〈13〉奇美, 氣質明潤. 鶴峰不勝喜幸, 以其夫人感夢之意, 名

---

8) 設 : '說'의 오자.
9) 小 : '少'의 오자.
10) 常 : '嘗'의 오자.

之曰夢星, 字之曰天降. 是日梅處士夫人, 亦有産氣, 憑枕而臥, 祥
雲繞室, 異香盈房. 忽有二丫鬟, 自外而入, 扶持王氏而解娩, 乃女
子也. 丫鬟洗兒, 臥置于錦褓褓, 悠然而去, 莫知其所向. 處士金愛
玉憐, 名曰玉英, 字曰雲[11]中香. 其後李鶴峰抵書於梅處士曰:

> "沙門摻別, 有年于玆, 鬱陶之思, 想惟一般. 小弟晚得一丁, 是爲
> 私門之幸, 不知先生亦得此慶乎? 臨別之言, 彼此〈14〉不負. 某年月
> 日, 小弟李齊亨再拜."

梅處士見此書, 謂其夫人曰:
"曾到靈寺, 適與李鶴峰同行祈事, 而罷歸之日, 彼此生男生女, 則
約以爲婚者, 牢如金石. 今見鶴峰書, 則彼果得男子, 而吾亦得女子,
當日之言, 不可相負."
夫人曰:
"吾家與李氏家結婚, 豈不好歟?"
梅處士卽以答書曰:

> "與先生話別, 遽及數年, 瞻望南雲, 我思悠悠, 卽承惠札, 憑審先
> 生道體珍重, 而又見弄璋之慶, 瞻仰德門, 羨賀萬萬. 小弟亦見弄瓦,
> 與其絶後, 稍慰〈15〉是心, 曾與先生, 有託苽[12]葛之義, 豈負前言?
> 某年月日, 小弟梅昌後再拜."

李鶴峰藏此答書, 以爲日後結婚之明文, 梅淸節亦深藏鶴峰之書,
以待玉英之長成, 而養在深閨, 人未識也. 年貌漸長, 姿態非常, 性

---

11) 雲 : '雪'의 오자.
12) 苽 : '瓜'의 오자.

且聰敏, 能通經史. 淸節大奇之, 親自敎之, 觸處講解, 有如先生, 凡
爲女工, 無非天才也. 淸節招術士, 推步平生, 術士曰:

"此兒先困後貴之象, 十二歲以後, 春日園中, 開花泣雨之格, 十五
歲以後, 秋風江上, 浮萍流水之格, 十七歲以後, 花〈16〉粧春閨, 蝴蝶
偸香之格, 十九歲以後, 鴛鴦孤宿, 夜月傷心之格, 二十歲以後, 孤僧
片舟, 入海迷路之格, 二十二歲以後, 惠而好我, 携手同歸之格, 二十
五歲以後, 春風得意, 梅李同榮之格, 三十歲以後, 嫠歸13)恤緯, 倚柱
舒憂之格, 三十五歲以後, 日暮西景, 登高望遠之格, 四十歲以後, 和
順積中, 榮華發外之格, 壽亨兩井之後, 與夫子同終之八字也."

淸節心自怪焉. 玉英年纔十二, 淸節有疾, 知其不起, 處置家事,
而英兒他日, 與李鶴峰家結婚〈17〉之意, 別作遺書, 盛於篋笥中, 又
以英兒推步之書, 屬其夫人, 數日後, 因奄忽, 擧家號慟, 夫人親自
斂殯, 禮以葬之. 不朞年, 夫人又病, 沈綿半載, 因遂不起, 玉英抱屍
慟哭, 欲隨死萬端, 不能自由. 家有一老婢, 名草貞, 字海棠花, 乃玉
英之乳母也. 早年喪夫, 只有一女, 名綠楊, 字謂14)城春, 與玉英同
年, 而亦有姿色, 工於詩詞, 又善琴歌, 玉英愛之若同氣也. 草貞主
掌家事, 喪葬祀事, 極盡其道, 玉英朝夕, 伏於靈几前, 告辭而哭曰:

"哀哀父母, 生我劬〈18〉勞, 欲報深恩, 昊天罔極. 今也則亡, 定省
無所, 縷縷人生, 胡不遄死?"

血淚沾裳, 人不堪悲. 三年闋服後, 乳母嬰疾, 玉英與綠楊, 不離
其側, 醫藥祈禱, 靡不用極, 而勢將難救. 執英娘之手, 含泣而語曰:
"大主兩位, 俱捐世上, 一老頑命, 幸保人間, 奉養娘子, 思見前頭

---

13) 歸 : '不'의 오자.
14) 謂 : '渭'의 오자.

之榮貴, 今又有疾, 其奈有程? 嗚呼娘子! 竟將何歸? 人間地下, 此恨綿綿. 幸勿以吾死爲忘, 愛憐吾女, 善過平生. 皇天有知, 娘子他日, 必有後福."

玉英飮泣而答曰:

"薄命多辜, 早喪父母, 終〈19〉鮮兄弟, 而所恃者, 惟母在焉, 今于棄我而逝, 漠漠天地, 我生何爲?"

玉淚漣漣. 乳母噓唏數聲而歿, 玉英、綠楊, 相向而哭, 鄰里來問者, 慘不忍見. 喪葬祭祀, 一如親母, 自是以後, 無所依歸, 叫號度日. 人有詩曰:

"龍門山色尙依舊, 淸節家聲此寂寥. 故宅寒梅誰是主, 滿庭芳草護孤條."

◉却說. 吳郡劉學士夫人程氏, 有行於親庭, 而留宿於此, 適當玉英亡母諱日, 行祀痛哭, 程氏聞中夜比舍, 有〈20〉女娘號哭聲甚悽咽, 自然悲感, 問主婦曰:

"何處哭聲, 若是其哀慘?"

主婦曰:

"此憐梅淸節女子, 行其亡妣忌祀也."

程氏曰:

"獨居乎?"

主婦曰:

"旣無同氣, 而亦無朞功强近之親, 惸仃隻身, 只有一婢子相依, 是所謂無所歸之窮人也."

程氏心自憐之, 翌日啓行, 至于其家, 梅娘不知何許行次, 心自疑懼. 程夫人下轎入房, 梅娘淡粧素服, 敬拜于前, 年可二八, 玉貌瘦

瘁, 若秋月隱雲之形. 夫人撫慰曰:

"美哉娘子! 胡爲乎獨居, 若是其苦行耶? 吾是吳郡一〈21〉寡婦, 今有觀行於西州而歸路, 適因日暮, 止宿於貴隣, 中夜聞女子哀號聲, 心自悽愴, 問知主婦, 則娘子情境, 與我相同. 以己方人, 誠甚矜惻. 今以尋聲入來者, 盖欲與娘子, 敍其心懷也."

玉英斂袵起拜曰:

"以天地間罔極之身, 每願遄死, 而不得自引, 只恨薄命之在世, 今夜卽亡母遠諱之日, 故行祀耳."

程氏夫人曰:

"吾亦無子女, 煢煢一身, 無依無賴, 願得娘子爲養, 以託後事, 未知娘子之意何如?"

玉英對曰:

"倘蒙貴宅收養, 則是爲無母而有〈22〉母, 豈不幸甚! 但念小女素鮮本族, 而只有外戚, 詢議然後, 乃可決也."

程氏曰:

"然則娘子外戚諸人, 誰爲主張?"

玉英曰:

"母弟王氏, 故李浙東夫人也. 早寡貧居, 而視小女猶己出, 必聽其言而後, 可以決矣."

程夫人親就李浙東家, 見王氏, 敍禮後, 乃言曰:

"老婦乃吳郡劉學士寡妻也. 歸寧之路, 偶入此村, 得見賢姪, 聞其身世, 則無姑15)無恃, 是乃爲世所悲者也. 吾亦寡身, 未有一男一女, 願得賢姪, 結爲母子, 以託身後事, 幸貴宅, 其可許乎?"

王氏答曰:

〈23〉"賤姪無足可觀, 而尊夫人不以爲鄙, 取以子之, 實甚感佩, 而

---

15) 姑 : '怙'의 오자.

但念梅氏之女爲劉氏之女, 於義未安."

程夫人曰:

"昔玄德與關、張, 桃園結義而爲兄弟, 三姓結義, 後人不以爲非, 二姓結義, 何嫌之有?"

王氏曰:

"雖欲許之, 此兒外戚, 亦多有之, 吾豈獨專主諾?"

程夫人曰:

"聞尊夫人爲娘子同母弟, 便是親母, 安得人人盡主之? 吾與賢侄, 邂逅相逢, 此亦天與. 今與夫人, 一女子與受, 似無持難, 兩言決之, 不亦可乎?"

王氏曰:

"尊夫人旣如是眷勤, 吾何愛一〈24〉女子, 不以奉副夫人之至意乎?"

程夫人受諾而還, 謂玉英曰:

"今與叔夫人, 已決與受, 斷無他議. 吾還家之後, 當送人馬, 與貴婢, 齎挈而來."

玉英曰:

"吾與尊夫人, 爲母爲子, 而旋與拜別, 情猶未洽, 願留數日."

程氏亦未忍便離, 留在數日, 以觀其行動處事, 雖京華士大夫家處子, 莫能及也. 遂約日而去, 玉英出門拜辭, 程氏心甚欣悅, 如有所得. 一日玉英就告王氏曰:

"勢難獨保, 今爲他家之養女, 考妣祭祀, 丘墓禁伐, 將托於何人耶?"

王氏曰:

"爾先〈25〉人旣無子姓, 又無世業, 孰肯爲繼後也?"

玉英曰:

"吾家自是淸門, 雖無世傳之物, 亦不可絶祀, 惟願叔母, 留心思之, 無使香火, 至寂寞之境."

王氏曰:

"旣無本族, 則得其人誠難, 莫如使舊奴奉行, 以待他日, 更議處之."

玉英亦知其繼後之未易, 强從其言, 守墓行祀等節, 專委其舊僕先[16]業奉行, 家藏多小, 亦皆付與, 而以待程氏之送伻矣.

⊙却說. 同郡有富室薛道徵者, 夙聞梅娘之賢美, 知其家戶之零替, 意欲取其爲妾, 而但畏憚王氏, 不敢生意, 今〈26〉聞梅娘爲吳郡劉家之養女, 不勝慨惋, 欲爲急圖, 而無可與計事者. 聞平江縣花亭村巫女魏春臺, 以鬼神方, 見幸於王氏家, 出入無常, 袖齎金錢而往賂之, 魏巫疑其無名之餽, 而問其所以, 道徵曰:

"吾富不下於石將軍, 而所不及者, 惟綠珠之美妾也. 曾聞梅家小娘倍勝於綠珠, 欲行錦囊之計, 而恨無爲我謀者也. 今聞厥娘爲劉家之養女, 非久到彼云, 願大巫, 爲我畫策, 毋使玉梅, 移栽於他人之園, 則此乃大巫之功, 所可報者, 不惜千金."

〈27〉春臺曰:

"此非難事, 而第所忌者, 其外叔王氏也. 必欲得此, 莫若先誘其叔母也, 而後可得其便."

道徵曰:

"何以則可圖其路耶?"

春臺曰:

"吾與王夫人, 素相善, 今受大惠, 敢不致力於其間?"

道徵曰:

"果若大巫之言, 吾無憂意."

再三丁寧而去. 春臺本是巧佞人也. 一日就拜王氏, 而獻詔曰:

---

16) 先: '老'의 오자.

“聞梅家娘娘爲劉家養女, 而夫人許之云, 誠有是事?”

王氏曰:

“然.”

春臺陽泣而言曰:

“梅氏門戶, 雖云凌替, 豈可以大賢之後, 爲異姓之養女乎? 夫人躬親撫養, 結〈28〉婚於富族, 俾奉梅氏之先祀, 則淸節精靈, 庶不爲若傲[17]之鬼, 若入他門, 婚不擇地, 則淸門爲庶, 其在不遠, 夫人何其不思之甚耶? 吾於貴宅事, 非所干涉, 而所以爲言者, 實有慨惜於落花之辭根也.”

王氏曰:

“爾言則是, 而吾與程氏夫人, 旣已斷定, 牢不可罷.”

春臺曰:

“諺言離鄕則賤, 今夫人不察劉家之深淺, 輕先許之, 倘使玉娘, 他日長成, 未免靑鸞之伴木雞, 則悔無及矣. 推以人事言之, 莫如錦衣玉食之爲平生所樂也.”

王氏曰:

“世上人事, 自〈29〉有定分, 梅娘之八字, 好則爲[18]將爲好人, 不好則將爲不好人, 何必預期?”

春臺多方爭辯, 王氏終始不頷, 春臺無聊而退. 又於數日, 入拜王氏, 援引梅娘之事, 以權辭善辯, 萬端慫慂, 王氏不悅曰:

“老婆今爲說客耶? 何其多言?”

春臺憮然而退. 道徵來問事奇[19], 春臺曰:

“吾爲尊君, 再入王家, 善爲設辭, 欲罷其養, 則王氏固執, 圖得梅

---

17) 傲 : '放'의 오자.

18) 爲 : 연문.

19) 奇 : '幾'의 오자.

娘, 難於上清天也."

道徵抑損曰:

"計將安出?"

春臺曰:

"不如俟其往日, 要路奪取."

道徵欲行其計, 而門下有食客曹平者, 乃〈30〉梅家舊客, 自梅家喪沒之後, 反寄托於薛家者也. 道徵招與密議曰:

"吾欲得梅女爲綠衣而經營者久矣. 今聞梅女, 爲吳州劉家之養女, 不久率去云, 若失此際, 老夫宿計, 竟歸虛地, 欲乘其行路, 掠取而來. 此一力士之事, 而爲我同事者, 惟有君耳."

曹平曰:

"吾處梅先生門下者三年, 未聞有閨秀也, 果有是娘而有是意, 則亦何難哉? 吾率徒候路, 出其不虞, 則如鷹逐雀, 取之如反掌耳. 願主公探知其東去之日, 賜我以僕夫, 取彼中路, 則是爲〈31〉主公之所有."

道徵自以爲得計, 使春臺探報梅娘之東行, 此間謀事, 人不知也.

⊙却說. 程夫人還家之後, 治送人馬於王氏家, 而又送二婢子陪行, 其一名竹娘, 字瀟湘雨, 其一名月娥, 字洞庭秋, 皆有姿色, 性行忠善, 爲程氏所信愛者也. 王氏、梅娘, 見此二婢之竝美善, 知其有法家之儀, 心實喜之. 卽爲治行, 而令王摠官陪行, 摠官卽王氏之長姨王將軍之子也, 膂力過人, 且有弓馬之才. 遂卜日啓行, 玉英拜辭王氏, 王氏執手而泣曰:

"吾以貧故, 〈32〉不能養育, 使汝入於他門, 心事頗惡, 未死之前, 幸可復見乎? 且聞此去吳州, 五百餘里, 行李珍重."

王摠官女月娘, 字雲中仙, 與梅娘, 自少同遊, 鴛不相離. 今當遠離, 情懷甚惡, 泣送梅娘曰:

"吳州如見月, 千里幸相思."

梅娘曰:

"離親戚, 棄墳墓, 此何人世?"

紅淚汎潤, 左右觀瞻, 莫不悲咽. 遂乘轎而行. 先是薛道徵使曹平率僕夫數百人, 徑到中路, 候待梅娘之一行. 王摠官登道數日, 至金華山下, 前後數十里, 無人之境. 有一丈夫率數百徒衆, 各持〈33〉釼[20]鎗, 圍列遮路. 王摠官執靶而問曰:

"爾等何許賊? 胡爲乎中路, 有此擧措耶?"

曹平曰:

"吾是薛公門下客."

摠官知其曹平曾爲梅家之所蓄, 故尤其發憤, 擧裏大叱曰:

"賊漢非梅家舊時之客耶? 何爲專忘舊義, 忍爲此態?"

曹平曰:

"當世人心, 隨時處變, 衣薛之衣, 食薛之食, 聽薛之言, 從薛之謀耳."

摠官曰:

"爾所謂從其謀者何事?"

曹平曰:

"願得一枝梅, 爲薛家愛玩之資也."

摠官曰:

"賊人所欲者, 非寶化[21]金銀, 而但爲梅花一枝, 則賊心所在, 吾已知之. 雖〈34〉欲掠取, 其可易乎?"

曹平曰:

"事之得失, 惟有一戰."

---

20) 釼 : '劍'의 오자.

21) 化 : '貨'의 오자.

使其徒率四面圍匝, 而揮鎗突入, 强弱不同, 一行僕從, 自分必敗,
摠官忘生接戰. 釰[22]光如霜, 賊勢乘勝, 摠官手無短兵, 幾爲彼擒,
玉英自知難免, 意欲自決, 仰天大呼曰:

"蒼天蒼天! 胡令人至此不顧耶? 昔奉天杜[23]氏女逢賊, 投崖而死,
吾於今日, 獨不效古貞女行事乎?"

遂墜轎下, 謂[24]城春、洞庭秋、瀟湘雨等, 扶持駕轎, 冒刃爭死.
程家奴忠生自家來時, 慮有行路不意之變, 身佩環刀, 亦以揮距, 賊
〈35〉不敢犯. 王摠官與曹平, 三進三退, 於焉之間, 奪得曹平手鎗反
擊, 曹平勢窮遁走. 摠官再躍上馬, 揮鎗大呼, 奮擊無前, 閃光如電,
圍卒潰散. 於是整氣飭道, 一無被傷. 倍日竝行, 至吳郡, 程氏家在
姑蘇城外. 夫人欣迎曰:

"行路無恙乎?"

玉英曰:

"中路逢賊, 幸以得生."

夫人聞之大驚. 是日隣里婦女來集見玉英, 致賀於夫人曰:

"如此美娘, 何處得來?"

夫人曰:

"此吾夫家外侄女."

人皆信之. 居數日, 王摠官迴程, 具道華山之事, 王氏致疑於魏巫,
而憤莫〈36〉施焉. 玉英始疑有年少男子, 心懷不安, 果無一男子, 而
頗有幽情之態. 程氏夫弟劉侍郎居在城西, 而亦有一女, 名季娘, 字
商山月, 與梅娘, 亦同年, 相見託情, 結爲兄弟. 劉家又有一婢, 名楚
仙, 字陽臺雲, 與程氏家婢子, 互相往來, 有如同氣間. 人謂渭城

春、洞庭秋、瀟湘雨、陽臺雲四婢將爲三家之忠婢云. 程氏得是女
娘之後, 愈加檢束, 待之如己出, 少無間斷, 玉英事之如親母, 深得
歡心, 慈愛笨篤. 玉英織出錦段, 綺紋成章, 有如天上織女〈37〉機中
之錦. 使渭城春出鬻於寶肆, 多得重價, 程氏家自此稍康, 玉英居常
悲咽, 未嘗言笑, 程氏曰:

"爾來吾家, 已多時日, 而未見喜色, 有何不盈底意耶?"

玉英曰:

"我心之憂, 日月流25)邁."

程氏曰:

"世孰無喪父母之慟, 而人孰無慕父母之心也? 理數自有, 痛盡何
益? 汝勿過度."

玉英感其母意, 强爲笑語. 一日見棲烏反哺, 枝上乳鸞, 將雛於簷
端, 心忽感愴, 彈淚獨語曰:

"慈烏慈烏! 爾何獨反哺? 乳鸞乳鸞! 爾何獨將雛? 可以人而不如
鳥乎?"

遂停梭下機, 倚〈38〉窓成睡, 蝴蝶忽飛翩翩然. 至一處, 玉洞紫府,
百花亂發, 金巖碧溪, 萬水爭流, 琪樹瑤草, 玉露盈盈, 珍禽異獸, 石
路處處. 珠宮貝闕, 聳出於彩雲間, 玉窓金壁, 掩映於綿帳裏, 中有
一夫人, 帶流黃釋26)精之釖27), 倚椅而坐, 仙姿月態, 非世上所都28)
也. 見至玉英, 顔色喜動, 令侍女出迎, 分席而坐, 謂玉英曰:

"從何處來? 今日相見, 實是意外."

玉英對曰:

---

25) 流 : '逾'의 오자.
26) 釋 : '揮'의 오자.
27) 釖 : '劍'의 오자.
28) 都 : '觀'의 오자.

"下界賤品, 得到仙景, 叨陪高儀, 辱賜降問, 神鬼驚喪, 無以仰答."

夫人曰:

"咨爾娘子! 能記前事?"

玉英曰:

"未〈39〉能記得."

夫人曰:

"降處塵臼, 久食烟火, 想已志昧."

玉英請問往事, 夫人乃言曰:

"娘子父少微星, 母玉界仙女, 娘子配耦長庚星, 娘子天上名石娘, 字誨29)中仙, 皆有罪科, 謫下人間, 先後相逢."

玉英遽然垂淚曰:

"然則, 小女父母, 今在何處?"

夫人曰:

"聞已得還於玉花峰內院宮矣."

玉英曰:

"今聞仙語, 不勝悲感. 仰問此山何山? 此宮何宮?"

夫人曰:

"此山蓬萊山, 此宮上元宮, 吾乃上元夫人也. 昔年與封陟, 有一時緣, 果降于小室山, 願持箒箕, 封陟固辭. 後被〈40〉追囚於泰山, 吾命泰山主者釋之, 封陟追悔自咎云爾. 仙凡雖殊, 夙世緣分, 會有一續."

卽命侍女出香茶珍果而待之, 異味入脣, 精神淸爽. 夫人曰:

"此去天宮不遠, 娘子旣到于此, 其欲見父母乎?"

玉英喜甚, 願得見之, 卽命侍女, 與之偕往, 玉英百拜稱謝. 隨其侍女, 更登雲層, 碧海連靑天, 眼界緲望, 玄空白日, 風景好麗, 五雲多處, 金殿森儼. 萬玉叢中, 珠箔垂褰, 琉璃庭砌, 珊瑚柱礎. 空30)樓

---

29) 誨 : '海'의 오자.

閣, 處處層聳, 雲外鐘磬, 隱隱淸澈. 仙裙玉佩, 騎鶴駿〈41〉鸞, 鳳笙
龍管, 遏雲凌霄, 此天上白玉景[31], 十二樓、七寶臺也. 行到一處,
玉樹池上, 錦筵高設, 滿座紅娥, 欲白雪而奏樂, 一雙靑童, 奉玉盤
而獻桃, 有一仙老, 帶分景之釗[32], 據盤龍床, 此西王母瑤池宴也.
玉英入拜前席, 王母曰:

"石娘! 自何處來? 戀頭得見, 喜懷無量."

而已, 有天子駕行, 自外而至, 雲輪羽蓋, 前後羅列, 金冠玉佩, 左
右侍從, 駿馬入轡, 鑾聲噦噦, 玉輦雙駕, 威儀肅肅. 王母謂玉英曰:

"此周穆王幸臨宴次."

玉英知不可久留, 與之卽辭, 王母〈42〉曰:

"相逢卽別, 不如不見."

出茶果以待之. 至一處, 水晶宮庭, 玉兔擣藥, 杏花淸陰, 嫦娥高
眠, 此月宮姮娥也. 見玉英, 欣喜延接, 戀戀有古人之情. 暫與敍話
而辭. 至一處, 玉牌金字, 題其扁曰太眞院. 雲母屛裏, 有一仙妃, 顔
色如花. 使雙成邀玉英至前而語曰:

"吾是仙流, 昔被天譴, 謫在人間, 時猥充下陳, 得侍上皇, 三千寵
愛, 專在一身. 長生殿、華淸池, 承歡侍宴, 靡日靡夜. 不幸天寶年
間, 白鴉啼於延秋, 靑騾行於蜀棧, 六軍仇余, 衆心難咈, 馬嵬〈43〉
驛社, 視死如歸, 千秋萬歲, 此恨不泯."

言未已, 上元宮侍女促行, 玉英拜辭而出. 至一處, 銀河水上, 烏
鵲去來, 桂樹影裏, 蟾宮高聳, 此廣寒殿也. 有一仙娥, 服氷綃衣, 着
霜紈帔, 戴翠翹冠, 欹雲鬢, 弄金梭, 織自若, 見玉英至, 投杼下機,
從容致語曰:

---

30) 문맥상 '中'이 있어야 함.

31) 景 : '京'의 오자.

32) 釗 : '劍'의 오자.

"自我不見, 于今十七年, 謫在塵間, 幾多苦行?"

玉英對曰:

"小女身世, 無可言者, 仰問尊娥, 獨居此乎?"

仙娥曰:

"吾乃天孫織女, 夙配牽牛, 同歡枕席, 自爾懶織, 上帝譴責, 遂使移離, 只以一年, 一度相見. 自此〈44〉牛郎, 遠隔河西, 每年七月七夕, 一時相面, 此亦天命."

語罷, 與上元宮侍女, 行至玉華峰內院宮. 玉宇澄淸, 衆星絢爛, 淸光奪目, 寒氣逼人. 有一黃冠仙官, 與夫人同坐, 此在世父母也. 彼此相逢, 喜悲交極, 初不開言, 久乃曰:

"爾從何處來此上界?"

玉英再拜而答曰:

"自有仙分, 得復見父母."

慈愛之情, 無異人間. 久之, 仙官曰:

"至情所在, 豈欲分離, 但汝世緣未盡, 不可久留. 歸去人間, 好與星郎, 了此一段因緣."

母夫人曰:

"前生死別, 惟定命之難逃, 今〈45〉日還離, 亦天命之難違."

又撫玉英手着玉指環曰:

"此乃龍宮至寶, 爾父親在世時, 敎授龍子, 而入海宮得來也. 此物有神, 爲人先占吉凶, 與星郎爲配合之後, 此環諭33)色, 則憂心忡忡, 此環潤色, 則喜事陶陶, 將爲汝前頭榮悴之兆."

玉英掩泣而辭, 與侍女步雲登高, 轉到一處, 侍女謂玉英曰:

"此星官舊躔也."

玉英稍然思歸, 回頭下望, 三千水前隔, 身非羽翼, 不可渡也. 侍

---

33) 諭 : '渝'의 오자.

女出一羅襪而與之曰:

"此水弱水, 此襪凌波襪也. 着此行水, 渡之不難."

玉〈46〉英如其言, 着試水上, 如履平地, 自然渡越. 就一峽路, 峰山崔嵬, 雲雨朦朧, 忽有一仙女, 乘雲而下, 謂玉英曰:

"石娘知我否?"

玉英曰:

"未能記認."

神女曰:

"吾是巫山神女. 聞石娘過此, 欲見而來耳."

玉英曰:

"世所謂楚襄34)王魂夢中, 朝雲暮雨者耶?"

神女微哂曰:

"陽臺一夢, 誠有是事."

暫與立談而別. 至一洞, 則紫霞滿壑, 芳草凝香, 問侍女曰:

"此洞云何洞? 此草何草?"

侍女曰:

"此洞或云紫霞洞, 或云滿霞洞, 此草曰金光草、不老草、神光草, 不産於人間. 故神農氏嘗〈47〉百草, 始有醫藥之時, 見漏於藥部也."

行之未遠, 侍女遇一仙童, 與語良久, 玉英問曰:

"彼何童?"

侍女曰:

"此乃辛陽洞採藥仙童."

至一處, 有白頭老嫗, 挾筐採藥, 而歌白雪, 顔貌潤澤, 氣像非凡. 見玉英, 頗有喜色, 玉英至前敬禮. 老嫗曰:

"吾乃天台山麻姑仙女, 自娘子謫世之後, 相逢無期, 每日思想, 不

---

34) 襄: '懷'의 오자.

料今日此地相見. 娘子於人間, 得見長庚星郎乎."

玉英曰:

"所謂星郎, 曾所未未[35]聞."

老嫗曰:

"郎在肥凌[36]郡, 自吳郡至巴陵, 不甚相遠, 何不相見耶? 早晚自
〈48〉有相逢之日, 爲傳天台山麻姑仙女消息."

因忽不見. 最後至海上, 侍女謂玉英曰:

"自此分離, 幸娘子好歸, 無以相忘."

玉英曰:

"山中相送罷, 多謝慇懃意."

顧眄之間, 已無去處. 山下玉海, 前路茫茫, 憂悶之際, 栩栩然覺,
乃一夢也. 起看窓壁, 春日西傾, 翻思夢中遊賞, 依依黯黯, 不能盡
記. 成詩一首, 繡字織錦, 藏之篋笥, 不出市肆. 其詩曰:

> "足踐仙宮一夢遲, 覺來天景眼中移. 起看寒梅春帶雨, 清香遙濕紫
> 薇枝."

又模天上物色, 繡織錦圖, 使綠楊齎〈49〉往市中, 人莫能知之, 而
但稱其美而已. 適有大賈趙知明素稱博物者, 手撫稱歎曰:

"此錦一幅中繡紋, 皆是天上物色, 非世上人所能織, 必天上織女
手段也. 嗟呼! 世無眞眼, 孰能知其價而買之!"

卽以百金買去. 綠楊還報以其人之言, 玉英亦奇其人之神眼也. 常
處深閨, 以暇日涉覽文史, 研墨濡毫, 吟咏成軸, 秘藏篋中, 無令外
人知也. 同郡有鄭貞婦, 喪夫寡居, 以賣酒爲生涯, 曾聞程氏家有賢

---

35) 未 : 연문.
36) 肥凌 : '巴陵'의 오기.

處子, 願見者久矣. 一日提壺而往, 拜程氏曰:

〈50〉"聞貴宅有閨秀之賢, 思欲一玩而來."

程氏曰:

"家寡[37]養女, 豈有賢乎? 媧其過聞."

遂與之入室, 玉英方在機上, 傾鬟織錦, 花容蕙態, 望之若神仙.
貞婦曰:

"吾以酒婦, 出入士大夫家, 不知其幾多, 而未嘗見如許娘子, 可謂名不虛得."

自此以後, 朝來暮去, 程氏曰:

"願從吾兒遊者何耶?"

貞婦曰:

"夫人其不聞古語乎? 與善人居, 如入芝蘭之室, 久不聞其香, 而卽與之化矣. 吾所以願從者, 仰夫人仁厚, 而取娘子令賢也."

程氏曰:

"門前有數間空舍, 吾當見借."

〈51〉貞婦大幸, 卽挈移居, 日與娘子, 會同居處. 時娘子年十七,
程氏將欲選擇高門顯族, 以爲其配也.

◉却說. 巴陵李鶴峰子夢星, 行年四歲, 鶴峰捐世, 母杜氏撫養敎成, 年未弱冠, 才思過人, 風度絶倫, 當時文士, 無出其右者. 與荊山孟東疇浩爾, 松江王後勃子逸爲友, 自稱三豪, 不拘小節, 日以遊賞爲事. 西湖千[38]景, 瀟湘八景, 將爲眼中物. 乃於仲秋月旣望日, 期會吳下諸名士曰:

"天下名勝, 素稱東南佳麗, 東南勝觀, 未有如岳陽樓、黃鶴樓, 豈

---

37) 家寡 : '寡家'의 오기.
38) 千 : '十'의 오자.

可〈52〉無一會遊哉?"

　遂提壺挈榼, 而會遊於黃鶴樓. 時杭州七賢, 蘇州二俠, 亦來會, 皆是當代名流, 人謂之十二郎會. 吳中, 亦有鸚鵡、 鴛鴦、 翡翠、 孔雀、 鷓鴣、 鸕鷥、 芙蓉、 芍藥、 牧丹、 月桂、 春梅、 波蓮, 皆以一代名唱, 自比於巫山十二仙女. 是日來預宴席, 羅綺成列, 綠竹助勸[39], 賞心樂事, 無與譬擬. 酒酣, 座中請使三豪, 各賦一詩, 李夢星詩曰:

> "鶴樓秋日設華筵, 十二郎逢十二仙. 誰道神仙天上在, 人間亦有不期緣."

孟東疇詩曰:

> "清秋高設鶴樓筵, 南〈53〉北逢迎摠是仙. 看花聽鳥同醒醉, 却喜良辰有好緣."

王後勃詩曰:

> "風流豪客共華筵, 得遇巫山十二仙. 惠我同歡須莫惜, 人生會合摠前緣."

　及其宴罷各散, 惟夢星耽愛風景, 盤桓不歸, 因留樓上, 居然起興曰: "天上人間, 相距幾萬里, 博望侯張騫, 乘槎而上天, 唐翰林李白, 騎鯨而上天, 古之人何能如是, 而今之人獨不能也."

　有遐擧飛昇之意, 遂詠一絶曰:

---

39) 勸 : '歡'의 오자.

"黃鶴高樓倚碧天, 乘槎仙去幾千年. 登臨忽憶前生事, 便是當年鶴
上仙."

〈54〉因憑欄就睡, 有一老人來前曰:
"吾是臨節40)道士鴻都客, 能以精神, 致魂魄於上天, 未知與我同
往三淸否?"
夢星答曰:
"不敢請焉, 固所願也."
追其老人, 至于帝鄕, 玉界寬平. 遂至大城闕. 道士曰:
"此天宮也."
夢星逡巡於閶闔門外, 窺見其內, 玉皇凝冕琉41)而端坐. 紫微宮後
有一高閣, 此太淸宮也. 制文官李長吉、主星官李太白, 侍在香案
前, 東西月廊, 白樂天、杜牧之、嚴君平、張騫各掌簿書而輪42)事.
是時四海龍王皆來朝, 祥雲靉靆, 腥風忽起, 次〈55〉次趨進. 第一靑
袍者東海廣淵王、第二紅袍者南海廣利王、第三白袍者西海廣德
王、第四黑袍者北海廣平王也. 委蛇退朝, 廣德王謂夢星曰:
"昔年, 吾兒白魚, 遭罹豫苴43)之患, 死地當頭, 賴爾先君之救濟,
得免鼎俎之焦爛. 浹骨厚恩, 久未酬焉, 他日風浪, 自有相知之道."
夢星不知何叢事, 而但拜手而已. 主星官李太白, 出見夢星, 入告
上帝曰:
"長庚星昔被天譴, 謫下人間, 今已上來, 留之不遣何如?"
上帝曰:

---

40) 節 : '邱'의 오자.
41) 琉 : '旒'의 오자.
42) 輪 : '論'의 오자.
43) 苴 : '且'의 오자.

“罪限未爲盈, 還送人間, 以待宥命.”

〈56〉太白奉旨而出, 謂夢星曰:

“有旨還送.”

夢星與臨节[44]道士, 復路. 至一處, 洞壑寬敞, 峰頂競秀, 花影弄日, 香氣襲人. 有十數仙女, 羅坐於臺上, 笑語琅琅, 巫山十二峰仙女, 會有於蓮花峰也. 此仙女誰某, 南嶽衛[45]夫[46]女上元宮夫人、蓬萊山仙女、天台山麻姑仙女、金泉山謝自然及祝融峰八仙女也. 見夢星, 相顧無語, 而惟上元夫人、麻姑仙女謂夢星曰:

“星官墮落人間, 如今十七年, 其間得見石娘仙女乎?”

夢星曰:

“但聞有神仙於天上, 而不知有石〈57〉娘於人間也.”

夫人曰:

“石娘亦來于此, 還歸屬耳, 子今歸塵之後, 尋訪則可得其人.”

夢星拜辭而退. 與道士, 沿路而行, 忽聞風樂聲隱隱於烟雲中, 問道士曰:

“此何樂聲?”

道士曰:

“蓬萊山句婁仙, 與瀛洲、方丈、閬苑、玄團[47]諸仙, 會宴於萬壽洞呂洞賓家矣.”

夢星曰:

“所謂列仙, 誰某誰某?”

道士曰:

---

44) 节 : ‘邛’의 오자.

45) 衛 : ‘魏’의 오자.

46) 문맥상 ‘人’이 있어야 함.

47) 團 : ‘圃’의 오자.

"廣成子、丹丘子、赤松子、安期生、男48)王子晉之流也."

引夢星, 入其宴處, 仙凡同席, 相與敍話, 款若平昔, 忽焉回顧, 道士已無去處. 夢星曰:

"山疊疊, 水重重, 我安適⟨58⟩歸."

有一老仙, 賜一鶴, 夢星騎鶴而返, 至華表柱而驚覺, 乃南柯一夢也. 天景仙形, 森森眼中, 風聲鶴唳, 錚錚於耳畔. 思憶夢中上元夫人訪石娘之語, 至欲窮尋, 而但未知石娘爲誰家女子也. 適有商人, 賣錦圖於巴陵市上, 夢星家老蒼頭和仲, 亦博物者, 知其非常人所織錦, 持獻于李郎曰:

"此奇貨可居."

夢星取而視之, 圖中繡紋, 皆天上所見物色. 心頗異之, 詰問商人曰:

"爾從何處得此錦?"

商人對曰:

"得於吳郡市上."

李郎曰:

"出自誰家?"

商人⟨59⟩曰:

"買於市上, 出處則不知耳."

卽以重價買之, 置諸案上, 時時披玩曰:

"織此錦者, 卽石娘也."

寤寐思服, 求之不得. 翌年春三月, 遊吳郡, 自閶49)闔門外, 乘夕而迴, 至南酒肆, 買酒而啜之. 登春風樓, 望百花洲, 金鞍玉勒, 馳騁於大道上, 玉裙翠袖, 來往於細柳間. 錦帆高掛, 漁舟晚唱, 行人斷腸, 遊子傷心. 倚欄聘目, 黯然消50)魂, 不勝春興, 口占一律曰:

---

48) 男 : 연문.

49) 閶 : '閶'의 오자.

"西湖春色正芳菲, 送目乾坤逸興飛. 雨灑汀花香馥馥, 烟籠岸柳影依依. 舟人叩柂隨風去, 遊子鞭〈60〉驢載醉歸. 何處深閨人似玉, 苕溪惟有浣紗磯."

又曰:

"春郊雨歇草芊芊, 花柳烟籠欲暮天. 何處漁歌驚醉夢, 遠村歸客却忘鞭."

因以下樓, 緩步詠歸. 是時玉英率綠楊, 往見城西劉小姐而還, 適當其中路, 不得迴避, 步履輕輕, 從路而去, 春風有意, 吹捲首着, 韶顏雅態, 怳惚驚人. 李郎精神飄蕩, 不能定情, 審其去處, 向江上垂楊村西隣也. 醉興方濃, 詩思自挑, 行吟一詩曰:

"春風樓下人如玉, 邂逅相逢醉顏驚. 蟾宮何〈61〉日偸靈藥, 謫降人間路上行?"

又曰:

"何處玉人邂逅來, 雨中芍藥雪中梅. 東風不禁偸香蝶, 猶帶春心去復迴."

時日已夕矣, 遂投一處, 則傍有一小家, 乃南酒肆賣酒鄭貞婦也. 喜出延接曰:
"郎君毋乃日午肆上沽酒之客耶?"

---

50) 消 : '銷'의 오자.

李郎曰：

"沽飲嫗酒, 其旨如瀄, 是以酒客不忘餘酒而來耳."

貞婦曰：

"老居甚陋, 他無可視, 若非其酒, 何緣致尊郎之枉屈乎？ 感則深矣, 春釀方馨, 吾何惜一盃酒, 不以慰貴公子乎？"

金罍傾酒, 玉盃倒手, 紫霞影裏, 翠蟻浮波. 〈62〉李郎曰：

"吾聞秦時烏氏、程氏善釀, 故至今縣人能釀美酒云, 此酒甚美, 可謂有烏、程氏餘風也."

貞婦曰：

"吾是良家女, 早喪所天, 獨居無賴, 賣酒資生. 酒豪俠客, 呼朋聚徒, 往往留連, 不意郎君, 今又惠臨, 陋屋生輝, 吾當承命, 不醉勿已."

李郎曰：

"嫗家有酒泉石乎？"

貞婦曰：

"李謫仙當時未聞有酒泉, 而亦未聞酒乏於謫仙之世矣. 令[51]郎君酒量, 必不及於謫仙, 則吾所謂勿已者, 其可過乎？"

李郎擊壺而笑曰：

"酒婦徒知謫仙之惟酒是務, 而亦不知李〈63〉郎之惟酒是務乎! 人雖異伐[52], 酒量則同, 是可謂前謫仙、後謫仙."

貞婦曰：

"旨哉此言! 旨哉斯酒!"

勸之飲之, 厭數無算, 款若平昔. 酒酣問曰：

"春風樓下路, 忽逢一小[53]艾, 年可二八, 仙姿綽約, 眞天上娘, 非

---

51) 令 : '今'의 오자.
52) 伐 : '代'의 오자.
53) 小 : '少'의 오자.

世間人. 見我在彼, 入此室處, 未知此家, 某姓家耶?"

貞婦曰:

"此家故學士劉某夫人程氏之宅. 其小[54]艾故淸節先生梅昌後之女, 其名玉英, 字雪中香. 早喪父母, 無所依歸, 而程氏歷路相得, 率來收養. 年今十七, 其姿色粹美, 旣爲郞君之目覩, 不必道⟨64⟩也, 而針線織組, 當世無雙, 且稟性慧利, 博涉經史, 善爲屬文, 可配君子者也."

李郞尤不勝欽服, 謀欲一見, 而無以爲緣. 月色滿庭, 不能成睡, 徘徊顧望, 西閨小窓, 燭影微明, 且有讀書聲, 側耳潛聽, 果是女娘誦詩摽梅章. 李郞不禁技癢, 亦誦關雎章, 因吟一詩曰:

"客窓寥寂月黃昏, 何處玉音到夜分? 聞來不勝春情發, 却向西關[55]暗費魂."

終夜不寐, 心思上元夫人之語, 意謂是女爲石娘, 而但其名玉英, 疑慮萬端. 明朝問貞婦曰:

"此村名云⟨65⟩何?"

貞婦曰:

"一名垂楊, 一名杏花村."

李郞意欲遲留, 而事無可據, 起而辭歸曰:

"酒婦好在. 後來更訪."

貞婦曰:

"綠楊春風, 杏花萬發, 玉壺靑絲, 與郞君, 一場打話, 豈非勝事?"

李郞曰:

---

54) 小 : '少'의 오자.
55) 關 : '閨'의 오자.

“此言好矣. 豈可無一會期哉?”

還家之後, 念念不忘, 殆將成疾. 荊山孟浩爾來見, 怪其形容之瘦悴, 問其所以然, 夢星對之以實, 浩爾曰:

“堂堂大丈夫, 何爲迷惑於一女, 若是其甚耶? 人生如朝露棲草, 幸勿置懷以傷千金之躬.”

夢星曰:

“吾豈不自量, 至如梅娘一見掛眼, 萬⟨66⟩事無心, 得之則生, 不得則死.”

浩爾曰:

“歷數前代以色亡身者, 夏以末喜, 商以妲己, 周以褒姒, 吳以西施, 陳以麗華. 此五君溺愛執迷, 終至於走死鳴條, 自焚牧野, 遇弑驪山, 瞑目姑蘇, 自沈景陽, 爲萬世口刺. 唐玄宗割恩正法, 終能國幾亡而再造, 身幾危而再安, 此蓋爲明鑑也. 且娥眉乃伐性之斧, 盍念在色之戒乎?”

夢星曰:

“有女其美, 愛而不忘, 兄言雖是, 我心難抑.”

浩爾曰:

“吾所以警色者, 朋友相敬之道, 兄所以求美者, 夫婦相須之事.”

夢星⟨67⟩曰:

“若得其人, 宜爾室家, 則無憂於吾一生矣.”

浩爾笑曰:

“男女配合, 自有天緣, 何必有勞其心, 傷其神, 而求其人, 爲其配也?”

因與設酌, 談笑而罷. 浩爾還家, 卽與王子逸及蘇州二俠, 杭州七賢, 期會於西亭, 而要請李天降爲賞春之勝遊. 時十二唱亦來會, 樽俎交錯, 琴歌繽紛, 酒爛, 浩爾賦思梅詩曰:

"自愛新梅盆上開, 雪中吹送暗香來. 狂蜂不識花心在, 虛得春情去
　復迴."

竟日盡歡而罷. 其後夢星, 佩金錢, 乘⟨68⟩白馬, 而到貞婦家. 是
時城西劉小姐適來于此, 與梅娘同坐, 見一少年到門前, 蒼黃入內.
貞婦延入外廳, 與之啓話曰:
"頃與郎君, 雷逢電別, 時日從來, 不能相忘, 今又辱臨, 實深感幸."
李郎曰:
"吾豈無情人哉? 意欲惟來無暹, 而近與荊楚僑友, 會於西亭, 翫月
賦詩, 故孤負前言."
貞婦曰:
"郎君旣見西亭江上月, 亦未見東閣雪中梅乎?"
李郎曰:
"雪中梅消息, 問於江上月, 近入杏花村酒家云爾."
貞婦笑曰:
"吾是杏花村酒婦, 自少以酒爲生涯, 而未聞雪中⟨69⟩梅來也. 他
處亦有杏花村乎? 不然, 郎君誤聞."
因以設樽, 團欒而飲. 李郎曰:
"俄見兩娘子同席而坐, 其一誰家娘子耶?"
貞婦曰:
"彼乃城西劉侍郎女, 其名季娘, 字商山月, 爲是程氏夫劉學士之
弟女也. 人物才品, 與主娘伯仲, 故往來相從耳."
李郎垂醉側筵, 兩娘知其久留, 啓後窓而出, 踰墻入去. 李郎知其
機微, 故欲留宿, 佯若深睡, 日已熏56)黑. 貞婦曰:
"何可在外? 入處內房."

---

56) 熏 : '曛'의 오자.

李郞曰:

"春氣猶和, 醉興尙熱, 何須入內?"

貞婦再三强請, 固辭不入, 輾轉反〈70〉側, 惟待深夜. 久之, 月落
參橫, 萬籟俱寂. 推枕攬衣, 起望西閨, 燭影照窓, 踰墻匍匐, 潛到窓
底. 鞠躬屛息, 鑽穴窺見, 兩娥眉相對燈下, 鳳髻龍釵, 珠餙璨璨, 晧
齒丹脣, 玉音琅琅. 回頭一笑, 百媚俱生, 恍若月宮姮娥, 小娥, 降在
人間矣. 劉小姐曰:

"詩云, 桃之夭夭, 灼灼其華, 夭夭者, 如我之謂, 灼灼者, 如兄之
謂也."

梅娘曰:

"吾可謂摽梅, 何謂灼灼?"

劉小姐曰:

"陽春召我以烟景, 況月白風淸, 如此良夜, 不作佳詩, 何伸雅懷?
如詩不成, 罰依金谷酒數."

梅娘〈71〉笑曰:

"吾則有酒無詩, 以酒當詩, 兄則有詩無酒, 以詩當酒, 可矣."

劉小姐曰:

"詩酒同得, 聊可以罷寂."

先成詠春詩一句曰:

"柳葉依依綠, 桃花灼灼紅. 誰能先得意? 無語送春風."

梅娘次曰:

"梅花凌雪白, 桃李媚春紅. 淸標誰可折, 猶帶二南飛57)."

---

57) 飛 : '風'의 오자.

已而, 與之就寢, 聯臂同臥, 兩情甚密. 李郎無可奈何, 悒悒而還,
遂次其韻曰:

"夢入香苑裏, 雙花竝蔕紅. 自爲周化蝶, 遊戲舞春風."

不能成睡, 坐以待曉. 明朝貞婦溫酒〈72〉勸生曰:
"老身無言, 使郞君孤宿外堂, 主人之道, 誠極未安."
李郎曰:
"於58)是何言哉? 昨日之來, 意欲旋歸, 而爲賢主人情盃所困, 當
筵大醉, 以至經夜, 心實不安."
貞婦曰:
"吾與郞君, 傾情倒意, 豈欲相送? 弟59)二60)男女有別, 不得挽留,
心甚鈌61)然, 非止今日, 尙多他日, 今往再來, 以爲淸夜之飮, 不亦
樂乎?"
李郎曰:
"善哉言也! 實獲我心."
便吟一詩曰:

"白馬金鞭何處醉? 春風樓下杏花村. 湘62)簾十二人如玉, 幾斷王
孫路上魂."

竝夜和詩, 題壁而去. 自是之〈73〉後, 往來無常, 而深閨玉顏, 已成

---

58) 於: 연문.
59) 弟: '第'의 오자.
60) 二: 연문.
61) 鈌: '缺'의 오자.
62) 湘: '緗'의 오자.

楚越, 徒思無益.

◉却說. 王摠官女月娘, 自別梅娘, 聞問永絶, 不勝戀情, 思欲送人通信, 而無便可乘, 居常自歎. 家有一婢, 名梨花, 字白雪香, 知其主娘之眷戀, 一日從傍而請曰:

"近看娘娘氏, 爲梅娘興思, 至於形容之憔削, 小婢亦甚悶慮. 自此去吳州, 不過四五日[63]程途, 願爲娘娘氏, 傳報消息."

玉英[64]曰:

"汝以女身, 其能往乎?"

梨花曰:

"雖難何憚?"

王[65]娘幸甚, 卽修一札以給, 又以食物傳致, 其書曰:

〈74〉"鴛鴦竝遊, 一朝分散, 南北相思, 于今三載. 每欲一致書信, 以敍襞積之懷, 道途云遠, 使价難憑, 徒勞夢想, 何幸小婢, 知我情素, 自請登程, 玆將數行文字, 以報隔歲之音, 未知侍奉佳安, 而其能無傷心處乎? 人於移鄕, 非無登樓之思, 女子有行, 自爾未易而然耶? 擧族懸望, 其可無一度來省之期耶? 揩目以待, 惟其思之, 無孤是望."

玉英自會稽來此, 已過三年, 故鄕音耗, 漠然無聞, 尋常爲恨, 適於一日, 梨花到門, 驚喜萬萬. 得見月娘手札, 尤〈75〉不堪思故之情, 言告程氏曰:

---

63) 日 : '百'의 오자.

64) 玉英 : '王娘'의 오기.

65) 王 : '月'의 오자.

"瞻彼龍門, 是我父母之鄉. 一自來後, 奄及三年, 日居月諸, 心之憂矣. 靜言思之, 不能奮飛, 古墓無子孫, 白楊安保其老乎? 今則時維九月, 霜露旣降, 追遠感時, 不勝永慕. 一到桑鄉, 訪族省墓, 則可無餘恨."

程氏曰:

"不須汝言, 吾亦有是意, 而自然未果, 一度去來, 有何難哉?"

於是玉英卽修答書, 以與梨花而送之, 其云曰:

"一自鄉關分離之後, 星霜三經, 聲息兩絶, 鬱陶之思, 寤寐耿結, 夜月子規, 〈76〉漫添思鄉之淚, 烟雨黃鳥, 啼送喚友之聲. 千萬意表, 梨花到門, 敬奉手墨, 如對面目, 悲喜交極. 一度還鄉, 意非不多, 而女子行役, 自有關截, 只自悵缺. 今則稟志程氏, 已得其許, 非久當作西行, 積中懷抱, 可以吐彀, 今不縷縷."

截音絶, 高也搆也. 意表曰意外[66] 梨花還來, 傳其答書, 玉[67]娘始知其來, 苦待時日. 未幾玉英卜日登道, 程氏送之門而戒之曰:

"往卽旋歸, 無使我心悲兮."

玉英唯唯而答, 乘轎而行, 馬如飛鳶. 至其故里, 親族咸集, 相與撫〈77〉慰曰:

"自汝東去, 春秋累換, 豈不爾思, 遠莫致之."

玉英曰:

"覆巢餘卵, 漂泊他鄉, 頑命不死, 復見叔伯, 豈非天歟?"

因以泣下, 諸人亦爲之垂淚. 時王摠官在京師未還, 其室人呂氏及月娘來見之, 玉英曰:

---

66) 截……外 : 주석이 원문에 오입된 것임.
67) 玉 : '月'의 오자.

"人間離別, 世所難堪, 豈有如我間乎? 身在他鄉, 心懸故苑, 娘兄
不遐棄, 先賜委問, 尺字千金, 銘刊心中, 而前書倉卒, 未盡所蘊."

因招梨花而慰之曰:

"中道其得無恙乎?"

玉英具道華山之事, 呂氏曰:

"華山之變, 吾亦聞之."

玉英曰:

"忍辱偸生, 可謂善乎?"

〈78〉呂氏曰:

"玉無瑕, 花無傷, 何辱之有? 旣往之事, 勿說可也."

伊時薛道徵聞梅娘之來斯, 闖發前心, 與曹平密議曰:

"昔日金山之敗, 尙有虎未食之恨, 夙宵一念, 思雪疇昔之願, 而不
得乘便. 今聞梅女來在其戚家, 而不久當還云, 倘失此機, 後無餘望.
今則王摠官遠在京城, 當其歸路, 從中取來, 則其後無足慮也. 幸足
下爲我更圖之可乎?"

曹平曰:

"逆取者敗, 順取者成, 囊時之敗, 非彼强我弱, 而由逆順之分也.
今若再擧, 必見敗徵, 莫如以順."

道徵〈79〉不悅曰:

"足下傷於虎者也. 昔范蠡能雪會稽之恥, 孫臏終成馬陵之功, 顧
以足下之勇猛, 乘時以出, 則會稽之恥可雪, 馬陵之功可成, 今何畏
劫於一摠官之餘威, 喪氣垂頭, 不敢下手於一女子乎?"

曹平曰:

"吾知其不利, 而不作無益之事乎!"

道徵曰:

"誠如足下之言, 何以則可乎?"

平曰:

"必使辨口, 遊說其間, 而可遂其計."

道徵曰:

"力不能取之, 口何能取也?"

平曰:

"昔蘇、張爲說客, 能使六國諸侯, 合從事秦, 今得好辯之人, 遊說於 王氏, 以鈞其意, 行間〈80〉於程氏, 以疑其心, 則十撓之椎難保, 三至 之杼易投, 使梅娘見棄於彼, 啗利於此, 則自奉巾櫛於主公之家矣."

道徵曰:

"花亭村魏巫, 自是善辯者, 曾圖此事, 終無其功, 今雖更囑, 必不 爲我謀也."

曹平曰:

"金錢乃通神之物, 惟主公無惜千金, 賂遺魏巫, 以悅其心, 則物感 人情, 事無不成."

道徵然之, 卽以百金賂魏巫曰:

"幸爲我更圖梅娘乎?"

魏巫曰:

"王氏心志, 有異於人, 雖以酈生懸河之辯, 不可誘也."

道徵曰:

"大巫以血誠圖之, 何患不成."

春臺曰:

"感君之惠, 敢〈81〉不盡死力圖之? 若能誘其衷, 則可副尊公之宿 願, 幸勿伋伋68)焉, 凡事欲速則不達."

道徵曰:

"大巫不聞急擊勿失之語乎."

---

68) 伋伋 : '汲汲'의 오기.

春臺曰:

"然諾."

後數日, 就王氏家, 見梅娘, 詔阿取容, 佯笑佯泣曰:

"自娘子移鄕之後, 無日無思, 而每限[69]得復見而無階, 不圖今日, 得再見娘子也."

梅娘曰:

"落葉歸根, 追往增傷."

春臺就告王氏曰:

"夫人於娘子, 情猶母子. 積年睽離, 今始會合, 保無他憂, 且娘子年貌旣長. 今以返本, 留不遣去, 廣求婚處, 得其好述, 不絶梅氏之香火, 〈82〉則豈非夫人之德乎?"

王氏素知其奸情慝態, 聽而不答. 春臺知王氏秉志不迴, 乃以權辭善辯, 遊說梅娘內外親族曰:

"古語云, 生女得嫁比隣, 豈可使梅娘便作吳郡常家之婦乎?"

縱橫反復, 言其利害, 喋喋利口, 能令人眩惑, 率皆聽從. 惟獨王摠官夫人, 曾知華山之變出於魏巫之奸謀, 故不勝憤悁, 常欲殺之, 今聞此語, 尤其不奮, 大言折之曰:

"曾不聞華山之事乎? 要殺摠官掠取梅娘之凶計, 皆出於此斄之心腸, 而天佑神助, 幸以得全, 此〈83〉斄之於梅娘, 實爲讐人, 今何眩於狐媚之言, 反使梅娘歸之於讐人指道乎?"

衆議遂解. 春臺知其計不售, 又出奸計, 往彼吳郡程氏家近處, 自稱神巫, 出沒閭里, 締結奸人, 流言曰:

"程氏養女, 昔自會稽而來, 中路爲人所脅, 有蒼蠅點玉之疵, 金華山色, 至今帶羞云云."

凡在聽聞, 或信或疑. 程氏亦得耳此, 始不爲訝, 春臺與姦人, 雄

---

69) 限: '恨'의 오자.

唱雌和, 交誣不已. 程氏曾聞中道逢賊之語, 故不無狐疑, 將有罷養
之意, 而就議於劉侍郞, 侍郞曰:

"不可以中間浮說, 〈84〉 置人於罔測之地, 愼勿出口他人狙可也."

程氏猶未釋疑, 侍郞曰:

"吾爲嫂氏, 從當查卜, 幸勿介懷, 以待梅娘之還."

時季娘在傍, 聞此言, 心神戰慄, 告于其父曰:

"梅兄心事, 有如靑天白日, 而遭此不測之誣, 人間天下, 寧有是事?"

又告程夫人曰:

"梅兄所遭之慘, 不難卜白, 其時陪行婢僕處[70]問之, 則可知其眞贗."

程氏亦然其語, 而欲招問, 則瀟湘雨、渭城春陪娘子到會稽, 惟洞
庭秋在家. 卽使陽臺雲, 召至于前, 問其顚末, 洞庭秋對曰:

"此言出於何人〈85〉之口? 華山一行, 禍機非常, 而賴王公制賊之
力, 韞櫝之玉, 終得無傷而完歸矣."

劉侍郞曰:

"梅娘之事, 若是明白, 則不可以暗昧之事, 疑人棄人, 願嫂氏姑俟
梅娘之還, 詳問其時陪行諸婢僕後, 明正是非可矣."

程氏還家, 苦待玉英之來. 伊時春臺使姦人探知程氏之致疑梅娘,
反告道徽曰:

"事機如此如此."

道徽喜甚, 重賂金錢. 又得辨士, 縱間梅戚, 衆心雷同, 不欲歸之
於吳郡也. 梅娘不知中間行奸之事, 每念程氏之言, 數月之後, 省墓
行祀, 〈86〉請還養家, 諸族皆曰:

"汝旣來矣, 無以歸兮, 將爲成婚於此, 以爲奉先祀, 不亦可乎?"

玉英曰:

"豈欲舍父母之邦也? 已爲許身於人, 有母子之義, 不可背也."

---

70) 處 : '招'의 오자.

王氏曰:

"心事缺然, 爾無促歸."

月娘亦挽留甚懇, 玉英不得已止留.

⊙却說. 李郎一日乘夕而來, 與鄭貞婦, 擧酒對月. 半醉曰:

"月下對酌, 自桃[71]李太白詩思, 雪中訪梅, 難堪孟浩然幽興."

貞婦雉唇曰:

"月下對酌則是, 雪中訪梅則非, 黃菊丹楓, 此其時也, 白雪紅梅, 非其時也."

李郎曰:

"詩云, 摽有梅, 其實〈87〉七兮. 求我庶士, 迨其吉兮, 吾所謂雪中訪梅者, 知有標[72]梅於媚家, 而日且吉兮, 故詠詩之意, 率口而出也."

貞婦曰:

"吾家無標[73]梅, 而隣家果有之, 今則落花無蹤迹."

李郎曰:

"何不傾[74]筐塈之?"

貞婦曰:

"其梅初自灞陵而來, 今尋灞陵而去."

李郎曰:

"何不指送於巴陵, 而遠送於灞陵耶?"

貞婦曰:

"吾亦未忘, 意欲推還, 而追聞風傳, 則龍門山主人方議移栽於渭

---

71) 桃: '挑'의 오자.
72) 標: '摽'의 오자.
73) 標: '摽'의 오자.
74) 傾 : '頃'의 오자.

城柳色新家云. 自此以後, 花顔玉腮, 無路再見, 因以歎息."

李郎始知梅娘之不在此, 心自抑塞. 〈88〉貞婦觀其氣色, 反以詭辭慰解曰:

"郎君何爲悄然不樂耶?"

李郎曰:

"嫗喜亦喜, 嫗憂亦憂."

貞婦曰:

"吾所以爲憂者, 一人之私情, 今與郎君飮者, 二人之好事, 豈可以一人之愁, 沮此二人之好乎?"

李郎曰:

"我姑酌彼金罍, 維以不永懷."

貞婦曰:

"酒是忘憂之物, 與郎君同醉, 以永今夕, 豈不樂哉?"

李郎雖外面有和, 內心則亂, 命去盃酌, 茫茫然歸, 全癈食飮, 委頓枕席. 貞婦知其惱心致疾, 半月之後, 故因他事, 乘舟到巴陵. 李郎聞其來, 命婢迎至, 執手而〈89〉語曰:

"嗟爾貞婦! 視吾之病."

貞婦曰:

"緣何致疾耶? 或慮無忘[75]之災歟?"

李郎曰:

"此非無忘[76]之疾, 果有所祟, 而知其所祟者鄭嫗也."

貞婦曰:

"吾非鄭季咸, 何能知之?"

李郎曰:

---

75) 忘 : '妄'의 오자.
76) 忘 : '妄'의 오자.

"頃往嫗家, 聞嫗言而來, 自成其病, 寢食匪安, 此豈非鄭嫗之所可
知而所可醫者乎?"

貞婦良久沈思曰:

"見郎君病, 聞郎君言, 必是因人成疾, 毋乃有所思人而然歟?"

李郎曰:

"豈無思人?"

貞婦曰:

"云誰之思?"

李郎曰:

"西家美人."

貞婦笑曰:

"郎君所思之人, 意者梅娘乎? 若爲梅娘之故, 則此實難〈90〉矣. 郎
雖有情, 彼則無心, 況其人已去其鄕, 方議醮事, 縱使麻[77]勒出計,
已無可爲."

李郎曰:

"得其人則生, 失其人則死."

貞婦曰:

"絕代佳人, 何處無之, 而爲梅娘勞焦, 若是其太過耶? 賢於斯者,
亦存焉, 故承相張某之女也, 家在荊山, 而以其家世言之, 不可比論於
寡婦矣. 吾爲郎君, 紹价其間, 而俾成秦、晉之好, 惟郎君毋思遠人."

李郎曰:

"詩不云? 出其東門, 有女如雲. 雖則如雲, 非我思存. 張女雖美,
豈如我思人乎? 爲我配者, 非石娘, 則惟梅娘一人耳."

〈91〉貞婦曰:

"張氏之女, 名若石娘, 則果能取石而舍玉乎?"

---

77) 麻 : '磨'의 오자.

李郎卽出所買錦圖, 展於貞婦之前曰:

"不可以名字取舍, 織此錦者, 是吾石娘."

貞婦觀其錦幅, 果是梅娘之手才, 心自異之. 李郎嘻嚱歎息曰:

"生我者父母, 殺我者梅娘."

貞婦曰:

"程氏一自送娘之後, 不勝戀思, 方欲送人督還, 而時未送人. 今見郎君之誠意, 不覺令人感動, 吾爲郎君, 激彼程氏, 使之催還, 試爲圖之."

李郎叩頭謝曰:

"誠如嫗言, 吾不死矣."

命婢出酒, 相與酬酢, 家庭婢僕, 亦皆爲〈92〉疑. 貞婦揮棹而還. 李郎送嫗之後, 猶恐未成, 乃修一札, 使小婢英陽傳致於貞婦, 其書曰:

"灞陵消息無聞, 心懷鬱泄, 未知近日, 其已得返耶? 去人滋久, 思人滋深, 須念彩蝶之牽情, 亜圖仙禽之引路, 使灞陵香梅重尋舊園, 則巴陵病李亦得回春, 姑惟思之, 無令人死. 某月日, 巴陵李天降拜寄."

貞婦卽修答書, 回報李郎, 其書曰:

"貴婢到門, 華翰入手, 如對清儀, 不覺喜倒. 標[78]梅消息, 一去無聞, 每念郎君〈93〉之至意, 非不欲躬往携來, 而筋力不逮, 鼓動程氏, 方議送人, 而道之云遠, 曷云能來? 前聞其本家諸族, 議定婚事, 若以定婚, 則其來亦未可必也."

李郎見此書, 尤加煩惱, 以死爲恨[79]. 是前程氏不勝戀娘之情, 送

---

78) 標 : '標'의 오자.

人促還. 翌年春, 玉英還歸, 行路見陌頭柳色, 居然興起曰:

"昔我往矣, 雨雪霏霏, 今我來斯, 楊柳依依."

到家則程氏顚到[80]出携曰:

"汝之一行, 何其遲久?"

玉英曰:

"爲故鄕親戚挽執, 自爾遷延."

鄭貞婦致慰曰:

"離娘子以後, 聲聞永阻, 徒勞夢〈94〉想."

梅娘曰:

"吾之思嫗, 亦猶嫗之思吾, 其間得無他恙耳."

劉小姐卽來相見, 久別重逢, 歡意無窮. 過數日後, 劉侍郞召前日梅娘帶來婢渭城春, 瀟湘雨, 陪奴忠生, 善丁等, 盤問華山之事, 善丁等曰:

"其時行路, 果有逢賊之變, 而賴王公擊逐, 脫其危機, 一行上下俱無受傷. 梅娘氏失節之言, 萬萬無據."

渭城春曰:

"主娘被誣, 暴白無地, 彼蒼者天."

瀟湘雨曰:

"娘娘事, 質諸鬼神而無愧."

侍郞始知實狀, 請程氏穩論曰:

"曩時之言, 果是白地做出來, 無足〈95〉爲疑."

程氏曰:

"吾亦知其不然."

侍郞夫人曰:

---

79) 恨 : '限'의 오자.

80) 到 : '倒'의 오자.

"若使梅娘有此, 則必不自全, 莫如諱之."

小姐曰:

"說去說來, 聞者皆疑, 豈拘小節, 使梅兄氷雪之操, 永受汚穢之名? 設以身處其地, 誠可痛惋."

程氏曰:

"小姐之言是矣."

還家之後, 召玉英, 從容言之, 玉英聞之, 齗齘泣告夫人曰:

"昔自會稽而來, 遇賊不死, 一生茹恨, 今又遭此, 古人所謂白圭之玷, 尙可磨也, 此言之玷, 不可爲也. 吾何難一刺以見其志乎?"

卽欲自決, 渭城春扶持而泣曰:

"娘娘氏曖昧被誣, 皇〈96〉天、垕[81]土實所共鑑, 若不伸卞而徒然一死, 則人間後世, 孰卞其寃? 萬里長江, 孰洗其名? 莫若窺捕害己之人, 快雪其讐, 使世上明白知之. 此言必有苗脉, 願娘娘氏姑止之. 小婢推尋其言根, 爲主娘一洗之."

程氏曰:

"飛來風說, 何可爲意? 綠楊之言, 誠是誠是. 汝姑且忍, 以觀將來."

玉英謂綠楊曰:

"吾欲自決, 而陋名在躬, 若不伸刷而徒死, 則無益而已. 自遭險釁以來, 與同死生者, 吾與爾二人耳."

綠楊曰:

"主娘生則吾生, 主娘死則吾死, 何畏沒身〈97〉而不爲主娘死乎?"

遂與瀟湘雨、洞庭秋、陽臺雲、鄭貞婆爲腹心, 交遊閭里, 密探言根, 傳相告引, 出於花亭村魏巫也. 告劉侍郎, 使忠生、善丁機補[82], 魏巫業已還去, 卽往花亭村, 捕得押來. 劉侍郎盛扣补[83]之具, 倒懸

---

81) 垕 : '后'의 오자.

82) 補 : '捕'의 오자.

重杖, 究問其所以, 數杖之下, 簡介直招. 玉英曰:

"爾於吾子, 奇袁盎."

使渭城春等鑷其兩鬢, 忠生、善丁左右槌补[84], 毛髮盡脫, 皮血淋漓, 滿庭觀瞻, 莫不爲快. 秀[85]娘曰:

"市虎裙蜂, 自古有之, 兄勿介懷."

梅娘曰:

"雖云快雪, 不如始無."

程氏曰:

"泥⟨98⟩汚草翳, 何害於沙白蘭香?"

自是之後, 訛言自息, 白玉無瑕. 然梅娘尙有未解之憤, 而恨不殺曹平、薛道徵也. 其後鄭貞婆到巴陵, 李郎方在病中, 貞婦曰:

"何爲鬼物之椰楡[86]耶?"

李郎曰:

"鬼非病人, 人能病人. 苟能知我之病, 而未能醫我之病, 是豈人情?"

貞婦曰:

"吾無盧扁之技, 亦無茅山之藥, 何能救郎君之病?"

李郎曰:

"吾聞鄭嫗隣近有能治相思病之良醫, 而近日遠去他鄕云, 時未還來耶?"

鄭嫗曰:

"鄙隣本無良醫."

李郎曰:

---

83) 补 : '扑'의 오자.
84) 补 : '扑'의 오자.
85) 秀 : '季'의 오자.
86) 椰楡 : '揶揄'의 오기.

"良醫誠有之, 嫗言無之, 是〈99〉所謂諱疾忌醫者也."

貞婦曰:

"郎君之所謂相思病者, 若是梅娘之故, 則此非醫師之所可治者也."

李郎曰:

"倘使攻是疾, 則必見勿藥效矣."

貞婦曰:

"郎君於梅娘, 若是其原原不忘, 吾於郎君, 勸程氏送人, 已有日矣. 彼娘若來, 則吾當力圖, 不來則無可奈何."

李郎曰:

"嫗其努力, 期於必成."

因厚齎而送之. 貞婦還家之後, 窮思極慮, 計無可施. 李郎苦待其來, 了無形影, 不勝其情, 來至嫗家, 問其事機, 貞婦曰:

"梅娘才以還來."

李郎曰:

"爲人謀忠, 須有始〈100〉有終可也."

貞婦曰:

"吾雖不良, 旣感君子之厚惠, 敢不盡誠? 郎今還歸, 以待老身, 早晚回報."

李郎信其言而去. 後數日, 鄭貞婆請於梅娘曰:

"天氣漸暑, 春服未成, 幸娘子勿憚一宵之勞, 出宿吾家縫線如何?"

梅娘許之. 是夜出來針線, 見壁上絕句二首, 其五言詩, 則乃前日與劉小姐唱酬之韻, 而詩中亦有微意, 心竊疑之. 及其停線就寢, 鄭貞婆耿耿不寐, 如有隱憂, 梅娘曰:

"鄭嫗平日, 意甚寬閑, 今緣何事, 有是不平底意耶?"

貞婦曰:

"老人之憂, 娘〈101〉子何知?"

梅娘曰:

"聞則知."

貞婦曰:

"娘今强問, 吾豈有諱? 昔年娘子與劉小姐, 同遊吾家時, 騎驢到門
之客, 乃巴陵李秀才, 與我素相善. 彼以年少才士, 文章已成, 爲當
代第一, 人物衆所推許. 故日與荊楚諸名士, 佩壺尋景, 咀英嚼華,
江南風月復得李謫仙風流. 偶過春風樓下, 見得一美娘子行過路上,
中心不忘, 歸家臥病, 今已累月. 日漸焦枯, 命在旵傾[87], 以其貴家
千金之子, 因一女子致死, 人情所在, 寧不慨惜?"

玉英曾見其父遺篋之中, 有李鶴⟨102⟩峰書, 故疑其爲鶴峰之子,
問貞婦曰:

"所謂李秀才, 誰家子耶?"

貞婦曰:

"故黎陽太守李齊亨號鶴峰先生之子也."

玉英始知其父友之子, 而心自異之. 貞婦欲試其意, 謂梅娘曰:

"吾聞好生惡死, 乃人之常情, 世間若有非命而枉死者, 則亦有哀
其命而活之者乎?"

梅娘曰:

"人命至重, 苟有可活之道, 則可以活之."

貞婦人曰:

"因人致死者, 果是非其命也, 亦能以其人, 活其命乎?"

梅娘曰:

"若以人而能活其命, 則人孰不活之也?"

貞婦曰:

"李郞之病, 由於路上行人, 亦能活之⟨103⟩乎?"

---

87) 旵傾 : '晷頃'의 오기.

梅娘曰:

"所謂路上行人,何許人耶?"

貞婦曰:

"春風樓下路上行人也."

梅娘曰:

"病非由人,必不其死,人非良藥,亦能無活."

貞婦疑其言辭反復也.後數日,再往巴陵,李郎欣迎曰:

"事勢何如?"

貞婦曰:

"非媒不得."

李郎曰:

"嫗非吾紅葉耶?"

貞婦曰:

"此娘以名家處子,素有貞性,難以口舌誘之,得其傾心注意而後,可以結芳緣."

李郎曰:

"何以則得圖其路耶?"

貞婦曰:

"某月某日,程氏有江西之行,我與梅娘,似有同枕之夜,善爲設辭,以觀其意,事之成未,惟在天〈104〉緣."

李郎曰:

"成事在嫗,吾復無憂."

因以金銀餽之,辭而不受,李郎曰:

"凡事無物不成,嫗其無讓."

謝賜而還.未幾程氏果有江西之行,召謂貞婦曰:

"與娘子守家,無失藏財."

貞婦唯唯而答曰[88]. 是夜與梅娘同處, 款款情話, 亹亹不已. 貞婦遣辭之際, 有所欲言而趑趄者, 梅娘曰:

"有何所欲言而未吐耶? 吾於鄭嫗, 必無難言, 有懷畢陳."

貞婦遽曰:

"巴陵李郎君, 若不路逢女娘而爲配, 則以死爲限, 誓不娶他女, 其情可憾."

梅娘聽而不答, 老嫗無聊而止, 鷄〈105〉鳴出來. 翌日梅娘使綠楊, 招入內庭, 正色而言曰:

"中夜不寐, 枕上思量, 鄭嫗之言, 意有所在, 嫗以我爲桑中遊女而待之乎? 何其籠絡耶? 吾於某日, 往見劉小姐而還, 其所謂路上行人, 指目於我耶? 鄭嫗初非不知, 而佯若不知, 援引詭辭, 揣磨[89]人心, 豈知人之無良, 至於此哉?"

貞婦曰:

"吾觀娘子, 有同己出, 情愛甚重, 平日所期者, 欲使娘子爲君子好逑, 而長亨富貴也. 何娘子不諒人只, 而反責人耶?"

梅娘曰:

"吾視鄭嫗, 亦猶親母, 何責之有?"

貞婦〈106〉曰:

"斷無他意, 而得是情外之消[90], 心實不安."

梅娘曰:

"前言戲之耳."

貞婦始度其意, 反以善辯解之曰:

"李郎所思之人, 非謂娘子. 吾於昔日, 一到李郎之家, 則出示一幅

---

88) 曰 : 연문.

89) 磨 : '摩'의 오자.

90) 消 : '誚'의 오자.

錦圖而有言曰: '此必石娘之手段, 織此錦者爲吾配.' 觀其錦圖繡紋, 則模出天上物色, 恰似娘子前日所織之錦圖, 而聞其石娘之稱, 則知非娘子也. 吾所以與娘子, 從容致語者, 娘子與凡他娘子, 交遊者多, 想知其名字, 故幸有指示其人也. 倘知娘子爲路上行人, 安敢乃爾?"

〈107〉亦[91]梅娘思前日夢中上元夫人有石娘之稱, 翻然感悟, 知是長庚星降生於李鶴峰家, 有此先人結婚之約書, 心內自許, 而猶未信然也. 貞婦出來, 往報李郎曰:

"前夜吾與梅娘, 果得同衾, 開陳情曲, 以觀其意, 如此如此. 幸郎君自是後, 有常往來於吾家, 使程氏一見而眼悅, 再見而心慕, 三見而意留, 則事可諧矣."

李郎拜謝曰:

"奇謀善辯, 出人意表, 可謂女中君子."

厚待而送之. 自其後, 去來無常, 程氏從中門而窺見, 其爲人也, 氣宇非凡, 風彩絶〈108〉人, 眞世間奇男子. 眼悅心慕, 竟至意留, 一日招語貞婦曰:

"嫗家遊客, 未知誰家子弟, 而若是其親厚耶?"

貞婦曰:

"此乃巴陵李鶴峰貴公子, 將爲宰相家乘龍者也. 自與情厚, 出入吾家."

程氏亦不無嫁女之意, 每與娘子語言之際, 微示其意曰:

"男子生而欲有之室, 女子生而願有之家, 父母之心, 人皆有之, 苟有女子而求其配匹, 則如李郎者好矣."

玉英始知母意之所在, 而亦有羞澁之意, 不敢應對. 一夕貞婦乘娘子獨處, 入來問曰:

"日昨夫人〈109〉問我以李郎者, 有何意思?"

---

91) 亦 : 연문.

娘子曰:

"吾亦不知."

又於一日, 入與程氏, 開語曰:

"貴宅小姐人物才行, 可謂大夫家主中饋, 而吾亦有意, 問見諸處, 未有可合其耦者, 未知貴宅欲得何似郎耶?"

程氏曰:

"近日窺觀李郎人器, 如其人則善矣."

貞婦曰:

"誠有是意, 何難乎得其人爲婿?"

程氏曰:

"言其門戶, 則彼此相敵, 而但彼豪富, 我爲寡貧, 雖欲求之, 其可易乎?"

貞婦曰:

"李郎父亡母存, 自當其家, 婚娶一節, 惟在其心, 彼郎若欲以小姐爲配, 其母亦必從之."

程〈110〉氏曰:

"嫗爲寡家, 居中行媒, 俾成二姓之親."

貞婦曰:

"夫婦居室, 人倫之大事, 有是賢娘, 得是賢郎, 時不可失, 何待求語? 無拘自媒之嫌, 以待李郎之來斯, 要延外堂, 厚以待之, 以示其微意."

程氏乃可其言. 是時綠楊在前, 聞此言, 告于程氏曰:

"近觀李家郎君, 年少書生, 志慮未定, 雖美如冠玉, 其中未可知也. 彼以遊俠蕩子, 若左顧右觀, 移情易受, 則恐使主娘有誤平生之歎矣, 願夫人詳審處之, 無作後悔."

程氏曰:

"爾言是矣, 吾豈輕妄!"

綠楊〈111〉曰:

"請使小婢先試其意後, 斷定大事, 未有不可."

程氏曰:

"計將安出?"

綠楊曰:

"近聞吳下諸名士會集於西樓, 戰藝設宴云, 李郎亦必來矣. 吾以娼女自處, 往挑其歡, 男兒見色, 未有不動心者, 可知其人心事."

程氏頗然其語而從之. 其後吳中諸生果會於西樓. 是日綠楊凝粧盛飾, 抱琴而往, 諸士莫不開眼悅視, 綠楊巧言令色, 以售其歡心, 皆曰:

"詩云, 手如桑利, 齒如胡底. 蝝首蛾眉, 美目盼兮, 嬌笑倩兮[92]者, 正謂此佳人也."

綠楊曰:

"吾以娼女, 悅人〈112〉爲事, 聞諸君子會宴于斯, 有意而來也."

乃於筵前, 彈綠綺琴, 唱遏雲謌, 琴調和暢, 歌聲瀏浣, 滿座豪俠, 皆流目注意. 宴罷, 諸生曰:

"此與楊家紅拂妓相似, 可以從李郎."

綠楊曰:

"詩云, 子惠思我, 褰裳涉洧. 子不我思, 豈無他人[93]? 今李郎不我思, 豈無他人, 而獨從李郎?"

李郎曰:

"新人如花雖可寵, 故人似玉由來重."

---

92) 手……兮:《시경》에는 '手如柔荑 齒如瓠犀 (膚如凝脂 領如蝤蠐) 蝝首蛾眉 巧笑倩兮 美目盼兮'로 되어 있음.

93) 人: '士'의 오자.

綠楊曰:

"花不如玉乎?"

李郎曰:

"花性標揚不自持, 玉心皎潔終不移."

斷無顧接之意. 綠楊曰:

"所謂故人如玉者誰耶?"

李郎曰:

"古人有詠梅詩曰: ⟨113⟩ '疑是玉人來.'"

綠楊始知其心堅確, 不留夜而還. 程氏曰:

"西樓今日, 果有多士之會, 而李郎亦來否?"

綠楊曰:

"果有是會, 而李郎亦來之, 小婢一行, 不能無助."

程氏曰:

"今汝往彼, 能度李郎之心事乎?"

綠楊曰:

"察李郎之志, 聽李郎之言, 果是眞佳士, 一片精神, 全是求玉, 斷無他瑕庇94)."

程氏大悅, 召謂貞婦曰:

"他日李郎如有來者, 使我知之."

貞婦曰

"謹奉夫人之言."

後數日, 李郎果來, 貞婦延座廳事, 入告夫人, 夫人邀入聚賢堂, 使綠楊送酒待之, 李郎曰:

"爾⟨114⟩非西樓宴席與我言語酬酢人乎?"

綠楊曰:

---

94) 庇 : '疵'의 오자.

"西樓言語酬酢, 不過一時戲事, 今日酒盃酬酢, 實爲永好之事也."

李郎擧目流視, 家庭精灑, 依然有故學士之遺風也. 不勝盃酌, 醉倒沈睡. 程氏語玉英曰:

"吾無子而只有汝, 選得佳婿, 好過平生, 是吾之願, 而如李郎者, 縱使良媒求之, 不可得也, 欲與議親, 爾意何如?"

玉英曰:

"吾而風中落葉, 水上浮萍, 見養寡家, 恩同慈母, 義同親息, 一身榮悴, 惟在母氏. 然女子之身, 未可輕先許人, 必須詳審然後, 乃 〈115〉可議也."

程氏曰:

"言其人地望, 則閥閱華族, 觀其人風度, 則玉堂學士, 將爲忠孝人也. 汝何引處子之小節, 以誤其平生耶?"

玉英心許, 其父遺篋之書故, 亦無邁邁之意. 程氏使鄭嫗爲之行媒, 貞婦曰:

"此非因人成事者, 今夫人面定佳期, 未爲不可."

程氏曰:

"非媒不得, 吾何自立爲媒, 以招自售之羞也?"

貞婦曰:

"不俟媒妁之言."

程氏曰:

"朝日可與更議."

李郎留宿聚賢堂, 寒山寺曉鍾聲, 醉夢驚覺, 旅館寒燈, 客心悽然. 起看內庭, 一窓深鎖, 其室則邇, 〈116〉其人甚遠. 明朝程氏親出延接, 李郎鞠躬俛首, 不敢仰對. 程氏曰:

"旣無一家之義, 而男女相面, 極知非禮, 吾所以爲此者, 將欲靠倚於公子也, 幸勿見訝."

李郎起拜, 端坐而對曰:

"小子庸陋, 未有可取, 而眷待至此, 不勝感惶."

程氏曰:

"先君在世, 以文學爲業, 文人才士日常會集, 所以堂號聚賢也. 一自喪逝, 門庭冷落, 賓客自弛, 廢此久矣, 何幸今日得御郎君, 草堂自此生顔. 古語曰: '或相爲好, 永以爲好.' 如今托情, 後勿相負, 則豈不好歟?"

卽命綠〈117〉楊, 進酒勸盃, 以示款曲之意, 李郎自以爲得計, 而但未諳梅娘之意, 其心泄泄. 自此以後, 自有通家之義, 此所謂漸入佳境, 將到好處也. 一日程氏謂李郎曰:

"第有敍懷於郎君, 而含中未吐者久矣."

李郎曰:

"旣與賜顔, 有何難言? 願得聞之."

程氏曰:

"老身娉婷, 素無依賴, 只有一女, 年當懷春, 未定佳匹, 爲如求郎, 必擇其賢, 而顧瞻當世, 未有如郎君者. 欲托苽95)葛之親, 而未知郎君之意下. 此非婦女所可言者, 而逆料前頭, 機不可失, 何待屛間射〈118〉雀, 樓下懸鈴之古事乎?"

李郎曰:

"小子年旣長成, 未有伉儷, 恭承嘉命, 敢不是從?"

程氏欣然入謂玉英曰:

"吾與李郎, 已定誠約, 延入內室, 與之相對, 亦似無妨."

玉英曰:

"鑽穴相窺, 非女子之道也, 豈可使他家公子無端相對, 以示自衝之鄙也? 非禮勿行, 先聖有訓, 一失其正, 終身有陋."

---

95) 苽 : '瓜'의 오자.

程氏曰:

"爾愛其禮? 我愛其人."

玉英曰:

"先考遺箱中, 有李鶴峰約婚之書, 而未知其家, 亦有先考答書也. 其家果有亡父許婚之書, 則是爲彼此父母生時所定之婚, 〈119〉可以許矣."

程氏卽就李郎而問曰:

"姐姐之言如此如此, 郎家亦有梅處士答書否?"

李郎雖未知有無, 而恐生他疑, 遽曰:

"有諸."

程氏入於梅娘曰:

"李氏箱中, 亦有爾大人答書云, 爾事有前定, 豈不異哉?"

玉英曰:

"誠有之, 則見其書, 知其眞然後, 可以斷定."

程氏及貞婦, 竝力勸之曰:

"在昔遺書, 今如是丁寧, 當時雖未行事, 便是成婚, 今與李郎, 一席相對, 庸何傷乎?"

玉英曰:

"婚姻不備, 貞女不行, 寧循一時之權道, 以取自售之累名?"

貞婦知其不從, 出於〈120〉李郎曰:

"娘娘必得見其父手墨而後, 與郎君相對, 急促還家, 得其書而來, 以解其疑."

李郎卽歸其家, 而但未知此書之在否. 疑慮萬端, 搜覓笥篋券軸, 則果有是書. 不勝喜深, 卽來, 使貞婦傳致, 玉英執書以泣, 玩其手墨, 如合符節, 於是議定婚事. 李郎曰:

"佳期婉晩, 恐有他優."

程氏曰:

"非我愆期, 子無良媒."

李郎欲見玉英之面日, 而入處深閨, 不得見也. 乃題詠梅詩一句於
壁上曰:

"自愛新梅好, 寒葩雪裏開. 春風如有意, 吹送暗香來."

〈121〉留連累日, 悵然而歸, 母夫人曰:

"汝遊何處, 樂而忘返, 久貽倚閭之望?"

夢星對曰:

"與蘇、杭州士友, 遊賞姑蘇臺風景."

母夫人曰:

"姑蘇臺乃吳王亡國之地, 麋鹿登遊之處, 有何可觀, 因以局束, 不
復東來?"

月餘程氏使貞婦送巴陵, 傳致手札, 其書曰:

"公來草堂重, 公去草堂輕, 一草堂輕重, 在公子來去. 門前楊柳,
愁殺折枝之人, 村中杏花, 虛得訪酒之客. 瞻彼江南, 有斐君子, 終不
可諼兮. 惟願公子, 須念前言, 奉稟北堂, 亞涓鳳占[96]之吉, 以行羔
雁〈122〉之禮. 某月某日, 程氏謹緘."

李郎見此書, 致謝貞婦曰:

"非嫗之信, 何以得此?"

修答以授之, 其書曰:

---

96) 鳳占 : '占鳳'의 오기.

"顧以庸瑣之姿, 過蒙眷戀之情. 月老纏托, 星期差遲, 花藏香閨, 蝶飛空庭. 陽臺雲雨, 楚夢依依, 吳州夜月, 我思悠悠, 青鳥西來, 赤 蹄斯傳, 秦樓消息, 稍慰是心. 某月某日, 母夫人有行杭州, 伊時陪 行, 歷路奉拜."

程氏得書甚喜, 入示玉英, 玉英雖無喜形於色, 中心則悅. 李郎外 戚居在杭州, 有迎婿事. 杜夫人卜日啓行, 路次吳州, 李郎陪行, 至 垂〈123〉楊村而留宿. 程氏聞其一行來住村中, 使綠楊傳語曰:

"聞貴行駐駕於此, 願得一見."

杜夫人面答曰:

"客中孤寂, 先示辱臨之意, 不勝感激."

程夫人卽與綠楊往見, 敍話曰:

"前後雖無一面之分, 貴宅聲華, 曾已飽聞. 每願一見, 而地道稍 遠, 逢迎無便, 今偶惠臨, 喜副宿願."

杜氏曰:

"過去老人, 辛勤來訪, 多謝厚意."

從穩談話, 中夜乃罷. 翌日杜夫人將行, 歷入程氏家, 以展回謝之 禮. 程氏卽召玉英, 出拜于前. 玉貌含態, 朱顔帶羞, 掠削雲鬟, 整頓 花鈿, 〈124〉端正跪坐, 恰似香山鳳雛落在人間. 杜氏曰:

"此月宮仙娥謫降貴宅, 世上寧有如此非常人乎?"

程氏曰:

"老婦八字崎薄, 未有男女, 而此兒卽西湖故處士梅昌後之所嬌, 早喪父母, 竟無依歸, 見養於寡家, 他無所敎, 寧有可稱?"

杜氏曰:

"吾自少閱眼閨秀, 不爲不多, 而未嘗見如斯娘子也."

程氏卽命綠楊, 進來酒盂, 使玉英爲壽. 杜氏曰:

"得見仙娘, 又醉仙液, 不勝大幸."

程氏請留, 杜氏曰:

"見小姐甚愛, 非不欲留之, 而兄家婚事, 亦在不遠, 不可中途〈125〉稽留, 歸時且入貴宅, 多日止宿."

因以起去, 玉英下階拜辭, 杜氏曰:

"好在好在. 他日亦當相見."

時李郎在於聚賢堂, 駕輔先發之後, 程氏暫出, 面語而送之, 怳如夢中. 到杭州, 留月餘而回程, 又入程氏家, 累日留之, 常與娘子, 同處內房, 以觀其所爲, 言語動情[97], 皆循法度. 杜氏傾心注意, 欲以爲婦, 而未敢出言, 一夕與程氏共酒, 杜氏遽曰:

"留此積日, 以觀小姐處事, 可謂大夫家主婦. 老身晩有兒息, 養長寡家, 雖無才華, 其爲人物, 不甚疲劣. 欲求佳〈126〉匹, 以奉先祀, 而未得其人, 今見小姐, 實獲我心, 願與貴宅結婚."

程氏曰:

"寡家賤息, 旣非窈窕, 不敢當君子好逑, 然貴宅不我遐棄, 欲以爲婦, 則安敢辭乎? 且曾見此兒亡父遺笥中有貴宅先大夫約婚之書, 此爲當時明文, 而貴宅亦想有梅處士答書矣."

杜夫人恍然大悟曰:

"吾家先君與梅淸節, 同時名人, 出處雖異, 道契則同. 俱無子女, 晩年同祈一寺, 吾得男子, 彼得女子, 而其時月書, 尙在篋中, 此爲天緣. 追古傷今, 亂我心緖, 還家之日, 〈127〉覓得此書, 傳送以驗前事."

又曰:

"誓書有無, 姑舍勿論, 而一言已定, 後無他議."

卽令姐姐, 凝粧盛飾, 以婦禮受拜, 再三稱歎曰:

"今番一行, 得是賢婦, 吾家之福也."

---

97) 情 : '靜'의 오자.

促道還家, 謂夢星曰:

"吾見程家小姐, 人物才行, 可合大夫家寵[98]婦, 面請婚事, 則程氏言汝父在世時, 約婚之書, 在於梅處士遺箱中云, 汝父箱中, 亦必有梅家答書矣, 汝其得來."

夢星聽命而出, 以前日所得答書持納, 夫人大喜曰:

"旣得其書, 眷[99]爾新婚."

卽招日觀, 涓其婚日, 竝其答書傳〈128〉報, 程家亦以涓吉行禮之意, 回報杜夫人. 當於行婚之日, 告辭於鶴峰祠堂曰:

"顯辟捐世之後, 幸有此孤兒, 而今當宜婚之年, 與龍門故處士梅昌後之女結婚, 寔遵當年彼此約婚之意也. 幽明之間, 寧無感傷?"

因以泣下, 李郎亦爲之悲泣. 是日程氏盛設醮宴, 潤席之具, 接賓之節, 頗有正家之風. 主家邀客, 卽劉侍郎、王摠管, 新行邀客, 孟浩爾、王子逸也, 賓筵秩秩, 節次彬彬. 李郎行奠雁禮於聚賢堂, 入就內庭, 左右侍牌[100], 挾扶娘子, 而出〈129〉迎醮席, 行合苞[101]禮. 李郎卽就郞[102]房, 粉壁紗窓, 襟[103]枕褥席, 極其精灑, 朱紅書案, 有書冊筆硯之具, 有若學士房矣. 李郎喜色滿顏, 衆人望之若神仙焉. 宴罷, 程氏使玉英就房, 兩人相對, 其喜可掬而已. 月浮東天, 漏深中夜, 玉燭火殘, 金爐香盡. 李郎曰:

"天定配匹, 吳楚異鄕, 終不可避. 吾與娘子, 有三生之緣, 結百年

---

98) 寵 : '冢'의 오자.

99) 眷 : '宴'의 오자.

100) 牌 : '婢'의 오자.

101) 苞 : 연문.

102) 郎 : '娘'의 오자.

103) 襟 : '衾'의 오자.

之期, 此亦天定."

玉英太息而對曰:

"顧木曳藥, 不自死滅, 流離至此, 每一念及恐被行路之辱, 常愼旃哉, 未嘗窺門, 豈意春風樓一行, 〈130〉終作洛浦之奇遇? 顧以葑菲下體, 蒙君子不棄, 以充蘋蘩之資, 感則深矣, 而第念君子以華門貴子, 風儀出凡, 才望過人, 必以宰相家賢處子爲其配耦, 而如我賤質, 不敢承當, 薄命他日, 其能免泣前魚之歎乎?"

李郎曰:

"吾何二三其心? 願與娘子, 以終天年."

玉英曰:

"恭聞至言, 不勝大幸. 今日之遇, 先人之賜, 豈不異哉?"

李郎曰:

"曾聞鄭嫗之言, 則娘子歸鄕之日, 灞陵諸族, 議婚於謂[104]城柳氏家云, 信然?"

玉英曰:

"妾乃會稽龍門山人, 灞陵本非吾土, 亦〈131〉無親戚. 鄭嫗自是辨口, 其所謂灞陵、渭城者, 灞是梅鄕, 渭是柳鄕, 以妾姓梅字, 故比踰[105]而有欺於郎君也."

李郎曰:

"嗟我不敏, 見欺於一娑婆而不悟, 至於成疾也. 吾於昔日, 有題詩於鄭嫗之壁上, 娘其見乎?"

娘子曰:

"見之矣."

李郎曰:

---

104) 謂 : '渭'의 오자.

105) 踰 : '喩'의 오자.

"記其五言絶句韻字出處乎?"

娘子笑曰:

"此乃妾與劉小姐同宿時唱和之韻, 郎何以知之? 非鬼神所傳, 則此必郎君於其夜, 踰到窓底而聞知也, 一觀其詩之後, 不無疑訝心."

李郎不忍直答, 乃曰:

"吾是君子之人也, 何可如⟨132⟩是? 果於其夜, 醉臥外堂, 夢化周蝶, 飛入閨窓, 得聞兩娘子吟詠, 遂次其韻, 故自爲周化蝶云者, 以示其夢入之意."

玉英曰:

"心思則夢見, 此亦不無所思而然也."

李郎曰:

"吾於昔年, 遊賞於黃鶴樓, 而睡鄕魂神, 隨臨笻106)道士, 至天上三淸地而回路, 遇上元夫人、麻姑仙女, 則謂我曰: '石娘才還人間, 此是爾配耦, 早晚自有相逢之道.'云. 感夢以來, 一念綣繾, 欲訪其人, 而徒勞慮情, 忽於一日, 得一幅錦圖於市上, 錦中繡紋, 摠出天上物色, 或慮繡織⟨133⟩其錦圖之人, 爲是石娘, 而尙未知出處也."

娘子曰:

"此後尋得織錦之人, 名若石娘, 則如妾之身, 不攻自破."

李郎曰:

"雖得其人, 吾無異意."

娘子曰:

"自有可試之事."

出繡詩錦段而示之, 審其物色織品, 則前日所買錦圖出於一手段也. 遂次其韻曰:

---

106) 笻 : '邛'의 오자.

"天孫織錦得何遲？ 玉界風光一幅移. 大夢從來今乃覺, 香梅花托
紫薇枝."

玉英曰:

"妾亦昔日, 夢遊天上, 得見上元夫人, 呼我以石娘也. 今聞郎君感
夢之日, 與妾感夢之日, 同一時也. 推此思之, 今〈134〉與郎君, 爲夫
婦者, 實有前緣."

李郎曰:

"是爲天與之配."

遂吟一詩曰:

"不負前緣已許身, 新逢人是舊逢人. 花容蕙態情歡昵, 恰似西娘笑
又噸."

玉英次曰:

"相逢已許百年身, 識我三生怨耦人. 誓海盟山情有重, 不嫌輕笑又
輕噸."

明朝入拜程氏, 程氏曰:

"吾於郎君, 一見傾情, 待以通家子弟, 而猶以小女之懿行貞操, 終
成禮娉[107], 鍊金增輝, 韞玉無瑕."

李郎曰:

"蒙夫人不棄, 得是賢妻, 無復憂矣."

又設宴於外堂, 送婚客, 王摠官、劉侍郎、見孟浩爾、〈135〉王子

---

107) 娉 : '聘'의 오자.

逸身彩粹美, 皆有欲婚之意. 送客之後, 問李郎曰:

"來賓二人, 誰之子誰之子, 而皆以成婚耶?"

李郎曰:

"松江王某之子, 荊山孟某之子, 與我爲詩酒友, 而文章爭雄, 世所謂吳中三豪者是也, 皆未有室, 而方求其婚."

摠官、侍郎曰:

"吾兩家但有閨秀, 年今及笄, 而未得佳婚, 君能爲主媒乎?"

李郎曰:

"旣聞盛囑, 敢不是從? 歸議兩家, 可定嘉事."

玉英謂李郎曰:

"劉家小姐, 於妾爲養從弟兄, 王氏小娘, 於妾爲外叔[108]侄也. 人物才品, 固非賤妾之比, 可以爲〈136〉名士佳匹也. 今爲王、孟二豪士之內助, 必有宜室之樂."

李郎曾見季娘之賢, 故亦知王姐之賢稱是, 從其言而有行媒之意. 摠官、侍郎各歸其家而臨行, 重囑梅娘曰:

"今見李郎與王、孟輩優無劣, 可謂三士足以上人. 吾兩家俱得此二豪爲婿, 則豈不爲三家之同慶乎?"

梅娘曰:

"謹奉敎矣."

李郎燕爾新情, 未忍去歸, 玉英曰:

"尊姑在堂, 望子久矣, 胡不遄歸?"

李郎感其言而乃歸, 程氏盛備鐶物而送之. 杜夫人受其禮物, 請其親黨, 是日王、孟亦〈137〉來, 賀其得賢妻. 李郎曰:

"家貧思良妻, 吾以貧家子, 得是賢妻, 可謂幸矣."

王、孟曰:

---

108) 叔 : '從'의 오자.

"吾三人俱以寡家之子, 放浪詩酒, 家事零替, 年邵才富, 未有室家, 實爲慨然, 而兄今先得賢室, 吾輩之得賢妻, 惟兄之責, 無以獨善其身, 而須思兼善之義, 搜問賢閨, 爲朋友之指媒可也."

李郞答曰:

"不須兩兄之言, 吾亦深思, 而向日新婚宴席主家待客王摠官、劉侍郎, 皆是名家, 而摠官於吾新室爲外從, 侍郎爲養叔也. 兩家皆有賢處子, 而方欲議親, 兩兄爲〈138〉其兩家之婚, 則與我爲葛藟之親, 豈不好中之好哉?"

兩人樂從, 遂與牢定. 卽來程氏家, 以此意通奇於王、劉兩家, 皆幸甚. 遂涓吉納綵, 東疇爲王摠官婚, 後勃爲劉侍郎婚. 自是以後, 三家結爲死生交, 劉小姐季郞[109]、王小姐月娘與玉英, 自作一家人事. 別搆一室, 以爲三豪會遊之所, 三娘子亦竝從歡昵, 謂之六美堂也. 三豪日常聚遊於此, 相與談論者, 皆爲竭忠盡節忘家殉國之意也. 時國家多事, 忠賢被逐, 夢星不勝慷慨, 謂王、孟曰:

"吾儕〈139〉以世家之子, 而今國事日非, 君側無人, 當此之時, 抗疏天階, 抑邪扶正, 豈非士君子事乎?"

王、孟曰:

"男兒世上, 當死於當死之地, 則可謂得其死所矣."

遂與治行, 期日上道, 王子逸適以母病, 不得登程, 孟浩爾同日發程, 行至中路, 浩爾亦以背疽, 不得前進. 惟夢星獨赴皇都, 上疏曰:

"竊惟國家興亡之機, 亶係賢邪進退之際. 周以十亂同德, 姬業隆昌, 秦任群小擅朝, 嬴運覆滅, 是知君子進而其國興, 小人進而其國亡. 在昔孔明, 以前漢興隆〈140〉爲法, 以後漢傾頹爲戒, 其所眷眷者, 親賢臣遠小人也. 崔群以開元初政爲法, 以天寶末亂爲戒, 其所

---

109) 郞 : '娘'의 오자.

悾悾者, 任正士斥霄[110)人也. 以此推之, 任用之道, 可不審歟? 爲人君上者, 思公正之道, 而愼用舍之方, 則爲人臣下者, 感遭遇之盛, 而盡輔弼之道, 治日常多, 爲人君上者, 塞忠諫之路, 而開僥倖之門, 則爲人臣下者, 肆驕恣之習, 而無啓沃之效, 亂日常多, 固知一國之治亂, 惟在二者之進退. 且宰相者, 國家之元氣也, 庶官者, 國家之百體也. 元⟨141⟩氣調和, 則百體從令, 元氣失和, 則百體違令, 先保其元氣然後, 可保其百體也. 中庸曰:'致中和, 天地位焉, 萬物育焉.' 聖人居大寶之位, 行中和之道, 則爲國何有哉? 先王之御天下也, 庶績咸熙, 萬邦惟則[111)者, 無他道理, 任賢勿貳, 去邪勿疑也. 伏惟皇帝陛下, 以英明之恣, 撫亨泰之運, 礪精臨朝, 治化方張, 近日國綱解弛, 王風萎盡, 禍亂內興, 夷狄外乘, 其故非他, 忠賢去國, 奸佞在位, 各阿所好, 令主失忠, 黨同伐異, 竊公爲恩, 擅弄內政, 等閑外⟨142⟩務. 陰盛陽衰, 泰往否來, 厥理不武, 窮極宮苑臺沼之美, 廣務禽獸花木之奇, 上迎君悅, 下招民怨. 和氣感傷, 邦運値屯, 天災時變, 連歲相因, 邊警外侮, 觸處竝起, 此非細憂, 而置之尋常, 乃反以甘露降祥雲現, 誣奏爲瑞, 又以臘月雷三月雪, 表賀稱祥, 臣竊爲聖朝慨然也. 豈以日月之明, 猶未燭奸, 而不念應天弭災之道耶? 因竊思惟先帝, 沖年賤[112)祚, 慈聖臨政, 召用諸賢, 罷廢新法, 政事修擧, 國內大治. 及夫慈后登遐, 奸黨煽禍, 賢流被竄, 以⟨143⟩致國政寖微, 爻象不佳, 此爲聖朝之鑒戒也. 又伏念陛下初年, 東朝垂簾, 收敍耆英, 庶幾其治, 夫何紹述熙豊之政, 反啓濁亂之端耶? 君子不容於明時, 泣玦嶺海之外, 小人得志於今日, 弄柄朝廷之上, 國人缺望, 天下寒心. 臣以草野韋布之士, 不敢疵議國事, 而惟其愛君憂國之誠,

---

素所蓄積于中, 當國家危亡之日, 無任耿耿之忱, 不遠千里而來, 願
畢一言而死. 伏乞聖明亟回大陽之明, 洞燭衆陰之蔽, 退小進賢, 修
內攘外, 以副一國加額〈144〉之望, 光恢萬世無疆之業."

皇帝覽畢, 示諸左右, 擧朝齊奮奏曰:
"夢星以蓬蓽書生, 晏然投疏, 詆斥朝廷, 極其溓濫, 請施投荒之典."
　皇帝不允, 力請不已, 遂竄於雲南絶島. 直發配所, 自行路距本家,
五百餘里, 乞就別於老母, 中使不頷, 路修三札, 使帶去奴, 傳致本
家, 其上母書曰:

"不孝子夢星在道中, 泣血上書于慈母膝下. 拜辭堂下, 日月居多,
竄逐天涯, 道途云遰, 死有其所, 是則甘心, 養無他兒, 自然沾臆. 嶺
外瘴癘之地, 雖〈145〉云死去之邦, 前後放逐之人, 亦多有生還之日,
願勿過慮以傷心懷. 小子雖無, 幼婦尙在, 更相依恃, 善保餘年."

致梅娘書曰:

"纍人李天降在逐中, 泣寄室人侍次. 天緣載重, 纏結百年之期, 國
事傷心, 便成萬里之別. 始謂叫閽之語, 卽蒙採施, 終觸當路之嗔, 荐
被斥逐, 滄浪自取, 血泣何追? 但念老母在堂, 他無定省之子, 所恃
賢婦入室, 能盡奉養之誠. 念北堂之臨年, 悶西山之薄日, 亟歸親庭,
以保餘暉. 隻影獨去, 天涯何處, 流落孤夢, 數驚〈146〉枕上, 中夜相
逢. 嗚呼! 此去雲南, 八千餘里, 屈計程路, 非一年可到. 欲作家書,
其意萬重, 憑傳老僕, 悲淚千行. 他日秋風, 如有南來之雁, 隻字鄕
信, 幸寄北望之人."

傳王、孟書曰:

"某年月日, 纍弟李夢星, 在道中拜啓孟浩爾、王子逸兩兄. 自與話別, 聲息頓絶, 區區戀悵, 夙宵不弛, 未知比來, 王兄慈憂, 亞收勿藥之喜, 而孟兄疽患, 亦得差完之效耶? 小弟詣闕上書, 非無皇覽之揆余, 而未免時宰之重觸, 自憐賈太傅憂時之患, 反抱韓刺史投荒〈147〉之歎, 天涯泣玦, 誰爲隻影之悲? 嶺外聽猿, 堪灑三聲之淚. 出沒死生, 非所關心, 而但念老母在堂, 無供養之子, 幼婦居室, 失仰望之人, 思其情境, 自然忘生. 古人有托妻子於其友者, 弟亦以寄托於兩兄, 幸勿以自同外人, 須眷眷顧護, 是所望焉."

善丁受書, 而不忍辭別, 相持掩泣, 李郎曰:
"書中未盡所懷, 汝其仔細傳報."
遂與之別. 道過其友范愼家, 臨別出涕, 夢星曰:
"嶺海之外, 豈能死人哉? 士所當爲者, 非止此也."
直到湘州, 因向〈148〉雲南, 陸路三千里, 水路五千里. 春風洞庭浪, 出沒驚孤舟, 商山季冬月, 氷凍絶行轊. 至一處, 黑水連天, 風浪甚險, 此南海瘴江也. 有龍負舟, 幾至覆沒, 泣血追愆, 自分必死. 忽有白衣童子, 自西而來, 極力救之, 僅以得全. 李郎謝曰:
"童子何在, 今爲纍人而力救耶?"
童子曰:
"吾乃西海廣德王子白魚. 昔年奉父命, 有行於東海而返路, 橫罹魚網, 自當死地, 幸蒙郎君先大夫買放之澤, 得脫鼎中之焦爛. 是爲生死骨肉之恩, 銘感于中, 而水陸異處, 圖〈149〉報無階, 今聞郎君坫[113]危, 來救耳."

---

113) 坫 : '阽'의 오자.

因忽不見, 始覺黃鶴樓夢中到天上聞龍王之言, 而感其報復之有期也. 翌年到謫所, 鰐水蛇山, 蠻風蜒雨, 辛苦萬狀.

◉却說. 玉英別李郞於遠地, 有若鴛鴦之失侶, 與程氏同處六美堂, 惟待迴還之日, 手着玉指環, 忽然偸114)色, 追思玉華峰母氏之言, 心自疑慮. 一夜夢中, 又有一老人, 題詩以與之, 受而見之, 其詩曰:

"夫在雲南妾在家, 夢中蝴蝶夢中化. 恩情未絶魚雁絶, 二女爲僧到碧沙."

〈150〉覺而大驚, 心內不安. 一日善丁來傳其手札, 擧家如喪, 娘子絶而復蘇, 謂善丁曰:

"郞君何去, 汝今獨來?"

善丁亦哽咽不能對. 時王子逸、孟浩爾各在其家, 聞此來報, 率其室人而馳到, 二女扶持玉英, 痛如在己. 玉英曰:

"人生到此, 寧欲溘然."

二娘曰:

"死人無重逢之期, 生人有必見之日, 今李郞雖謫絶島, 萬無不還之理, 延津之釰115), 自有再合之日, 幸勿過度, 爲程氏小定."

玉英曰:

"吾與李郞, 相逢未幾, 旋作別離, 新情所在, 非不欲挽之, 而烈丈夫行〈151〉事, 不可以兒女子私情, 從中沮搪, 强從其意, 惟冀言旋, 今不知其郞所, 生將何爲?"

玉淚縱橫, 不忍相視. 王、孟二人, 亦解慰曰:

---

114) 偸 : '渝'의 오자.
115) 釰 : '劍'의 오자.

"吾兩人與李兄, 結爲死生之交, 到此地頭, 義當汲汲申救, 而各有病慈, 不能自效. 從當入京, 頌寃蒙宥, 幸嫂氏勿慮."

玉英曰:

"盛如是言, 豈不幸甚?"

小寬其意. 杜夫人自子赴京, 常登思子峰, 待其旋歸之日, 忽於一夕, 程氏家蒼頭忠生來傳李郎手書, 見之氣塞, 左右侍婢, 扶救而止, 悲呼度日. 玉英不理粧梳, 首如飛蓬, 顔〈152〉如落花, 鄭貞婦是前出往遠地, 未及知之, 還家之日, 始得聞之, 入見梅郎[116], 形容憔悴, 非復舊時之阿娘. 貞婦曰:

"何不治容儀, 而若是自盡耶?"

玉英曰:

"誰適爲容?"

因以泣下. 貞婦曰:

"非舊放還, 娘勿自歎."

玉英與綠楊、竹娘、月娥, 登高消魂而已. 一日泣告程氏曰:

"薄命不死, 與李郎爲夫婦, 兒女一身今爲李氏家人也. 身世崎嶇, 遭此境界, 豈可守小節, 不顧大義也? 願歸其家, 奉養老姑, 以盡婦道."

程氏乃嘉其議, 卽治行送之. 玉英到巴陵, 姑婦相對, 〈153〉握手悲痛. 玉英恐致母夫人喪性, 以溫言慰諭曰:

"郎君今雖遠謫, 此非死罪, 會有生還."

寬抑心懷, 以挨[117]他日相見, 侍在母側, 少無悲慽之色, 夫人亦修其意, 强忍安靜. 然而有時入見娘子寢房, 則枕席有涕泣處, 可想其外和內悲也. 晨昏定省之禮, 朝夕瀡瀜之供, 克盡其道, 夫人感其孝敬, 雖有悲咽之時, 不現於色.

---

116) 郞 : '娘'의 오자.

117) 挨 : '俟'의 오자.

◉却說. 李郎在家時, 有雙鷰巢于簷頭, 雌雄和樂, 李郎、梅娘愛
其鷰, 以彩絲繫其足, 名曰彩鷰, 亦有戀主之情, 春來秋去者有年.
當李〈154〉郎赴京之日, 一鷰在家, 一鷰隨行, 因隨謫所, 不離座隅.
李郎益愛之, 常與爲友, 乃作一詩, 繫于鷰尾, 卽高飛向北而去. 是
前玉英亦見彩鷰一存一無, 怪而自語曰:

"彩燕彩燕, 爾胡爲失侶而獨居, 與吾自同耶?"

夜不能寢, 愁對寒窓, 月掛梧桐, 雁叫霜天. 飲酒獨語曰:

"嗟彼晧月, 虛照郎邊, 羨彼征雁, 亦到海上, 如何薄命妾, 獨宿空
房, 長歎息耶?"

忽有靈鵲報喜, 玉英曰:

"爾非雲間之鵲? 何以啼吾之窓外?"

然而竊冀有喜之消息, 不無企待之意. 其日未〈155〉暮, 彩鷰飛來,
差池其羽, 投入弄舌, 梅娘撫而視其尾, 則果有繫詩曰:

> "遠謫三危淚濕衣, 山長水濶夢難歸. 誰傳萬里相思札, 賴有雲過彩
> 鷰飛."

梅娘得此李郎之手墨, 喜悲交極, 入告夫人, 益加悲傷. 梅娘自是
之後, 必以訪李郎謫所爲心, 日夜經營, 謂綠楊曰:

"女必從夫, 今李郎謫天外, 吾未得相從, 是豈妾婦之道乎? 區區之
心, 思欲乘舟入海, 生死一訪, 而萬里滄波, 無可與往者."

綠楊曰:

"臣死於君, 婦死於夫, 婢死於主, 義理當然, 娘娘〈156〉氏亦有是
意, 則小婢亦當同姓[118]."

梅娘慘執其手曰:

---

118) 姓 : '往'의 오자.

“良心所畜, 必有善思, 爾其劃策, 與我同事.”

綠楊曰:

“不可以女子之身, 入海救郎, 必削髮被緇, 變作婆尼然後, 乃可得達.”

梅娘曰:

“事貴速行.”

綠楊曰:

“姑蘇山能仁寺, 有女僧惠然菩薩, 請來議事.”

梅娘曰:

“汝其請來.”

綠楊卽往請來, 梅娘欣然延接, 因陳所懷, 請剃首髮, 惠然固辭曰:

“娘子雲鬢, 何可削下?”

娘子曰:

“一寸之心已定, 千莖之髮何惜?”

惠然不敢拒, 遂約日而去. 後夜入告程[119]夫人曰:

“郎君一去, 〈157〉魚鴻永絶, 萬里外死生, 彼此莫聞, 小婦此生, 寧不如死, 欲行小諒, 溝瀆莫知. 今因彩鸞, 得知其所, 可謂一幸, 區區賤思, 願從夫子於海外.”

母夫人曰:

“自此去雲南, 陸路三千里, 水路五千餘里, 雖以男子, 不能到也, 汝以閨中小婦, 不識門前之路, 何可能至?”

玉英曰:

“至誠感天, 自然且至, 設或未達, 顚仆於中路, 死無餘限[120].”

夫人曰:

---

119) 程 : ‘杜’의 오자.

120) 限 : ‘恨’의 오자.

"離子後, 與爾相依, 今又舍我而去, 余將疇依?"

玉英曰:

"女子有行, 遠父母兄弟."

夫人悶其分釋, 僭使英陽, 通報於程氏, 程氏〈158〉聞之大駭, 卽與王、劉兩娘, 馳來見玉英, 言其不可, 玉英曰:

"人盡夫也, 我獨無之, 鴛鴦竝宿, 翡翠雙飛, 禽鳥尙且不離, 可以人而不如鳥乎? 已定吾意, 斷無他意."

二娘曰:

"以紅顔幼婦, 孤行路上, 若有强暴之辱, 則亦將奈何?"

玉英曰:

"當捐一死耳."

二娘曰:

"人生一死, 萬無再生之理, 李郎放還後, 無面目之相對, 豈不痛寃? 諺言掉頭三年, 莫若循姑息之計, 待夫子之還."

玉英曰:

"兩娘之言, 可謂至矣, 而一訪之願, 亦已確矣, 雖千萬人挽執, 吾必往矣."

諸夫〈159〉人知其秉志不迴, 相顧失色. 至約日, 惠然下來, 手把金刀, 削堆雲鬢, 便成兩尼婆. 梅郎[121]自號凌海菩薩, 綠楊號稱善江菩薩, 着蘆笠, 被緇衣. 卜日啓行, 母夫人手寫一札以授之, 其書曰:

"未亡人泣送孝婦, 寄書于雲南謫所. 嗚呼! 無歸窮人, 在子惟汝, 朝出暮還, 尙苦倚閭之望, 況一別音容, 遠投絶域? 魚沈雁斷, 消息難憑, 山多水闊, 夢路隨絶, 望子山頭, 只自消魂. 彩鸞傳書, 知爾存沒, 萬里如面, 我心增悲. 薄命人生, 宜乎溘然, 而賢婦歸庭, 稍慰

---
121) 郎 : '娘'의 오자

〈160〉是心, 今又遠離, 益復無聊. 不欲遣去, 而爲言訪夫不計死生, 其情可憾, 其志可尙, 竊冀至誠所格, 庶幾遇之, 强從其言耳. 滿腔懷抱, 言之無窮, 而姑婦當別, 心事茫然, 不知所云."

時程夫人及兩娘子留在于此, 玉英拜辭兩夫人、兩娘子, 掘手流涕, 不能措一辭, 但言行李珍重. 瀟湘雨、洞庭秋、陽臺雲, 亦皆願從, 娘子曰:

"爾等在家, 侍奉夫人, 無或怠忽."

遂絶裾而行, 遠送于野, 瞻望不及, 泣涕如雨. 玉英與綠楊, 約爲兄弟. 間關行色, 路無期〈161〉限, 雙鷰常爲先導, 引其前路, 莫歸所向, 隨鷰飛而行, 歷留處處, 人皆敬待. 至一處, 閭閻櫛比, 人物繁盛, 此果南州充縣[122]也. 投宿一室, 主婦愛其容色, 延入內房, 厚以待之, 問曰:

"如彼美娘緣何僧?"

梅尼曰:

"早失爺娘, 只有兄弟, 身世孤露, 謝絶世事, 出家爲僧, 結緣於佛道, 託情於山水, 秋月春風, 行其無事, 以阿彌陀佛爲業, 周流世界, 以以[123]終吾年."

主婦曰:

"年貌若干?"

答曰:

"時年十九."

主婦動容曰:

"與吾女同年."

---

122) 果南州充縣 : '果州南充縣'의 오기.

123) 以 : 연문.

卽召其女而出, 儀容美麗, 言辭慧利, 達〈162〉夜爲話, 不知其疲.
明朝告別主娘, 以金鳳釵一隻贈行曰:

"後日相思, 以此留情."

梅娘曰:

"此物不合於尼僧."

主娘曰:

"雖非可合, 其贈有意, 幸勿辭之."

梅僧受言藏之. 自其處, 月餘至玉溪津, 有紅袍郞官, 越海到泊,
使善江問津吏, 答曰:

"此中使, 領付謫客李夢星於雲南絶島, 而今還出陸."

兩尼相對而泣. 乃以行中金銀買小船, 請使蒿師, 放水發櫓. 二女
乘舟, 泛泛其影124), 莫知所向, 雙鷰在前, 指南指東而飛, 一從鷰飛
而行. 船行未一旬, 風濤甚險, 孤〈163〉舟出沒, 又有大魚獰鱗, 巨口
將有呑舟之擧, 禍在不側125), 善江曰:

"事勢急矣, 今何爲之?"

梅尼曰:

"此必鰐魚."

卽出金帛而投之江, 又製癸126)文而告之曰:

"維年月日, 海中尼僧巴陵梅氏, 將金銀之幣, 投惡溪之潭水, 以與
鰐魚而告之曰: '鰐魚之涵淹卵育於此, 爲民害者久矣. 昔者刺史韓文
公受天子命, 守此土也, 痛微物之作孽, 憂民生之受害, 投文以諭, 雖
以鰐魚之宣127)頑, 不能抗拒, 遠徙嶺海之外, 以避天子之命, 海晏波

---

124) 二……影:《시경》에는 '二子乘舟 汎汎其景'으로 되어 있음.
125) 側 : '測'의 오자.
126) 癸 : '祭'의 오자.

靖, 迨今累百餘年, 豈意〈164〉醜類作是變怪? 吾今爲夫婿, 有行於
天涯, 而以閨中少婦, 未慣海路, 孤棹風波, 任其所之, 而累經危險,
十生九死, 又遭吞舟之變, 一死非關於心, 而所恨者, 積月辛苦, 一朝
溢然, 則九仞之功, 終虧一簣, 人情到此, 寧不痛盡? 惟鰐魚, 受此不
腆之物, 亟賜迴避, 無撓此行.'"

鰐魚不復作梗, 方欲發棹, 忽有童女, 自水中出扶艦, 而梅尼曰:
"在於何處, 今來救人耶?"
童女曰:
"吾乃東海廣淵王之女子, 母氏聞娘子有行於此, 而〈165〉爲鰐魚所
困, 遣我來邀."
梅尼曰:
"吾聞龍宮在於水府, 何以能至?"
童女進迷魂酒一盃曰:
"飮此酒, 則自可至矣."
梅尼飮酒輒醉, 眩迷倒睡, 隨童女, 至龍宮, 龍夫人迎碧沼堂坐定,
謂梅僧曰:
"賤息昔年, 受學於淸節先生門下, 每恨一字恩未酬, 今聞先生女
娘浮海阽危, 送女兒迎來, 欲敍前事."
梅尼曰:
"累日乘舟, 幾死鰐海, 今辰128)奉袂, 喜托龍門."
龍婦曰:
"娘子一行, 將向何處?"
答曰:

---

127) 宣 : '冥'의 오자.
128) 辰 : '晨'의 오자.

“小尼此行, 爲訪夫郎於雲南.”

夫人129):

“此去雲南, 尙且遠矣.”

撫梅尼手着玉〈166〉指環曰:

“娘子知此環出處乎?”

答曰:

“徒知世傳之物, 而不知所自出, 曩在十五歲時, 夢到天上玉華峰內院宮, 得見父母, 則母氏言父君在世時, 入海宮得來云, 故始知龍宮玉寶. 未知先人曾到於此, 而有是表贐乎?”

夫人曰:

“果有是事.”

又撫金鳳釵曰:

“此乃南充謝自然之釵. 一自金泉山仙化之後, 未知落在誰家, 豈意今歸娘子乎?”

梅尼曰:

“貴府亦有吾先君記蹟乎?”

夫人指壁上銘曰:

“此乃先生之遺筆也.”

起看其文, 手澤如流, 不覺墮淚. 夫人〈167〉亦爲之動容, 卽命侍女, 進香茶而待之, 奉飮數觥, 心神淸爽, 倏然而覺, 身在舟中, 波浪自靜, 櫓棹順流. 至一處, 有古廟巋然江上, 細雨蕭蕭, 叢竹班班, 此則瀟湘江黃陵廟也. 維舟巖下而留宿, 是夜夢忽有二妃, 自廟中出, 謂梅尼曰:

“菩薩何往?”

答曰:

---

129) 문맥상 '曰'이 있어야 함.

“方向雲南.”

二妃曰:

“雲南尚杳然.”

梅尼曰:

“夫人某氏耶?”

答曰:

“吾兩人堯女舜妃娥黃、女英.”

梅尼起拜曰:

“不料今日, 得拜聖妃.”

相與酬酢, 有如平昔, 覺而視之, 江上叢篁, 夜雨寒聲, 如怨如哀. 平明致敬⟨168⟩於廟前, 鼓枻而去. 望見海上, 峰山崔嵬, 雲雨濃深, 此蒼梧山也. 行過一處, 颶風震行, 怒濤鼎沸, 有龍出海, 或潛或浮, 能大能小, 變化不測. 金鱗逼舟, 玉鬚掛空, 宛轉於雲霧間, 舉措非常. 善江曰:

“亦將何爲?”

答曰:

“大禹濟江, 亦有是事. 生寄死歸, 何疑何懼?”

凝然不動, 龍乃挽首低尾而逝, 風收雨霽, 玉宇澄清. 一葦風帆, 去去無停, 中流舉目, 山岳潛影, 島嶼浮彩. 空中玉笛聲, 隱隱於雲表, 俄有一雙青童, 秉蘆葉而前導, 後有一菩薩, 琉璃粧嚴, 至前⟨169⟩而揖曰:

“吾是海水觀音, 聞海中仙過此, 欲與相見而來耳.”

梅尼謝曰:

“爲是賤人, 辱賜降臨, 不勝感激. 仰問此島何島?”

答曰:

“此碧海島也, 自此去雲南, 二千餘里.”

佇立船首, 遙指南天, 山在虛無縹緲間. 因與相別而行, 江神助風,
海若扶艦, 其疾如箭, 一瞬千里, 楚江西望, 水盡南天不見雲也. 旬
月之間, 得到雲南, 窮荒絶域, 莫知所在, 訪問居人, 辭說咬喞不識
也. 時李郎在流三江碧沙亭, 前夜夢有一老人書給七字曰:'流三江
上留三人.' 覺而異〈170〉之, 意謂兩謫客追到於此, 不料梅娘與綠楊,
訪到其處也. 梅娘累日物色, 窮尋其處所, 則李郎飽喫風霜, 幻身變
形, 梅娘亦以羅紈弱質, 獰風瘴嵐, 備嘗難苦, 況又斷髮幻形, 蘆笠
緇衣, 相見不相識, 久乃覺認, 扶持慟哭, 如復見死人. 梅娘前日夢
中二女爲僧道碧沙之句, 李郎前夜夢中流三江上留三人之句, 自可
徵驗. 以此推之, 韓湘詩雲橫秦嶺家何在, 雪擁藍關馬不前者, 亦類
是也. 嗚呼! 人之未來, 神必先告. 梅娘袖進母夫人手札, 李〈171〉郎
拜受開緘, 雙袖龍鍾, 不能盡看. 李郎曰:

"無邊大洋, 何能得到?"

梅娘曰:

"隨雙鸞130)之引路耳."

李郎感禽鳥之戀主, 稱歎不已. 雙鷰亦留其處. 過數月, 梅娘受胎,
越明年生子, 名之曰雲南生.

◉却說. 王後勃、孟東疇爲李郎, 詣闕訟寃, 其疏曰:

"伏以自古以來, 明王聖主, 大開言路, 以正是非, 廣務公道, 以明
賞罰. 舜旌來諫, 禹拜昌言, 國致休明, 業垂綿遠, 是爲萬世之龜鑑
也. 粵在先朝, 能容直臣, 式至今日, 嗣有令緖, 旌別淑慝, 陶鑄至
治, 陛下之責也. 〈172〉比觀朝廷, 莨莠養盛, 嘉禾傷害, 傾軋成風,
紀綱掃地, 如是而能鎭服四夷, 平章百姓乎? 竊惟累臣李夢星, 以年

---

130) 鸞 : '鷰'의 오자.

少書生, 雖非識務, 性行淑均, 言論果敢, 能爲國死者也. 悶時事之艱
關, 痛朝著之玩愒, 妄效呈玨于[131]忱, 返遭抱璞之歎, 志士寒心, 言
者喞口, 是豈爲聖朝之美事? 臣等竊爲慨然也. 夢星之以言獲罪, 投
畀遠方, 非夢星之不幸, 實國家之不幸, 臣等之披肝瀝血, 顧乎天閣,
實爲國家之公心, 非爲夢夢[132]星之私情也. 伏乞聖明, 特恕泣玦
〈173〉之孤忠, 亟下賜還[133]之洪典, 使彼耿介之士, 無作魅邦之鬼,
國家幸甚, 天下幸甚."

皇帝特宥之. 王、孟促裝還鄕, 徑至巴陵, 以告杜夫人曰:

"吾等爲李友, 上章訟寃, 天子顯言赦之, 恩旨已下, 早晚得見子
婦矣."

杜夫人自別婦娘之後, 尤加煩惱, 寢食全廢者久矣, 聞此言, 顚倒
出外, 延接致謝. 萬萬苦待放還之日, 而猶未知婦娘之中間存沒, 度
一日如三秋. 先是梅娘與綠楊, 祝手祈天, 惟冀赦宥之恩, 一日解配
之命〈174〉遄降, 李郎携兩娘, 航海梯山, 倍日促行, 漸到君山之下,
指點巴陵, 不勝悲喜, 忽吟一詩而自慰曰:

"昔年放逐到雲南, 澤畔行吟歲已三. 前度李郎今又過, 孤舟處處水
如藍."

梅娘次曰:

"金鷄含詔降雲南, 海路東風返影三. 回首巴陵何處是? 應知芳草
綠如藍."

---

131) 于 : ‘之’의 오자.

132) 夢 : 연문.

133) 還 : ‘環’의 오자.

綠楊次曰:

"孤舟泛泛自雲南, 萬里風波返客三. 海上無人前事問, 但看鵬盡水
如藍."

萃月出陸, 經歸巴陵, 母夫人執子之手, 泣淚連連[134]曰:
"自汝被謫, 母子萬里, 〈175〉每念此生, 無復見日, 今得相見, 死無
餘恨."

謂玉英曰:
"忘生海路, 與子同歸, 辛苦貞節, 無以慰謝."

梅娘抱進雲南生而泣對曰:
"萬死餘生, 今拜堂下, 此皆母氏祈天之德也."

是時程氏、鄭貞婦、孟浩爾、王子逸, 各率其妻而竝到, 彼此契闊
之懷, 如何禁得? 李郎致謝王、孟曰:
"非有兩兄, 何能至此?"

乃設宴中堂, 母夫人命夢星、梅娘各賦詩以進, 夢星先進一詩曰:

"萬里雲南思母子, 訪夫海外兩尼僧. 人生離合皆天命, 獻壽筵前百
感增."

梅娘和進〈176〉曰:

"高堂宴席傾鬟婦, 便是當年斷髮僧. 與子同歸今拜母, 悲懷已盡喜
懷增."

---

134) 連連 : '漣漣'의 오기.

滿座傳看, 稱歎不已. 王、孟亦各有詩, 王子逸詩曰:

> "李氏家聲自世美, 早年忠孝得天資. 賢妻涉海能全節, 萬里生還拜
> 母慈."

孟浩爾詩曰:

> "佳兒不墜舊家聲, 天下爭稱直士名. 賢妻亦守從夫義, 孝子門庭貴
> 子生."

半月之後, 與梅娘, 來至程氏家, 聚賢堂貌樣依舊, 門庭冷落, 似
有別人之恨. 徘徊思憶, 往事增傷. 李郎便吟一⟨177⟩詩曰:

> "舊客登堂憶舊遊, 廢庭花草閱三秋. 從來人事何須說? 洗去心中
> 萬萬愁."

梅娘繼和曰:

> "與子登堂續舊遊, 歸來歲月已三秋. 滿庭花草無心物, 猶帶閨中小
> 婦愁."

自是之後, 日事遊翫, 怠於文籍, 梅娘曰:
"妾聞樂羊子之妻斷機警學, 爲人妾婦, 當如是耳. 郎君以名閥子
枝, 宜繼箕裘之業, 而只耽襟[135]席之樂, 全廢學文之工, 妾是以憂之."
李郎感其言, 勤勤孜孜, 不撤晝夜. 翌年春, 有科擧之詔, 李郎悶

---

135) 襟 : '衽'의 오자.

其分離, 不欲赴試, 梅娘〈178〉曰:

“男兒世上, 功名爲大, 今聞國家有設科之慶, 豈可以兒女之情, 虛負成功之秋也? 郎未聞古詩乎? 靑春早作蟾宮客, 好音速報鳳樓人, 願郎君其有思乎!”

李郎遂與王、孟, 治行赴擧. 梅娘送李郎後, 手着玉指環閏136)色, 心自喜焉. 李郎果與王、孟, 俱爲登第, 李郎得選壯元, 直拜鳳閣舍人, 王、孟皆爲鑾坡學士. 錦衣還鄕, 宮袍耀日, 月中丹桂, 弄影於杏花村前, 垣頭紫薇, 舞彩於萱草庭畔, 閭里動色, 室家驕嘉. 杜夫人與程夫人, 同席而坐, 召梅娘, 〈179〉入前爲壽. 杜夫人謂程夫人曰:

“吾與夫人, 偶然結婚, 佳兒佳婦, 未洽琴瑟之樂, 積年苦行, 今則丕137)往泰來, 目覩其榮, 喜不可言.”

程氏曰:

“人生榮悴, 自有定數.”

慶宴旣罷, 舍人就其寢房, 謂梅娘曰:

“此可謂梅李逢春, 榮華發外者也.”

先成一詩曰:

“追思昔日泣投荒, 艱苦從來亦備嘗. 今被天恩衣繡返, 玉梅花對紫薇郎.”

梅氏次曰:

“傷心何處是南荒, 三載風霜與子嘗. 天理循還榮有日, 一枝花對五花郎.”

---

136) 閏 : ‘潤’의 오자.

137) 丕 : ‘否’의 오자.

舍人與王、孟兩新恩, 遊宴於岳陽樓、〈180〉黃鶴樓, 花童玉笛,
仙樂竝奏, 有倍於昔日之遊樂, 道路觀者, 皆云天上三仙郎. 數月之
後, 與王[138]學士, 各率其室人, 竝來于會稽, 王摠官家及梅家親戚,
不勝喜悅, 榮光燦爛, 人皆謂淸節先生餘慶所及. 梅娘母弟王夫人,
尤不堪喜慰, 命摠官盛備慶宴之具. 梅家舊奴老業, 奉行淸節祀事,
時年七十餘. 盛辦祭物, 行掃墳之禮, 梅氏親製祭文, 告之曰:

　　"父兮母兮, 今夕何夕? 由藥尚在, 惠好同歸, 見親戚之歡迎, 感身
　　世之已貴. 桑鄕物色, 某水某〈181〉丘之依俙, 桂花榮光, 愚夫愚婦之
　　驚覩. 歲月流其如水, 風雨悽兮空山, 宿草先塋, 誰薦一盂之麥飯?
　　落花今日, 拜獻三盃之淸醪. 嗚呼哀哉! 天上人間, 雖云玄遠, 英靈
　　至意, 庶幾降歆."

慟哭塋前, 玉淚兩下, 左右傍觀, 莫不揮涕. 留之月餘, 還歸本家,
耽歡忘世, 無意仕宦. 梅娘曰:
　"丈夫許身國家, 移孝爲忠, 今郎君蒙受國恩, 忝帶華御, 不宜退在
其家."
舍人卜日登程, 至皇城, 陛拜諫官. 奉職霜臺, 遇事輒爭, 靑蒲直
氣凜凜然, 乃父之風. 見忤於時〈182〉宰, 不容於朝著, 遷爲會稽太
守, 陛辭之後, 卽到本家, 率母妻赴任. 梅夫人經過金華山, 追憶昔
年, 心忽驚愕, 深抱雪恥之志. 上官後, 與本族, 設宴內庭, 太守親至
淸節塋墓, 具奠致祭. 梅夫人謂李舍人曰:
　"富貴歸故鄕, 志願已畢, 但有未刷之一恨."
因陳以已被誣之事, 請治其讐, 太守亦聞是事於疇昔, 而知其抱寃
也. 窺捕其人, 則薛道徵已死, 魏春臺、曹平等, 被捉而來. 曹平自外

---

138) 王 : '孟'의 오자.

庭窮治, 春臺自內庭親治曰:

"姦巫姦巫! 爲我戴天之讐."

別爲〈183〉痛治, 倖免其死, 邑人瞻聆, 罔不爲快, 而猶德其不殺也. 三年苽[139]滿之後還家, 與婦人, 惟勤孝事, 而不求名宦. 靖康初, 金寇犯京, 玉輦蒙戎, 梅夫人謂舍人曰:

"邦國不幸, 賊虜猾夏, 此誠危急存亡之秋也. 妾聞人臣大節, 殉國忘家, 願郎君, 急赴王事, 以效臣節."

舍人罔夜治道, 拜辭母夫人, 母氏曰:

"嗟余小子! 盡忠君父, 無負國恩."

舍人跪, 受敎而出, 語其妻曰:

"此行一去, 生還未期, 盡心奉母, 善保餘年."

梅氏曰:

"臣節自效於事君, 婦道當盡於事姑, 勿以家〈184〉室爲慮, 效力風塵, 樹勳竹帛, 無使至尊憂社稷."

舍人監[140]行遺別詩曰:

"義重君臣日, 恩輕母子時. 監[141]歧未忍別, 征馬故遲遲."

梅氏囓指出血, 和題其韻於繡字錦段而贐之, 其錦段, 乃昔年夢遊天上覺來詠詩繡字之錦段也. 詩曰:

"熊魚取舍日, 母子別離時. 夫婦恩情重, 臨門送亦遲."

---

139) 苽 : '瓜'의 오자.

140) 監 : '臨'의 오자.

141) 監 : '臨'의 오자.

因抱雲南生, 而出拜忘慙羞. 舍人倍日促程, 至皇都, 則二帝北狩, 康王已卽位於應天府. 直赴行在, 扈駕從征, 王、孟二人, 俱在侍從, 與之協心同力, 〈185〉許以殉國. 時秦檜專主和議, 夢星不勝憤惋, 挺身獨出, 奮臂大言曰:

"大宋乾坤, 萬世斯年, 四海之內, 皆爲臣妾, 遵奉正朔, 豈可以堂堂萬乘之尊, 一朝屈膝於犬豕而講和乎? 誠看前伐[142], 唐玄宗之幸蜀也, 肅宗承當時付託之命, 循父老愛戴之誠, 卽位於靈武, 將相戮力於艱虞, 掃除奸兇, 恢復中原, 奉還上皇於舊都, 此乃天運之使然. 今聖上拭淚南渡, 銳意北征, 晉祀旣主, 漢業中興, 此其時也. 且人臣許國, 同死社稷, 寧爲趙氏之鬼, 豈忍處〈186〉小朝廷求活也[143]? 和議若行, 臣當蹈東海而死耳."

辭氣凜然, 天子乃嘉其篤, 特拜殿中侍御使. 和議不諧, 秦檜惡其斥和, 謀欲害之, 而不得其便. 自兩宮北狩之後, 皇帝日夜焦思, 無歲不遣使, 而金人拘囚, 使路隨阻, 中間消息, 兩茫然. 欲遣使臣, 探報二帝起居, 而人人皆不利其行, 未得其人, 秦檜曰:

"侍御使李夢星, 少負氣節, 自許殉國, 非此子, 莫可使也."

夢星曰:

"當主辱臣死之日, 蠻貊可行, 願爲江山使者."

皇帝下詔曰:

"朕素知李夢星爲人慷〈187〉慨, 能死於國, 今於難其人之日, 自請奉使於絶塞, 用副朕夙夜區區之願, 可謂識誠臣於板蕩."

召至前殿, 慰諭而遣之. 夢星自燕山, 到京中, 在燕山北千里, 明年又到韓州, 在京中東北一千五百里. 後二年, 到五國城, 在金國所都東北千里, 自行宮, 距應天府數萬餘里. 夢星亦爲金人所囚, 不得

---

142) 伐: '代'의 오자.

143) 也: '邪'의 오자.

復還, 因留金國五年, 上皇昇遐, 夢星攀號擗踊, 淚盡血出.

⊙却說. 梅氏自別舍人之後, 不離夫人之側, 而奉養之節, 克盡其誠, 築臺於思子峰, 名曰望〈188〉思臺, 晝則與綠楊, 登臨北望. 綠楊曰:
"此臺名, 改以望夫臺可也."

梅氏曰:
"吾雖日望其夫所, 魂未化石, 自愧北方佳人, 何以謂望夫臺也?"

夜則侍在母側, 母夫人或以思子惱心, 則以溫辭善諭, 俾不至過度, 其間已八年, 消息頓絶. 是時雲南生年十四, 人事夙成, 氣質拔越, 居常有言曰:
"父在王所, 子在其家, 兩地存亡, 一切無聞, 一致身於帳殿, 訪見父顔面, 則子道當然."

將擬出道, 母夫人曰:
"爾父自少有許國忠膽, 從君江左, 殉節是期, 汝以其父〈189〉之子, 又能如是, 余用嘉之. 其能行役於干戈交揮之中, 而得其爾父耶?"

雲南生曰:
"曾聞母氏以女子之身, 乘舟浮海, 訪見父親於天涯云, 此由至情所格, 非人力可致, 兒雖微弱, 何憚千里行役, 不從乃父而同死於國家乎?"

遂決意登程, 母夫人不得强挽, 其母亦知其子之且往, 書給簡札而送之, 其書曰:

"某年月日, 薄命妾梅氏, 泣送雲南生, 再拜啓郎君足下. 妾婦之所仰望者良人, 而因時事之多艱, 一別音容, 八年于玆, 年年春草, 恨結王〈190〉孫, 夜夜燈花, 愁對嫠婦. 家室蒼茫, 已無可問, 而雙轅北狩, 五馬南渡, 郎君以喬木世臣, 勤王江左, 竭誠盡忠, 無墜家聲, 妾奉侍尊姑, 尙保今日, 而別人之恨, 思人之愁, 裹積于中, 有時擧頭, 何處長安, 倚柱舒憂, 只自消魂. 嗚呼! 郎君萬里, 姑婦二人, 今見雲南生爲訪其父, 不憚遠征, 天倫至情, 人所難遇, 而幼稚之兒, 未慣行路, 當兵塵搶攘之中, 猶恐阻絶於中道, 而未克前往也. 昔別其父, 今離此子, 涕淚泉湧, 不盡所懷."

〈191〉雲南生拜辭而去. 至建江[144], 則其父奉使於燕塞已五年矣. 欲向金國, 數萬里山川, 道途險阻, 一介行李, 萬無能往. 然訪父之心, 終不少懈, 自其處, 向金國, 干戈未靖, 處處阻塞, 乘山涉谷, 隱身潛行. 至一處, 豺狼當道, 雖白晝經過者, 若不聚羣而行, 則未免投虎之患. 中道失日, 前後無人居, 進退惟谷. 藏身巖穴, 待朝而發, 至夜半, 猛虎當前, 有欲害之意, 雲南生瞋目大言曰:

"天地間萬物, 皆有鍾出, 我爲人, 而爾爲獸, 稟生雖殊, 性則一也. 爾雖不〈192〉言, 亦有靈智, 豈不知忠孝之爲大乎? 吾父奉使於塞外, 五年持節, 是爲忠臣, 吾以幼□[145], □□□[146]天涯, 萬里行役, 是爲□□[147], □□□□□所産, 豈能害忠孝之人乎?"

辭氣自若, □[148]無怖色, 猛虎俛首而避, 天色漸曙, 跋涉窮道. 至一處, 大□[149]連空, 船路不通, 彷徨上下, 莫知所適. 有一老人坐於海上, 披褐[150]虬, 雲南生起拜而前, 老人視而不見, 雲南生曰:

"小子乃中國人, 父奉使於金國而未返, 故今有覲行, 到此地頭, 狼

---

144) 江 : '康'의 오자.

145) □ : 문맥상 '兒'가 되어야 함.

146) □□□ : 문맥상 '訪父於'가 되어야 함.

147) □□ : 문맥상 '孝子'가 되어야 함.

148) □ : 문맥상 '略'가 되어야 함.

149) □ : 문맥상 '海'가 되어야 함.

150) 문맥상 '捫'이 있어야 함.

狽滋甚, 願老丈指示生道."

老人張〈193〉目而語曰:

"爾是中國人, 而爲父有此行云, 未知爾父母姓名誰某耶?"

雲南生曰:

"父姓李, 名夢星, 字天降, 職御鳳閣舍人, 故鶴峰先生之子. 母姓梅氏, 故龍門處士昌後之女也."

老人曰:

"爾父母外家姓氏誰耶?"

答曰:

"父外家唐安西大都護杜暹之後, 母外家故王丞相之孫也."

老人顰慽而語曰:

"異哉異哉! 今聞汝言, 不覺心寒. 爾外家先祖王丞相, 卽吾先君淸河侯王景略之子孫. 年代雖遠, 世派相知, 豈可自同外人?"

遂與歸家, 留食累日, 賃舟待風而〈194〉入海, 雲南生百拜稱謝. 上船中流, 忽有大鯨侵舟, 雲南生擊楫大言曰:

"吾是李太白後身, 今專意於君父, 而有此行, 他日騎汝而上天, 爾何敢害我?"

鯨乃曳尾而逝, 沙工大異之. 鯨波萬頃, 無撓而渡, 轉入無人之地, 有一石, 誌記曰: '漢中郎將蘇武, 十九年持節處.'云. 風餐露宿, 入死出生, 莽年至五國城中, 父子得相見, 失喜欲狂. 雲南生進其母札, 看未終篇, 淚下濕紙. 因留其處, 每傷旄葛之誕. 有一鴈常隨舍人而不相離, 時當九月秋, 有南翥之〈195〉意, 舍人修答札, 繫其足, 鴈乃南向而飛. 其書曰:

"數萬里外, 苦行君臣, 七八年間, 相思母子, 千萬意外, 子來相見, 得知消息, 喜極悲生. 未能扈駕返國, 奄見龍馭賓天, 義當從王地下,

而頑命不死, 苟延時日, 將何面目, 歸見君親於故國? 幸娘子勿以春
草爲恨, 奉孝老母, 萬萬珍重. 某年月日, 李天降答寄室人梅氏."

又有詩曰:

"秋深塞外鴈南飛, 雲斷蒼梧泣涕揮. 悵望故邦何處是? 中宵魂夢
北堂歸."

◉却說. 梅氏送子之後, 未知中間生死, 〈196〉食不甘味, 寢不安
席, 忽於一夕, 一鴈空飛, 聲落雲端. 梅氏急登門樓, 呼鴈獨語曰:
"蘇中郎、李舍人, 有何愛增[151], 而獨不傳書耶?"
言未已, 墜落一封書, 乃舍人之所寄也. 始知父子竝在金國, 益加
悲痛. 十二年, 奉梓宮而還, 至臨安, 皇帝乃嘉其忠篤, 寵擢優賞, 封
母爲太夫人, 封妻爲貞夫人. 舍人上書乞郡, 榮養老母, 特命除拜浙
江布政司. 謝恩肅拜, 卽歸本家, 玉節金鉞, 高雅大纛, 光動道路, 慶
溢渾舍. 太夫人曰:
"母別子, 子別母, 昔年悲懷, 姑依婦, 〈197〉婦依姑, 今日慶事."
夢星曰:
"從王絶塞, 幸得生還, 拜母高堂, 從增感愴."
貞夫人曰:
"夫爲忠臣, 妻爲命婦, 恩榮罔極."
乃設大宴於中堂, 請要程夫人及鄭貞婦, 使綠楊行盃, 因命製詩,
綠楊製進一詩曰:

---

151) 增 : '憎'의 오자.

"綠楊三月渭城春, 梅李芬芳得意辰. 金花羅紙天香溫, 萬壽樽前衆樂陳."

又令舍人、貞夫人各賦詩, 舍人詩曰:

"三千里外離親子, 十二年間扈帝臣. 回頭五國城何處? 一夢猶寒塞外春."

貞夫人詩曰:

"思母子爲榮母子, 今王臣是舊王臣. 〈198〉兩全忠孝承殊渥, 官詰蟠花別有春."

時人有詩曰:

"風霜貞烈梅家婦, 忠孝兼全李舍人. 三綱竝美巴陵郡, 靑史芳名垂萬春."

太夫人曰:
"吾家自是淸門, 忠孝得於天資, 功名自其世美. 今汝爲孝子, 汝妻爲烈婦, 汝婢爲忠婢, 是所謂求忠必於孝子之門, 汝於綠楊, 何以處之?"
夢星對曰:
"白贖其身, 以賞其功."
太夫人曰:
"汝言是矣."

卽爲放良. 其夫同郡李汝靖, 亦有弓馬之才藝, 舍人一聽貞夫人之言, 薦擧幕佐, 置於門下, 侍奉太夫人. 到〈199〉浙江, 人羨其板輿之榮, 爲政三年, 治聲藉甚, 累被升擢, 歷職淸要. 後丁母憂, 克盡喪禮, 又遭程氏喪, 一如親喪, 盡其葬祭之節. 鄭貞婦老而無依, 付托謂152)城春而奉養, 李汝靖亦義人也, 養生葬死, 少無餘憾. 汝靖又中武科, 李浙江薦進于朝, 累經武爵, 爲河陽節度使, 綠楊亦爲命婦. 以此觀之, 人生世上, 一身榮顯, 本無貴賤, 蓋由至誠. 李浙江末年謝仕, 退居田里, 時王、孟亦致仕歸田, 與二友優遊度世, 巴陽有三仙遊亭. 奴忠生、善丁, 皆已死〈200〉矣, 贖其子女, 以償其忠勤之功, 瀟湘雨、洞庭秋、陽臺雲亦皆論功, 多給財貨, 各奠其居, 以終其身. 浙江與夫人, 享年八十, 同時捐世. 其間生二子, 竝雲南生三弟兄, 俱登文第, 歷職淸華, 能繼其父之迹, 朝廷以浙江前後事蹟奏御, 立三綱門. 其後子孫詵詵, 不墜家聲云爾. 嗚呼! 人生窮達, 自有前定, 今觀梅氏平生, 自始至終, 盡驗其推步矣.

　　壬戌 二月十二日 右寫

---

152) 謂 : '渭'의 오자.

▌필자 소개

정재호

영남대학교 한문학과 석사수료
한국고전번역원 부설 고전번역교육원 전문과정Ⅰ 졸업
한국고전번역원 부설 고전번역교육원 연구과정Ⅱ 재학

한국한문소설집번역총서 04

파릉기사 巴陵奇事

2018년 9월 7일 초판 1쇄 펴냄

저　자 정재호
발행인 김흥국
발행처 도서출판 보고사

책임편집 이경민
표지디자인 손정자

등록 1990년 12월 13일 제6-0429호
주소 경기도 파주시 회동길 337-15 보고사 2층
전화 031-955-9797(대표)
　　　02-922-5120~1(편집), 02-922-2246(영업)
팩스 02-922-6990
메일 kanapub3@naver.com / bogosabooks@naver.com
http://www.bogosabooks.co.kr

ISBN 979-11-5516-804-2　93810
ⓒ 정재호, 2018

정가 18,000원